강남 형사

강남 형사 : chapter 1. 쌍둥이 수표

펴낸날   초판 1쇄 2025년 1월 1일

지은이   알레스 K
펴낸이   임혁준
펴낸곳   더스토리정글
출판등록   2023년 12월 4일 제2023-000131호
(07788) 서울시 강서구 마곡중앙로 161-8 두산더랜드파크 B동 1104호
전화 02)6365-2001   팩스 02)6499-2040
onenessmedia@naver.com

ISBN   979-11-990246-0-1 (03810)

이 도서의 국립중앙도서관 출판시도서목록(CIP)은 서지정보유통지원
시스템 홈페이지(http://seoji.nl.go.kr)와 국가자료공동목록시스템
(http://www.nl.go.kr/kolisnet)에서 이용하실 수 있습니다.

책임편집   크리스 한, 서지영

강남
형사

Chapter 1
쌍둥이 수표

알레스 K 지음

스토리정글

목차

등장인물
Characters

박동금(28세, 남)

과거, 청담동 도라이로 불리던 광수대 막내 형사. 전직 골프 선수로, 광수대에 들어온 지 채 1년이 되지 않았다. 운동으로 다져진 건강미 넘치는 몸매에 연예인 뺨치는 외모로 여자들에게 인기가 많다. 뜻하지 않은 사고로 골프 선수를 그만둔 뒤, 아버지의 강압으로 경찰이 되었는데… 이 형사라는 길, 아무래도 하면 할수록 천직인 듯싶다!

주왕재(45세, 남)

명동에서 주로 잔고증명을 하는 사채업자. 과거 만석파 행동대장 출신이다. 주먹보다는 연장을 잘 쓰며, 자기 잇속을 위해서라면 사람 목숨을 파리 목숨으로 여길 만큼 비열하다. 힘 있는 자든 없는 자든, 전부 자신의 이익을 위한 도구로 여기는 약삭빠른 기회주의자.

왕도술(55세, 남)

전과 23범 위조 사기꾼. 유가증권위조죄와 사기 등 전과만 23범이다. 젊었을 때부터 수표위조단을 따라다니며 일을 배웠다. 그 사기 기술이 도술이라도 부린 듯 신묘할 정도였던지라 업계에서는 이름값을 한다고 아직까지도 추켜세운다. 그리고 이번 범죄는… 100억짜리다!

황지혜(26세, 여)

길을 걷다 마주치면 누구라도 다시 돌아볼 법한 우아하고 아름다운 비주얼을 가진 여인. 쭉 뻗은 키에 어떤 옷을 입든 모델 뺨치는 핏을 드러낸다. 엄마가 그리는 그림이 좋아 따라 그리다 보니 자연스레 미대를 가게 되었다. 현재는 미술학원 강사로 일하고 있다.

윤명규(54세, 남)

강력계에서만 이십여 년을 있었던 베테랑 형사. 만년팀장으로, 현재 광수대 3팀을 이끌고 있다. 감정에 흔들리지 않고 범죄자는 범죄자일 뿐이라는 단호한 태도를 취한다. 동금의 아버지인 박부경과의 오랜 인연으로 동금을 광수대로 이끌어준 인물.

부기원(47세, 남)

광수대 에이스. 말수가 거의 없고 차분하며 이성적이다. 잠복근무를 하면서 열두 시간 동안 단 한마디도 없이 차 안에 그대로 있었다는 일화는 아직도 종종 회자된다. 꼭 해야 할 말을 할 때면 구수한 전라도 사투리가 튀어나온다.

권수찬(38세, 남)

광수대 조폭팀에 있다가 3팀에 합류했다. 180cm가 넘는 키에 무도 단증만 14단으로, 등장만으로도 극강의 포스를 뿜내는 장대한 체구를 가졌다. 활달하고 싹싹한 성격이지만 깡패 놈들한텐 예의 따위 안 차린다.

김정선(28세, 여)

3팀의 홍일점. 사이버 특채 출신의 광수대 4년차 형사로, 뛰어난 수사 실력과 미모를 자랑하는 여경이다. 동금과 동갑이지만 직급은 경위로, 동금에게 있어 까마득한 선배다. 남몰래 그를 짝사랑하느라 속앓이를 하고 있다.

박태원(52세, 남)

직업은 사기꾼. 허풍이 세서 일명 '박과장'이라 불린다. 세상이 가진 것 없는 놈에게 누구보다 야박하다는 것을 일찌감치 깨닫고 돈에 집착하기 시작했다. 그렇게 각종 사기를 치며 전과자가 되었다. 도술과는 같은 고아원 출신으로, 그가 계획한 100억짜리 범죄에 발을 담근다.

홍진경(33세, 여)

왕도술의 애인. 전형적인 성형미인이지만 옷 센스만큼은 남달라 세련된 외모를 뿜낸다. 유흥업소 출신으로, 삼성동 룸싸롱에서 일하고 있다. 왕도술의 재력과 매너에 넘어가 스폰을 받는 애인 사이가 되었다.

서문
Prologue

———

아주 오래전. 형사가 주인공인 소설을 쓰고 싶었습니다. 그러나 글 쓰는 것과는 전혀 다른 직업을 가지게 되었고, 그 길이 제가 걸어가야 할 소명이라 생각하며 20년 넘게 왔습니다. 운 좋게도 20년 동안 남들이 모두 부러워하는 꽃밭을 걸었습니다. 그런데 잊고 있던 글을 쓸 기회가 내게 찾아왔습니다. 아이러니하게도 꽃밭이 아닌 진흙 속에서였습니다.

시름을 잊고자 펜을 들었습니다. 분노와 절망, 인간의 본성에 대한 회의를 고민하며 그 속에서 새로운 세계를 보았습니다. 소설은 사람을 묘사하는 것이라고 어느 유명 작가가 말했습니다. 거짓과 진실, 위선과 선함을 배척하지 않고 인간 그대로의 모습으로 그 사람을 그려내다 보니 어느새 소설이 완성되었습니다. 제 소설이 진흙 속에서 핀 연꽃인지는 모르겠습니다. 다만 분명한 건 진흙 속에서 제가 꿈꿔왔던 순간이 다가왔다는 점입니다.

처음 소설을 쓸 때 소설은 다큐가 아닌 픽션이라는 말을 들었습니다. 다만, 저는 현실 속에서 인간의 본성을 탐구하는 픽션을 창작하고 싶었습니다. 이젠 새로운 길을 찾아 떠나려고 합니다. 아마도 험한 산을 넘으면 길이 분명히 있을 것입니다.

저는 독자를 대신해 주인공인 박 형사에게 물었습니다.

"왜 경찰이 된 거야? 형사를 하고 싶었던 거야?"

"아무 생각이 없었어. 대마초나 피던 내가 경찰이 된다고? 그런데 강요 반 오기 반으로 경찰이 돼서 형사를 하다 보니 의외로 이게 내게 맞더라고. 나도 놀랐어. 경찰이 내게 맞는 직업일 줄은…. 큰 기대 없이 경찰이 돼서 그런지 오히려 눈치 보지 않고 하다 보니 재미도 있고, 이제는 경찰이 잘 되었다는 생각이 들던데."

주인공인 박 형사는 아무 생각 없이 경찰이 되었지만 결국은 큰 사건을 해결하고 그 속에서 인생을 배우며 성장하고 인연을 만들어 냈습니다. 박 형사는 천부적인 눈썰미를 가졌지만 선배 형사들이 가르쳐주는 기본을 놓치지 않았습니다. 저는 박 형사의 성장 과정을 독자들과 함께 지켜보고 싶습니다. 앞으로도 박 형사의 경찰 인생은 시리즈로 계속될 것입니다.

이 글이 완성되기까지 많은 분의 도움이 있었습니다. 제게 글 쓰는 법을 가르쳐주시고 글을 다듬어 주신 더스토리정글 정현미 작가님과 드라마 제작사 윤현보 대표님의 조언을 잊을 수가 없습니다. 그리고 따뜻한 격려를 해준 k형님까지, 모두 감사드립니다.

제가 뜻하지 않은 외도를 한다 하니 아내와 장남은 가슴을 두드리며 말렸습니다. 그렇지만 결국은 하고 싶은 대로 하게 두었습니다. 그것도 인생을 살아보니 고마워할 일이었습니다. 모두에게 감사드립니다.

- 알레스 K

Gangnam Detective

01
일란성 쌍둥이

8월 6일 일요일 오후, 용산 H호텔 예식장

무더위가 절정에 달했다. 오늘 서울은 낮 최고기온이 38도까지 올랐다. 그야말로 사람 여럿 잡을 듯한 찜통더위였지만, 이런 날에도 결혼식을 올리는 사람들은 있었다. 용산 H호텔 예식장 스케줄을 빽빽이 채워놓은 신랑, 신부 리스트와 수많은 하객의 모습이 이를 증명하고 있었다. 한복을 차려입은 어르신들부터 신랑, 신부보다도 화려한 정장과 드레스를 입은 청년들, 알록달록한 옷으로 귀여움을 뿜어내는 아이들까지. 수많은 하객이 호텔 안팎을 오갔다. 그런데 이날은 뭔가 이상한 점이 하나 있었다. 아무리 보아도 하객이라고는 보기 힘든 옷차림의 사내들 수십 명이 호텔 곳곳에서 삼삼오오 모습을 보이고 있었다. 사내들의 정체는 다름 아닌 경찰로, 서울경찰청 광역수사대 및 용산경찰서 강력팀 소속 형사들이었다. 거기에는 광수대 3팀의 막내인 박동금 형사도 있었다. 광수대에 들어온 지 채 1년이 안 된 신입인 동금은, 팀장 및 팀원들과 함께 동원되어 1층 로비에서 대비 중이었다. 이들이 용산 H호텔 예식장에 동원된 이유는 단 하나였다. 바로 오늘, 이곳에서 조폭의 결혼식이 있었기 때문이다. 조폭들의 결혼식이나 장례식이 있는 날, 관할 경찰서 형사과와 서울경찰청 광역수사대 형사들이 현장에 나오는 건 의례적인 일이다. 대체로 조폭들의 동향 파악으로 끝이 나긴 하지만.

형사들은 연신 흐르는 땀을 닦아내며 욕설을 내뱉었다.

"씨발, 하필 이 더위에 결혼식이야!"

"너희 팀은 그래도 호텔 안에서 근무하지? 우리 팀은 호텔 밖이라 쪄 죽는다. 쪄 죽어! 어떤 개새끼가 하필 이런 날 결혼하냐고!"

식도 올리기 전 욕부터 먹어야 하는 결혼식의 주인공은, 다름 아닌 만석파 행동대장 주왕재였다. 정오가 지나자 전국에서 올라온 검은 양복의 어깨들이 검은색 세단에서 우르르 내렸다. 호텔 앞에는 똑같이 검은 양복을 입은 건장한 체격의 남자들이 도열해, 예식장으로 향하는 다른 어깨들에게 90도로 허리를 굽혀 인사했다. 그중에는 원로 조폭들도 상당수 있었다.

2층 예식장 주변에는 수십 개의 화환이 쭉 늘어서 있었다. 국회의원, 민성대학교 총장, 엔터테인먼트 대표, 유명 연예인의 화환들이 눈에 띄었다. 축하객 중에는 전직 국무총리 이청준, 배우 김태성, 농구감독 강창준, 야구해설가 류성준 등 유명인들이 다수 보였다. 결혼식 사회는 수년 전 절정의 인기를 누렸던 인기 개그맨이 보았고, 축가도 90년대 하이틴 가수 이민성이 불렀다. 광수대와 용산경찰서 형사들 중 베테랑들은 하객으로 온 어깨들과 서로 아는지 인사를 나누거나 잠시 대화를 나누기도 했다. 아직 막내급 형사인 동금의 눈에는 모두 신기할 따름이었다.

"윤 팀장님, 그동안 잘 지내셨습니까?"

파마머리를 한 왕도파 두목 양건호가 광수대 윤명규 팀장에게 아는 체를 했다.

"자네도 왔어?"

"지금은 어디서 근무하십니까?"

"서울청 광수대에 있지."

동금은 윤 팀장 옆에 붙어 서서 두 사람의 대화를 듣고 있었다.

"주왕재가 누구야? 만석파도 생소하고…."

"저도 잘 몰라요. 팀장님도 아시잖습니까?"

호탕하게 웃는 파마머리 건달의 말에 동금이 고개를 갸웃했다.

"바로 내려가나?"

"축의금만 전달하고 바로 내려갑니다. 그럼 팀장님, 건강하십쇼!"

명규의 말에 대답한 파마머리 건달은 곧바로 허리를 굽혀 깍듯이 인사한 뒤 2층으로 향했다. 검은색 양복을 입은 어깨들이 홀 곳곳에서 연신 90도로 인사를 하고 있었다. 그런 모습을 보는 일반 손님들은 눈살을 찌푸렸다. 동금은 파마머리 건달이 사라지자 명규에게 물었다.

"팀장님, 뭐예요, 저 파마머리? 잘 알지도 못하는 사람 결혼식에 왔다는 말투네요?"

그러자 언제 다가왔는지 3팀 소속 선배 권수찬 형사가 웃으며 말했다.

"경조사로 돈 모아주는 게 지네들 관습이거든. 서로 잘 몰라도 어떤 어깨가 경조사가 있다 하면 전국에서 몰려와 부조를 하는 거지. 아마 경조사 한 번 하면 돈 좀 모일걸?"

180cm가 넘는 큰 키에 떡 벌어진 어깨. 보기만 해도 듬직한 수찬이 동금에게 조곤조곤 설명했다. 그는 광수대 3팀에 오기 전까지 조폭팀에 몸담고 있었다.

"일부 어깨 중에는 돈이 필요할 때마다 경조사를 낸다는 웃지못할 소문도 있어. 어머니 칠순 잔치를 했는데 3년 후에 또다시 어머니 칠순 잔치를 했다는 거야, 참나. 오늘 결혼하는 주왕재란 놈도 하필 이렇게 무더운 8월에 결혼하는 게 뭔가 좀 구리지 않아? 결혼식도 오후 3시 30분이잖아. 밥 먹기도 애매하게 말이야."

수찬의 말에 동금은 고개를 끄덕였다. 이때까지만 해도 이날 결혼식을 한 만석파 행동대장 주왕재가 광수대 3팀 형사들과 악연이 될 줄은 아무도 몰랐다.

＊ ＊ ＊

　오후 5시. 주왕재의 결혼식이 별 탈 없이 끝나자 경찰들도 모두 해산했다. 일요일이라 그대로 퇴근하는 형사도 있고, 모인 김에 한잔하러 가는 형사들도 있었다.

　"권 형사, 어때? 집에 가야 해? 오늘 무더위에 고생했는데 을지한우 가서 폭탄주나 한잔 땡길까?"

　을지한우는 동금의 아버지 박부경이 운영하는 고깃집이었다. 을지한우에 도착한 형사들은 곧장 2층에 있는 넓은 룸 안으로 안내되었다. 잠시 후에 유니폼을 입은 조 매니저가 들어왔다.

　"팀장님, 사장님이 어제 평창으로 부부동반 골프 가셨거든요. 몇 번이나 전화하셔서 잘해 드리라고 신신당부하셨어요. 필요한 것 있으면 꼭 말씀 주셔야 해요!"

　조 매니저는 조금은 과할 정도로 애교 섞인 목소리로 말하면서 동금의 눈치를 살폈다.

　"조 매니저, 항상 고마워요. 형님께는 안부 좀 전해줘요."

　한상 그득하게 차려진 한우에 더위로 쌓인 피로까지… 술이 저절로 넘어갔다. 형사들은 오늘 그 피로를 다 풀겠다는 듯 폭탄주를 각각 열 잔 넘게 마시고서야 자리에서 일어났다. 명규와 수찬은 동금이 미리 불러둔 택시를 타고 돌아갔다. 동금도 대리운전을 부르고는 1층 출입문 밖에서 기사를 기다렸다. 한여름인데도 을지한우의 룸은 거의 만석이었다. 그때 홀 중앙 쪽에 있던 네댓 명쯤 되는 일행들이 식사를 마치고 막 계산대를 지나고 있었다. 일행들은 40대 중후반쯤으로 보이는 남자와 20대의 젊은 남녀들이었다. 소란스러운 기운에 동금은 뒤돌아 그들을 바라보았다. 나이든 한 남자가 일행 중에 유독 키가 큰 젊은 여자에게 살갑게 대하고 있었다. 여자는 그게 부담스러운지 자꾸 또래들에게로 붙으려고 했다. 그들은 빠르게 지나쳐갔고 눈썰미 좋은 동금의 시선이 그 뒷모습을 따라갔다. 키가 큰 젊은 여자는 옅은 하늘색 블라우스에 청바지를 입고 있었는데 날씬한 허리와 몸의 굴곡을 잘 드러내고 있었다. 검은색 머리카락은 어깨 아래까지 내려와 있었다. 동금은 여자의 뒷모습이 꽤 섹시하다고 생각했는지, 눈을 떼지 못했다.

'저 여자가 골프 선수였다면, 설희보다 예뻤겠는데?'

동금은 대학 때까지 골프 선수로 활동했다. 잘생긴 외모에 훤칠한 키. 매너도 좋아 여자들이 따랐다. 동금 또한 여자를 싫어하지 않았다. 다가오는 여자를 억지로 막지도, 떠나가는 여자를 애써 붙잡지도 않았다. 그만큼 그의 마음을 세차게 흔들어놓은 사람이 없다는 뜻이기도 했다. 동금은 지금처럼 마음에 드는 여자가 눈에 띄면 머릿속으로 골프복부터 입혀봤다. 마치 그게 미의 수준을 가늠하는 척도라도 되듯 항상 그랬다. 지금 한창 최고의 인기를 누리고 있는 이설희 프로와 사귄 영향이기도 했다.

모든 걸 갖춘 이설희 프로와는 그래도 몇 달 꽤 진지한 관계를 유지했다. 당시 설희는 자신을 지독하게 스토킹하던 한 남자 팬 때문에 극심한 스트레스를 받고 있었다. 하필 데이트가 끝나고 설희를 집 앞까지 데려다주던 날 문제의 스토커와 마주쳤고, 동금은 그를 가만히 둘 수가 없었다. 그렇게 스토커는 동금에게 맞아 전치 8주가 나왔고, 동금을 고소했다. 협회로부터 중징계를 받은 동금은 결국 선수생활을 접게 되었다. 갑자기 인생이 꼬여버린 동금이 하루가 멀다 하고 클럽이나 다니며 방황하고 있을 때, 그의 아버지가 단호하게 말했다.

"너! 경찰 할래, 아니면 알거지 돼서 집에서 쫓겨날래? 네가 경찰 안 한다면 앞으로 너한테는 한 푼도 못 준다!"

당시 동금의 아버지 박부경은 현재 3팀 팀장인 명규와 호형호제하는 사이로 두 사람은 당시 천방지축으로 날뛰던 아들 동금을 두고 종종 상의하곤 했다. 아들 하나 있는 거 어떻게 인간 만들어야 하나, 고민하고 있을 때 '경찰'에 대한 아이디어가 나왔고 부경도 옳다구나 했다. 동금은 그렇게 아버지와 명규의 등쌀 반 오기 반으로 칠전팔기하여 결국 경찰이 되었다.

설희를 떠올리다가 지난 과거가 생각나자 동금은 피식 웃음이 났다. 그러면서도 여전히 눈은 키 큰 여자의 뒷모습을 쫓고 있었다. 남녀 일행은 주차장을 지나 대로변에서 택시를 기다리고 있었다. 그때 동금의 대리운전 기사가 도착했다. 시계를 보니 7시 38분이었다. 동금은 대리기사에게 BMW X5 차키를 주고 뒷자리에 탔다. 차는 주차장을 빠져나가면서 택시를 기다리던 남녀일행들을 막 지나치려 했다. 그때 키 큰 여자 앞에 택시가 멈춰 섰다. 여자는 택시 뒷문을 열면서 동시에 일행들과 인사를 나누려고 얼굴을 돌렸다. 그 순간 동금과 여자의 눈이 마주쳤다. 창문을 내린 동금은 고개를 뒤로 돌려서 여자의 얼굴을 계속 지켜봤다. 여자도 자신을 뚫어지게 보고 있는 동금의 존재를 느꼈는지 힐끔 쳐다보았다. 여자의 얼굴을 본 동금은 순간 얼어붙고 말았다.

"어… 기사님, 잠시만요!"

"왜 그러시죠?"

동금의 외침에 차는 거의 멈춰 섰지만, 여자를 태운 택시는 그 옆을 빠르게 스쳐 저만치 사거리를 지나고 있었다.

여자는 뒷모습뿐만 아니라 앞모습도 완벽했다. 하얀 피부에 쌍꺼풀 없는 큰 눈, 도톰한 입술과 오뚝한 콧날. 지금까지 본 적이 없는 미인에다 묘한 분위기를 풍겼다. 그 아름다움이 동금에게는 너무도 강렬하게 다가왔다. 택시가 시야에서 사라지고 나서도 동금의 심장은 세차게 뛰고 있었다.

＊ ＊ ＊

8월 30일, 강남 명성백화점 2층

연일 30도를 넘는 무더위가 계속되었다. 9월을 앞두고 명성백화점에는 마지막 여름 세일로 구름 인파가 몰려들었다. 북적이는 사람들 속에서 2층 에스컬레이터 앞에 한 젊은 남자가 서 있었다. 남자는 안경을 쓴 전형적인 샐러리맨 차림이었는데 그 낯빛에는 긴장감이 역력했다. 누군가를 기다리는 듯 그는 주변을 연신 두리번거렸다. 그때 50대 중반쯤으로 보이는 머리가 희끗희끗한 남자가 다가왔다.

"오래 기다렸어? …가지고 왔지?"

중년 남자는 초조한 눈빛으로 물었다.

젊은 남자는 고개를 끄덕하더니 양복 안주머니에서 흰색 봉투를 빠르게 꺼냈다. 봉투를 본 중년 남자는 그제야 안심한 듯 표정이 밝아졌다.

"수고했어."

"다음 주 화요일, 이 시간, 이곳에서…. 잊지 마세요."

"그럼, 당연하지. 걱정하지 마."

중년 남자는 봉투를 받아 보물단지라도 모시듯 상의 주머니에 조심스럽게 넣었다.

"이것만 있으면… 무조건 성공할 수 있어."

"전 회장님만 믿습니다."

* * *

9월 4일, 대한은행 역삼역 지점

9월 초인데도 여전히 무더위가 기승을 부렸다. 그러나 대한은행 역삼역 지점 VIP실은 빵빵한 에어컨 덕분에 한기가 느껴질 정도였다. 이곳에 머리가 희끗희끗한 그 중년의 남자가 있었다. 남자의 이름은 왕도술. 멀끔하게 차려입은 도술이 차분한 어투로 말했다.

"10억, 전부 현금으로 인출해줘요."

"네, 회장님. 잠시만 기다려주세요."

'100억을 몽땅 현금으로 인출하다니… 그것도 하루 만에…?'

사실 도술은 이날 오전에도 방문해 30억을 인출해갔다. VIP실 담당인 안미정 과장은 그런 도술을 의아하다는 듯이 힐끔거리며 쳐다보았다. 그녀는 관상이라도 보듯이 남자의 얼굴과 옷차림새 이곳저곳을 유심히 살펴보았다. 도술은 태연하게 커피잔을 들고는 VIP실을 눈으로 둘러보고 있었다. 그때 커피잔을 들어올린 도술의 왼 손등이 미정의 눈에 들어왔다. 한자를 그린 듯한 문신이 손등에 박혀 있었다. 소매가 좀 더 올라가면서 '王' 자가 완전히 드러났다.

'손등에 한자 문신이라니…. 그것도, 왕…?'

피식 웃음이 났지만 미정은 VIP 담당답게 내색하지 않고 빠르게 현금을 인출했다. 벽시계의 시침은 오후 3시를 막 지나가고 있었다.
도술은 초조한 듯 휴대폰을 계속 보았다.

"얼마나 남았어요?"

도술이 물었다.

"삼사 천 정도 남았습니다."

"그럼, 9억 7천까지만 먼저 담아줘요. 중요한 약속이 있어서 더는
지체할 수가 없네. 곧 우리 기사가 올 거니깐 남은 건 그편으로 받도
록 하죠. 30분 후에 인출해주고요."

도술은 말하면서도 왜 그런지 안절부절못했다.

"아…, 네, 회장님. 기사분께는 차 한 잔 드리고 있겠습니다."

잠시 후, 검은색 양복을 입은 남자가 VIP실 문을 열고 들어왔다.

"김 기사, 왔어?"

도술의 말에도 남자는 별다른 말 없이 정자세로 서 있었다. 짧은
스포츠머리에 건장한 체격의 남자는 한여름인데도 손에 흰 장갑을 끼
고 마스크까지 착용하고 있었다.

'이 더위에…, 보기만 해도 답답하네.'

미정은 속으로 생각했다.

"김 기사가 나머지 돈은 인출되는 대로 가지고 나와. 난 먼저 가 있
을게."

도술은 서둘러 말을 끝내고 VIP실을 나섰다. 배웅하려고 따라나서
는 미정에게 도술은 손사래를 치며 빠르게 복도를 지나갔다. 커다란
가방을 두 손으로 움켜잡고 뭐가 그리 급한지 부지런히 발걸음을 재
촉하는 도술의 뒷모습을 지켜보다가 돌아선 미정은 운전기사와 눈이
마주쳤다.

"아…! 마실 것 좀 드릴까요? 차와 커피 중에 어떤 걸…?"

미정의 물음에도 그는 멀뚱멀뚱 멀대처럼 서 있기만 했다. 그런 기사를 보며 그녀는 의아한 듯 속으로 생각했다.

'기사라면 회장님이 가방 들고 나갈 때 들어주는 척이라도 해야 하는 거 아냐? 이 사람, 운전기사로서 기본이 안 되어 있네.'

＊ ＊ ＊

1층으로 내려온 도술은 무거운 가방을 힘겹게 들고 은행 출입문을 나가 주차장으로 향했다. 잠시 후 주차된 검은색 카니발 차량 운전석에서 양복을 입은 젊은 남자가 내렸다. 남자는 아무 말 없이 차량 뒷문을 열고 익숙한 솜씨로 도술에게 건네받은 검은색 가방을 실었다. 트렁크 안에는 이미 일고여덟 개는 되어 보이는 같은 종류의 검은색 가방이 가지런히 놓여 있었다. 이때 마스크를 쓴 주차관리원이 다가오더니 트렁크 문을 막 닫은 남자에게 말을 건넸다.

"지금 나가실 거 아니면 차키 좀 줘요. 다른 차들 때문에 이동 주차를 해야 하니까."

"곧 나갈 테니 걱정 마쇼! 사람 내려오면 바로 나갑니다."

카니발 차량 기사가 퉁명스럽게 대답했다.

"아니, 기사 양반. 지금 들어오는 차들안 보여? 여기 주차장은 비좁아서 그때그때 관리하지 않으면 차를 뺄 수가 없어!"

주차관리원은 무더운 날씨 때문인지 한껏 짜증 섞인 목소리로 말했다. 운전기사는 주차관리원의 말에 힐긋 뒤를 돌아보았다. 자신의 카니발 뒤로 몇 대의 차들이 줄줄이 대기 중인 모습이 보였다. 하지만 그는 차키를 건네기는커녕 기분 나쁜 표정으로 두 손을 허리춤에 얹더니 주차관리원을 매섭게 노려보았다. 그러나 주차관리원도 쉽게 물러서지 않았다. 그 역시 운전기사를 지지 않고 노려보기 시작한 것이다. 보이지 않는 불꽃이 두 사람 사이에서 튀어 오르기 직전, 도술이 끼어들었다.

"장 기사, 내가 여기 있어도 되니까 경비아저씨께 이동 주차 맡기고, 장 기사는 2층 VIP실에 가서 광보 좀 도와주고 오라고."

도술이 타이르듯 이야기했지만 사내는 묵묵부답이었다.

"그래도 우리 사장님이 말 좀 통하네. 가뜩이나 주차장도 좁은데…."

주차관리원은 장 기사에게 다시 차키를 내놓으라고 재촉했다.

하지만 장 기사는 여전히 꿈쩍하지 않았다. 오히려 차문을 열고 들어가더니 운전석에 앉아 버렸다. 그러는 사이에 또 다른 자동차가 주차장으로 들어오며 난폭하게 경적을 울려댔다. 그 소란에 화가 잔뜩 난 주차관리원은 카니발 운전석 옆으로 다가가 손바닥으로 차를 몇 번 쳤다. 장 기사는 여전히 꿈쩍도 안 했다.

"아저씨, 빨리 차 좀 빼줘요!"

차가 몇 대 더 들어왔는지 빵빵거리는 소리가 더욱 요란해졌다. 도술은 운전석에 앉아 있는 장 기사에게 창문을 내리라는 손짓을 했다. 장 기사가 창문을 내리자 도술이 어이없다는 표정으로 노려봤다.

"여기서 괜히 문제 일으켜서 좋을 게 있어? 누가 경찰이라도 부르면 어떡할 거야? 회장님이 참 좋아하시겠다!"

도술이 화가 난 목소리로 말했다. 장 기사는 회장님이라는 말에 놀랐는지 그제야 차에서 내려 주차관리원에게 차키를 건네주고는 은행으로 향했다. 도술은 장 기사가 은행 안으로 들어가는 뒷모습을 지켜보았고, 차키를 받은 주차관리원은 재빨리 운전석에 올라 시동을 걸었다. 그러더니 도술과 눈을 마주치고는 곧장 주차장 밖으로 카니발을 몰고 나갔다. 잠시 그 모습을 지켜보던 도술 역시 이내 차를 향해 달려갔다.

＊ ＊ ＊

9월 5일 오전 11시 30분경 대한은행 명동 지점

대한은행 명동 지점은 늘 그렇듯 많은 고객들로 붐볐다. 사실 은행의 점심시간은 고객 입장에서 피하는 것이 좋은 시간대이다. 서비스 이용에 제한이 있을 뿐만 아니라 대기시간도 길어지고, 창구 업무 역시 원활한 사용이 어렵다. 그럼에도 불구하고 많은 사람이 이 시간에 은행을 채우고 있었다. 그리고 잠시 후, 은행 문이 열리며 또 한 사람이 은행 안으로 들어왔다. 콤비 정장을 차려입은 주왕재였다. 왕재가 은행에 나타나자 기다리고 있었다는 듯, 남자 은행원 하나가 반가운 표정으로 자리에서 일어나 창구 옆 사무실로 그를 안내했다. 주왕재를 담당하고 있는 김기성 대리였다.

왕재는 평소 운동을 많이 한 듯 군살 없는 몸매에 왁스를 잔뜩 발라 머리카락을 꾹 누른 헤어스타일을 하고 있었다. 하지만 그런 헤어스타일보다 더 눈에 띄는 것은 오른쪽 입술 밑에 있는 5cm가량의 흉

터였다. 그 모습을 힐끔 곁눈질하던 은행원이 왕재에게 말을 건넸다.

"회장님, 지난번 발행된 50억짜리 수표 두 장 지급제시하는 거 맞으시지요?"

"그래, 김 대리. 요즘 많이 바빠? 한동안 통 자리도 못 했네."

"아닙니다. 저희 일이 매번 같지요, 뭐. 그런데 회장님, 이번에는 조금 늦으셨네요."

"그렇게 됐어."

김 대리는 왕재의 목소리가 평소와는 다르게 잠겨 있어 기분이 별로라는 것을 느낄 수 있었다. 많이 피곤한 것 같기도 했다.

"회장님, 커피 한잔 드릴까요?"

"아니, 됐네. 점심 약속이 있어서. 빨리 처리하고 가봐야 하니까 커피는 나중에 마시지."

여유가 없는 듯 왕재는 김 대리에게 지갑에서 꺼낸 수표 두 장을 건네주었다. 그와 동시에 5만 원권 스타벅스 기프트카드를 꺼내 김 대리가 두 손으로 쥐고 있는 수표 위에 올려주었다. 김 대리는 환한 표정으로 꾸벅 인사를 하고는 곧이어 수표판독기에 수표를 넣었다. 그리고 진품 수표임을 확인하고 평소처럼 컴퓨터에 접속했다. 그 순간 김 대리는 컴퓨터 모니터 화면에 얼굴을 바짝 들이밀었다. 그러더니 무언가 다시 확인하는 듯 컴퓨터 자판을 두드렸다.

"어… 어…?"

김 대리가 고개를 저으며 놀란 표정으로 왕재를 바라보았다.

"회장님… 이게 뭔가 좀 문제가 있는 것 같은데…. 이 수표 두 장이 4일 전에 역삼역 지점에서 이미 지급제시된 것으로 나옵니다. 이상하네…."

김 대리의 말에 왕재는 애써 초조한 마음을 감추며 김 대리의 확인을 차분히 기다렸다. 하지만 의문이 풀리지 않는 듯 당황한 채 모니터를 들여다보는 김 대리의 모습에, 왕재는 자리에서 벌떡 일어났다.

"확인이 안 돼?"

"그게… 아무래도 이 수표 두 장이 이미 지급제시된 것 같습니다."

"지금 무슨 말을 하는 거야? 이 수표는 며칠 전에 내가 이곳에서 발행받아간 그 수표인데!"

왕재의 목소리가 높아졌다. 김 대리는 무언가 사고가 터졌음을 직감했다.

"회장님, 잠시만 기다려주십시오!"

김 대리는 수표를 들고 급히 사무실을 나갔다. 5분쯤 지나서 김 대리와 함께 상사로 보이는 중년 남자가 사무실 안으로 들어왔다.

"회장님, 김영훈 차장입니다. 김 대리한테 지금 보고 받았습니다. 저희로서도 처음 겪어 보는 상황이라 역삼역 지점에 다시 한번 확인 요청을 해놓았습니다. 잠시 기다려주시면 확인이 될 것 같습니다."

잠시 후 은행직원이 문을 열고 들어오더니 영훈에게 귓속말로 무언가를 말했다. 보고를 받은 그의 얼굴이 일그러졌다. 영훈은 표정을 가다듬고 왕재를 바라보며 말했다.

"회장님, 아무래도… 사고가 난 것 같습니다."

잔뜩 언짢아진 왕재가 오른쪽 미간을 찌푸리고 매섭게 쳐다보며 말했다.

"…사고? 무슨 사고!"

영훈은 당황한 표정으로 최대한 차분하게 말을 이어갔다.

"역삼역 지점에서 보관 중인 수표 두 장이, 회장님께서 며칠 전에 우리 명동 지점에서 발행받아가신 진품 수표로 확인되었다고 합니다. 일단 빨리 경찰에 신고부터 하는 게 좋겠습니다, 회장님."

영훈의 말을 듣고 있던 왕재의 얼굴이 붉어질 대로 붉어졌다.

"이보쇼, 은행이란 곳이 이렇게 엉터리로 일을 해도 되는 거요? 분명히 여기에서 며칠 전 발행 받아간 수표 두 장이 지금 내 손 안에 있는데, 그게 잘못됐다는 게 말이 되는 소리요!"

왕재의 말은 틀리지 않았다.

"경찰에 신고하면 대한은행은 책임이 없는 거요? 내 돈부터 주고 경찰에 신고하든 말든 하시오, 지금 당장! 난 내 돈 줄 때까지 여기서 한 발자국도 못 움직이니까."

영훈의 눈에 왕재의 턱에 있는 흉터가 유난히 크게 보였다.

"회장님, 어떤 경위인지 확인해야 하니 우선 경찰에 신고부터 하시지요. 회장님을 못 믿는 것이 아니라 수표가 진품인지 확인만 하면 되니까요. 그 후에 진실이 밝혀지면 책임 있는 사람이 책임지면 되지 않겠습니까? 경찰에는 저희가 신고하겠습니다."

"뭐?? 이것들이 장난하나, 지금!!"

영훈의 말을 듣고 있던 왕재가 갑자기 앞에 있는 테이블을 번쩍 들어 뒤엎었다. 테이블이 엎어지는 소리에 밖에 있던 은행경비원이 깜짝 놀라 무슨 일인가 싶어 사무실 안으로 뛰어 들어왔다.

"난 분명히 말했소. 내 돈부터 주고 경찰에 신고하라고! 당신들이 그렇게 안 하면 내가 당신들 그냥 두지 않을 테니 지켜보쇼!"

왕재의 단호한 경고에 은행직원들이 어쩔 줄 몰라 했다.

"김 대리, 수표 이리 내놔."

왕재는 김 대리를 노려보며 수표를 달라는 듯 오른팔을 김 대리 쪽으로 내밀었다. 겁먹은 표정으로 서 있던 김 대리가 영훈의 얼굴을 쳐다보았다. 수표를 건네줄지 말지 결정해달라고 얼굴로 묻고 있었다. 김 대리의 눈빛을 받은 영훈은 다시 왕재를 쳐다보며 말했다.

"주 회장님, 당혹스러우신 것 제가 왜 모르겠습니까? 그래도 사실을 확인해야 해결 방안이 나오지 않겠습니까? 우선 경찰을 불러서…."

영훈의 말이 채 끝나기도 전에 왕재가 유리문을 주먹으로 내리쳤다. 유리문이 깨지면서 왕재의 손에 피가 흘러내렸다. 순간 은행 안에 있던 사람들의 시선이 모두 왕재에게로 향했다.

"내가 당신에게 경찰에 신고하지 말라고 분명히 얘기했지? 야! 김 대리, 수표 빨리 안 내놔!"

김 대리가 죽상이 된 얼굴로 영훈을 다시 쳐다보자 영훈도 어쩔 수 없다는 표정으로 김 대리에게 주라는 눈짓을 보냈다.

"후…."

영훈은 깊은 한숨을 내쉬었다. 왕재는 수표를 건네받으며 그 모습을 노려보았다.

"당신들, 빨리 해결하는 게 좋을 거야. 그리고 다시 한번 말하지만 내 돈부터 주고 경찰에 신고하라고! 그렇지 않으면 내가 그냥 안 있어!"

그 말을 끝으로 왕재는 사무실을 나서며 깨진 유리문을 쾅 닫아버렸다.

왕재가 나가고 남은 공간에는 뒤엎어진 테이블에 깨진 유리조각까지 난장판이 되어 있었다. 영훈은 복잡하고 혼란스러운 마음을 애써 진정하려 했고, 김 대리는 여전히 이 모든 게 얼떨떨한 표정이었다.

"차장님, 이게 대체 어찌 된 일일까요."

"그러게 말이야. 이게 다 뭔 일인지. 저 사람, 조폭 출신이라고 했지?"

"예, 조폭 맞습니다. 이 근처 사무실에서 잔고증명을 크게 하는 사채업자인데 지금까지 특별한 사고는 없었어요."

"어쨌든 빨리 수습하는 게 중요하겠어…. 일단… 지점장님께 빨리 보고부터 드리지… 본점에도 보고하고… 서두르자고!"

* * *

9월 6일 오전 서울경찰청 광역수사대 3팀 사무실

"우리 마포 시장에 가서 메밀 냉면이나 간단하게 먹고 들어오자!"

책상에 앉아 수사기록을 보고 있던 명규가 천천히 일어났다. 그 소리에 형사들이 우르르 사무실을 나가려는 순간 명규의 책상 위 전화벨이 요란하게 울렸다. 발신인을 본 명규는 긴장한 듯 바로 전화를 받았다.

"예, 대장님. 윤 팀장입니다…. 예, 알겠습니다. 지금 바로 올라가겠습니다."

명규는 전화를 끊자마자 서둘러 교양노트*를 챙겨 사무실을 나갔다. 광역수사대장이 그를 호출한 것이다. 그렇게 3팀 형사들은 대장을 만나러 나선 명규가 돌아오기를 기다렸다. 명규를 기다리는 동안,

---

* 경찰들이 사무실 내부에서 사용하는 노트. 주로 회의 때 사용하며 사건 관련 정보나 진행 상황 등을 메모하는 노트다.

3팀 홍일점 김정선 경위는 막내인 동금을 살짝 훑어보았다. 동금은 광수대에 들어온 지 채 1년밖에 안 된 막내였다. 180cm가 넘는 키에 남녀노소 누구든 호감을 가질 만한 외모, 거기에 남다른 패션센스까지. 정선의 눈에 동금은 형사들 사이에서 유난히 튀어 보이는 사람이었다.

명규가 다시 사무실로 들어온 것은 30분 정도가 지난 뒤였다. 그는 능력에 비해 이상하게도 승진 운이 없었다. 그래서인지 다들 그를 '광수대 만년 팀장'이라고 부르곤 했다. 그런 명규에게 있어 올해는, 경정으로 승진할 수 있는 마지막 기회였다. 만약 올해도 승진을 하지 못한다면 내년 초 인사에서는 경찰서로 무조건 강제 전출을 해야 했다. 그러니 광역수사대장이 명규에게 사건을 맡겼다는 것은, 승진에 대한 기회와 명분을 주는 것임을 다른 형사들도 짐작할 수 있었다.

동금 역시 명규의 표정에서 복잡 미묘한 감정을 읽을 수 있었다. 동금은 초등학교 때부터 골프 선수로 시합에 출전했던 터라 젊은 나이에도 불구하고 타인의 감정을 읽어내는 데 능숙했다.

"다들 모여."

명규의 지시에 사무실 중앙 회의용 탁자를 중심으로 팀원 다섯 명이 빙 둘러앉았다.

"우리 팀에 중요 사건이 배당됐다. 경찰청 국가수사본부장님이 직접 대장님께 전화한 사건이야. 보안 유지 철저히 하면서 신속하게 사건을 해결하라는 지시다. BH에도 보고된 사건이야."

BH는 블루하우스의 약칭으로 보통 청와대를 말하는 은어였다. 그리고 BH에 보고됐다는 것은, 그만큼 이 사건이 최고 중요 사건으로 분류됐다는 뜻이었다.

"음… 어제 오전, 대한은행 명동 지점에 50억짜리 자기앞 수표 두 장, 총 100억이 지급제시되었다. 그런데 지급 과정에서 확인해보니 그보다 4일 전인 9월 1일에 이미 똑같은 수표 두 장이 대한은행 역삼역 지점에 먼저 지급제시되었다는 거야. 역삼역 지점에서 지급제시된 수표 100억은 이미 전액 현금으로 인출된 상태였고."

지급제시는 은행에서 발행한 자기앞 수표를 소지하고 있는 사람이 은행에 그 자기앞 수표를 넘겨주면서 그 금액을 청구하는 절차를 말한다.

"역삼역 지점에 지급제시된 수표 두 장은 현재 대한은행에서 보관 중이고, 정밀감정을 해보니 그 수표 두 장은 명동 지점에서 발행한 진품임이 확실하다고 한다."

명규가 교양 노트를 보면서 설명했다. 그도 이 상황을 충분히 이해했다기보다는 광수대장님으로부터 전달받은 내용을 다시 전달한다는 느낌이었다.

"팀장님, 그럼 나중에 대한은행 명동 지점에 지급제시된 수표가 가짜 수표 아닌가요?"

수찬이 기다렸다는 듯 먼저 말문을 열었다.

"문제는 대한은행 명동 지점에 지급제시된 수표도 역삼역 지점에 지급제시된 수표와 똑같은 진짜 수표라는 거야."

명규도 말하면서 이해가 되지 않는다는 표정을 지었다.

"팀장님, 그게 가능해요? 명동이든 역삼역이든 둘 중 하나는 가짜 수표여야 논리적으로 맞는 것 아닙니까?"

수찬이 마치 추궁하듯 질문하자 명규도 당혹스럽다는 듯 뒤통수를 벅벅 긁었다. 그가 지금 대답해줄 수 있는 것이라곤 은행의 입장을 전달하는 것뿐이었다.

"은행에서 현재까지 파악한 바로는 그렇다는데…."

"팀장님, 그럼 수표발행번호도 똑같단 얘긴가요?"

정선이 안경을 고쳐 쓰며 물었다.

"그래. 명동 지점과 역삼역 지점 수표가 발행번호뿐만 아니라 모든 것이 똑같은 진짜 수표라는군."

3팀 사무실 안에 정적이 흘렀다. 아무리 경우의 수를 돌려봐도 논리적으로는 설명할 수 없는 일이었다.

"팀장님, 혹시 대한은행에서 착오로 중복 발행했을 가능성은 없을까요?"

수찬이 물었다.

"대한은행에서는 지금까지 은행 역사상 중복 발행된 수표는 없었고, 시스템상 중복 발행은 불가능하다고 하네. 허 참!"

명규는 부하 형사들의 질문에 답변하느라 땀을 뻘뻘 흘렸다. 질문은 다르게 쏟아졌지만, 대답은 계속 같은 곳을 맴돌고 있었다.

"중요한 건 나중에 명동 지점에 와서 지급제시한 사람. 그 사람이 며칠 전에 거기서 직접 수표를 받아간 사람이라는 거야."

이제껏 한마디도 안 하고 잠자코 듣고만 있던 부기원 반장이 입을 열었다.

"보통 이런 사건에서는 처음 제시한 사람이 범인이고 나중에 지급제시한 사람이 피해자일 확률이 높지 않나요? 나중에 지급제시한 명동 지점 고객은 역삼역 지점에서 지급제시된 것을 몰랐으니, 그 수표를 들고 와서 지급제시했다고 봐야 할 것 같은데요."

기원이 문제의 핵심을 짚었다. 그의 말대로 나중에 수표를 지급제시한 사람이 자신의 수표가 가짜라고 생각했다면, 지급제시할 이유가 없었을 테니까.

"우리 한번 복잡하게 생각하지 말고 정리해보자고. 명동 지점, 역삼역 지점 수표는 동일한 수표면서 모두 진품이야. 그 점이 지금까지의 위조수표 사건하고는 차원이 다른 거지. 그 점 때문에 금융당국에 비상이 걸린 거고. 동일한 진품 수표가 이중으로 금융시장에 유통된다고 알려지면 금융시장의 신뢰가 흔들리지 않겠어?"

"팀장님, 대한은행에서는 은행의 신뢰 문제 때문에 중복 발행이 아니라고 부인하겠지만 수표발행도 결국은 사람이 하는 일이니까 고의든 실수든 중복 발행의 가능성이 있는 것 아닌가요?"

수찬은 여전히 자신의 주장을 굽히지 않았다.

"은행은 절대 불가능하다고 하지만… 우리가 직접 은행에 가서 확인해볼 필요는 있겠군."

"팀장님, 그럼 그 수표가 사람으로 치자면 일란성 쌍둥이라는 거네요. 쌍둥이가 하나는 진짜고 다른 하나는 가짜가 아니듯이요."

동금이 말했다.

"박 형사 비유가 적절하네."

명규가 피식 웃으며 말했다. 동금은 이렇게 적절한 멘트를 한 번씩 잘 날리곤 했다. 그리고 그런 동금을 정선이 묘한 표정으로 쳐다보고 있었다. 정선은 사이버 특채 출신으로 어느새 광수대 4년차 형사였다. 또래 중에서는 특히나 그 실력을 인정받는 여자 형사로, 수사 실력뿐만 아니라 육감적인 몸매로 남자 형사들에게 인기가 많았다. 하지만 무슨 이유인지 그녀는 결혼은 물론이고 연애에도 일절 관심이 없는 듯 보였다. 28세로 동금과 동갑이지만 경찰로는 선배인지라 동금은 평소 정선에게 '김 형사님'이라고 깍듯이 대했다. 정선은 그런 동금에게 서로 말을 놓고 친구처럼 편히 지내자 여러 번 말했지만, 동금은 그런 정선의 말에 따르지 않고 항상 예의를 지켰다.

"아오, 머리 복잡해! 전에 있던 조폭팀에서는 이런 골 아픈 사건은 없었는데."

수찬은 자신의 머리카락을 손으로 마구 헝클어드리며 말했다.

"권 형사, 복잡할 게 뭐가 있어. 범인만 잡으면 되는 거지. 안 그래?"

명규의 말에 모두가 웃음을 터트렸다. 다들 웃는 와중에도 막내인 동금은 열심히 교양노트에 메모를 하고 있었다.

"자, 그럼, 우리 구내식당에서 간단히 점심 먹고 바로 두 팀으로 나누어 현장으로 가보자고. 나랑 권 형사, 그리고 김 형사는 대한은행 명동 지점으로. 부 반장이랑 박 형사는 대한은행 역삼역 지점에 가서 상황을 들어보는 걸로 하지."

"예, 알겠습니다."

믿음직하게 답하는 팀원들을 보며, 명규는 진지한 표정으로 입을 열었다.

"아까도 얘기했지만, 철저히 보안유지하라는 대장님 특별지시야. 당분간 절대로 기자들이 알아서는 안 돼! 다른 팀에도 흘러 들어가지 않게 조심하고. 일이 어떻게 된 것이든 동일한 50억짜리 자기앞 수표가 유통되었다는 것은 금융당국과 은행이 비난받을 소지가 크다. 그러니 보도가 나가면 사건을 맡게 된 우리도 부담이야. 빨리 해결하면 다행이지만 사건이 늘어지기라도 하면 사건 해결에 대한 비난의 화살이 언제 우리 경찰로 집중될지 모른다. 그때부터는 수사하는 데에 훨씬 어려움이 생길 테니 이 점 모두 명심하자!"

"예, 팀장님!"

"아, 그리고 사건담당 형사는 박 형사로 하지. 박 형사도 광수대 들어온 지 1년 됐으니 이제는 담당 형사로 한번 지정돼 봐야 하지 않겠어?"

명규의 말에 동금은 깜짝 놀랐다. 담당 형사로 지정된다는 것은 경찰 전산망에 이 사건의 담당으로 박동금이란 이름이 기재된다는 소리였다. 이는 곧 특진 등 승진 시에도 자기 사건으로 취급되어 공적으로 사용할 수 있다는 얘기였다. 무엇보다 이 사건은 명규의 승진이 걸린 사건 아니던가? 물론 이 사건을 해결한다고 무조건 명규가 승진하는 것은 아니지만… 반대로 만에 하나 이 사건을 해결하지 못한다면, 그의 승진 기회는 아예 사라진다고 할 수 있었다.

"박 형사, 열심히 해봐!"

선배 형사들은 웃으며 동금의 어깨를 두드렸지만 졸지에 큰 사건의 담당 형사가 되어버린 동금은 그저 어리둥절할 뿐이었다.

* * *

대한은행 명동 지점

명규와 그 일행이 대한은행 명동 지점에 도착한 시간은 오후 1시 30분경이었다. 명동지점에서는 이미 담당 직원인 김기성 대리가 기다리고 있었다. 미리 연락을 받은 김 대리는 명규 일행을 곧장 지점장실로 안내했다. 지점장실에 도착한 명규 일행은 은행 측 관계자들과 가벼운 목례를 나누고 명함을 교환했다. 대한은행에서는 명동 지점 장도영 지점장과 김영훈 차장, 김기성 대리, 그리고 본점에서 온 강재훈 부장이 나와 있었다.

"팀장님, 오시느라 수고 많으셨습니다. 오늘 집회까지 있던데 경찰이 고생입니다."

마른 체형에 앞머리가 벗겨진 장 지점장이 혀를 차며 인사했다.

"이런 어려운 시기에 사고까지 터져서 걱정이 크시겠습니다."

명규는 지점장의 인사에 간단히 응대한 후 어제 있었던 사건에 대해 본격적으로 묻기 시작했다.

"그럼, 어제 오전 일을 구체적으로 설명해주시겠습니까? 어느 분이 담당하셨나요?"

명규는 맞은편에 앉아 있는 직원들을 쭉 둘러보며 말했다. 그러자 지점장이 명규 일행의 안내를 맡았던 김 대리를 보며 입을 열었다.

"김 대리, 팀장님께 아주 자세하게, 있었던 일 그대로 설명드리게!"

지점장의 카랑카랑한 목소리에 김 대리는 순간 위축된 모습으로 푹 고개를 숙였다. 명규는 그런 김 대리를 향해 부드러운 목소리로 질문을 던졌다. 명규의 부드러운 목소리에 김 대리가 숙였던 고개를 천천히 들었다. 김 대리가 고개를 들자 정선은 즉각 수첩을 꺼내 들었고, 김 대리는 마른 침을 삼키더니 힘겹게 이야기를 시작했다.

"그러니까… 평소 저희 지점에 자주 거래하시는 주 회장님으로부터 어제 오전 11시쯤 전화가 왔습니다. 한 30분 후에 은행에 방문해 며칠 전 발행한 수표를 지급제시할 거라고요."

"그 주 회장이란 분, 성함이 어떻게 되시죠? 그리고 김 대리님은 언제부터 그 주 회장이란 분을 담당하셨나요?"

"2년 전쯤입니다. 제가 명동 지점에 부임할 때부터였습니다. 그전 근무자에게서 소개를 받아 인계를 받았고요. 주 회장님 이름은 주왕재이십니다."

"주왕재…?"

명규가 미간을 찌푸렸다. 어디서 들어본 이름 같았기 때문이다. 그건 수찬도 마찬가지였다.

"주왕재라는 분, 하는 일이 뭐요?"

"명동에 사무실이 있는데… 금융업을 한다고 알고 있습니다."

"구체적으로 어떤 금융업을 말하는 건가요?"

"김 대리, 아는 것은 전부 바로바로 말씀드리라고! 하나도 숨기지 말고."

장 지점장이 김 대리의 자신 없는 목소리에 답답한 듯 나무랐다.

"예, 사채업을 하시는 것으로 알고 있고요. 주로 잔고증명을 하시는데 어제 수표도 잔고증명을 위해서 며칠 전 발행 받으신 것으로 알고 있습니다."

장 지점장의 질책에 더욱 긴장했는지, 김 대리는 떨리는 목소리로 다시 말을 이어갔다.

"잔고증명이라는 것이 특정한 날짜에 은행 계좌에 얼마가 들어 있다는 것을 증명하는 것으로 알고 있는데 맞습니까?"

"예, 맞습니다."

명규의 질문에 대답한 건 지금까지 가만히 듣고만 있던 김영훈 차장이었다. 그러나 명규는 잠시 김 차장을 쳐다보며 고개만 끄덕였을 뿐, 다시 김 대리를 향해 질문을 이어가기 시작했다.

"제가 알기로 합법적인 잔고증명도 있지만 불법적인 잔고증명도 있다고 알고 있는데요. 주 회장이란 사람은 어느 쪽인가요?"

명규의 질문에 김 대리는 머뭇거리기만 할 뿐, 또렷이 답변하지 못했다. 그러자 다시 김 차장이 김 대리 대신 나서서 입을 열었다.

"팀장님 말씀처럼 불법적으로 통장에 든 돈의 액수를 위조하는 범죄를 저지르는 사람도 있다고는 들었습니다. 쉽게 말해서, 통장에 돈 1천만 원 있는데 1억이 있는 것처럼 잔고를 위조하는 거죠. 아마도 주 회장이 잔고증명이 필요한 사람에게 돈을 잠시 빌려주고는 그 대가로 수수료를 받는 일을 하는 게 아닐까 싶은데…."

본인의 의견을 내세우는 김 차장을 명규가 날카롭게 처다보았다.

"주 회장이 그런 잔고증명을 하는 사람이라는 것은 어떻게 아셨습니까?"

"확실한 것은 아닙니다. 다만 명동에서 사채업을 하는 사람들이 일종의 수수료를 받고 그런 영업을 한다고 들어서요. 주 회장이란 사람도 그런 것이 아닐까… 생각하는 거죠."

명규는 흠- 하며 의자에 등을 기대더니 김 차장을 향해 다시 질문했다.

"주 회장이 잔고증명을 한다면 굳이 수표를 인출할 필요가 있었을까요? 잔고증명이 필요한 사람에게 100억을 계좌로 이체했다가 바로 다시 계좌로 돌려받으면 간단할 텐데요?"

"네. 굳이 수표를 인출해서 잔고증명을 하는 것이 일반적이지는 않습니다. 하지만 잔고증명을 필요로 하는 사람의 의사에 따라서는 그럴 수도 있겠다는 생각이 들어서요."

김 차장의 말을 들은 명규는 김 대리 쪽으로 고개를 돌렸다.

"김 대리님, 주 회장이 며칠 전 잔고증명을 위해 수표를 발행받았다고 하셨는데 그건 어떻게 아시는 겁니까?"

"주 회장님은 한 달에 몇 번 잔고증명을 위해서 은행에 방문합니

다. 며칠 전에도 수표를 발행 받아 가시기에 물어봤더니… 잔고증명
하는 데 사용한다고 하셨어요."

"누구에게 잔고증명한다는 말은 없었나요?"

"예, 누구와 한다는 것까지는… 잘 모르겠습니다. 죄송합니다."

"다시 아까 하던 이야기로 돌아가 보겠습니다. 어제 있었던 일을
좀 더 정확하게 설명해주시기 바랍니다. 주왕재라는 회장이 30분 전
에 전화가 왔다는 것까지 말씀하셨던가요?"

"예, 맞습니다. 11시 30분쯤에 주 회장님 혼자 은행으로 방문하셨
습니다. 그래서 보통 때처럼 창구 왼쪽에 있는 사무실로 안내해 50억
짜리 자기앞 수표 두 장을 건네받아 수표판독기로 진품 여부를 확인
했습니다. 그리고 진품으로 확인이 되어서 지급을 하려고 전산을 봤
더니… 이미 4일 전 역삼역 지점에서 먼저 지급제시된 수표였던 겁니
다. 제가 놀라서 이 사실을 말씀드렸지만 주 회장님은 크게 화를 내면
서 그럴 일이 없다고 말씀하셨어요. 그래서 저는 여기 계신 김영훈 차
장님께 바로 보고를 드렸습니다."

김 대리는 이야기를 하며 손을 덜덜 떨었다. 장 지점장은 그런 김
대리와 형사들을 보며, 뭔가 못마땅한 듯 인상을 찌푸렸다.

"예, 김 대리 말이 맞습니다. 제가 점심시간이 거의 다 되어서 다
른 직원들하고 식사하러 나가려고 하는데 김 대리가 놀란 얼굴로 제
게 오더니 사정을 얘기하더군요. 아무래도 김 대리 혼자 상황 수습이
힘들 것 같아 제가 같이 갔습니다. 그리고 다른 직원에게는 김 대리가
준 수표가 역삼역 지점에서 지급제시되어 있는지 확인을 시켰고요."

그때, 불쑥 수찬이 김 차장에게 질문을 던졌다.

"혹시 김 차장님은 이전부터 주왕재 씨를 알고 계셨나요?"

"아니요. 주 회장이란 사람이 김 대리의 고객으로 은행에 가끔 들르다는 정도만 알고 있었습니다. 개인적인 친분은 없습니다."

"그럼 김 대리님은 주왕재 씨와 개인적인 친분이 있으신가요?"

이번에는 정선이 김 대리에게 물었다.

"아니요! 그럴 리가요! 제 고객이어서 자연스럽게 알게 된 것이지 개인적인 친분은 전혀 없습니다."

김 대리가 큰 목소리로 부인했다.

"강 부장님, 수표발행 업무는 본점에서 총괄하나요? 은행에서 똑같은 수표를 중복 발행할 가능성이 제로라고 들었는데요."

"예, 그렇습니다. 수표를 발행하면 수표번호가 부여되고, 이미 부여된 수표발행 번호는 대한은행 모든 지점에 공유되기 때문에 중복 발행은 절대 불가능합니다."

강 부장은 목에 걸린 푸른색 넥타이를 만지작거리며 답했다.

"그럼 은행의 시점으로 본다면 어떤 가능성이 있을까요? 그 점이 경찰로서 참 이해하기 어려워서 말입니다."

명규가 차분한 목소리로 강 부장을 보며 물었다.

"아마 그러실 겁니다. 그렇지만 죄송하게도 저희 역시 아직 그 원인을 찾지 못하고 있습니다."

강 부장은 말을 마치고는 답답하다는 듯 크게 한숨을 내쉬었다.

"오늘은 기본적인 사실관계를 파악하기 위해 온 것이니 그 부분은 자세히 질문하지 않겠습니다. 조만간 본점을 방문해 수표발행 과정에 대해 전반적으로 다시 여쭤보도록 하죠. 그리고 은행 측에서도 좀 더 확인을 부탁드립니다. 만에 하나 수표가 이중 발행되었을 가능성이 있을지도 모르니 말입니다."

명규의 말에 강 부장은 발끈하는 얼굴로 입을 열었다.

"감히 말씀드리지만 중복 발행될 가능성은 없습니다….."

"지금까지 대한은행에서 중복 발행이 없었다고 앞으로도 중복 발행이 절대 없을 거라 어떻게 자신하시죠?"

"그, 그게… 어…."

수찬이 따지듯 강 부장의 말을 잘랐다. 그의 덩치에 압도된 듯, 강부장은 제대로 말을 매듭짓지 못한 채 입을 다물었다.

'아무래도 대한은행 입장에서는 중복 발행 가능성을 인정할 수 없겠지. 그러면 무조건 대한은행에 책임이 따를 테니….'

명규는 강 부장을 보며 생각했다. 그가 이곳에 있는 이유가 경찰을 위해서는 아닐 것이다. 사건은 이미 벌어졌고, 은행 입장에서는 사건의 피해자가 되느냐 책임자가 되느냐의 문제가 걸려 있었다. 그러니 혹시라도 모를 사태를 대비코자 본점에서 관리하러 나온 것이리라.

"그 주왕재라는 사람 말입니다. 은행 유리문까지 박살 내버려 얼마나 황당했는지 모릅니다."

서먹한 시간이 찾아올 뻔한 순간, 장 지점장이 화제를 돌렸다.

"김 차장, 도대체 주 회장이란 사람은 왜 경찰에게 신고하지 말라고 한 거야? 뭘 감추려고 그런 건지 아는 거 없나?"

"잠깐만요. 주왕재 씨가 경찰에 신고하지 말라고 했다고요?"

명규의 질문에 정선이 수첩을 뒤적이더니 대신 답했다.

"그러고 보니 이번 신고는 대한은행에서 한 거네요. 주왕재 씨가 신고한 건은 없습니다."

정선의 말에 김 차장 역시 고개를 끄덕였다.

"맞습니다, 형사님. 제가 경찰에 신고하자고 했더니 주왕재 씨가 절대 경찰에 신고하지 말라고 오히려 저희를 협박했습니다."

김 차장은 주왕재의 행동을 떠올리자 화가 치미는 듯, 얼굴에 홍조를 띤 채 말했다.

"김 대리님은 혹시 아시는 게 있나요? 사실, 현재 상황만 놓고 보면 주왕재 씨가 피해자처럼 보이는데 왜 신고를 못 하게 했을까요?"

정선이 김 대리를 향해 물었다.

"정말이지 저도 그게 이해가 되지 않습니다. 아, 그러고 보니… 어제 유독 주 회장님이 흥분하셨습니다. 이유는 모르겠습니다만…."

김 대리는 그 말을 끝으로 다시 입을 다물었다.

"주왕재 씨가 지급제시한 수표는 누가 보관하고 있나요?"

"실은… 주왕재가 수표를 돌려달라고 위협하는 바람에 다시 주었습니다."

김 대리가 한숨을 크게 쉬며 말했다.

"그럼 주왕재 씨가 지급제시한 수표가 역삼역 지점 수표와 같은 수표라는 건 김 대리님이 확인한 것밖에 없는 건가요?"

"아닙니다. 김 대리가 수표를 들고 왔을 때 사진 찍어둔 게 있습니다. 역삼역 지점에 연락해 동일한 수표인지 확인하기 위해서요. 원본은 주왕재씨가 가져갔지만 제게 사본이 있습니다."

김 차장의 말을 들은 장 지점장이 흐뭇한 미소를 지으며 그를 바라보았다.

"그 사진 좀 제 휴대폰으로 보내주시겠어요?"

정선이 김 차장에게 부탁하자 그는 알겠다며 고개를 끄덕였다.

"주왕재 씨 연락처와 사무실 주소, 갖고 계시죠? 관련된 정보 모두 저희에게 전달해주시기 바랍니다."

"물론입니다. 김 대리, 형사님들께 주왕재 씨에 대해 알고 있는 거 전부 전달하라고. 아 참, 그리고 팀장님. 실은 한 가지 부탁이…."

자리에서 일어나려던 명규는 장 지점장을 쳐다보았다.

"네, 지점장님. 말씀하시지요."

"주왕재 씨가 말이죠…. 글쎄 조직폭력배 출신이랍니다. 그러니 그 사람을 만나시더라도 저희로부터 정보를 받았다는 말은 하지 말아 주시기 바랍니다. 꼭, 꼭 좀 부탁드립니다. 우리 직원들이 어제 일로 그 사람에게 잔뜩 겁을 먹었거든요."

지점장은 양복 안주머니에서 빗을 꺼내더니 머리카락이 거의 없는 앞머리를 빗으면서 말했다.

"주왕재 씨가 조폭이라고요?"

명규는 그제야 주왕재란 이름이 왜 낯익었는지 확실하게 기억이 났다. 지난달… 아주 무더웠던 어느 날, 용산 호텔에서 결혼한 조폭! 그자의 이름이 바로 주왕재였다.

"저희가 알아보겠습니다. 그런데 주왕재 씨가 조폭 출신인 건 어떻게 아셨습니까?"

전직 조폭팀이었던 수찬이 눈을 반짝이며 물었다.

"주 회장님이 가끔 자기 사무실 직원들에게 간단한 은행 심부름을 시켰어요. 그때 심부름 오는 직원들이 대부분 깍두기 머리를 한 친구들이었습니다. 체격들도 좋았고요. 그래서 어느 날 은행에 심부름 온 주 회장님 여자 경리 직원에게 살짝 돌려 물어보았더니… 자기네 회장님이 만… 무슨 파인가 거기 행동대장 출신이라고 말해주었습니다."

"팀장님! 만석파요!"

퀴즈쇼 정답이라도 외치듯 터져 나온 수찬의 목소리에 명규가 고개를 끄덕였다.

"김 대리님, 오늘 진술하신 내용은 간단하게 조서로 남겨야 하니 저녁에 서울경찰청 광역수사대로 오세요. 오래 걸리지 않을 테니 너무 부담 갖지 마시고요. 사실관계를 기록으로 남겨둬야 해서 그렇습니다."

명규는 김 차장이 아닌 김 대리를 보며 단호히 말한 뒤, 자리에서 일어났다. 그리고 장 지점장에게로 고개를 돌렸다.

"지점장님, 김 대리님이 광수대로 올 때 어제 주왕재 씨가 난동 부린 CCTV 동영상을 가지고 올 수 있도록 준비 좀 부탁드리겠습니다."

"아, 그럼요! 당연히 협조해야죠!"

명규의 공손한 부탁에 장 지점장은 환한 웃음을 지으며 답했다. 형사에게서 공손하게 부탁을 받으니 어지간히 기분이 좋은 듯했다.

"김 대리, 너무 걱정하지 말고 다녀오라고. 대한민국 국민이라면 경찰 수사에 적극적으로 협조해야지! 안 그래?"

＊ ＊ ＊

그 시각. 동금은 기원을 태우고 자신의 차로 대한은행 역삼역 지점으로 향하고 있었다. 동금은 문득 을지한우에서 스쳐지나갔던 그 여자. 늘씬한 키에 청바지를 입은 뒷모습의 여인이 떠올랐다. 솔직히 말하자면 동금은, 지난 한 달 동안 틈날 때마다 그녀를 떠올리고 있었다.

'다시 만날 수 있을까? 어떤 사람일까?'

동금은 그녀를 생각하다 한숨도 한 번씩 내쉬곤 했다. 아마도 짧게 스친 인연이 못내 아쉬웠기 때문이리라. 여인을 떠올리던 동금은 고개를 가로 저으며 생각을 잡았다. 다시 운전대를 잡은 두 손에 집중하던 동금은 슬쩍 옆자리에 앉아 있는 기원을 쳐다보았다. 기원은 경찰청을 나온 뒤, 지금까지 단 한마디도 하지 않고 있었다. 1년 전 광수대 3팀에 막내 형사로 들어왔을 때, 명규는 동금을 따로 불러 기원과 한 조로 묶어주었다(형사들은 보통 2인 1조로 움직인다). "부 반장에게 잘 배워."라며…. 그때부터 기원은 동금의 광수대 첫 조장이 되었다. 전라도가 고향인 기원은 47살로 젊지 않은 나이였지만 광수대에서 누구나 인정하는 에이스였다.

차가 많이 막힌 탓에 동금과 기원은 2시가 훌쩍 넘어서야 대한은행 역삼역 지점에 도착할 수 있었다. 역삼역 지점은 기업들이 밀집된 테헤란로의 한가운데에 있어서 그런지 보통의 은행지점보다 규모가 두 배는 커 보였다. 기원이 경찰 신분증을 경비원에게 보여주며 안미정 과장을 찾아왔다고 하자, 경비원은 기원과 동금을 곧장 2층으로 안내해주었다. 2층 사무실로 올라가며 기원은 주변을 살폈다. 그의 눈은 CCTV를 찾고 있었다. 동금과 기원이 사무실에 들어서자 안경을 쓴 똑똑해 보이는 VIP실 담당 안미정 과장과 이마에 깊은 주름이 있고 배가 많이 나온 50대 중반 가량의 전명호 지점장이 반갑게 인사를 건넸다.

기원은 전 지점장이 가리키는 소파에 앉으며 미정에게 물었다.

"이틀 전 100억을 현금으로 인출한 사람과 상황에 대해서 알고 싶어 찾아 왔는디. 과장님께서 알고 있는 모든 것을 듣고 싶구만요."

기원은 오늘따라 전라도 사투리를 심하게 쓰면서 단도직입적으로 말했다.

"아, 예, 예. 근데 형사님, 서울청 광수대에서 근무하신다고요? 혹시

경찰청에 근무하는 이승재 총경 아시나요? 그 친구가 제 고등학교 때 가장 친했던 친구입니다. 지금도 가끔 만나 소주 한잔하는데….”

전 지점장은 얼굴 가득 웃음을 지어 보이며 말했지만 기원은 무표정이었다.

“잘 모르겠는데요.”

기원의 솔직한 답변에 전 지점장은 당황한 듯 헛기침을 했다.

“크흠. 아무래도 본점에서 특별지시가 내려올 정도면 큰 사건일 텐데… 제가 너무 말이 많았네요.”

“지점장님, 저희가 오늘 여러 지점을 돌아봐야 합니다.”

“아, 그렇군요. 저는 그런 것도 모르고….”

전 지점장이 넉살 좋게 너털웃음을 지으며 말했다.

“안 과장님, 어제 현금을 인출한 사람은 평소 알던 고객인가요? 인적사항이 어떻게 되죠?”

“네, 왕도술 씨라고…. 처음 보는 사람이었어요. 이틀 전인 9월 1일 오전이랑 오후, 두 번에 걸쳐서 현금 100억을 인출해 가셨어요. 50억짜리 자기앞수표 두 장으로요.”

형사 수첩을 꺼내든 기원에게 미정이 아는 대로 답했다.

“그 업무는 1층 창구에 있는 전미진 사원이 처리했습니다. 전 사원도 처음 보는 고객이었다고 하더군요. 원래 거액의 자기앞 수표는 지급제시되어 계좌에 입금되어도 당일 인출은 안 되고 다음 날 인출할 수 있습니다.”

전 지점장이 미정의 말을 보충했다.

“그럼 9월 1일은 금요일이니까 주말을 건너뛰고 9월 4일에 현금을 인출한 것인가요?”

기원이 달력을 보며 물었다.

"맞아요. 왕도술 씨가 9월 1일 금요일에 지급제시하여 당일에 100억이 입금되었습니다. 다만 인출은 다음 날부터 가능한데 마침 주말이라 월요일인 9월 4일에 인출했다고 봐야겠죠."

미정의 설명에 기원은 이해됐다는 표정으로 고개를 끄덕였다.

"왕도술 씨가 9월 4일 오전에 30억, 오후에 10억을 인출했습니다. 여기… 인출한 고객분 인적사항과 인출 내역을 뽑아 놨는데 한번 보시겠어요?"

미정은 기원에게 미리 준비해놓은 서류를 건네주었다.

"왕도술이라… 1968생이구만…. 전화번호가 010… 3356… 이틀 전 역삼역 지점에서 오전에 30억, 강남역 지점에서 30억, 오후에 삼성역 지점에서 30억, 마지막으로 역삼역 지점으로 다시 와서 10억, 총 100억을 전액 현금 인출해 갔구만요."

기원은 미정이 건네준 서류를 보며 말했다. 그리고 왕도술이 지점을 돌아다니면서 현금을 인출한 이유를 물었다.

"아무리 은행이라도 하루에 수십억 원을 현금으로 보관하는 것은 쉬운 일이 아니에요. 실제로 이 고객처럼 현금으로 수십억 원을 한 번에 찾는 것도 아주 드문 일이고요. 아마도 지점들이 보관하는 현금량이 적어 여러 지점들을 돌아다니면서 인출한 것 같아요."

동금은 미정에게 1층 창구에서 인출해주지 않고 VIP실에서 인출한 이유를 물었다.

"아무래도 현금 100억이 계좌에 들어 있는 고객이라면 은행에서 신경을 쓸 수밖에 없어요. 그래서 이곳, VIP실에서 인출 처리를 했어요. 후에 다시 입금이라도 시키게 되면 큰 고객이니까요."

기원은 하루에 100억이라는 큰돈을 인출하려면 왕도술이 다른 사람의 도움 없이는 어려울 것 같다며, 왕도술과 함께 인출한 사람이 없었는지 물었다. 동금 역시 귀를 쫑긋 세웠다. 공범의 존재 여부는 수사에 있어 매우 중요한 부분이었기 때문이다.

"아뇨, 혼자 오셨는데요. 고객분이 가지고 온 검은색 큰 가방에 5만 원권으로 10억을 넣어 드렸어요. 돈을 다 담은 뒤에는 고객분이 혼자 나누어서 옮기셨습니다."

미정은 솔직하게 이야기했지만, 기원은 믿을 수 없다는 표정이었다.

"은행 주차장 쪽에 CCTV가 있겠지요?"

기원은 자신의 눈으로 직접 확인해보려는 듯했다.

"아마 있을 거예요. 참… 그러고 보니 조금 이상한 점이 있었어요. 오후에 10억을 인출할 때 9억 7천만 원은 그대로 인출했는데, 나머지 3천만 원은 30분 후에 인출해가셨어요. 그 3천만 원은 운전기사가 와서 가져갔고요."

순간 기원의 눈이 빛났다. 운전기사라는 말에 그는 기다렸다는 듯 흥미를 보인 것이다.

"좀 더 자세히 말씀해보시죠."

"왕도술 씨가 운전기사를 불렀는데… 인적사항은 따로 확인하지 않았어요. 운전기사도 한 30분 정도 기다리더니 건네주는 3천만 원을 받고 아무런 말도 없이 나갔고요."

"30분이나 있다가 돈을 준 이유는 뭔가요?"

"왕도술 씨가 개인 용무가 있다면서 먼저 나서셨어요. 그리고 한 30분 후에 나머지 돈을 운전기사에게 주라고 했습니다. 당시에는 특별히 이상하다고 생각을 안 했는데 지금 보니 조금 이상하다는 생각이 드네요."

기원은 미정에게 어떤 점이 이상했는지 차근차근 묻기 시작했다. 그러자 미정은 떠오르는 대로 이야기를 시작했다.

"운전기사가 VIP실에 들어왔을 때 왕도술 씨가 뭔가 당황하는 듯 보였어요. 그래서 둘 사이가 단순히 사장과 운전기사 관계라고 하기에는 조금 이상해 보였죠. '왕도술 씨를 대하는 운전기사의 태도가 그렇게 공손하다는 느낌이 들지 않았거든요."

고개를 끄덕이며 메모하던 기원은 사무실을 휘 둘러보며 입을 열었다.

"이 사무실에는 CCTV가 없습니까?"

"네, VIP실에는 없습니다. 아무래도 프라이빗한 공간이고 사고가 날 가능성도 없어서 이곳에는 설치되어 있지 않습니다. 하지만 2층 복도와 1층에는 여러 대가 있습니다. 우리 대한은행이 보안에는 아주 철저한 편입니다."

이후, 기원과 동금은 지점장의 안내로 CCTV 관제센터에서 동영상을 확보했다. 그리고 마지막으로 1층 창구로 이동해 왕도술이 대한은행 역삼역 지점에 지급제시한 수표 두 장을 건네받았다. 동금과 기원이 역삼역 지점을 나서자 미정이 두 사람을 배웅하며 말했다.

"저… 박 형사님, 조금 특이했던 게 하나 더 있는데요. 그 운전기사가 무더운 날씨에도 마스크를 쓰고 있었어요. 코로나도 다 끝났는데 말이에요. 아, 손에는 흰 장갑도 끼고 있었네요. 참 별나다, 싶었죠."

미정은 운전기사가 왕도술의 범행에 가담한 공범이라는 의심에 확신을 더해주었다. 마스크를 쓰고 장갑을 끼는 것은 범인이 자신의 신분을 노출하지 않기 위해 취하는 가장 일반적인 행동이었다.

"혹시 왕도술 씨에게도 특이한 행동이라든가 별다른 인상착의가 있었나요?"

동금이 미정에게 한 걸음 다가가며 물었다. 미정은 동금과 얼굴이 가까워지자 자기도 모르게 얼굴이 새빨개졌다. 그녀는 쿵쾅거리는 심장을 진정시키며, 동금을 위해 작은 무언가라도 떠올리고자 머리를 쥐어짜기 시작했다.

"아! 손등에 한자 문신이 새겨져 있었어요."

"한자 문신이라고요?"

"네, '왕' 자 같았어요. 맞아요! '임금 왕' 자가 틀림없어요."

＊ ＊ ＊

광수대 3팀 사무실

중국집 배달 음식으로 간단히 저녁 식사를 해결한 3팀 형사들은 회의용 테이블 주변으로 모여 앉았다. 수사 첫날이라 그런지 몰라도 모두 의지가 넘쳐났다. 그러나 명규는 들떠 보이는 팀원들과 달리 신중함을 유지하고 있었다. 명규는 수사라는 것이 어느 순간 막히다가 돌파구가 생기듯, 살아있는 생물처럼 움직인다는 사실을 오랜 수사 경험으로 알고 있었다. 그래서인지 그는 "수사 과정에서는 일희일비할 필요가 없다."라는 말을 입버릇처럼 하곤 했다.

"팀장님, 이번 사건은 꽤 특이하구만요."

기원이 먼저 입을 열었다.

"우선 수표가 모두 진품이라는 점이 다른 위조수표 사건하고는 차이가 있구요. 은행은 중복 발행 가능성이 없다고 하지만, 어떻게 진품이 각각 두 장씩이나 있는지 그것부터 밝혀야 할 것 같은디요. 조심스럽긴 하지만서도 은행 내부에 공범이 있을 것 같은디…."

기원이 자신의 의견을 솔직하게 말했다.

"대한은행 본점 강재훈 부장 말에 의하면 이번 사건의 수표는 대한은행 명동 지점에서만 발행이 되었고, 다른 지점에서는 발행된 사실이 없다는 거잖아. 그럼 그 말은 신뢰해도 된다고 보는데…. 은행 내부에 공범이 있다면 그자가 정상적인 방법으로 수표를 발행했을 수 없다고 보거든. 어떤 방법으로 왕도술과 공모해서 수표가 중복 발행이 된 것처럼 보이게 만들었는지 그것을 찾아내야겠지."

명규 역시 은행 내부의 공범 가능성은 인정하지만 은행에서 수표를 중복 발행했을 가능성은 없다고 보는 것 같았다. 명규의 이야기에 정선이 안경을 고쳐쓰며 입을 열었다.

"은행 내부에 공범이 있다면 무엇 때문에 이런 사기꾼들과 엮이게 되었는지 그 부분도 참 미지수예요. 도대체 무슨 이득이 있었을까요?"

동금은 선배들의 대화를 유심히 들으며 베테랑 형사들이 어떻게 사건을 풀어나가는지 배우기 위해 집중했다. 젊은 나이임에도 광수대에서 인정받는 수찬과 정선뿐만 아니라 능력에 경험까지 갖춘 명규와 기원의 식견을 곁에서 보고 배울 수 있다는 것은, 그야말로 최고의 수사 공부였다.

"왕도술이 현금을 인출한 후 바로 잠적을 했으니까, 왕도술이 이번 범행의 주범이라는 것은 틀림없겠네요."

수찬의 의견에 모두가 동의하는 듯 고개를 끄덕였다.

"팀장님, 그런데 주왕재의 태도도 이상한 점이 많아요. 본인이 피해자인데 은행직원을 협박하면서까지 경찰에 신고하지 말라고 한 게 영석연치 않습니다. 도대체 무슨 사정일까요?"

동금이 손을 들며 말하자 다른 형사들이 빙긋 웃으며 그를 바라보았다. 이전 사건까지만 하더라도 명규가 지목해야만 의견을 내던 막내 동금이, 사건의 담당 형사로 지정된 뒤부터 유독 자신의 의견을 적극적으로 말하기 시작했기 때문이다.

"물론 주왕재의 태도가 이상했던 건 분명하지만 주왕재를 왕도술과 연결시키기에는 아직 무리가 있다고 보여. 주왕재가 평소 하는 잔고증명을 왕도술에게 해주었다가 피해를 당했다고 보는 게 현재로서는 자연스럽지 않을까? 주왕재가 조폭 출신이라면 자존심도 많이 상했을 테고 말이야. 조폭들은 문제가 생기면 자력으로 해결하려는 성향이 강하거든."

조폭 수사 경험이 많았던 수찬이 자신의 수사 경험을 친절하게 설명해주듯 동금에게 말했다.

"박 형사, 김기성 대리 진술은 어땠어?"

명규가 동금을 보며 물었다.

"아, 네. 김 형사님께 들은 얘기하고 별 차이 없었습니다. 김기성 씨에게 왕도술 사진을 보여주니 전혀 모르는 사람이라 하더라고요. 거짓말 같지는 않았습니다. 그리고 팀장님 지시대로 주왕재가 명동 지점에서 행패 부린 것을 김기성 씨와 은행을 피해자로 해서 진술 받아 놓았습니다."

"주왕재가 조폭이니까 후에 잘만 하면 써먹을 일이 있을 거야!"

조직폭력배가 폭력을 행사하는 것은 보통 폭력사건과는 달리 수사 기관에서 엄격히 처리한다. 특히 조직폭력배 단속기간이 뜨면 실적에도 반영되어 요긴하게 사용할 수 있었다.

"명동 지점과 역삼역 지점에서 의심 살 만한 내부 직원은 없나?"

"예, 팀장님. 아직 명동, 역삼역 지점 두 곳 모두 의심을 살 만한 직원은 없어 보이는데요."

명규의 혹시나 하는 질문에 기원이 답했다. 수사를 하는 입장에서는 다른 지점이 아닌 명동 지점과 역삼역 지점에 내부 공범이 있는 것이 수사에 도움이 될 것이 사실이었다. 만약 그렇지 않다면… 정말 내부에 공범이 있다면 만 명이 넘는 직원들 속에서 어떻게 공범을 찾는다는 말인가?

"주왕재 인적사항은?"

명규의 질문에 정선이 자료를 펼쳐 들었다.

"주왕재, 1979년생, 우리 나이로 45살입니다. 폭처법 전과 등 12범이고요. 경기 서남부권을 활동무대로 하는 만석파 행동대장 출신입니다. 만석파는 조직원이 50명 정도 되는 크지 않은 폭력조직이고요. 약 10년 전부터는 큰 활동은 하지 않고 지역에서 소규모로 작은 이권에 개입하는 정도라고 합니다."

"팀장님, 주왕재가 지난달에 결혼했잖아요? 권 형사님이 어깨들이 돈이 필요하면 경조사를 일부러라도 만든다고 했는데 그게 자꾸 머릿속에 빙빙 돌아요. 주왕재가 마흔다섯에 결혼한 것도 그렇지만 하필 제일 무더울 때 결혼한 것도 이상하고요. 뭐 하나 정상적으로 보이지 않는데요."

동금이 주왕재에 대해 계속 의심하자 수찬은 대수롭지 않게 웃으며 말했다.

"팀장님, 박 형사가 주왕재에게 꽂혀 있는데요?"

"내일은 주왕재를 만나러 명동 사무실로 가야겠군. 박 형사가 궁금해하니 내일 주왕재 사무실은 박 형사가 같이 가지. 왕도술은 완전 잠수를 탔을 테고…. 김 형사, 왕도술에 대한 정보는 또 뭐가 있지?"

"왕도술은 유가증권위조죄와 사기 등 전과가 23범이고요. 범죄 내용은… 거액의 자기앞 수표나 어음을 위조해서 사기를 치는 수법이었습니다. 이번 사건과 차이는 과거 범죄는 왕도술이 주범이 아니고 보조해서 범행에 가담하는 정도였고, 그 사건들에서는 한쪽 수표는 위조수표, 즉 가짜였다는 점에서 차이가 있어요."

정선이 수사 자료를 보며 설명했다.

"그럼, 왕도술의 범행이 이번에 확실히 업그레이드되었다는 이야기군. 왕도술이 과거에는 똘마니였다가 지금은 주범이 되었고, 수표도 위조수표를 만들다가 이번 범행에서는 진짜 수표를 만들었다는 얘기가 되잖아?"

명규는 이야기하며 헛웃음을 쳤고, 수찬은 왕도술이 은행도 아니고 어떻게 진짜 수표를 만들 수 있느냐며 여전히 자기 머리로는 도저히 이해할 수 없다고 말했다. 조사 결과, 왕도술이 사용한 휴대폰은 대포폰이었다. 은행에서 출금할 때 기재한 연락처 역시 가짜였다. 또 왕도술에게는 이혼한 전 부인과 딸이 하나 있었다.

"박 형사, 왕도술에게 운전기사가 있다고 하지 않나? CCTV 분석은 잘되고 있어?"

이번 CCTV 분석에는 동금이 합류했다. 일반인이 1시간을 보아도 찾지 못하는 것을, 형사들은 1시간이면 정확히 분석한다. 특히 박동금처럼 눈썰미가 좋다면 화면 6~7개를 띄워 30분에 6~7시간 분량을 분석할 수 있다.

"은행 여직원 말대로 운전기사가 3천만 원
을 받아서 가져간 것은 확인됐습니다. 그런데
특이한 점이 있어요. 주차장에 왕도술 직원
으로 보이는 젊은 남자가 한 명 더 있었다는
겁니다. 그 남자가 은행에 들어간 후, 주차
관리원이 카니발 차량을 운전해서 은행 주
차장을 바로 빠져나갔습니다. 왕도술이 그
후에 차를 따라 급하게 뛰어갔고요. 30분 정도 뒤에는 젊은 남자 두
명이 주차장에서 우왕좌왕하는 모습을 보였습니다. 아마 왕도술과 카
니발 차량을 찾으려고 했던 것 같습니다. 이상한 점은 왕도술을 제외
한 주차관리원과 운전기사 두 명 모두 마스크와 장갑을 끼고 있었습
니다. 아무래도 자신의 신분을 노출하지 않으려고 한 것 같아요. 주차
관리원은 왕도술의 공범일 가능성이 매우 높다고 생각합니다."

형사들은 채 1시간도 안 되어 정확하게 CCTV를 분석하고 설명하
는 동금에게 항상 놀라워했다. 그만큼 박동금의 눈썰미는 남달랐다.

"박 형사, 수고했어! 그 부분 CCTV 좀 지금 돌려 보자."

형사들은 역삼역 지점 주차장 CCTV를 함께 봤다. 동금은 CCTV
중 중요하다고 생각하는 부분 위주로 재생을 시켰다. 정선이 주차관
리원과 운전기사가 티격태격하는 장면에서 화면을 잠시 멈추도록 요
청했다.

"주차관리원과 운전기사가 서로 모르는 사이인 것 같은데요. 박 형
사, 그렇지 않아?"

"제 생각에는 서로가 모를 수도 있지만 어느 한쪽은 상대방을 아는
데 상대방이 자신을 모르는 것을 이용하여 모르는 척할 수도 있을 것

같아요."

"아… 그렇네!"

정선이 아차 하는 표정으로 동금의 의견에 동의했다. 수찬은 놀란 표정으로 동금을 쳐다보았다. 지금까지 막내 형사의 위치에서 가르침의 대상이었던 동금이 이번 사건을 통해 그동안 숨겨왔던 형사로서의 자질을 발휘하기 시작한 것이다.

"VIP 과장인 안미정 씨 얘기로는 운전기사가 왕도술에게 공손하지 않았다고 했습니다."

동금이 대한은행 역삼역 지점 안미정 과장이 했던 말이 떠올리며 덧붙였다. 그리고 스스로 한 말을 되뇌며 눈을 빛냈다. 그랬다. 왕도술과 운전기사를 공범으로 보기에는 뭔가 석연치 않은 구석이 있었다.

"자, 자! 오늘 모두 수고들 했어. 성과가 꽤 있었다. 내일 아침 내가 대장님께 보고할 테니 김 형사는 오늘 수사내용 한 장으로 보고서 만들어주도록. 부 반장은 검토 좀 해주고. 내일 아침에 부 반장이랑 박 형사는 왕도술 전처를 만나고 와. 그 뒤, 오후에 나와 박 형사가 주왕재를 만나보는 걸로 하지. 권 형사는 CCTV 좀 더 돌려 보고. 김 형사는 사무실에서 관련자들 통화 내역, 계좌 영장도 신청하고…. 우선 왕도술을 사기 피의자로 입건하자고! 오늘 중으로 왕도술 긴급출국금지 신청해놓고. 왕도술하고 있던 남자들 신원 파악하는 게 중요해!"

"예, 알겠습니다!"

명규는 베테랑답게 앞으로 해야 할 수사내용을 형사들에게 하나하나 깨알같이 지시했다. 벽시계는 어느새 밤 11시 40분을 가리키고 있었다. 밤늦게까지 회의를 하느라 모두 피곤했지만 그들의 목소리에는 힘이 묻어났다.

02
알수없는 두가지

오전 8시, 아차산역. 2번 출구로 지친 표정의 사내 하나가 모습을 드러냈다. 기원이었다. 출근 시간 인파를 뚫고 밖으로 나온 그는 아침부터 진이 빠진 듯, 저도 모르게 푸- 한숨을 내쉬었다. 차가 아닌 지하철로 출퇴근하는 것이 일상인 기원이었지만, 그렇다고 출근길 인파가 힘겹지 않은 것은 아니었다.

"반장님, 여깁니다!"

기원은 자기를 부르는 목소리에 고개를 돌렸다. 출구와 몇 미터 떨어진 곳에 세워둔 차 안에서 동금이 손을 흔들고 있었다. 기원은 뚜벅뚜벅 걸어가 동금의 차에 올랐다. 명규의 명령에 따라 오늘 기원은 동금과 함께 왕도술의 전처와 딸을 탐문하기로 약속되어 있었다.

기원이 안전벨트를 매자 동금은 곧바로 차를 출발시켰다. 차는 어린이대공원 후문 쪽 큰길에서 아차산 방향으로 이어지는 골목길을 따라 움직였다. 내비게이션에서 안내 음성이 나왔지만 동금은 지도를 참고만 하며 좁은 골목길을 요리조리 통과해 출근길 교통체증을 기가 막히게 빠져나갔다.

'이놈, 감각 좀 보게. 눈썰미가 제법이야.'

기원은 동금의 얼굴을 슬쩍 쳐다보았다. 사실, 경찰에 지원하는 인물들 중 동금처럼 의욕적으로 형사과에 지원하는 신입들은 많았다. 하지만 대부분이 6개월을 버티지 못하고 자의로든 타의로든 형사를 그만두곤 했다. 대부분은 주로 비위가 약해서인데, 이는 변사사건 현장의 끔찍한 사체와 썩은 냄새의 역함을 견디지 못했기 때문이다. 이런 일이 적지 않다 보니 선배 형사들은 신입이 들어오면 변사 현장에 먼저 들여보내곤 했다. 쉽게 말하자면 일종의 테스트였다. 그러면 신입들은 대체로 숨을 참으며 어떻게든 버텨낸다. 하지만 간혹 토악질을 해대며 밖으로 도망치는 신출내기가 나오기도 했다. 이런 친구일 경우, 안타깝지만 다음 인사이동 때 형사과에서 더는 볼 수 없게 되었다. 비위가 약한 경우 외에도 형사과에서 버티기 힘든 케이스가 있는데, 그건 바로 기계치인 경우였다.

형사는 운전이나 핸드폰, 전자기기 사용에 어느 정도 소질이 있어야 일이 수월하다. 그런데 겉보기와 달리 생각지도 못한 기계치들이 가끔 신입으로 들어오곤 했다. 무도 단증만 도합 10단이 넘고, 특수부대 출신에 17대 1도 두렵지 않은 무술 실력을 갖추고 있더라도 기계치면 답이 없었다. 기계 조작에 깡통인 신입은 아무리 자주 다니던 곳도 운전대만 잡으면 엉뚱한 곳으로 가버리기 일쑤였기 때문이다. 만약 이들이 당장 범인을 추격해야 하는 상황에 맞닥뜨렸다고 생각해보자. 범인이 어디로 튈지 일분일초를 다투는 상황에서, 내비게이션을 켜고 안내를 받을 수 있을까? 많은 이들이 형사라면 범인을 잡기 위해 '싸움 실력'이 탁월해야 한다고 생각하지만, 실제로는 이처럼 현장을 견뎌낼 수 있는 비위(깡다구라고도 할 수 있겠다)와 기계치가 아닌 것이 훨씬 더 중요했다. 이런 면에서 동금의 능력은 빛이 났다. 비위도 제법 강했고, 운전도 능숙했으며, 특히나 눈썰미가 남달랐다. 기원은 잠시 동금의 옆모습을 보다가 명규와 동금의 아버지를 만났던 자리를 떠올렸다.

"형님, 제가 뭐랬어요? 동금이는 천상 형사라니까요. 눈썰미가 아주 야물어요. 형사는 그거 하나면 일당백이지!"

"아이고, 고맙네. 좋게 봐줘서 고마워, 동상. 동금이가 골프 칠 때도 공을 기가 맥히게 잘 찾았제. 아, 그뿐인가. 갤러리들 속에서 지 엄마도 한 번에 찾았제, 암!"

동금의 아버지 부경의 너스레에 한바탕 웃음보가 터졌던 기억이 떠오르자, 기원은 피식 웃음이 났다. 그 소리를 들었는지 동금이 슬쩍 기원을 쳐다보았다. 그러나 기원은 그런 동금을 마주 보지 않고 짐짓 아무렇지 않은 척 전방을 주시했다. 동금은 그런 기원을 보며 살짝 고개를 갸우뚱하더니 다시 운전에 집중했다.

* * *

잠시 후, 두 사람은 아차산 입구에 다다랐다. 도술의 전 아내인 황영숙의 집은 아차산으로 올라가는 어귀에 있었다. 아직 이른 아침이라 그런지 단독주택이 쭉 늘어선 거리는 한적했다. 동금은 차를 황영숙의 집에서 조금 떨어진 골목길에 세웠다. 기원보다 먼저 차에서 내린 동금은 동네를 한번 훑어보더니 2층 단독주택으로 눈을 돌렸다. 용화사. 대문 옆에 걸려 있는 절 간판이 가장 먼저 동금의 눈에 들어왔다. 동금은 들고 있던 주민등록등본을 펼쳤다. 등본 상으로는 황영숙과 딸 황지혜만 거주하는 것으로 나와 있었다.

"반장님, 1층은 사찰인데요?"

차에서 내려 곁으로 다가온 기원에게 동금이 말했다. 기원은 잠시 '용화사' 간판을 주시하더니, 개방되어 있는 대문을 넘어 2층으로 올라갔다. 1층과 달리 2층은 가정집이라 초인종이 있었다. 기원은 망설임 없이 초인종을 눌렀다. 찌르릉- 오래된 옛날식 초인종 소리가 들렸다. 초인종이 울리자 곧 인기척이 나며 현관문이 열렸다.

"누구… 세요?"

개량한복을 입은 황영숙이 빼꼼 문을 열었다. 하얀 피부에 동그랗게 큰 눈. 젊은 시절엔 꽤나 미인 소리를 들었을 외모였다. 동금은 영숙에게 경찰 신분증을 꺼내 보였다.

"서울경찰청 광역수사대, 박동금 형사입니다. 황영숙씨 되시죠?"

"네, 제가 황영숙인데… 무슨 일 때문에 그러시죠?"

영숙은 경찰이란 소리에 놀란 듯, 눈을 동그랗게 뜨며 물었다.

"왕도술 씨가 전남편 되시죠? 왕도술 씨 관련해서 몇 가지 물어볼게 있어 왔습니다. 여기 이분은 광역수사대 부기원 반장님이십니다."

기원은 영숙에게 가볍게 목례를 하면서 현관 바닥의 신발들을 살펴보았다. 남자 신발이 있는 건 아닌지 확인하는 듯했다.

"……"

도술의 이름이 나오자, 영숙은 입을 다물었다.

"왕도술 씨 하고 최근에 연락한 적 있으신가요?"

동금이 그런 영숙에게 재차 묻자, 영숙은 한숨을 쉬며 입을 열었다.

"이미 이혼한 지 20년도 더 되었어요. 연락하지 않고 지낸 지도 오래되었고요."

영숙은 현관문에 기댄 채 짤막하게 이야기를 시작했다.

"2~3년 전인가…. 뜬금없이 전화를 해서는 안부를 물었던 것 같아요. 그 사람은 가끔 그런 식으로 연락을 하곤 했거든요. 직접 만난 건… 글쎄요. 적어도 몇 년은 된 것 같네요. 혹시 이 사람, 또 사고 쳤나요?"

영숙이 한껏 못마땅한 얼굴로 동금과 기원에게 물었다. 이번에는 동금 대신 기원이 영숙의 말에 답했다.

"자세한 건 말씀드릴 수 없구만요. 1층 절에는 누가 살지요? 잠시 볼 수 있을까요?"

기원이 1층으로 눈길을 던지며 물었다. 영숙은 동금과 기원을 1층 절로 안내했다. 그녀의 말에 의하면 1층은 사찰로, 기도드리는 곳이라고 했다. 2층에서는 딸과 둘이서 가정집으로 살고 있다고 했다. 기원은 영숙의 이야기를 듣더니 1층 절 입구 문을 열어서 2층에서 누가 내려오는지 볼 수 있도록 해두었다. 그러고는 동금에게 눈짓을 하여 1층 절 안을 살피도록 했다. 1층 절에는 보통의 암자처럼 중앙에 부처님 불상이 있었고, 그 앞에는 초가 여러 개 켜져 있었다. 크기는 15평 정도. 출입문 반대쪽에는 두 개의 별도 공간이 있었다. 하나는 주방으로 싱크대가 있어 간단한 음식과 차를 준비할 수 있는 공간이었고, 다른 하나는 간단한 세면을 할 수 있는 화장실이었다. 주방 안에는 조그마한 문이 하나 보였는데, 아마도 외부와 연결된 문인 것 같았다.

"따님께도 저희가 몇 가지 물어봐야 하는데요. 따님 이름이 황지혜 씨 맞지요?"

동금이 황지혜의 이름을 언급하자, 순간 영숙의 눈이 떨렸다.

"잠시 여기서 기다리세요. 제가 2층에서 데려올게요."

"그러실 필요 없습니다. 저희가 2층으로 함께 가서 만나겠습니다."

영숙은 불편한 듯했지만 더 말하지 않고 2층으로 올라가기 시작했다. 동금과 기원 역시 그런 그녀를 뒤따랐다.

"지혜야, 경찰분들 오셨어. 아빠 일로 너한테 묻고 싶은 것이 있으시대."

영숙은 마치 미리 대비하라는 듯, 굳이 '아빠'를 강조하며 집안 쪽을 향해 말했다. 그리고 잠시 후, 집안에서 맑은 목소리가 흘러나왔다.

"잠시만요. 옷 좀 입고요."

동금과 기원을 거실 소파로 안내한 영숙은 주방으로 향하더니 오렌지 주스 두 잔을 올린 쟁반을 들고 돌아왔다.

"생과일 주스예요. 아침이라 드릴 것이 마땅치 않네요."

"고맙습니다. 저희가 너무 이른 아침에 찾아와서 실례는 아닌지 모르겠네요."

동금이 웃는 얼굴로 영숙의 친절에 답했다. 그제야 그녀 역시 한결 마음이 풀린 듯, 동금의 얼굴을 유심히 쳐다보았다.

"자세히 보니 그냥 잘생기기만 한 게 아니네요. 복이 많은 관상이네."

"아, 감사합니다. 1층 절에는 스님이 계시나요?"

동금은 영숙의 칭찬 아닌 칭찬을 가볍게 넘기고 질문했다. 영숙은 그런 동금에게 살짝 웃으며 답했다.

"아닙니다. 제가 기도해주고 사주 봐주고 하는 곳입니다."

"그럼 무속인이쇼?"

영숙의 답을 들은 기원이 물었다. 동금 역시 영숙을 다시 뜯어보기 시작했다. 그가 보기에 영숙의 분위기가 무속인으로 보이지는 않았던 것이다. 조금 전 보았던 1층 용화사 역시 무속인들이 모시는 신 같은 그림이나 불상 대신 일반적인 절처럼 꾸며 있었다. 기원의 질문에 영숙은 기분 나빠하는 기색 없이 웃음을 지었다. 그녀는 오래전 한 사찰에서 보살로 있던 인연으로 절을 만들었으며, 딸이 있어 스님을 할 수는 없었다고 했다.

잠시 후 방문을 열고 키가 큰 젊은 여자가 거실로 모습을 드러냈다. 순간, 여자를 본 동금이 깜짝 놀라며 자리에서 벌떡 일어났다.

'…그 여자다!'

동금은 순간 얼어붙은 사람처럼 여자를 쳐다보았다. 거실로 모습을 드러낸 영숙의 딸 황지혜는, 다름 아닌 을지한우에서 첫눈에 반했던 그녀였던 것이다. 지난 한 달 동안 동금의 마음 한편에서 시도 때도 없이 심장을 두들기던 그녀. 다시는 볼 수 없을지도 모른다는 생각에 아련한 통증을 유발하던 그녀…. 마치 운명처럼 다시 나타난 지혜로부터, 동금은 눈을 뗄 수 없었다. 지혜는 하늘색 단추가 달린 수수한 셔츠에 밴딩 바지를 입고 있었다. 집안에서 편히 입을 법한 옷차림이었지만, 어쩐지 그 모습조차 관능미가 있었다. 풍만한 가슴에 잘록한 허리, 거기에 화룡점정이라 할 수 있는 새하얀 피부. 그리고 말로 표현할 수 없지만 묘한 분위기까지…. 지혜는, 그야말로 남자들의 마음을 사로잡는 다양한 매력을 동시에 지닌 듯했다.

"황지혜 씨 맞으신가요? 서울경찰청 광역수사대 부기원 반장이여. 부친이신 왕도술 씨 일로 몇 가지 좀 물을 것이 있구만요."

망부석처럼 굳어 있는 동금 대신 기원이 경찰신분증을 보여주며 입을 열었다. 동금 역시 그제야 정신을 차리고 잠시 멎었던 숨을 내쉬었다. 지혜는 기원에게 고개 숙여 인사하며 힐끔 동금을 쳐다보았다. 나이 든 형사 옆에 젊은 미남 형사가 있다는 것도 신기했지만 무엇보다 그녀의 관심을 끈 것은 어디선가 그를 본 것 같다는 느낌이었다.

"죄송하지만 황영숙 씨는 잠시 자리를 피해 주셔야 하겠는데요. 시방."

"왜 그러시죠?"

영숙이 기원과 지혜를 번갈아 보며 물었다.

"정확하게 뭐라 말씀드리기는 어렵지만… 일종의 수사 기법입니다."

영숙은 떨떠름한 듯했지만 기원의 말대로 안방으로 들어가 자리를 피해주었다.

"최근에 왕도술 씨와 연락한 것이 언제이당가요?"

기원은 영숙이 안방으로 들어간 것을 확인하자 소파 맞은편에 앉아 있는 지혜에게 물었다. 수사기법이라는 그의 말은 사실이었다. 어머니 영숙과 딸 지혜의 말이 일치하는지 확인하기 위한, '분리 면담'을 하기로 했기 때문이다.

지혜는 기원의 물음에 선뜻 대답하지 못하고 난처한 표정을 지었다. 답을 꺼리던 그녀는 결국 '경찰이 황지혜 씨 통화내역을 신청해 놓았다' '사실대로 말해야 경찰서로 부르지 않을 것'이라는 기원의 말을 듣고서야 입을 열었다.

"사실… 며칠 전, 아빠로부터 안부 전화가 왔었어요."

지혜는 기원의 강한 시선이 부담스러운 듯, 고개를 살짝 내리며 답했다. 기원은 그제야 그럴 줄 알았다는 듯 강하게 쳐다보던 표정을 풀었다.

"그냥… 잘 지내는지 궁금해하셨어요. 자기도 이번 일이 잘되면 편하게 살 수 있을 거라고 하면서요. 어떤 일인지 구체적으로 말하지는 않았어요. 저한테 일 얘기는 안 하시거든요."

도술은 딸에게 안부 전화를 할 때면 필요한 것은 없는지 묻곤 했지만, 그녀는 그런 아버지의 말을 그냥 흘려들었다고 했다.

"가끔 전화가 올 때면 늘 그런 식이었어요."

지혜는 차분하게 말을 맺었다. 거짓말 같아 보이지는 않았다.

"최근에 만난 적은 있었을까나?"

기원의 질문에 지혜 역시 영숙과 같은 답을 했다. 아버지와 만난 건 이미 몇 년 전이라는 것이다. 면담 결과, 지혜에게서도 왕도술과 관련한 수사 단서가 될 만한 큰 소득은 없었다. 도술은 전처나 딸과 큰 교류는 없는 듯했다.

"이제 나오셔도 됩니다!"

기원이 안방을 향해 소리치자 영숙이 안도하는 표정으로 방문을 열고 거실로 나왔다. 모녀가 한자리에 모이자, 기원은 동금에게 멀뚱히 서 있지 말고 영숙과 지혜의 휴대폰을 받아 통화내역을 확인하라고 했다. 동금이 기원의 말에 따라 영숙에게 손을 내밀었다. 영숙은 선뜻 휴대폰을 건네주었지만 지혜는 머뭇거리며 뭔가 말하려는 듯했다. 그러나 이미 어머니의 휴대폰이 동금의 손에 넘어간 것을 보자 어쩔 수 없다는 얼굴로 자신의 것도 동금에게 건네주었다.

"제가 두 분 휴대폰에서 몇 가지만 확인하겠습니다."

지혜가 등장한 이후 한마디도 못 했던 동금이 입을 열었다. 잠시 외출했던 형사로서의 정신이 이제 좀 돌아온 듯했다. 동금은 영숙과 지혜의 휴대폰을 열어 능숙하게 문자 메시지와 메신저 내용 등을 확인하기 시작했다.

동금은 그렇게 한참 두 모녀의 휴대폰을 만지작거리고는, 자기 휴대폰 번호를 지혜의 휴대폰에 입력하더니 통화 버튼을 눌렀다.

"추가로 조사할 내용이 생기면 앞으로 황지혜 씨에게 연락드리겠습니다. 제 번호니까 연락하면 받아주세요."

동금은 그 말과 함께 자신의 명함을 지혜에게 내밀었다. 지혜는 자신의 손에 들린 명함을 찬찬히 뜯어보았다.

[서울경찰청 광역수사대 1계 3팀 박동금 경장]

지혜는 명함에서 눈을 떼고 앞에 서 있는 동금을 올려다보았다. 그녀보다 한 뼘은 더 큰 동금을 쳐다보던 지혜는 다시 한번 그를 분명 어디서 본 듯하다는, 낯설지 않다는 생각을 했다.

"왕도술 씨하고 황지혜 씨하고 성이 다른 이유를 알 수 있을까요?"

기원이 살짝 미안하다는 표정으로 영숙에게 물었다. 그녀의 입장에서는 기분이 나쁠 수도 있을 테니.

"이혼한 후에 제 성으로 해놓았어요. 도술 씨가 연락도 잘 안 되는데…. 지혜가 학교 입학하고 이럴 때 이런저런 일로 부모 동의를 받아야 하는 일들이 많았거든요."

기원은 알겠다는 의미로 고개를 한 번 끄덕이더니 당부하듯 입을 열었다.

"혹시 왕도술 씨에게 연락 오면 저희에게 바로 연락 주셔야 합니다요. 왕도술 씨와 연락한 사실을 숨기시면 공범으로 오해받을 수 있어요!"

기원은 그 말을 끝으로 집을 나서더니 곧장 2층 계단을 내려갔다. 동금 역시 급히 기원의 뒤를 따랐다. 그러나 차마 참지 못하겠다는 듯 뒤를 돌아 힐끔 지혜를 쳐다보았다. 그 순간, 동금과 지혜의 눈이 서로 마주쳤다. 지혜는 그를 향해 멋쩍은 미소를 지어 보였다. 동금 역시 어색한 미소를 지어 보인 후 간단히 고개를 숙여 인사하고는 돌아서 나왔다.

* * *

동금의 차는 도로를 달리고 있었다. 영숙의 집을 나온 두 사람은 광수대로 복귀하는 중이었다. 동금의 머릿속에는 조금 전 재회한 지혜에 대한 생각으로 가득했다. 눈썰미 좋은 그는 모녀의 휴대폰을 검사하며, 지혜에게 남자친구가 없다는 사실을 짐작할 수 있었다. 남자친구가 있다면 같이 찍은 사진이 있거나 아니면 서로 주고받은 통화 내역 혹은 메시지가 있어야 했다. 하지만 지혜의 휴대폰에서 그런 것은 발견되지 않았다. 동금은 자기도 모르게 콧노래를 불렀다. 그런 동금을 향해 기원이 툭 말을 던졌다.

"박 형사, 요즘 애인 없어?"

"예…?"

기원의 질문에 동금이 멋쩍어했다. 멋쩍어하는 동금을 보며 기원은 선배로서 해야 할 충고를 건넸다.

"형사는 자유롭게 연애할 자유가 없어. 특히 사건 관계자 하고는 어떤 일이 있어도 안 되어야."

기원이 걱정하는 것이 무엇인지, 눈치 빠른 동금이 모를 리 없었다.

"황지혜요?"

동금의 목소리는 매우 밝았다.

"그랴! 박 형사, 네가 황지혜를 바라보는 눈빛이 예사롭지 않았어야. 내가 그래도 명색이 형사 밥만 20년을 먹었어야! 저런 미인이 남자친구 하나 없었냐? 정신 차려라!"

"반장님 걱정하지 마세요! 저도 명색이 담당 형사인데 왕도술 딸하고 뭔 일이 있겠어요? 너무 앞서나가시는데요."

동금 자신도 뻔히 아는 거짓말이었다. 그의 마음속에는 이미 지혜를 자기 여자로 만들고야 말겠다는 결심이 서 있었다. 동금은 기원에게 말하는 순간에도 '최대한 빨리 사건을 해결해 황지혜와 만나는 것이 문제가 되지 않게 만들고야 말겠다' 다짐하고 있었다.

"내가 퀴즈 하나 낼까?"

동금은 떨떠름한 표정으로 기원을 쳐다보았다.

"이 세상에서 알 수 없는 것 두 가지가 있다~ 그거이 뭔지 알아?"

기원의 뜬금없는 질문에 동금은 눈알을 굴렸다. 그런 동금을 보며 기원은 말을 이어갔다.

"여기 이 손바닥 위에 개구리가 있다고 가정해봐."

기원이 자신의 오른손바닥을 펴 보였다.

"이 손바닥 위에 있는 개구리가 어느 방향으로 뛸지 알 수 있어?"

동금은 그제야 기원의 말뜻을 이해하고 크게 웃었다.

"또 하나 알 수 없는 건 뭡니까?"

동금이 궁금한 듯 물었다.

"남녀관계지 뭐겠냐!"

기원이 일갈하듯 말하자 동금도 말문이 막혔다. 기원은 이미 동금의 속마음을 훤히 꿰뚫고 있었던 것이다. 동금이 아무 말 못 하고 운전만 하는 사이, 기원은 휴대폰을 꺼내 명규에게로 전화를 걸었다.

"팀장님, 접니다요. 방금 왕도술 전처와 딸을 만났는디…. 자주 연락하고 지내는 것 같진 않습니다. 거짓말하는 것 같지도 않구만요. 자세한 건 사무실 복귀해서 보고 드리겠습니다."

＊ ＊ ＊

강남 명성백화점 2층 명품매장 앞

지나치게 복잡하지도, 그렇다고 한산하지도 않은 백화점. 흰머리가 듬성듬성한 남자가 명품매장 안을 둘러보며 전화하는 척을 하고 있었다. 광수대 3팀이 애타게 찾아 헤매고 있는 왕도술이었다. 한 손에는 남성용 루이비통 핸드백, 다른 손에는 휴대폰을 든 도술은 명품매장을 어슬렁거리며 누군가를 기다리는 중이었다. 잠시 후, 50대 전후로 보이는 남자가 주변을 살피더니 도술에게로 다가왔다.

"형님, 왜 사람 많은 백화점에서 보자고 해요? 조용한 곳 놔두고!"

사내는 주변을 두리번거리며 불만 가득한 목소리로 투덜거렸다.

"태원아, 네가 이래서 형보다 한 수 아래인 거야. 사람이 많은 곳에서 봐야 눈에 안 띄고 혹시 튈 일이 생겨도 더 유리한 거야 인마!"

사내의 이름은 박태원. 그는 도술의 후배로, 일명 '박 과장'이라 불리는 사기꾼이었다. 학벌은 물론이고 기댈 백 하나 없던 그는 일찌감치 범죄로 눈을 돌렸고, 그렇게 각종 사기를 치기 시작해 전과자가 되었다.

"형님, 신수가 훤하시네?"

돈이라면 사족을 못 쓰는 태원은 도술을 보자마자 위아래를 스캔했다. 한술 더 떠서 도술은 옷을 걷어 올리더니 허리춤을 보여주었다.

"야, 이거 한번 봐봐. 이 허리띠가 얼만지 아냐? 무려 2천만 원짜리다! 2천만 원!"

2천만 원이라는 얘기에 입이 떡 벌어진 태원을 보며 도술은 흐뭇한 표정을 지었다. 갑자기 수십억 원의 현금이 생긴 도술은 돈에 대한 가치를 잊어버린 지 오래였다. 아마 자신이 피땀 흘려 번 돈이었다면, 이렇게 물 쓰듯 펑펑 쓰지는 못했을 것이다.

잠시 벨트를 보며 넋이 나갔던 태원은 그런 도술이 아니꼬운 듯, 이젠 별 시답잖은 데에 헛돈을 쓴다며 핀잔을 줬다. 그러나 도술은 그런 태원의 어깨를 툭 치며 신이 난 목소리로 말했다.

"태원아, 이젠 우리도 이런 데 다니면서 행복하게 살자! 돈 있으니까 좋다! 너무 좋아!"

얼굴 가득 함박웃음을 짓는 도술을 보며, 태원은 쓴웃음을 지었다.

"형님, 그나저나 주왕재 그 새끼는 지금 우리 찾겠다고 난리 치고 있겠지? 박쥐 같은 놈. 그 새끼한테 한 방 먹였더니 속이 다 후련하다!"

"그래도 우리 조심하자. 조금만 늦었어도 요단강 건넜을 거야! 괜히 건달들 사이에서 왕재, 왕재 하겠냐? 잡히지 않는 게 유일한 방법이다."

도술이 주의를 주었지만 태원은 어느새 왕재 따위 걱정되지 않는다는 듯 으스대며 말했다.

"형님, 형님은 내 걱정 마시고 홍진경이나 단속 잘해요!"

홍진경은 도술의 애인으로 서른세 살 먹은 유흥업소 출신 아가씨였다.

"걱정 마, 인마. 진경이한테는 이미 집 하나 얻어줬고 난 다른 아지트에서 지내고 있으니까. 가끔 외로울 때만 들르니까 괜찮아."

도술의 말에 태원은 명품매장 안을 구경하며 건성으로 고개를 끄덕였다. 그러다 문득 뭔가 떠올랐다는 듯 도술을 쳐다보며 입을 열었다.

"형님, 짭새들이 나도 알까? 나는 모르지 않을까?"

"CCTV가 장식품이냐? 알아내는 거야 시간문제지! 대한민국 짭새들이 사람 하나는 기가 막히게 찾아내는 거, 너도 인정하지? 지금까지 겁나게 수사받아온 내가 증인이다, 증인. 결국에는 너도 드러나게 돼 있어. 그러니까 더 조심해!"

도술의 말에 태원이 고개를 끄덕였다.

"아 참, 주 회장이 용식이는 안 건드리겠지요?"

"주왕재가 용식이를 찾아내면 그냥 둘 리가 있겠냐? 그래도 우리가 준 돈이면 고생하는 대가로는 충분해."

도술의 말에 태원은 씁쓸하게 고개를 끄덕였다.

"그나저나 보관 중인 현금 부피가 너무 커서 걱정이다. 많아도 너무 많아!"

도술이 태원에게 투덜거렸다.

"형님, 난 벌써 이 휴대폰 안에 다 보관해 놨어."

태원이 자신의 휴대폰을 꺼내 흔들며 자랑하듯 말했다.

"형님, 골드바나 무기명 사채로 돌려놔. 그럼 부피가 확 줄잖아! 제발 이 박 과장님 말씀 좀 귀담아들으세요. 내 말 들으면 손해 볼 일이 없다니까!"

"야, 박 과장이 자랑이다 자랑! 어? 야, 태원아. 이만 가자. 진경이가 부른다."

도술은 말하기 무섭게 얼른 샤넬 매장으로 달려갔다. 태원이 보니 진경이 매장 안에서 도술을 향해 손을 흔들고 있었다. 분명 미인이긴 했지만 그 미모는 어디서 많이 본 듯 자연스럽지 않았다. 태원은 저 멀리 보이는 진경을 보며 혀를 찼다.

"참… 형님은 저런 성형미인이 뭐가 좋다고. 난 별룬데."

태원이 그러거나 말거나 진경은 자신이 고른 옷들을 도술에게 보여주더니 웃음을 지으며 말했다.

"매니저님, 우리 계산요."

진경의 말에 도술은 가방 안에서 5만 원권 현금뭉치를 꺼내 들었다. 그는 진경에게 환심을 사는 방법을 누구보다 잘 알고 있었다.

* * *

두달 전

"형님, 이런 아이템을 어떻게 생각한 거야? 완벽한데!"

도술의 계획을 들은 태원이 감탄하며 말했다. 두 사람이 대화를 나누고 있는 곳은 삼성동 룸싸롱으로, 여기서 그들은 머리를 모아 대형 금융사기를 계획하고 있었다.

두 사람이 벗겨 먹을 대상은 주왕재라는, 잔인하고 비열하며 건달치고는 머리까지 좋은 만석파 행동대장 출신 사채업자였다. 왕재는 의심이 많은 인물이었지만 다행히 탐욕으로 가득 차 있어서 그 부분을 이용한다면 어렵지 않게 속일 수 있을 듯했다. 물론 도술과 태원에게도 리스크는 있었다. 왕재를 수술한다는 것은, 잘못될 경우 목숨까지 내놓을 각오를 해야 한다는 의미였기 때문이다. 도술과 태원은 이런 두려움으로부터 오는 스트레스를, 유흥업소에서 돈 많은 회장님 행세를 하는 것으로 풀고 있었다.

태원이 감탄했듯, 도술의 이번 계획은 완벽했다. 도술은 어려서부터 위조수표단을 따라다니면서 잔심부름부터 시작해 범행 수법을 배운 인물이었다. 그렇게 시간이 흘러, 그는 다른 사람이 생각해내지 못할 범죄를 구상하기에 이르렀다. 그것이 지금 태원과 함께 벌이려는 계획이었다. 왕도술은 스스로 생각해도 이 이상의 위조수표 범죄는 있을 수 없지 싶었다. 그 정도로 이번 계획은 매우 위험한, 위조수표로 벌일 수 있는 최고 수준의 범죄였다. 이 범죄에 도술과 태원은 주왕재를 끌어들였다. 잘못하면 목숨이 날아갈 수도 있었지만, 성공하기만 한다면 100억이 현금으로 떨어지니 목숨을 걸만했다. 이전까지 조그만 사기 몇 건을 쳤다가 큰돈은 벌지 못하고 학교만 여러 번 다녀온 도술이었다. 어느덧 그의 나이 55세. 이 바닥에서도 이 이상 나이가 들면 큰 건은 잡기 힘들다는 것을 도술은 잘 알고 있었다.

마지막으로 크게 한 건만 하고 그만두자. 이것이 도술의 생각이었다. 마침 기가 막힌 아이템이 있었고, 그를 잘 따르는 머리 좋은 동생인 태원도 있었다. 이런 바닥에서 믿을 수 있는 존재를 찾기란 하늘의 별과도 같았다. 하지만 태원은 경남 김해 고아원에서부터 어렸을 적부터 쭉 함께 지내온 유도리있는 동생이었다. 도술보다 세 살 어린 태원은 허풍이 세고 과장이 심해 '박 과장'이라는 별명이 붙은 사람이었지만, 그래도 도술에게만큼은 함께 범행을 벌일 만한 믿을 수 있는 동생이었다. 도술과 마찬가지로 태원 역시 지난 몇 년 동안 작은 전과들로 교도소를 들락날락했다. 결론적으로 말하자면, 태원은 크게 한탕

같이하기에 딱 알맞은 친구였다. 그렇게 도술은 태원에게 자신의 아이디어를 말했고, 그 아이디어를 바탕으로 태원이 계획을 짰다. 주왕재를 끌어들이는 아이디어를 낸 것도 태원이었다. 계획이 성공하면 수익은 7:3. 도술의 계획에는 태원 말고도 한 사람이 더 끼어 있었는데, 바로 위조 기술자인 사용식이었다. 용식은 왕도술이 꼬마였을 당시, 선배들을 통해 알게 된 우리나라 최고의 수표위조 기술자였다. 다만 도술은 용식에게 수표위조만 부탁하고 자세한 범행내용은 말하지 않았다. 그러므로 계획이 성공하더라도 수익을 나눌 필요는 없었다. 용식에게는 수표위조 대가로 2억 원만 주면 충분했다. 심지어 그 돈조차 도술의 주머니에서 나오지 않았다. 범행을 위한 자금도 사기를 쳐서 만든 것이다. 물론 그럴 만한 돈이 도술에게 있지도 않았지만.

진경 역시 범행을 계획하던 중 만난 인연이었다. 도술은 태원과 함께 삼성동 룸싸롱을 다니던 중 그녀를 알게 되었고, 그녀가 맘에 들어 마담에게 주선을 요청했다. 룸싸롱이 아닌 밖에서 차 한잔할 기회를 만들어달라 부탁한 것이다. 하지만 진경은 마담의 요청을 일언지하 거절했다.

"언니, 나 싫어요. 강 사장이란 사람 나이도 많고…. 저렇게 촌스러운 사람 난 못 만나요!"

진경은 완강하게 거절했지만, 마담 입장에서는 단골인 도술의 요청을 들어주지 않을 수 없었다.

"진경아, 강 사장님이 너한테 호감 있다고, 낮에 커피 한 잔만 하자는데 그걸 거절하고 그러니? 사람 일 알 수 없잖아? 돈 많은 강 사장님이 너한테 뭘 해줄지 누가 아니?"

마담의 끈질긴 설득으로 도술은 진경과 차 한잔을 나눌 수 있게 되었고, 정말로 그녀와 커피숍에서 만나 1시간 동안 차만 마시고 돌려보냈다. 물론 차 한잔은 한 번으로 끝나지 않았다. 그리고 차 마시는 시간을 가질 때마다, 도술은 진경에게 100만 원을 주었다. 결국 진경은 도술의 매너와 재력에 반해 그에게 넘어가게 되었고, 두 사람은 동거를 시작하게 되었다.

도술에게 진경은 단순히 애인이 아니었다. 왕재를 통해 벌일 범행에도 꼭 필요한 퍼즐조각이었다. 진경은 범행이 성공한 뒤에 도술에게 여러 가지로 도움을 줄 수 있는 사람이었다. 물론 진경에게 자세한 범행계획을 이야기하진 않았다. 진경 역시 눈치 있는 여자였기에 도술에게 자세한 계획을 묻지 않았다. 그녀 입장에서는 굳이 자세히 알 필요가 없었다. 어차피 돈만 받으면 그만이었으니까.

현재, 도술은 범행이 성공한 뒤 진경에게 이야기하지 않은 제2의 은신처에 머무르며 한 번씩 그녀의 아파트를 찾아가는 생활을 하고 있었다. 물론 이 생활이 얼마나 지속될 수 있을지는, 도술 자신도 몰랐다.

03
논두렁 건달

조수석에 앉은 명규는 차창 밖으로 보이는 사람들을 보며 고개를 가로저었다. 오늘도 명동은 인파로 가득했다. 이번에도 운전대를 잡은 사람은 동금이었다. 오전에 도술의 전처 영숙을 만나고 복귀한 동금은 명규와 함께 왕재의 사무실로 향하고 있었다.

주왕재의 사무실은 명동역 4번 출구에서 퍼시픽 호텔로 가는 이면 도로에 있는 3층짜리 건물 맨 위층에 있었다. 동금보다 먼저 차에서 내린 명규는 건물을 올려다보았다. 3층 벽에 달린 JYJ 파트너스&홀딩스 간판이 눈에 들어왔다. 왕재의 회사 상호였다. 자신의 이름 이니셜을 뜬 듯했다.

"올라가자."

두 형사가 거침없이 사무실 문을 열고 들어서자, 경리로 보이는 여직원과 소파에 앉아 있던 삼십 대 가량의 젊은 남자 두 명이 명규와 동금을 번갈아 쳐다보았다. 동금은 사무실 안을 빠르게 스캔했다. 사무실 안쪽에는 회장실이 있었고, 그 외에 직원들을 위한 사무공간이라 할 만한 곳은 딱히 보이지 않았다. 여직원이 사무를 볼 수 있는 자리 하나와 작은 테이블을 사이에 두고 마주 놓여 있는 소파 두 개가 가구의 전부였다. 한눈에 보아도 일반적인 사무실과는 거리가 멀었다.

"어떻게 오셨어요?"

귀여운 인상의 여직원이 쪼르르 달려와 물었다.

"서울경찰청 광역수사대 박동금 형사입니다."

형사라는 소리에 조금 더 나이가 많아 보이는 녀석이 소파에서 일어났다. 남자의 이름은 천태영, 자칭 만석파 2인자였다.

"무슨 일이시죠?"

동금은 눈을 치뜨며 다가오는 태영을 가만히 뜯어보았다. 셔츠를 입은 남자의 살짝 풀어헤친 가슴팍과 목덜미, 그리고 손목 사이로 문신이 드러났다.

"주왕재 씨 만나러 왔어! 위조수표 사건 때문에 왔다고 말하면 알아들을걸?"

태영은 분명 동금보다 나이가 많아 보였지만, 동금은 일부러 반말로 답했다. 호의적이지 않은 눈길로 자신을 쳐다보고 있는, 문신 가득한 건달 놈에게 굳이 존대해줄 필요는 없다고 생각한 것이다. 태영은 잠시 기분 나쁘다는 얼굴로 동금을 노려보았다. 그러나 이내 무표정으로 얼굴을 바꾸더니 입을 열었다.

"잠시 기다리시죠."

안쪽 회장실로 들어간 태영이 금방 나오더니 명규와 동금을 향해 외치듯 말했다.

"회장님께서 들어오시랍니다. 주현 씨, 회장님은 꿀차 드신다네. 두 분은 뭐 드시겠습니까?"

"나는 시원한 커피! 팀장님 커피 맞으시지요?"

명규는 말없이 고개를 끄덕이고는 먼저 회장실 쪽으로 걸어갔다. 동금 역시 그런 명규를 뒤따랐다. 회장실로 들어간 두 사람의 눈에 광수대장 명패보다도 더 크고 화려한 명패가 보였다.

[회장 주왕재]

명패를 얹어놓은 커다란 책상 뒤에는 한 남자가 앉아 있었다. 주왕재였다. 회색 와이셔츠에 왁스를 발라 넘긴 헤어스타일의 왕재는 두 사람을 보자 몸을 일으켰다.

"광수대에서 오셨다고요? 나와 경찰은 견원지간 같은 관계입니다. 그래도 천하의 광수대 팀장님이 직접 오셨다니 차 한 잔은 드려야지요."

왕재를 보는 명규의 얼굴이 살짝 일그러졌다. 첫 만남부터 무례하기 짝이 없는 왕재를 보며 속에서 뭔가 끓어오르는 듯했다. 이 상황이 불쾌한 건 왕재 역시 마찬가지였다. 10대 후반부터 조폭 생활을 하며 크고 작은 일들로 수없이 경찰 수사를 받아온 그였다. 얼굴을 마주하자마자 대놓고 견원지간이라 표현할 정도로, 경찰에 대한 그의 반감은 엄청났다. 왕재는 한껏 거만한 표정을 지으며 품에서 자신의 황금색 명함을 꺼내 명규와 동금에게 차례로 건넸다.

"광수대 3팀장 윤명규입니다."

왕재의 명함을 받은 명규 역시 자신의 명함을 왕재에게 건넸다. 그러나 명규와 달리 동금은 자신의 명함을 꺼내지 않았다. 사실 형사들은 조폭들에게 자신의 명함을 주는 것을 꺼린다. 조폭들이 주변 사람들에게 형사들과 친하다는 식으로 이름을 팔 수 있기 때문이다. 하지만 지금 이 자리는 형사가 사건의 피해자인 주왕재를 방문하기 위해 찾아온 자리였다. 때문에 명규 만큼은 왕재와 명함을 주고받지 않을 수 없었다.

왕재는 회장실 가운데 놓인 테이블로 걸어 나오더니 명규와 동금에게 한쪽 소파에 앉으라는 듯 손짓했다. 그러고는 맞은편 소파에 앉아 테이블에 명규의 명함을 내려놓았다. 잠시 후, 여직원 주현이 찻잔을 들고 회장실로
들어왔다. 동금의 눈에 왕재 앞에 놓이는 찻잔이 훅 들어왔다. 한눈에 보기에도 고급 도자기로 만들어진 찻잔이었다. 동금은 왕재의 잔에서 눈을 돌려 자신과 명규의 앞에 놓인 잔을 보았다. 왕재의 것과는 전혀 다른, 질 떨어지는 잔이었다. 동금은 커피를 마시며 찬찬히 회장실 안을 둘러보았다. 넓고 화려한 회장실의 한쪽 벽에는 이런저런 단체에서 받은 위촉장과 상장, 감사패, 사진 등이 걸려 있었고, 골프를 즐기는 듯 사무실 한쪽에는 골프 퍼트 연습기구가 놓여 있었다. 구석진 곳에 다소곳이 세워둔 야구방망이 하나도 눈에 띄었다.

"주 회장님, 바쁜데 시간 내주셔서 고맙습니다. 대한은행 명동 지점 일로 왔습니다."

명규는 그렇게 말하며 왕재의 턱 밑에 있는 흉터를 바라보았다.

"아, 이 새끼들 정말…. 돈 만지는 안경잡이 놈들은 말을 참 안 들어요. 경찰에 기어이 신고를 했구만?"

왕재는 어이가 없다는 듯 웃었다. 왕재가 웃자, 회장실 밖에 서 있던 태영과 다른 부하 역시 왕재를 따라 웃음소리를 냈다. 잠시 웃던 왕재는 순식간에 표정을 바꾸더니 명규를 날카롭게 쳐다보며 입을 열었다.

"팀장님, 저는 피해잡니다, 피해자. 아니 글쎄 제 돈 100억이 날아 갔다니까요?"

왕재가 쓴웃음을 지으며 말했지만, 명규는 그런 왕재를 보며 그가 100억을 사기당한 피해자 같지 않다는 생각을 했다.

"피해자이신데 경찰에 신고하지 말라고 했다면서요. 특별한 이유 가 있습니까?"

"내가 말이죠. 어려서부터 이쪽 생활을 했습니다. 나는 피해를 보면 법에 기대지 않아요. 그게 내 신조입니다. 살아보니 말이죠. 법보다 주 먹으로 해결하는 게 훨씬 빠릅디다."

생활이라는 말은 건달들이 자신들이 폭력조직 활동을 했다는 것을 뜻하는 표현이었다. 왕재를 보는 동금의 눈이 점점 불타올랐다. 나이 많은 명규에게 함부로 하는 왕재의 혓바닥을 뽑아버리고 싶은 충동을 느꼈다. 폭발 직전의 동금을 눈치챈 명규가 힐긋 쳐다보며 참으라는 눈짓을 보냈다. 경찰인 자기를 앞에 두고 '법보다 주먹이 빠르다'니, 마음 같아서는 명규 역시 당장이라도 왕재를 메다꽂아버리고 싶었다.

명규는 그동안 광수대에서 꽤나 악명을 떨친 조직폭력배 간부들을 수사해왔다. 하지만 지금 눈앞의 왕재처럼, 이 정도로 버릇없는 태도 를 보이는 건달을 본 적은 없었다. 가끔 세상 물정 모르는 어린 조폭 들이 형사 앞에서 멋모르고 객기를 부리는 경우는 있었지만, 왕재처 럼 최소한 행동대장급이라면 형사들 앞에서 이런 행동을 보이지 않는 다. 그러나 왕재는 자신이 건달 출신임을 은근히 과시하며 오만불손 한 태도를 고수하고 있었다.

"주 회장님, 거두절미하고 묻겠습니다. 왕도술 씨하고 무슨 일이 있 었습니까? 그 사람이랑 어떤 거래를 하셨나요?"

명규는 이것저것 잴 필요가 없다고 생각한 듯, 단도직입적으로 물었다.

"왕도술이요? 그 사기꾼 새끼. 제발 경찰에서 그 새끼 좀 잡아주시죠. 들어보니 수사를 좀 하신 것 같은데. 그놈에 대해서 뭐 좀 나온 게 있습니까?"

왕재가 명규의 말에는 답도 하지 않은 채 간죽거리며 되물었다.

"주 회장님이 알고 있는 왕도술 씨에 대한 정보가 경찰 수사에 꼭 필요합니다. 왕도술 씨는 위조된 수표를 진짜처럼 유통시켰습니다. 그 말은 회장님의 신고 여부를 떠나 이 사건 자체가 금융시장에 큰 충격을 준 사건이라는 얘기죠."

명규는 자신의 감정을 누르고 형사 본연의 임무에 충실하고자 질문을 계속했다. 그는 팀장으로서 자신이 해야 할 일을 누구보다 잘 알고 있었다.

"전 아무것도 모릅니다. 경찰이 잡으면 좋고, 못 잡으면 내가 잡으면 되죠."

왕재가 눈을 부릅뜨며 말했다. 경찰 수사에 협조하지 않겠다는 강한 의사표시였다. 그런 왕재를, 동금은 어이없다는 듯 웃는 표정으로 노려보며 생각했다.

'이 새끼가… 달건이 주제에 선을 넘고 있네?'

'달건이'는 건달을 비하하는 용어였다. 동금은 이 이상 왕재에게 시간을 낭비할 필요가 없다고 생각했다. 그러나 일단 명규의 허락이 떨어져야만 했다. 해서 동금은 명규와 일부러 눈을 마주쳤다. 명규 역시 강렬한 눈빛으로 동금을 마주 보았다. 동금은 그 눈빛의 뜻을 잘 알고 있었다. 깡패들의 기를 꺾어줘야 할 시간이라는 뜻이었다.

"우리 광수대에서 위조수표 사건을 수사하던 중, 주왕재 씨가 대한은행 명동 지점을 방문해서 시설을 파손하고 은행원들을 상대로 협박했다는 첩보가 들어왔습니다."

명규의 허락을 받은 동금이 슬슬 도발을 위한 시동을 걸었다. 이런 상황을 대비해 대한은행 명동 지점으로부터 피해자 진술과 주왕재가 난동부리는 CCTV 영상을 이미 확보해둔 터였다.

"뭐요?"

왕재는 동금이 자신을 피해자가 아닌 범죄자 취급하자 부아가 치민다는 듯 눈을 부라렸다. 그가 더욱 화가 나는 부분은 자신의 호칭을 팀장과 다르게 '주왕재 씨'라고 부르고 있는 것이었다.

"조직폭력배가 대한은행에서 기물을 파손하고 업무방해까지 했으니 이건 단순 폭력사건으로 취급할 수 없습니다. 은행 CCTV에 고스란히 찍힌 영상이 방송에 나가면…. 여론이 꽤 시끄러워질 것 같습니다만."

동금이 노골적으로 '조직폭력배'라는 단어를 선택하는 등 자극하자 왕재가 참지 못하고 반응하기 시작했다. 직전까지 자신이 형사들에게 깐죽거리던 것은 이미 잊은 듯했다.

"박 형사라고 했던가? 젊은 친구가 깡다구가 좋네! 내 앞에서 나를 대놓고 놀려?! 내가 피해자인 거, 그새 잊었나 보지?"

왕재의 아래턱에 있는 흉터가 더 크게 일그러졌다.

"내가 당신을 놀린다고? 광수대 형사가 사람 놀릴 정도로 한가해 보여? 그리고 피해자가 뭐? 피해자면 물건 때려 부수고 사람 협박해도 괜찮다는 법이 있나? 난 형사 하면서 그런 법은 본 적이 없는데?"

동금이 앉아 있는 왕재를 향해 반쯤 일어선 자세로 얼굴을 들이밀며 말했다. 어디 한 번 칠 테면 쳐보라는 자세였다. 동금의 입장에서는 왕재에게 기가 죽을 이유가 없었다. 체격도 동금이 훨씬 컸다. 그렇게 잠시, 두 사람의 눈에서 불꽃이 튀었다.

애송이 형사의 도발에 분노가 치밀어 오르긴 했지만, 사실 왕재의 머릿속은 복잡했다. 자신이 대한은행 명동 지점에서 행패를 부린 것이 문제가 될 줄은 미처 생각지 못했다. 동금의 말대로 CCTV 영상이 뉴스에 나가면 조폭이 은행에서 폭력행사를 했다는 사실이 문제가 될수 있었다. 당장 왕도술을 잡는 데 발이 묶일 뿐만 아니라 이 일을 절대 알아선 안 될 최 회장의 귀에도 소식이 전달될 위험이 있었다.

'최 회장님에게 이 얘기가 들어가는 것만큼은 무조건 막아야 한다.'

동금은 그런 왕재를 보며 뭔가 켕기는 것이 있음을 알아차리고 더 강하게 도발을 이어갔다.

"왕재야! 지금 깡다구라고 했냐? 내가 진짜 깡다구가 뭔지 한번 보여 줄까? 지금 여기서 돗자리 깔아 볼까? 어때? 조사 시작해?"

"이… 씨… 발….."

왕재의 입장에서는 참는 것 외에 다른 수가 없었다. 그는 자신보다 한참이나 어리다는 이유로 동금을 오판하는 실수를 범했다. 사실 동금은 경찰이 되기 전부터 이런저런 부류들과 어울리며 싸움을 많이 해온 경험이 있었다. 형사가 되기 전까지 '강남 바닥에서 잘 놀던 똘기 충만한 젊은이'가 바로 박동금이었던 것이다. 오죽했으면 아버지인 부경이 귀한 외아들 동금을 사람 만들어보겠다고 경찰을 하게 했을까! 심지어 광수대에서 형사 밥을 먹으며 안 그래도 넘치던 동금의 자신감은 더 쩽쩽해진 참이었다. 광수대 선배들로부터 사람 다루는 법을 보고 배운 것 역시 지금 그가 왕재에게 더 강하게 나갈 수 있는

데에 한몫을 차지하고 있었다.

"왕재야, 내가 충고하나 할까? 난 지금까지 너 같은 논두렁 건달은 직접 상대도 안 했어."

동금의 말을 듣던 명규가 빙그레 웃었다. 얼마 전 회식할 때 수찬이 얘기한 '논두렁 건달' 얘기를 동금이 써먹고 있었던 것이다. '논두렁 건달'이라는 표현은 형사들이나 이름 좀 날리는 조폭들이 시골구석의 이름 없는 조폭들을 하대하는 용어였다. 그만큼 동금의 눈에 왕재는 삼류 조폭이었다. 그래서 족보 있는 건달이었다면 절대 형사들에게 하지 않았을, 감히 봐줄 수 없는 행동을 한 왕재의 자존심을 지금 신나게 긁어대고 있었다.

동금의 이러한 언행은 왕재에게 먹힐 수밖에 없었다. 그가 속해있던 만석파가, 건달 세계에서 이류와 삼류의 경계에 있는 조폭이었기 때문이다. 경기도 서부권에서 행동하는 만석파를 서울에서 아는 사람은 없었다. 그 말인즉, 만석파라는 이름을 내세워 봐야 건달 활동에 아무 도움 될 것이 없다는 의미였다. 왕재 역시 이를 뼈저리게 알고 있었다. 서울에 올라온 뒤, "만석파 행동대장이었습니다." 하고 스스로를 소개하면 돌아오는 대답은 "그게 어디서 활동하는 조직입니까?"였다. 삼류 건달이라는 것은 왕재의 콤플렉스였고, 동금은 이 부분을 예리하게 파고들어 그의 자존심을 짓밟고 있었다.

"왕재야, 말 좀 해봐. 내 말 무슨 소린지 알아듣겠냐?"

열이 받아 씩씩거리던 왕재가 결국 꼬리를 내렸다.

"팀장님, 더 이상 얼굴 붉히고 싶지 않습니다. 어쨌든 저는 경찰에 할 말이 없습니다."

왕재는 동금을 무시하고 명규를 향해 말했다.

"박 형사, 이젠 그만 일어나지."

명규가 여전히 왕재를 잡아먹을 듯 노려보고 있는 동금에게 말했다. 왕재는 그런 동금을 보자 다시 속이 뒤집혔다. 새삼 새파랗게 젊은 놈에게 완전히 당했다는 생각이 들었다.

"박 형사라고 했지? 당신, 평상시에도 이런 식으로 수사해? 조심해. 그러다 한방에 경찰 옷 벗는 수가 있어!"

왕재가 마지막 자존심을 지키려는 듯, 주먹으로 테이블을 내리치며 일어섰다. 큰 소리가 나자 회장실 밖에 서 있던 부하들이 쏜살같이 회장실 안으로 달려왔다. 그러나 부하들이 들어오거나 말거나 동금의 도발은 멈추지 않았다.

"내가 경찰 옷 벗는 게 빠를까? 아니면 네가 수갑 차는 게 빠를까? 뭐가 빠른지 내기 한번 할까?"

동금은 왕재를 무시하듯 소파에 그대로 앉아 말했다. 그리고 한 마디를 더 던졌다.

"어이, 주 회장님. 요즘 신혼 재미 좋습니까? 나중에 또 결혼식 올릴 일 생기면 그때는 시간 좀 잘 잡아봐. 명색이 건달이라는 인간이… 치졸하게 오후 3시 30분이 뭐야? 적어도 하객들이 밥은 먹을 수 있게 해야 할 거 아냐?"

동금이 지난달 8월에 있었던 왕재의 결혼식 시간을 두고 비꼬자 왕재는 속에서 열불이 났다. 그러나 한편으로는 이 애송이가 그 사실을 안다는 것에 뜨끔하기도 했다. 식사비용을 아끼기 위해 결혼식 시간을 애매하게 잡은 건 사실이었으니.

동금은 말없이 자신을 노려보는 왕재의 시선을 피하지 않고 즐겼다. 그러고는 천천히 자리에서 일어나며 왕재를 향해 웃음을 지어 보였다. 한 사람은 죽일 듯 노려보고 다른 한 사람은 웃음을 짓고 있는 기묘한 상황이 펼쳐졌다. 물론, 이럴 때는 당연히 웃음 짓고 있는 사람이 승자였다.

"주 회장, 오늘은 이만 돌아가겠네. 피해자가 진술하지 않는다고 사건을 수사하지 않는 건 아니지만…. 뭐, 경찰 입장에서는 최대한 신속히 사건의 실체를 규명하는 것이 목표라 협조가 필요했거든. 아쉽지만 하는 수 없지. 혹시라도 마음 바뀌면 연락하라고!"

명규 역시 왕재에게 더 이상 예의를 차리지 않고 반말로 하대하고는 회장실을 빠져나갔다.

"왕재야, 네가 대한은행 명동 지점에서 난동 부린 사건이 이 형사 수첩*에 첩보로 떡하니 적혀 있다. 그러니까 앞으로 몸조심 하는 게 좋을 거야!"

동금은 한 손에 들고 있던 형사 수첩을 위로 흔들며 명규를 따라 회장실을 나갔다. 잠시 후, 명규와 동금이 눈앞에서 사라지자 왕재는 분한 마음에 고래고래 소리를 질렀다.

"뭐 저런 새끼가 다 있어?! 기생오라비 같은 놈이 형사를 하고 있냐고! 어떻게 저런 놈이 광수대 형사야! 에이 씨발!!!"

＊ ＊ ＊

"동금아, 왕재가 우리 일부러 자극한 거 눈치 챘지? 왜 그랬을까?"
광수대로 복귀하는 동금의 차 안에서 명규가 물었다.

---

* 교양노트와 달리 형사들이 항상 몸에 휴대하고 다니며 중요한 사건기록과 정보를 담아두는 수첩.

"견원지간이란 표현도 그렇고 대놓고 깐죽거리던 것도 그렇고…. 팀장님 말씀대로 이상한 점이 많았습니다. 분명 뭐가 있어요."

"경찰한테 숨기고 싶은 사정이 있는 듯한데…. 주왕재 주변을 좀 더 알아보자. 뭔가 나오는 게 있겠지."

"팀장님, 주왕재가 지금 100억을 사기당한 피해자로 보이세요? 화가 나 있긴 해도 어딘지 모르게 믿는 구석이 있는 것 같아요."

"그렇지, 보통 사람이라면 천만 원만 사기당해도 눈에 쌍심지가 켜질 텐데 말이야."

그 순간, 동금은 지혜가 걱정되었다. 도술을 직접 잡아 죽일 듯 얘기하던 왕재의 얼굴이 떠올랐던 것이다.

"팀장님, 주왕재가 직접 왕도술을 잡겠다고 설치면… 왕도술 씨 전 부인과 딸도 위험해지지 않을까요?"

"음… 왕도술이 모습을 드러내지 않은 시간이 길어질수록 왕도술 주변 사람들은 주왕재의 타깃이 될 거야. 그 양아치 같은 놈은 얼마든지 그럴 놈이지."

명규는 턱을 만지작거리며 생각에 잠기더니 이내 입을 열었다.

"박 형사, 최대한 빨리 왕도술 전 부인과 딸의 신변 보호 방안을 찾아봐. 아무래도 주왕재 그놈, 100% 사고 칠 것 같으니까."

명규의 지시에 동금은 미소를 지으며 고개를 끄덕였다. 명규의 명령 덕분에 지혜를 지킬 방법을 만들 수 있을 뿐만 아니라 공식적으로 그녀와의 만남을 이어갈 명분이 생긴 것이다.

$$* \quad * \quad *$$

명규와 동금이 다녀간 뒤, 왕재는 부하들을 전부 불러 모았다. 모두 건장한 체격의 건달들이었다. 자칭 2인자인 태영은 왕재의 곁에 서 있었고, 나머지 부하들은 왕재 앞에 나란히 정렬해있었다.

"야, 이 새끼들아. 왕도술에 대해서 뭐 나온 거 없어?"

갑자기 불려온 여섯 명의 부하들은, 열 받은 왕재의 애꿎은 화풀이 대상이 되고 있었다.

"어, 없습니다. 죄송합니다."

"이런 쌍!"

왕재는 욕지거리와 함께 가장 가까이 서 있던 부하 하나의 배에 냅 다 발차기를 날렸다. 둔탁한 소리와 함께 발차기를 맞은 부하가 바닥 으로 나뒹굴었다. 하지만 누구 하나 도울 엄두를 내지 못했다.

"병신 같은 새끼!"

부하에게 화풀이를 하긴 했지만, 생각해보니 왕재 스스로도 도술 에 대해 아는 것이 거의 없었다. 평소 알고 지내던 '박 과장'이라는 별 명을 가진 태원에게 소개받은 것이 전부였다.

"박 과장, 이 씨발 놈… 내 손에 잡히기만 해봐라. 한강 바닥에 던 져 버릴 테다!"

왕재의 분노 가득한 혼잣말에 부하들은 저도 모르게 몸을 떨었다. 자기들이 모시는 보스의 잔혹함을 누구보다 잘 알고 있었기에.

"야, 태영아."

"예, 회장님."

"왕도술이랑 박 과장이 같은 고아원 출신이라고 했지?"

"예, 회장님. 경상남도에 있는 고아원이라고 했습니다."

"그럼 그 새끼들, 가족은 없나?"

"안 그래도 알아보고 있습니다. 우선 왕도술이랑 박 과장이 같이 일했던 사람부터 찾아보는 중입니다."

천태영의 대답에 왕재는 고개를 끄덕였다.

"아직 최 회장님 쪽에서 연락 온 건 없지?"

"아직 오진 않았습니다만… 곧 오지 않겠습니까? 대비하시는 게 좋을 것 같습니다. 회장님."

최 회장을 생각하니 머리가 지끈거리는 듯, 왕재는 고개를 가로저으며 손가락으로 머리를 톡톡 쳤다. 스트레스를 받으면 나오는 그만의 습관이었다.

"야, 니들. 앞으로 나와."

왕재가 손가락으로 서 있던 부하 중 둘을 지목했다. 무슨 일인지 몰라도 두 녀석의 얼굴은 상처투성이였다.

픽! 뻐억-!

지목당한 두 녀석이 잔뜩 겁먹은 얼굴로 나오자, 왕재는 일말의 망설임도 없이 녀석들의 배에 주먹을 한 대씩 꽂았다.

"억… 자, 잘못했습니다. 회장님."

"잘못한 건 알고 있나? 니들 때문에 이렇게 꼬였잖아!"

왕재에게 얻어맞은 두 녀석은 '잘못했습니다'를 연발하며 머리를 바닥에 숙였다.

"됐다, 씨발. 다 나가!"

왕재는 소파에 앉으면서 일렬로 늘어선 사내들에게 모두 나가라고 손짓했다. 보스의 명령을 들은 부하들은 혹시라도 그가 맘을 바꿀까

싫어 냉큼 인사를 하고 회장실을 빠져나갔다.

"태영아, 철구한테 전화 좀 돌려봐라."

"예, 회장님."

태영은 즉시 휴대폰을 꺼내 들고 한철구에게 전화를 걸었다.

"아, 형님! 잘 지내셨습니까?"

철구는 강남 바닥에서 유흥업소와 마약에 대한 정보를 쥐고 있는 전라도 출신의 조폭이었다.

"형님, 다름이 아니고 사람 좀 찾아 주소! 글쎄 내가 이번에 악어 입안까지 들어갔다가 겨우 팔 한 짝만 남았다니까? 어, 찾는 새끼들 이름? 왕도술이랑 박태원! 내가 이 새끼들 꼭 좀 잡아야 해서 그래. 자세한 건 태영이 보내서 알려드릴게! 아, 그러엄~! 그러니까 형님한 테 연락했지!"

＊ ＊ ＊

3개월 전, 주왕재의 명동 사무실

정오가 조금 지났을 즈음. 한산한 왕재의 사무실…. 점심을 해치운 왕재의 부하들은 창밖으로부터 들어오는 따스한 햇살 아래 졸고 있었 고, 유일한 여직원인 주연은 사지도 못할 신상들을 장바구니에 담으 며 휴대폰에 눈을 박고 있었다.

따르릉- 따르르릉-

"여보세요?"

주연이 휴대폰에서 눈을 떼지 않은 채 사무실 전화를 받았다. 그러 나 잠시 후, 그녀는 눈이 동그래져서는 전화기를 살포시 내려놓고 회장실로 쪼르르 달려갔다.

"회장님, 회장님!"

주연이 애교 섞인 목소리로 부르자 골프 연습 중이던 왕재가 고개를 돌렸다.

"왜 그래?"

"박태원 사장님이시라는데요!"

"그래? 박 사장? 연결해줘라."

왕재는 골프채를 놓고 책상으로 걸어가 수화기를 들었다.

"아이고~ 회장님! 그간 별고 없으셨습니까?"

"나야 별일 없지요. 박 사장은 별일 없고?"

"저야 뭐 만날 똑같죠. 그나저나 테헤란로에 있는 기업인들 사이에서 회장님 돈 안 쓴 사람이 없다고 아주 명성이 자자하시던데요? 정말 대~단하십니다, 회장님!"

입에 발린 칭찬이었지만 왕재는 그런 태원의 칭찬이 싫지 않았다.

"별말씀을 다하십니다. 그건 그렇고 오랜만에 연락하셨네요? 박 사장님은 사업 잘되십니까? 요즘 무슨 바이오 회사 인수한다고 들은 것 같은데요?"

왕재는 두 발을 책상 위로 올리며 전화기를 스피커폰으로 돌렸다.

"이야~ 벌써 주 회장님한테까지 소문이 퍼졌나요? 회장님도 잘 아시죠? 내가 오래전부터 송석 대학병원 암센터 김단 박사님하고 사업하고 있는 거. 지금 기사 링크 하나 보내 드릴게요. 보시면 알겠지만 김 박사님이 피 한 방울로 모든 암을 99%까지 완벽하게 진단하는 기술을 개발하셨거든요? 이게 지금 임상 3단계까지 갔습니다. 그래서 곧 미국 FDA 승인이 떨어질 예정이라 대박이 날 거거든요. 요즘 저

아는 사람들은 하나도 빠짐없이 투자할 기회 좀 달라고 난립니다, 난리! 상장되기 전에 지분 조금만 달라고 말이죠. 어찌나 사정들을 하는지 아주 사람 만나기가 두려울 지경입니다."

왕재는 책상 위에 올려두었던 두 발을 내리고 전화기에 바짝 얼굴을 갖다 댔다. 태원의 이야기에 호기심이 생긴 듯했다.

"아니, 그런 좋은 아이템이 있었습니까? 그런 게 있으면 저도 한자리 끼워 주셨어야죠!"

왕재의 목소리는 어느새 사뭇 공손해져 있었다. 그런 왕재를 향해 수화기 너머의 태원은 더 혹할 만한 이야기를 늘어놓기 시작했다.

"이 회사가 상장만 되면 말이죠. 지금 주가가 한 주당 5천 원인데 1년 안에 50만 원 정도 예상되거든요? 아, 제가 하는 말이 아니고 애널리스트들이 방송에 나와서 떠들어대는 얘깁니다. 쉽게 말해서 백 배 수익이 난다~ 이 말이죠. 그러니 이 방송을 본 사람들이 저한테 떼를 안 쓰고 배기겠습니까? 제발 1억만 넣게 해달라고 사정들을 하는데…. 아니, 회장님이 한번 생각해보세요. 1년 안에 1억으로 100억 버는 걸 그냥 인간관계로 해줄 수 있는 건가요? 참나, 어이가 없어서…. 세상에 공짜가 어디 있습니까, 안 그래요? 내가 만약 지분을 줘서 1억을 투자하면 1년 안에 100억이 될 텐데! 그럼 적어도 50억은 나한테 줘야 하는 거 아니냔 말입니다. 그래서 내가 아무한테나 안 주고 꼭 믿고 도와줘야 하는 사람 위주로만 주식을 좀 주고 있어요. 아, 이건 주 회장님만 알고 계세요. 다른 사람한테 얘기하면 안 됩니다!"

"아, 물론이지요. 그나저나 참… 박 사장님 정말 대단하십니다!"

"회장님 같은 분이 무슨 그런 말씀을 하세요? 이런 사업 아니어도 충분히 돈 잘 버시면서, 회장님 같은 분은 굳이 이런 사업에 관심 가지실 필요도 없잖습니까?"

"아이고, 그런 말씀 마세요! 금융업도 영업이라 리스크가 큽니다. 솔직히 요즘은 박 사장님 같은 분이 참 부럽습니다. 진심입니다!"

왕재가 짐짓 않는 소리를 했다. 태원의 이야기를 듣고 나니 어떻게든 그가 한다는 사업에 한 다리 걸치고 싶어졌다.

"그래요? 그러잖아도 제가 아는 분 중에 왕도술 회장이라고, 요즘 블록체인 쪽으로 우리나라에서 대부 같은 분이 있습니다. 그 회장님이 어음 수표를 활용한 블록체인 생태계를 구축한다고 난리예요. 그런데 얼마 전에 왕 회장님이 좋은 아이템이 있다면서, 믿을 만한 사람 없냐고 나한테 조용히 상의한 적이 있었는데…. 혹시 생각 있으시면 만나 보시겠습니까?"

"아, 저야 여부가 있겠습니까? 소개만 시켜주십시오!"

"그래요? 그럼 제가 자리 한번 만들어보도록 하겠습니다. 회장님이니 드리는 얘기지만… 이 왕도술 회장이 사실 주 회장님 정도나 되니까 만나실 수 있는 겁니다. 일단 제가 얘기해보고 연락드리겠습니다!"

"박 사장님, 꼭 좀 부탁합니다! 그리고 그 바이오 회사도 검토 좀 해주십쇼!"

왕재는 전화를 끊고 태원이 보낸 기사 링크를 열어보았다. 기사를 본 왕재의 얼굴이 흥분으로 달아올랐다. 휴대폰 속 기사에는 태원의 말대로 송석 대학병원 의대 교수인 김단 박사가 암진단 기술을 개발한다는 보도가 선명한 사진과 함께 나와 있었다.

04
막고 푼다

수사에 돌입할 때만 하더라도 의욕 넘치던 광수대 3팀은 막혀버린 상황에 골머리를 싸매고 있었다. 왕도술이 사건의 주범으로 명확히 특정되었기에 쉽게 풀릴 줄 알았건만, 수사단서가 마르기 시작하며 수사에 진척이 없었던 것이다. 수사단서란 말 그대로 수사할 거리, 즉 사건을 해결하기 위한 재료를 의미한다. 그러니 수사단서가 마른다는 말은, 사건 해결 가능성이 시간이 지날수록 떨어진다는 뜻이 된다. 무엇보다 가장 큰 문제는 사건 피해자인 주왕재의 협조였다. 피해자 진술이 없는 상황에서 수사를 해야 하다 보니 이 지점부터 막히기 시작한 것이다.

"맞은 놈은 무슨 이유로 맞았는지 말을 안 하겠다고 하고, 때린 놈은 도망가서 어디 있는지 알 수가 없고, 딱 그런 상황이구먼!"

기원이 혀를 차며 혼잣말을 했다.

시간이 흐르면 흐를수록 3팀 형사들의 마음은 초조해지기 시작했다. 지난 며칠 동안 동금은 명규가 화장실에서 남몰래 한숨 쉬는 것을 여러 번 보았다.

"반장님, 어떡하죠? 오늘 서울청 수사부에 보고할 거리가 없는데요."

데스크를 맡은 정선 역시 곤혹스럽기는 마찬가지였다. 매일 경찰청 국가수사본부와 서울청 수사부에 수사 진행보고를 해야 하는데, 새로운 수사내용이 아닌 이전에 했던 내용만 반복 보고하게 되면 지휘부에서는 수사팀 능력에 대해 의문을 품게 된다. 업데이트되지 못하는 진행보고 외에도 걱정거리는 또 있었다. 3팀이 매일 밤 회의하는 것을 본 다른 팀 형사들이 '3팀에 뭔가 중요 사건이 있구나.'라는 생각을 하기 시작한 것이다. 해당 사건은 광수대장이 "다른 팀도 모르게 철저히 보안을 유지하라." 명령한 사건이었다. 그러나 이렇게 다른 팀들이 눈치를 채게 되면 금방 소문이 퍼지고, 소문이 퍼지게 되면 기자들이 냄새를 맡게 된다. 다행히 아직 기자들로부터 취재는 없었다. 그러나 어쩌면 이는 시간문제였다. 어느 순간 기자들이 몰려들지 모를 일이다. 만약 수사단서가 많은 상황이라면 기자들이 취재를 오더라도 걱정할 필요가 없다. 하지만 지금은 수사단서가 너무나도 적었다. 이런 상태에서 언론보도가 나온다면… 그야말로 경찰 입장에서는 최악의 상황이 펼쳐질 게 불 보듯 뻔했다.

왕도술은 완전히 잠적을 탔는지 도무지 오리무중이었다. 도술의 공범으로 추정되는, 역삼역 지점 CCTV에 찍힌 주차관리원과 운전기사들도 마찬가지였다. 두 사람 모두 마스크와 장갑을 착용하고 있었기 때문에 신원을 알 수가 없었다. 왕도술이 출금하며 기재한 휴대전화번호 역시 가짜였다. 조사 결과, 도술의 이름으로 가입된 휴대전화는 없었다. 도술의 은행 계좌에서도 현금 100억이 인출 된 기록만 있을 뿐, 다른 입출금 내역은 특별한 것이 없었다. 한마디로 왕도술은 범행 이후 투명인간이 된 것이다. 게다가 도술과 거래한 왕재가 경찰 수사에 비협조적인 탓에 어떤 경위로 진품 수표가 두 장이나 발행되었는지도 알 길이 없었다.

한편, 막혀버린 수사상황 속에서 마음의 절반은 사건이 아닌 다른 곳에 가 있는 형사가 있었다. 다름 아닌 동금이었다. 동금은 황지혜에게 푹 빠져 있었다. 경찰이 되기 전, 동금은 빼어난 외모에 골프선수라는 직업상 늘 주변에 여자가 넘쳐났다. 하지만 그에게 여자란, 그저 시간이 날 때 함께 놀아줄 친구 정도의 존재였다. 그러다 경찰이 된 뒤 수사를 배우며 동금은 자연스럽게 연애와는 거리를 두게 되었다. 그랬던 그가 지금 한 여자 때문에 정신을 못 차리고 있었다.

동금은 스쳐 지나갔던 여인인 지혜를 다시 만나게 된 것이, 심지어 광수대에 들어와 자기 이름으로 처음 맡게 된 사건의 관계자로 만나게 되었다는 것이 운명의 장난처럼 느껴졌다. 하필이면 만나도 범인의 딸이라니…. 하필이면 명규의 승진이 걸린 사건이라니…. 이성적으로는 절대 있을 수 없는 일이라 생각하면서도 그녀와 함께 하는 상상을 하는 자신을 발견할 때마다 동금은 남몰래 괴로움으로 몸부림쳤다. 그리고 괴로움 속에서 내리게 되는 답은 늘 같았다. 하루라도 빨리 왕도술을 검거해 사건을 해결함으로써, 지혜를 만나는 것이 아무런 문제도 되지 않게 만들어야 한다는 것.

'좋아, 차분하게 생각해보자고.'

동금은 마음을 다잡고 사건에 대하여 곰곰이 짚어보기 시작했다. 은행에서 같은 수표가 이중으로 발행될 가능성은 없다고 봐도 될 것 같았다. 만일 은행에서 수표를 발행한다면 누가 발행했는지 바로 알 수 있기 때문이다. 그러니 대한은행에서 정상적으로 수표를 발행해 왕도술에게 수표가 건너갔을 가능성은 배제해야 한다. 명동 지점에서 정상 발행한 수표는 지금 주왕재가 보관하고 있었다. 그리고 왕재가 보관하고 있는 수표와 똑같은 쌍둥이 수표는 경찰이 대한은행으로부터 임의제출을 받아 보관 중이었다. 문제는 두 수표가 모두 진짜라는 것이다.

'혹시… 역삼역 지점에서 지급제시되었던 수표가 주왕재가 가지고 있던 수표고, 지금 주왕재가 가지고 있는 수표가 다른 쌍둥이 수표일까?'

잠시 생각하던 동금은 고개를 저었다. 직접 수표를 발행받은 왕재의 것이 가짜일 리는 없었다.

'주왕재와 왕도술 사이에 무슨 일이 있었던 걸까?'

동금은 공범에 대해 파고들던 기원을 떠올렸다. 기원은 역삼역 지점에 갔을 때부터 은행 내부에 공범이 있을 가능성을 염두에 두고 있었다.

'만약 부 반장님의 추측이 맞다면? 그렇다면 이 공범의 역할은 무엇일까? 어떤 방법으로 왕도술에게 도움을 준 거지?'

각기 다른 두 지점에서 확인된 수표는 분명 같은 수표였다. 왕재가 명동 지점에서 발행한 수표는 주인의 손에 있다. 그렇다면 역삼역 지점 수표는 누가, 어떻게 발행했을까? 도술은 그 수표를 어떻게 손에 넣을 수 있었던 걸까?

생각이 막힌 동금은 크게 한숨을 쉬었다. 그때 불현듯 명규의 말이 떠올랐다.

'수사할 때 가장 가까운 곳을 놓치지 마라. 등잔 밑이 어둡다는 속담을 우리 형사들은 놓치지 말아야 해!'

동금은 이 사건의 참고인 중 아직 충분히 조사가 안 된 사람이 누군지 생각해보기 시작했다. 왕도술… 주왕재… 명동 지점 직원들… 역삼역 지점 직원들… 왕도술의 전 부인과 딸… 생각을 이어가던 동금은 불현듯 대한은행 본점의 강재훈 부장을 떠올렸다. 그러고 보니 첫날 이후, 수표발행과정에 대한 자세한 설명을 듣지 못한 상태였다. 무엇보다 아직 3팀에서는 강재훈 부장을 제대로 면담한 적이 없지 않은가.

'만일 은행 내부에 공범이 있다면 그 사람은 수표발행과정을 잘 아는 사람일 거야. 좋아, 강재훈 부장을 만나 보자!'

그날 오후, 동금은 회의 자리에서 번쩍 손을 들었다.

"팀장님, 제가 생각을 좀 해봤는데요."

동금의 이야기에 팀원 모두가 귀를 기울였다. 지금 상황에서는 어떤 생각이든 지푸라기라도 잡는 심정으로 들어야 했다. 더구나 지금 이 사건의 담당은 눈앞의 막내가 아니던가.

"만약 은행 내부에 이번 사건의 공범이 있다면, 수표발행과정을 잘 아는 사람이지 않을까요? 지난번에 만난 이후 면담하지 못한, 본점의 강재훈 부장을 만나 수표발행과정을 확인해 볼 필요가 있다고 생각합니다."

기원 역시 나지막한 목소리로 동금의 의견을 거들었다.

"박 형사 말이 맞습니다. 우리가 그 부분을 놓친 것 같다는 생각이 드네요."

명규 역시 동의한다는 듯, 고개를 끄덕였다.

"수사라는 게 이렇다. 우리가 지금은 꽉 막혀 있지만 어느 순간 다시 급물살을 타는 때가 반드시 오게 되어 있어. 나는 주왕재가 왕도술과 어떤 일이 있었는지 확인하지 않고는 이 사건의 실체에 다가가기 어렵다고 생각한다. 그러니 주왕재가 자진해서 수사에 협조하지 않겠다면, 강제로라도 협조하게 만들어야겠지? 만석파를 수사했던 선배님이 경기도 평택에 낙향해 계신다니까…. 나랑 권 형사는 평택으로 움직이고 부 반장은 박 형사랑 같이 대한은행 본점으로 다녀오도록 해. 자, 그럼 움직…?"

명규가 자리를 파하려는 순간, 동금이 또다시 번쩍 손을 들었다.

"박 형사, 더 할 얘기가 있나?"

"예, 팀장님. 추가로 보고 드릴 것이 있습니다."

동금이 의기양양한 눈빛으로 명규를 보며 말했다.

"왕도술이 타고 있던 카니발 차량 이동 동선을 수사하는 중에 중요 사실을 발견했습니다. 주차관리원이랑 운전기사 모두 장갑과 마스크를 끼고 있었다고 보고 드렸잖아요? 그런데 방학동에서 카니발 차량으로부터 도난차량으로 가방을 옮길 때, 주차관리원이 장갑을 벗고 있었습니다."

동금의 보고는 3팀 형사들에게 금싸라기와도 같은 희망을 주었다. 동금의 말은, 피의자들이 렌트했던 카니발 차량을 감식하면 주차관리원의 신원이 지문으로 특정될 수도 있다는 얘기였다.

"렌트카 회사에 카니발 차량을 반납한 지 며칠이 지나긴 했지만… 지문이라는 것이 쉽게 없어지진 않으니까요. 한번 시도해볼 만하다고 생각합니다."

명규는 물론이고 다른 팀원들의 얼굴에도 화색이 돌았다.

"난 대장님께 보고하러 갈 테니까 지금 바로 과수대에 보낼 긴급공문 만들어!

"네, 팀장님!"

명규는 곧장 사무실을 나갔고, 정선 역시 자리로 돌아가 컴퓨터 자판을 두들기기 시작했다. 지문 감식은 시간 싸움이다. 만에 하나라도 다른 사람에 의해 지문이 오염되어 버린다면 감식 효과는 기대할 수 없었다.

* * *

잠시 후, 두 사람은 종로에 있는 대한은행 본점에 도착해 강재훈 부장을 찾았다. 강 부장은 두 사람을 1층 본점 내 위치한 카페로 안내했다.

"대한은행에서는 한국은행에 필요한 수요만큼 수표용지를 요청합니다. 그러면 본점에서 다시 지점으로 수표용지를 수요만큼 재배정하는 거죠."

동금은 강 부장의 설명을 들으며 꼼꼼히 노트에 메모했다.

"수표용지라는 것을 구체적으로 설명해 주시겠습니까?"

"한국은행에서 오는 수표용지는 모두 백지상태입니다. 다만 백지용지는 액면 금액별로 구별이 됩니다. 쉽게 말해 100억, 50억, 10억짜리 백지 수표용지가 모두 다르다고 할 수 있죠."

강 부장이 더운지 양복 상의를 벗어 의자 위에 걸쳐 놓으며 말했다.

"강 부장님, 그럼 육안으로 보기에는 모두 같은 백지 수표로 보이지만 실제로는 액면 금액별로 그 용지가 구별된다는 말씀이신가요?"

"예, 그렇습니다. 같은 금액의 수표용지들은 처음에는 똑같은 용지이지만 다른 금액 용지와는 처음부터 구별되는 거죠. 똑같이 백지 수표더라도 그 금액에 따라 용지는 달라집니다."

강 부장이 계속 설명을 이어 나갔다.

"수표용지에 발행번호가 인쇄될 때, 드디어 그 수표는 유통될 수 있는 자격을 갖춘 수표로 가치를 갖게 됩니다. 아기가 태어났을 때, 주민번호와 이름이 부여되면서 그 존재가 인정받는 것처럼 말이죠."

기원은 이해가 되었다는 표정으로 웃었다.

"그럼 수표를 볼 때 진짜와 가짜는 어떻게 구분합니까?"

"수표판독기는 이 수표용지가 한국은행에서 내준 용지인지 아닌지 여부에 따라 진짜와 가짜를 판독합니다. 즉, 수표용지가 한국은행에서 내려준 용지가 아닌 경우에는 무조건 가짜로 판명되는 거죠. 그리고 한국은행에서 내려준 백지 수표용지라도 10만 원짜리 용지에 100억짜리 수표를 발행하면 수표용지와 금액이 맞지 않아서 그 100억도 가짜 수표로 판명됩니다."

"지점에서 수표용지는 어떻게 관리되나요?"

메모를 마친 동금이 펜으로 머리를 긁적이며 물었다. 어쩌면 이 지점에서 왕도술의 공범인 내부 공모자가 장난을 쳤을지도 몰랐다.

"지점에서는 지점장 관리하에 엄격하게 관리됩니다. 오직 지점장만이 백지 수표용지를 출고할 수 있죠. 수표를 발행할 때도 지점장이 확인한 후 발행합니다."

순간, 무언가 촉이 온 듯 동금의 눈이 반짝였다. 아무리 지점장이 엄격하게 관리한다 하더라도 빈틈이 있었을지 모른다. 과거, 동금의 아버지 부경이 운영하는 을지한우에서도 비슷한 일이 있었다. 부경은 회계팀까지 두고 매일 장부를 관리했지만, 여직원 하나가 장부를 조작해 가게 돈을 빼돌린 적이 있었다. 동금은 그 당시 넋을 잃고 헛웃음 짓던 아버지의 모습이 아직도 눈에 선했다.

"그렇게 백지 수표용지에 발행번호가 부여되면 모든 은행지점에 그 내용이 공유됩니다. 중복 발행이 불가능해지는 거죠."

* * *

기원과 함께 광수대로 복귀한 동금은 강 부장이 설명한 내용을 바탕으로 무언가를 골똘히 생각하고 있었다.

'은행 내부에 왕도술의 공범이 있다. 그리고 그 공범은, 수표가 어떤 과정을 거쳐 발행되는지 잘 알고 있다.'

동금이 생각하기에 범인들이 노릴 수 있는 빈틈은, 지점장이 관리한다는 백지 수표용지에 있을 것 같았다.

'공범이 왕도술이 진짜 수표를 발행할 수 있도록 도움을 준다. 만약 그랬다면, 어떤 방법으로?'

동금은 노트에 도표를 그렸다. 그가 그린 도표 안에는 주왕재와 왕도술, 그리고 은행 내부의 공범을 뜻하는 물음표가 적혀 있었다. 동금은 세 사람의 이름을 적어두고 가능한 경우의 수라 생각되는 것들을 전부 노트에 적기 시작했다.

'만약 백지수표 두 장에 같은 수표번호를 넣는다면? 동일한 수표 두 장이 만들어지지 않을까?'

2시간이 넘게 책상 앞에 앉아 노트와 씨름하던 동금이 갑자기 벌떡 일어났다. 무언가를 알아낸 듯 환한 얼굴이었다. 깜짝 놀란 기원이 '시방 뭔가' 하는 표정으로 동금을 바라보았다.

"알아냈습니다! 반장님이 말씀하신 은행 내부의 공범을요!"

기원은 수사기록을 덮으며 얼떨떨한 표정으로 동금을 쳐다보았다. 동금은 팔짱을 끼고 자신을 바라보는 기원에게 흥분된 목소리로 이야기하기 시작했다.

"공범이 은행 안에서 어떤 역할을 했는지 알 것 같습니다. 이것 좀 보세요. 제가 추정하는 시간순서입니다."

동금은 목이 타는지 물 한 잔을 떠 와서는 설명을 이어갔다.

"반장님, 8월 말에 주왕재가 잔고증명하겠다고 수표를 발행받아 간 게 대한은행 명동 지점이라는 건 확인된 사실이죠?"

"그렇지."

기원이 고개를 끄덕이며 답했다.

"주왕재는 잔고증명을 하는 사업가니까 왕도술에게 수수료를 받고 잔고증명을 해줬을 가능성이 높겠죠?"

기원은 다시 한번 "그렇지." 하며 고개를 끄덕였다.

"그럼 주왕재가 명동 지점에서 발행한 수표 두 장이 왕도술에게로 넘어갔을 가능성도 있겠죠?"

"잔고증명은 보통 계좌이체로 하는데…. 뭐, 만약 수표를 실물로 원했다면 그럴 수도 있겠지. 다만 아직 주왕재의 진술을 확보하지 못했으니까 그건 가정으로 봐야지 않겠어야?"

"반장님, 만약이에요. 정말 만약입니다. 왕도술이 미리 은행 내부 공범으로부터 50억짜리 자기앞 수표 백지 용지 두 장을 건네받아 가지고 있었다면요?"

동금의 말을 들은 기원이 생각에 잠기기 시작했다. 한동안 창가를 바라보고 선 채 생각에 잠겼던 기원은 동금 쪽으로 몸을 돌렸다.

"왕도술이 위조 기술자의 도움을 받는다면…. 주왕재가 준 진짜 수표 발행번호를 이용한다면…."

동금은 기원의 말에 스스로도 소름이 돋는다는 얼굴로 입을 열었다.

"은행 내부 공범으로부터 얻은 백지수표 용지에다가 그 진짜 수표 번호를 위조한다면! 진짜 같은 가짜 수표가 만들어지겠죠!"

기원이 고개를 끄덕이자 동금은 신이 나서 의견을 이어갔다.

"왕도술이 그렇게 손에 넣은 수표를 들고 역삼역 지점으로 가서 지급제시를 하면 은행에서는 당연히 정상 수표로 볼 수밖에 없지 않겠습니까!"

동금의 말대로라면, 결국 왕도술이 역삼역 지점에 지급제시한 수표용지는 은행 내부의 공범이 왕도술에게 건네준 '한국은행에서 받은 50억짜리 진짜 백지 수표용지'라는 의미였다. 즉 원래는 진짜였는데 왕도술의 손을 거쳐 가짜로 태어나게 된 것이다.

"왕도술은 그 수표를 가지고 현금 100억을 인출한다, 이거죠!"

"그렇다면… 왕도술에게 50억짜리 백지 수표용지를 준 은행원을 찾으면 되겠구만?"

기원이 묻자 직전까지 신이 난 얼굴로 떠들던 동금의 표정이 살짝 어두워졌다.

"그렇죠, 그런데… 그 공범을 어떻게 찾을 수 있을까요? 거기까진 제가 아직 생각을….'

기원은 신이 나서 떠들다가 한순간 의기소침해진 동금을 보며 크게 웃고 말았다.

"뭐여 시방, 박 형사가 호랑이 그림은 잘 그렸는데 눈을 못 그리고 있구만!"

기원의 웃음에 동금의 표정이 조금 밝아졌다. 그런 동금을 향해 기원은 툭- 어깨를 치며 입을 열었다.

"박 형사, 전라도 말에 막고 푼다는 속담이 있어야!"

"예?"

"저수지에 있는 물고기를 잡는 가장 확실한 방법이 뭔지 알아야?"

"그야… 저수지 물을 다 빼면 되지 않을까요?"

"바로 그거지야! 저수지 물을 모두 빼는 거여! 그럼 확실하게 물고기를 잡을 수 있지. 무식한 방법으로 보이지만 가장 확실한 방법이구만! 자, 그럼 박 형사 말대로 50억짜리 수표용지를 빼낸 공범을 찾아내려면 어떻게 해야 할까?"

"저수지 물을 모두 뺀다는 말씀이신가요? 그건… 대한은행 모든 지점을 전수조사하신다는 말씀이시죠?"

전수조사란 대한은행 모든 지점을 하나하나 전부 조사하겠다는 의미였다. 동금은 잠시 생각에 잠기더니 고개를 가로저었다. 대한은행은 지점 수만 1,000개가 넘는 데다 직원 수도 만 명이 넘었다. 현실적으로 이 많은 지점을 전수 조사한다는 것은 불가능에 가까웠다.

"박 형사, 내 생각에는 저수지 물을 빼는 게 그리 어렵지 않을 것 같은디? 너는 왜 모든 일을 혼자 다 하려고 하냐? 다른 사람을 잘 부려먹는 것도 굉장히 중요한 거여. 보랑께!"

기원은 동금이 자기를 똑바로 바라보게 만들고는 말을 이어갔다.

"자, 일단 우리는 대한은행 본점에 공문을 한 장 보내는 거여. 우리가 대한은행 본점에 일을 시키는 거여. 본점에서는 대한은행 모든 지점에 각자 지점별로 전수조사해서 본점에 보고하라고 시키면 되고. 우리는 본점에서 그 결과를 보고 받으면 되는 거지!"

동금은 기원의 설명에 두 눈을 끔뻑
거렸다. 이리도 단순명쾌한 방식이 있었
다니.

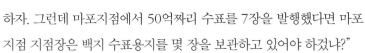

"대한은행 마포지점으로 예를 들어보
자고! 마포지점이 한국은행에서 50억짜
리 백지 수표용지를 10장을 받았다고 가정
하자. 그런데 마포지점에서 50억짜리 수표를 7장을 발행했다면 마포
지점 지점장은 백지 수표용지를 몇 장을 보관하고 있어야 하겠냐?"

"그야 3장이겠죠!"

"그래 3장을 보관하고 있어야 정상이겠지! 그런데 지점장이 보관
하는 백지 수표용지는 1장이야. 두 장이 비는 거지? 그럼 그 마포지점
누군가가 백지 수표용지 두 장을 어떤 경위로 사용했다고 봐야지. 그
지점을 찾아내면 되는 거 아니었어? 공범이 수작을 부렸다면, 분명
히 두 장이 비는 지점이 있을 것 아닌겨? 박 형사 말대로라면 역삼역
지점 수표를 만들 때 사용된 용지가 바로 그 지점에서 보관중인 백지
수표용지였을 테니까!"

"아…!"

동금은 진심으로 기원의 논리 정연한 설명에 감탄하고 있었다.

"지점이 1000개에 달하더라도 각 지점이 하도록 하면 되는 것 아
녀? 제 아무리 왕도술이 귀신같은 놈이더라도 전수조사까지 막을 능
력은 안 될 거라고 보는디? 안 그랴?"

마침내 동금의 얼굴에 화색이 돌았다.

"맞네요, 반장님! 저는 그 생각을 왜 못했을까요? 저수지 물을 빼면
되는 거였네요!"

동금은 기쁨에 겨워 저도 모르게 기원을 껴안았다.

"박 형사, 남자끼리 왜 이런다냐! 이건 전적으로 너의 아이디어인 겨. 네 아이디어가 막고 푸는 것을 가능하게 해준 거랑께!"

동금과 기원은 떠올린 아이디어를 팀원들에게 공유하고 즉각 움직였다. 명규의 명령에 따라 동금은 직접 대한은행 본점 감사실을 방문했고, 대한은행의 모든 지점에 대해 50억짜리 자기앞 수표 백지 용지 두 장이 비어 있는지 여부에 대한 전수조사 요청 공문을 접수했다.

✳ ✳ ✳

"후⋯."

동금은 긴장한 표정으로 숨을 고르며 한 건물 앞에 서 있었다. 그가 있는 곳은 다름 아닌 황지혜가 미술 강사로 일하고 있는 학원 앞이었다. 사실 이 일은 동금의 차지가 아니었다. 황지혜의 신변 보호는 정선의 일이었지만, 한 번이라도 더 지혜를 만날 구실이 절실했던 동금이 자신이 하겠다며 고집을 피웠다.

요동치는 마음을 진정시키려는 찰나, 조금 떨어진 곳에서 서 있는 지혜의 모습이 눈에 들어왔다. 그녀는 드로잉 무늬가 새겨진 흰색 원피스에 검은색 벨트를 차고 있었다. 가슴까지 내려온 검은 머리카락 역시 흰색 원피스와 아름답게 어우러졌다. 지혜는 아이스크림을 먹으며 양장점 안에 있는 롱원피스 정장을 보고 있었다. 그녀를 보는 순간, 동금의 심장은 또다시 덜컥 내려앉았다. 말없이 그녀를 쳐다보는데, 쇼윈도 안을 바라보던 지혜가 동금을 발견하고는 살짝 미소를 지어 보였다. 지혜는 동금이 지금껏 만나온 여자들과는 사뭇 다른 분위기를 가지고 있었다. 아직 겪어보진 않았지만, 간단히 나눈 대화 몇 마디에서도 그녀의 성향이 묻어났다. 차분하고 솔직한 느낌, 하지만 어딘가 모르게 강렬한 에너지가 있는 듯한. 동금은 자신의 마음이 그 저 외모가 뛰어난 여자에 대한 호기심이 아니라는 걸 점점 깨달아가 는 중이었다.

"박 형사님, 언제 오셨어요? 학원 안에서 대화하기가 그래서 나와 있었어요. 요 앞 카페 있는데 거기로 가실래요?"

동금은 말없이 고개를 끄덕이고는 그녀를 따라 움직였다.

"지난번엔 많이 놀라셨죠. 죄송합니다. 저희 형사들이 반가운 사람 들은 아니니까요."

"아니에요. 형사로서 해야 할 일을 하신 거잖아요. 신경 쓰지 마세 요. 그런데 정말 아빠가 큰 사고를 친 건가요?"

"아직 뭐라고 말씀드릴 단계는 아니지만…. 네, 범죄 피의자인 것은 확실해 보입니다."

"후…. 아직도 사고나 치고."

지혜가 한숨을 내쉬며 중얼거렸다. 동금과 이제 겨우 두 번째 만남 이었지만 동금 앞에서 지혜는 마치 원래 잘 알던 사이인 듯 말과 행동 이 편안했다. 반면 동금은 쉽게 사그라들지 않는 긴장감에 그녀의 작 은 제스처에도 신경이 쓰였다. 그 순간, 테이블 위의 진동벨이 울렸다.

"커피, 가져오겠습니다."

동금이 벌떡 일어났다. 지혜는 커피를 가지러 가는 동금의 뒷모습 을 보며 귀엽다는 듯 피식 웃었다. 동금은 가져온 아이스 아메리카노 를 단숨에 반이나 들이켰다. 그런 동금을 보며 지혜는 또 한 번 풋 하 고 웃었다. 지혜의 눈에 동금은 여느 경찰과는 많이 달라 보였다.

"박 형사님은 왜 경찰이 되셨어요?"

지혜가 라떼를 한 모금 마시며 물었다.

"아, 음… 글쎄요…. 그런 질문은 처음이라…."

동금이 떨리는 목소리로 말하자 지혜가 한 손으로 턱을 괴며 말을 이었다.

"박 형사님은 형사처럼 안 보여서요. 영화에서 보면 형사들 잘 씻지도 않고 옷도 잘 못 입고… 엄청 고생만 하잖아요. 근데 박 형사님은 옷차림도 헤어스타일도, 너무 이미지가 달라요. 제가 미술을 해서 그쪽으로는 조금 감각이 있거든요."

'정말 미치겠네.'

왼손으로 턱을 괸 채 오른손 엄지와 검지를 모으며 '조금'이라 말하는 지혜를 보니 동금의 심장이 거세게 뛰었다. 여자 앞에선 누구보다 능청스럽던 자신이 지혜의 애교를 보며 식은땀을 흘린다는 게 믿어지지 않았다.

"아직 제 얘기에 대답 안 하셨는데?"

"네?"

"경찰이요, 왜 되셨는지 말 안 하셨다고요."

"아…. 사실 저, 대학교 때까지 골프선수였습니다. 어떤 나쁜 놈 하나를 혼내주다가 조금 문제가 생겨서 선수 생활을 접게 됐죠."

동금의 이야기에 지혜는 흥미롭다는 표정으로 귀를 기울였다. 그런 지혜 덕분에 동금은 더 진솔하게 자기 이야기를 풀어놓을 수 있었다.

"아버지 주변에 경찰들이 많아서 어릴 적부터 형사 아저씨들을 보고 자랐어요. 선수를 그만둔 뒤 경찰이 됐습니다. 아버지께서 특히 제가 형사가 되길 바라셨는데…. 그렇게 된 거죠. 아직은 막내급이지만."

동금은 차마 '아버지가 사람 되게 하려고 경찰 만들었다'는 말은 덧붙이지 못했다.

이후, 두 사람은 조금 더 대화를 나누었다. 지혜는 동금과 이야기를 나눌수록 그와 뭔가 통하는 부분이 있는 것 같다는 느낌을 받았다. 세련된 데다 귀여운 동금은 볼수록 매력적이었다. 동금 역시 지혜와 대화를 나누며 더 깊게 그녀에게 빠져들었다. 지혜는 여성스러움이 넘치는 외모와 달리 매우 털털했다. 이전까지 동금에게 다가왔던 여자들은 자신에게 끝없는 애정을 갈구했고, 애교 역시 목적성이 분명했다. 하지만 지혜는 달랐다. 그녀의 애교는 자연스러웠고, 그런 지혜의 특별함이 더더욱 동금의 소유욕을 자극했다.

"저… 지혜 씨."

"네?"

"지금부터 제가 하는 얘기 잘 들으세요."

표정을 진지하게 바꾼 동금은 그녀의 아버지 왕도술이 연루된 위조수표 사건에 대해 구체적으로 설명했다. 왕도술에게 피해를 당한 사채업자가 주왕재라는 조직폭력배라는 사실도 알려주었다.

"그러니 당분간은 주변을 살피시며 조심히 다니세요. 인적이 드문 곳이나 밤에는 특히 조심하시고요. 조만간 경찰서에서 스마트워치를 지급해드릴 겁니다. 혹시라도 낯선 사람이 접근하면 집에서나 밖에서나 꼭 신분을 확인하세요."

동금은 지혜를 안심시키기 위해 일부러 미소를 지어 보였다. 내색하진 않았지만 지혜는 이야기를 들은 이후 불안감을 느끼는 듯했다.

"무슨 일 있으시면 언제든 시간 가리지 마시고 제게 연락 주세요!"

"고마워요, 박 형사님."

"별말씀을요. 아 참, 지혜 씨. 혹시… 남자친구 있으세요?"

동금이 지혜와 눈을 마주치며 물었다. 물론 동금은 이미 답을 알고 있었다. 지난번 그녀의 휴대폰을 검사하며 애인이 없다는 정도는 알아두었으니.

"그러는 형사님은요?"

지혜는 동금의 질문에 답하지 않고 오히려 거꾸로 물었다.

"저는 없습니다."

동금이 기다렸다는 듯 대답했다. 그러나 동금의 대답을 들은 지혜는 그의 시선을 피하더니 잠시 커피잔을 응시했다. 무언가 생각하는 것 같았다. 그 짧은 시간이 동금에게는 마치 몇 시간처럼 느껴졌다. 이윽고 지혜의 입술이 움직였다.

"저는… 꽤 오래 사귄 사람이 있어요."

청천벽력 같은 대답에 동금의 머리가 일순간 멍해졌다. 얼마나 충격을 받았던지 아무 말도 못 한 채 멍하니 지혜를 쳐다보며 굳어 있었다.

"형사님…?"

동금은 지혜가 '괜찮으세요?' 하는 투로 묻자 그제야 정신을 차렸다.

"아… 네! 역시 있으셨군요. 하긴, 지혜 씨 같은 분에게 남자친구가 없을 리가 없죠."

동금은 마치 혼잣말처럼 중얼거렸다. 조금 전까지만 해도 꽃밭이었던 동금의 얼굴에 먹구름이 잔뜩 끼어 있었다. 지금 그의 마음은 당장 이 자리를 벗어나 펑펑 울고 싶을 뿐이었다.

"아, 제가 곧 수업이 있어서요. 먼저 일어나도 될까요?"

동금의 마음을 아는지 모르는지 지혜가 휴대폰으로 시계를 확인하며 말했다.

"그… 그러세요."

지혜는 자리에서 일어나더니 동금에게 인사하고 곧장 카페를 나갔다. 동금은 멀어져가는 지혜의 뒷모습을 한참 바라볼 수밖에 없었다.

＊ ＊ ＊

"이럴 수는 없어. 분명 지난번에 휴대폰으로 확인했을 때 남자친구는 없었다고!"

차로 돌아온 동금은 핸들을 손바닥으로 내리치며 분하다는 듯 소리쳤지만, 그녀가 애인이 있다 얘기한 이상 별수 없었다. 설령 그녀의 말이 거짓말이라 하더라도, 동금이 마음에 들었다면 애인이 있다는 얘기는 하지 않았을 테니. 지혜는 동금이 그려보지도 않았던 이상형, 그 이상의 여자였다. 운명이라 생각했던 사람과 어긋났다는 아쉬움 때문인지, 그 짧은 시간 정말 사랑이라도 키웠던 탓인지… 동금은 알 수 없는 감정으로 북받쳤다.

'이대로 물러설 순 없어.'

동금은 승부 근성에 익숙했다. 자신의 마음이 진심인 걸 안 이상, 끝까지 가보겠다는 게 동금의 결심이었다. 그는 핸들을 꽉 잡고 액셀을 밟았다. 동금의 마음처럼 강렬한 햇빛이 창 안으로 거세게 쏟아지고 있었다.

05
만석파

"팀장님, 도착했습니다."

수찬의 목소리에 깜빡 잠이 들었던 명규가 눈을 떴다.

"어? 어, 고생했어."

명규는 기지개를 켜며 말했다. 두 사람이 도착한 곳은 평택의 어느 한정식집이었다. 여직원의 안내에 따라 명규와 수찬은 작은 방으로 들어갔다. 그러자 방 안에 있던 60대 정도 되어 보이는 남자가 두 사람 쪽으로 고개를 돌렸다.

"최 선배님 되십니까?"

공손히 묻는 명규를 향해 남자가 웃는 얼굴로 손을 내밀었다. 몇 년 전 경기경찰청 광수대 조폭 팀장이었던 남자, 최승기였다.

"서울청 광수대, 윤 팀장님이신가?"

"맞습니다, 선배님."

명규와 수찬은 차례로 승기와 악수를 나눈 뒤 명함을 꺼내 들었다. 그런 두 사람의 명함을 받아들며 승기는 호탕하게 웃었다.

"이거 어쩌나, 난 이제 명함이 없는데?"

겉보기에는 평범한 60대 남자였지만 그의 중후한 목소리에서는 전직 형사다운 자신감이 묻어났다.

"선배님은 딱 뵈니 얼굴이랑 이름이 명함이신데요?"

명규가 능청스레 이야기하자 승기는 기분이 좋은 듯 크게 웃었다.

"선배님 명성은 경기청 근무하는 형사들 통해서 많이 들었습니다. 이쪽은 저희 팀 권수찬 형사입니다."

"오~ 권 형사, 딱 보니 싸움 좀 하겠는데? 무슨 운동 했어?"

"태권도 5단, 합기도 5단, 유도 2단, 검도 2단 총 14단입니다! 요즘은 격투기에 빠져 있습니다!"

수찬이 자랑스럽게 무도 경력을 나열하자 승기가 흐뭇한 미소를 지으며 말했다.

"이야~ 대단하구먼? 자, 그럼 우리 일단 앉읍시다."

"선배님, 오늘 식사는 제가 모시겠습니다."

명규가 자리에 앉기 무섭게 이야기했지만 승기는 그런 명규를 보며 말도 안 되는 소리 말라는 듯 손을 저었다.

"무슨 소리! 내가 여기 평택이 고향입니다. 이 집이 내가 꼬마형사 시절부터 단골로 삼은 집이거든. 그러니 사실상 여긴 내 집이라고 봐야지. 사장님께도 다 잘 말씀드려놨으니 계산 같은 건 생각하지 말고 맛있게 식사하면서 천천히 얘기 나눕시다."

승기의 호탕한 성격 덕에 세 사람은 빠르게 친밀도를 높여갔다. 그렇게 음식이 나오기까지 잡담을 나누던 세 사람은, 본격적으로 왕재에 대한 이야기를 시작했다.

"그래, 주왕재가 또 무슨 사고라도 쳤나?"

명규는 쌍둥이 수표 사건에 대해 이야기를 시작했다. 그리고 주왕재가 피해자임에도 불구하고 전혀 진술을 하지 않아, 수사협조가 제대로 이루어지지 못해 난항을 겪고 있음을 강조했다. 승기는 그런 명규의 이야기를 들으며, 오래전 기억을 떠올리듯 고개를 끄덕이다 말문을 열었다.

"만석파는 경기도 서남부권을 무대로 활동하는 조직이지. 수원이랑 용인 이남이 그놈들 활동 영역이라고 보면 돼. 그렇게 큰 조직은 아닌데… 우리 때는 아마 조직원이 한 50명 정도 됐지?"

승기는 만석파에 대해 이런저런 이야기를 해주었다. 녀석들은 알려진 것에 비해 사고를 많이 쳤고, 연장도 잘 사용했다. 이름 있는 조폭은 아니었지만 싸울 때는 물불 가리지 않는 전통도 있었다. 그것 때문에 경기남부경찰청 광수대에서는 요주의 조직으로 꼽혔다. 승기의 이야기를 듣던 명규는 만석파의 유래에 대해서 물었다.

"경기도 서쪽에 사람들이 잘 모르는 만석 저수지라고 있어. 신입이 들어오면 만석 저수지 한가운데로 배를 태워 데려가서 물속에 떨어뜨리는 거야. 그러고는 밖으로 헤엄쳐 나오도록 하지. 그게 지네들 전통이라나. 그러다가 두 명이 익사하는 사고가 생겼어. 그 사고로 인해 수면 아래에 있던 만석파에 대해 대대적인 수사가 들어갔지. 나는 거기에 반장으로 참여했고… 벌써 10년도 더 된 얘기구먼."

"주왕재는 그 당시 행동대장이었나요?"

"맞아, 그때 만석파 녀석 중 10명 정도가 구속됐는데 거기 주왕재도 있었어. 당시 그놈이 넘버3였거든. 2년 정도 살다가 나왔는데…. 행동대장치고 긴 편은 아니었지."

"선배님, 만석파가 사고를 많이 쳤다고 하셨는데… 어떤 것들이었습니까?"

"이놈들이 꽤 잔인했어. 아까도 얘기했지만 연장을 거리낌 없이 사용했는데…. 특히 손가락이나 발가락을 절단할 때, 상대방을 겁주기 위해서 많이 사용했어. 그중에서도 주로 사용한 건 중국집에서 쓰는 중식도. 주왕재가 특히 많이 썼지. 심지어 그놈은 머리도 좋은 편이었어. 싸움도 잘하고 잇속도 밝고… 아무튼 3류 조폭치고는 수완이 좋았지. 감방에서 2년 만에 나온 것도 그 덕이었으니까."

"조직 내에서는 별 탈 없었습니까? 혼자서만 그렇게 짧게 있다 나왔으면 분명 문제가 있었을 것 같은데요?"

"맞아. 그래서 그놈들 사이에서는 의리 없는 놈 취급도 받았던 모양이야."

"그랬던 놈이 어떻게 서울로 진출한 거죠?"

명규의 질문에 승기는 물 한잔을 마시고 이야기를 계속했다.

"몇 년 전, 갑자기 주왕재와 관련된 소식이 끊겼어. 뭘 하고 사는지 활동이 하나도 잡히질 않았던 거야. 그래서 경기청 광수대가 알아보았더니… 아니 글쎄, 서울 명동에서 사채업자로 크게 성공했다는 거 아닌가? 사실 경기도 서남부… 이쪽 화성, 평택, 안산 애들이 서울에 가서 자리를 잡기란 쉬운 일이 아니야. 전라도나 부산쪽 깡패들이면 모를까. 그런 면에서 주왕재는 수완이 좋았던 거지. 그리고 밑에 두는 애들은 평택에서 가끔 데려다가 쓰는 것 같더군."

승기는 이야기를 하다가 뭔가 떠올랐다는 듯, 무릎을 탁 쳤다.

"아, 그래! 이 얘기가 도움이 되겠네, 그래. 주왕재랑 지금도 연락하는 녀석이 있어. 그놈 말로는 주왕재가 명동에서 하는 사채업이 자기 돈이 아니라고 하더라는 거야. 사실이 그렇잖나? 주왕재가 아무리 수완이 좋아도 몇 년 만에 몇백억을 굴린다는 건 거의 불가능하다고 봐야 하니까."

"선배님, 혹시 그 부분에 대해 더 구체적인 건 없습니까?"

명규가 자신이 듣고 싶은 얘기를 찾은 듯, 반색하며 물었다.

"나도 그럴 것 같아서 더 알아봤어. 결국 깡패들 움직이는 건 돈이 잖아? 주왕재 뒤에 있는 물주가 최 회장이란 사람이라더군. 얘기해준 녀석도 그 이상은 모르는 눈치였어."

"최 회장이라는 사람, 혹시 이름은 모르시나요?"

명규가 들고 있던 젓가락을 내려놓으며 물었다. 최 회장을 움직일 수만 있다면, 주왕재의 목숨 줄을 쥐고 흔들 수 있을지도 몰랐다. 그러나 승기는 고개를 가로저었다.

"아쉽게도 거기까진 알 수 없었어. 얘기해준 놈 말로는 그저 주왕재가 최 회장님, 최 회장님 하더라는 거야. 그 인간이 자기 물주라면서."

명규는 아쉬움에 살짝 한숨을 내쉬었다. 승기는 그런 명규를 미안하다는 듯 보다가 다시 뭔가 떠오른 듯 입을 열었다.

"아, 최 회장 얘기해 준 녀석이 들려준 게 하나 더 있는데…."

"뭔가요? 선배님."

명규는 물론이고 수찬도 눈을 반짝이며 승기를 바라보았다. 사건의 실마리는 이런 사소한 것으로부터 나올 때가 적지 않았다.

"그놈이 말하길, 주왕재가 무용담처럼 말한 게 있다는 거야. 자기가 뭐, 잔고증명을 하는데 돈 갖고 도망가려는 놈이 있었다나? 그래서 자기가 소개받은 서울에 있는 무슨 수사과장 흉내를 내서 잡았다고 술자리에서 자랑을 하더라는 거야. 그러면서 그것 때문에 경범죄 스티커를 끊어 봤다나 어쨌다나."

"그럼… 주왕재 경범죄 내역을 확인해보면 그 수사과장을 통해 최 회장 단서가 나올 수도 있겠군요?"

척하니 착 받는 명규를 보며 승기가 씩 웃었다.

"그렇지. 높은 곳에 계신 분들은 서로 인맥 관리를 잘하니까."

고개를 끄덕이는 명규를 보며 수찬 역시 수첩을 꺼내 '주왕재, 경범죄, 수사과장'이라고 메모했다.

"선배님, 혹시 주왕재가 지난달에 결혼한 것은 알고 계신가요?"

메모를 마친 수찬이 묻자 승기가 반문했다.

"뭐? 주왕재가 나이가 몇 갠데 지금 결혼을 해? 자세히는 모르지만 애도 있다고 들었던 것 같은데."

* * *

"권 형사, 우리나라가 조폭으로부터 안전한 이유가 뭔지 알아? 참, 자네는 조폭팀에 있었으니까 잘 알지? 조폭들로부터 시민을 보호하는 법 말이야."

광수대로 복귀하는 차 안에서 명규가 수찬에게 물었다. 수찬이 당연하다는 표정으로 웃었다.

"경찰학교에서 만날 배우는 법 아닙니까. 1961년에 만들어진 폭력행위 등 처벌에 관한 법률. 일명 폭처법! 제가 그 법 전문이잖아요?"

두 사람의 말대로 대한민국이 다른 나라들보다 조폭으로부터 안전한 사회인 데에는 폭처법이 큰 몫을 차지하고 있었다. 폭처법이란, 폭력조직을 만들기만 해도 그 두목을 사형까지 시킬 수 있는 법이다. 당장 옆 나라인 일본만 하더라도 폭력조직을 만든 걸로는 처벌할 수가 없다. 하지만 우리나라에서는 폭처법 때문에 이것이 가능하다. 만약 우리나라에서도 1961년에 폭처법이 만들어지지 못했다면, 현재 이 법을 만들기란 불가능했을 것이다. 지금처럼 인권을 강조하는 시대에 폭처법을 만들기란 매우 어렵기 때문이다. 이를 증명하듯 실제로 세계 곳곳에서 여전히 거대 폭력조직들이 활개를 치고 있지 않은가? 미국의 마피아, 일본의 야쿠자, 홍콩의 삼합회처럼. 하지만 우리나라는 이 정도 규모의 조폭이 없다. 그만큼 조폭으로부터 안전한 것이다.

"그렇지. 그리고 또 하나의 이유는 총기 사용이 금지되어 있다는 거고! 그리고 마지막 세 번째는⋯."

"팀장님과 최 선배님 같은 분들이 계신 덕분이죠!"

수찬의 말에 명규가 바로 맞췄다는 듯 껄껄 웃었다. 두 사람의 조폭과 경찰에 대한 이야기는 광수대에 도착할 때까지 계속되었다.

＊ ＊ ＊

주왕재의 명동 사무실

"회장님~ 한 사장님이시라는데요~!"

"연결해!"

얼굴을 잔뜩 찌푸리고 있던 왕재는 기다리던 전화에 저도 모르게 빽! 소리 지르듯 말했다.

"아이고~ 형님! 목이 빠져라 기다리고 있었습니다! 어떻게 됐나요? 뭐 좀 잡히시는 게 있으셨습니까?"

"아따 거 숨 좀 쉬고 얘기해! 주 회장이 얘기한 두 놈, 그놈들은 아직 물 밖으로 안 나타났어! 근데 오늘 새벽에 붕어 한 마리가 그물에 걸렸당게.”

철구가 걸쭉한 전라도 사투리로 말했다.

“아, 빨리 좀 말해봐요! 나 진짜 수술 당해서 곧 죽을 판이라니까? 죽을 때 죽더라도 이 찢어 죽일 놈들 얼굴은 봐야지!”

“어디 보자, 그놈 이름이… 그래! 사용식이라고. 이놈이 수원에 있는 고사바리한테 얼마 전 100억짜리 수표를 위조해 줬다고 떠벌리더라는 거야. 동생이 사기당했다는 것이 100억짜리 위조수표라고 하지 않았나?”

고사바리란 소규모로 마약을 판매하는 업자를 말한다. 딱 맞아떨어지는 금액의 수표라는 얘기를 듣자 흥분한 왕재의 코가 벌름거렸다.

“맞아요, 맞아! 그래서요?”

“그래서 내가 부하들한테 사용식이라는 놈에 대해 좀 더 알아보라고 명령을 했지. 아니 그랬더니 글쎄 이놈이 우리나라서는 제일가는 수표기술위조자라는 거 아녀? 그 말을 듣는 순간 촉이 딱! 오드랑께.”

“그놈, 당장 나한테 보내줄 수 있죠?”

“그래, 만석 저수지에서 보자고. 올 때 용역비 잊지 말고!”

왕재는 전화를 마치자마자 회장실 밖으로 뛰쳐나갔다.

“야, 지금 만석 저수지로 출발한다! 차 대기시켜!”

* * *

“팀장님! 카니발 감식 결과 왔습니다!”

밝은 목소리로 결과지를 손에 든 정선을 보며, 명규는 물론이고 3팀 모두 회의 테이블로 모여 앉았다.

"박태원, 1972년생, 52세. 사기 등 전과 17범, 아마 CCTV 속 주차 관리원 같아요!"

마침내 왕도술의 공범 한 명이 특정되자 팀원 전부 얼굴에 활기가 돌았다. 그중에서도 가장 크게 안도의 한숨을 내쉰 건, 누구보다 마음고생이 심했던 명규였다.

"팀장님, 이거 박 형사가 CCTV 수사하다 눈썰미로 찾아낸 거잖아요. 칭찬 한번 시원하게 해주셔야죠."

정선이 은근슬쩍 동금을 챙겼다.

"안 그래도 그럴 참이다. 자, 다들 우리 금쪽같은 막내에게 박수! 그리고… 우리 보물 같은 김 형사 없었으면 어쩔 뻔했어? 누가 이 자리 차고앉아서 데스크 역할 했겠냐고. 안 그래? 자, 김 형사에게도 박수!"

팀원들은 동금과 정선에게 다 같이 박수를 보냈다. 생각지도 못한 명규의 칭찬에 정선은 민망했는지 살짝 얼굴을 붉혔다. 명규의 말은 진심이었다. 정선이 맡은 역할인 '데스크'는 중요 사건이 있을 때 사무실에서 '통화내역' '계좌추적' '영장' '수사보고서' 등 수사서류를 작성하는 내근 역할을 하는 형사를 말한다. 일반적으로 데스크는 팀 내에서 서류작성 능력이 있는 고참 형사가 맞는다. 하지만 정선은 고참급이 아닌 젊은 형사임에도 이 역할을 벌써 훌륭하게 수행하고 있었다. 그녀가 데스크 역할을 수행해준 덕분에 경험 많은 기원과 수찬이 외근을 나갈 수 있다는 것이 3팀의 강점이었다. 만일 다른 팀이었다면, 기원 같은 부 반장은 서류작성에 매달리느라 현장에서 그 능력을 발휘할 수 없었을 것이다. 정선 덕에 3팀에게는 다른 팀보다 고참급 형사 하나가 더 있는 것과 같은 효과를 낼 수 있었다.

"자 그럼, 박태원에 대한 수사는 부 반장에게 맡기지. 김 형사, 부반장에게 브리핑 좀 잘해주라고!"

왕도술의 공범인 박태원의 지문을 확보하게 되면서 3팀은 다시 활기를 띠기 시작했다. 만약 박태원의 존재조차 확보하지 못했다면, 3주가 넘는 시간 동안 주말도 없이 매일 밤 야근하던 그들의 의욕은 바닥을 쳤을 것이다. 또 한 가지 다행스러운 점은 아직 언론 쪽으로도 보안 유지가 잘 되고 있다는 점이었다.

"자, 오늘은 이만하고 회식하러 가자! 박 사장이 왜 이렇게 안 오냐고 난리더라!"

명규가 회식을 선언하는 그 순간, 보란 듯이 전화가 걸려왔다. 발신자는 다름 아닌 을지한우의 사장이자 동금의 아버지인 부경이었다.

"어, 박 사장!"

"동상! 진짜 이럴 거야? 사건은 사건이고, 형사들 고기는 먹여가며 일을 시켜야 할 거 아니야?!"

스피커폰으로 들려오는 부경의 목소리에 3팀 형사들의 얼굴에도 웃음꽃이 피었다. 오직 동금만이 아버지의 주책에 창피하단 듯 고개를 가로저었다.

"안 그래도 지금 갑니다, 가요! 바로 출발할 거니까 풀세팅 해놓고 기다리시라고!"

* * *

"동상, 혹시 우리 동금이한테 요즘 무슨 일이 있는가?"

부경이 명규에게 물었다. 두 사람은 살짝 회식 장소를 빠져나와 다른 방으로 자리를 옮긴 참이었다.

"네? 왜 그러시는데요?"

"아니, 동금이 이놈이 얼마 전만 하더라도 외제차랑 명품 브랜드라면 없는 시간도 만들어갖고 찾아다니던 녀석인디…. 지 누나들 얘기 들어보니께 요즘은 완전히 관심을 끊었다는 거 아녀? 그래서 나도 그렇고 동금이 엄마도 그렇고 무슨 일이 있나~ 싶어서 말여."

부경의 말에 명규는 고개를 갸우뚱했다.

"금시초문인데요? 저한테도 친조카 같은 녀석이니 뭔 일이 있었으면 제가 먼저 말씀을 드렸을 텐데…. 부 반장이 동금이 조장이니까 한번 물어볼게요. 너무 걱정 마세요, 형님."

"내 감인데 말여…."

부경이 살짝 인상을 찌푸리며 속삭이듯 말하자 명규 역시 진지한 표정으로 부경의 말에 귀를 기울였다.

"여자 문제는 아니겠지?"

"예? 여자요?"

"그려! 동금이 그놈아가 골프할 때도 여자 문제로 사고를 많이 쳤 잖여!"

명규는 부경의 말에 크게 웃고 말았다.

"아니, 형님. 그게 뭐 문제라고 그러십니까? 인기 많은 게 뭐 어때 서요? 그런 문제면 그냥 모르는 척 지나가줘야죠!"

"아녀, 이건 보통 일이 아녀…. 뭔가 다르단 말여…. 느낌이 딱 온다 니께?"

명규는 부경에게 별일 아닐 거라 안심시키며 회식 장소로 돌아갔다. 그리고 자리에 앉으며 동금을 쳐다보았다.

'저놈… 진짜 뭐 있나?'

동금은 얼빠진 표정으로 손에 들린 술잔을 하염없이 바라보고 있었다. 그런 동금을 보고 있노라니, 명규는 25년 전 처음 보았던 3살짜리 꼬맹이가 떠올랐다.

과거, 명규가 종로경찰서 형사과 순경이던 시절…. 그는 자신이 속해있는 형사과 팀장 덕분에 부경과 인연을 맺었다. 당시 부경은 팀장의 고향 후배로, 젊은 나이에 을지로에서 크게 성공한 고깃집 사장이었다. 그러나 을지한우가 한창 성공가도를 달리려던 그때, 큰 불이 나는 사고가 터졌다. 그 사고로 인해 을지한우에서 홀서빙을 보던 종업원 5명이 사망했다.

언론에서는 이 일을 대서특필했다. 음식점에서 숙식을 해결하던 연변조선족들의 인권이 사각지대에 있다며 크게 터뜨린 것이다. 그러나 이는 실상을 제대로 보지 않고 겉으로 보이는 면만을 부각시킨 뉴스였다. 죽은 종업원들은 사장인 부경에게 생활비를 아끼고자 을지한우에서 숙식을 해결하게 해달라 간곡히 부탁했고, 부경이 그들의 딱한 사정을 알고 배려해준 것이 사고로 이어진 것이다. 사고 역시 종업원들의 실수로, 확실하게 꺼뜨리지 못한 숯불 옆에 잘 타는 물건들을 둔 채 잠이 들었다가 불이 난 것이었다. 하지만 이런 사정이야 어찌되었든 부경은 사장이라는 이유로 구속돼 유치장에 갇히게 되었다. 그리고 이때, 그를 챙겨준 사람이 형사과 팀장과 명규였다.

"부경아."

"…예."

"하늘이 너한테 더 크게 일하라고 이런 시련을 주시는 거야. 가족 생각해서라도 잘 먹고 버텨야지!"

팀장은 식사 때가 되면 남몰래 부경을 유치장에서 꺼내주어 밥을 먹을 수 있게 해주었다. 이때 유치장에서 부경을 데려오는 역할을 담당했던 게 바로 명규였다. 을지한우를 함께 다니던 수많은 형사들이 부경을 외면했지만, 팀장과 명규만큼은 의리를 지켰던 것이다.

"형님… 정말 고맙습니다. 윤 형사님도 감사해유…."

부경은 울먹이며 고마움을 전하곤 했다. 명규와 동금의 인연이 시작된 것도 이때였다. 유치장으로 남편을 찾아온 아내, 그리고 그런 엄마를 따라온 두 딸과 3살배기 아들…. 그 어린아이가 동금이었다.

이후, 석방된 부경은 특유의 성실함과 고향 예산에서 공급되는 질 좋은 한우, 그리고 아내의 곰탕 실력으로 빠르게 재기에 성공했다. 부경은 자신이 다시 일어설 수 있도록 힘을 주었던 형사들을 잊지 않았다. 그래서 명규나 명규와 관련된 형사들에게는 음식값을 일절 받지 않았고, 혹여나 정말 받아야 할 상황이라면 최소한으로만 받았다. 그뿐만 아니라 아들의 진로를 상의할 정도로 명규와 친형제 같은 우애를 쌓았다. 그 결과가 지금 명규 눈앞의 박동금 형사였다.

'형님 말이 맞네. 저 녀석, 진짜 무슨 일이 있는 모양인데?'

명규는 사람들 속에 섞여 아무렇지 않은 듯 이야기하고 있지만, 어딘가 걱정이 서려 있는 동금의 표정을 멀리서 보며 조만간 이야기를 좀 해봐야겠다고 생각했다.

* * *

허름한 폐창고…. 창고 안에서는 누구의 것인지 모를 곡소리가 흘러나오고 있었다.

"이 개새끼. 너 때문에 우리가 얼마나 맞은 줄 아냐?"

누가 봐도 '나 깡패요~' 싶은 인상의 남자가 침을 퉤 뱉으며 말했다. 남자의 이름은 김광보. 일전에 주왕재의 화풀이 대상이 되었던 부하 중 하나였다. 광보가 침을 뱉은 곳에는 손을 뒤로 묶인 남자 하나가 바닥에 쓰러져 있었다. 왕재가 철구로부터 넘겨받은, 대한민국 최고의 수표위조자 사용식이었다.

"왕도술이 어딨어? 박태원 그 새끼는? 어디 있는지 빨리 불어라."

광보가 야구방망이로 용식의 머리를 톡톡 건드리며 물었다. 용식은 이미 상당한 구타를 당한 듯, 왼쪽 눈은 퉁퉁 부어 감겨 있었고 얼굴 역시 곳곳이 터져 있었다. 얇은 점퍼 차림의 옷과 바지에도 붉은 피가 여기저기 묻어 있었다.

"빨리 불라고 이 새끼야!"

광보가 야구방망이로 사용식의 허벅지를 내리쳤다. 지금 광보에게 있어 용식은 화풀이 대상이었다. 광보는 역삼역 지점 일로 왕재에게 여러 번 폭행을 당한 터라 감정이 상할 대로 상해 있는 상태였다.

"정말… 정말로 모릅니다. 내가 왜 거짓말을 하겠어요."

용식의 말에 광보를 비롯한 왕재의 부하 둘이 한숨을 내쉬었다.

"이 새끼가 진짜… 너 진짜 그러다 죽는 수가 있어. 지금 부는 게 차라리…."

그 순간, 드르르- 창고 문이 열리는 소리가 들렸다. 용식을 쳐다보고 있던 세 명의 건달은 일제히 문 쪽으로 몸을 돌렸다. 남자 둘이 창고 안으로 걸어 들어오고 있었다. 왕재와 태영이었다.

"왕도술 어디 있대?"

"그게… 아직 입을 안 열고 있습니다. 자기는 모른답니다."

태영의 말에 부하들이 잔뜩 긴장한 얼굴로 답했다.

"그래? 야, 연장 좀 가져와 봐."

태영이 손을 까딱이자 부하 하나가 냉큼 근처 책상에 놓여 있던 넓적한 칼을 가져왔다. 오른손으로 칼을 받아든 태영은 왼손 검지로 슥- 칼등을 만지는가 싶더니 그대로 태영의 눈앞에 칼날을 들이밀었다.

"용식아, 이게 뭔지 아니?"

"사, 살려주십쇼…."

"아니, 이게 뭔지 아냐고 무식한 새끼야. 몰라?"

용식은 그저 겁에 질린 채 살려달라는 말만 반복했다. 그러자 태영은 답답하다는 듯 칼등으로 머리를 긁적였다.

"야, 이게 바로 중식도다, 중식도. 중국집에서 쓰는 칼. 근데 말이다. 난 이걸 사람 손가락 자를 때도 쓰거든? 자, 딱 한 번만 얘기할 테니까 잘 들어라? 지금 당장 왕도술이랑 박태원이 어디 있는지 얘기해. 안 그러면…."

태영이 광보에게 고갯짓을 하자 광보가 얼른 달려와 손가락을 붙잡았다.

"용식아, 너 오른손잡이 맞지? 지금 말 안 하면 이 엄지손가락부터 잘라버릴 거야.

태영이 와이셔츠를 팔목까지 걷어올리며 말했다. 팔꿈치에서 손목까지 내려오는 대왕고래 문신이 모습을 드러냈다. 셔츠를 걷은 태영은 광보가 잡은 용식의 오른손 검지에 중식도를 가져다 대었다. 대왕고래가 한 번만 펄떡이면, 그 순간 용식의 검지는 피를 뿜으며 창고 바닥을 굴러다니게 될 것이다.

"딱 셋만 셀게? 하나… 두울…."

"자, 잠간만요! 제발, 제발!"

용식이 울부짖었다. 그가 수십 년간 배워 익힌 위조기술은 바로 이 오른손 손가락에 있었다. 이게 없다면, 그의 신기에 가까운 위조기술도 아무런 쓸모가 없었다.

"누가 그런 얘기 듣고 싶대? 세엣…!"

"회장님! 제발, 제 말 좀 들어주십쇼. 제가 회장님께 왜 거짓말을 하겠습니까? 제발, 제발 살려주십쇼!"

용식이 닭똥 같은 눈물을 뚝뚝 흘리며 빌었다. 왕재는 1미터 정도 떨어진 의자에 앉아 그 모습을 히죽거리며 지켜보고 있었다.

"용식아, 오른손 엄지 하나 자른다고 죽지 않아."

태영이 재밌다는 듯 활짝 웃음을 지으며 말했다. 용식의 눈에는 그런 태영의 모습이 마치 저승사자가 웃는 얼굴로 데리러 왔다며 인사를 건네는 듯했다.

"회장님! 저는 왕도술에게 돈을 받고 수표를 위조해준 죄밖에 없습니다! 제발 믿어주세요!"

히죽거리며 용식을 보던 왕재가 멈추라는 듯 왼손을 들어올렸다. 왕재는 이런 상황에서 인간이 거짓말을 할 수는 없다는 사실을 잘 알고 있었다.

"계속해."

태영이 용식의 엄지에 대었던 중식도를 눈앞에 들이밀며 말했다. 용식 역시 이 순간을 놓치면 무조건 죽은 목숨임을 직감했기에 모든 것을 털어놓기 시작했다.

"왕도술이 저한테 수표용지 하나를 가져와서는 자기 휴대폰에 찍힌 수표와 똑같이 위조해달라고 했습니다. 그래서 저는 2억을 받고 해주었습니다. 제 휴대폰에 보면 그 수표가 있습니다. 그게 전부입니다."

모든 것을 실토한 용식은 설움이 북받치는 듯 어린아이처럼 울기 시작했다. 왕재가 그런 용식을 보더니 툭툭 자리를 털고 일어났다.

"이 새끼 이거…. 불쌍해서 차마 눈 뜨고 볼 수가 없구만. 그런데 말이다….'

왕재는 뚜벅 뚜벅 걸어오더니 용식의 머리끄댕이를 잡아들었다.

"용식아."

"예?"

"할 말이 그게 다냐?"

"도, 돈이라면 그놈한테 받은 거 전부 드리겠습니다. 아직 5천만 원 정도 남아 있습니다. 그러니…."

"이 새끼, 아직 정신 못 차렸네. 태영아."

왕재가 어이가 없다는 얼굴로 용식의 머리를 패대기치듯 놓아버리며 말했다.

"네, 회장님. 야, 손잡아."

태영은 왕재의 명령을 기다릴 것도 없다는 듯 광보를 향해 말하며 다시 중식도를 용식의 손가락으로 가져갔다.

"회장님! 회장님!"

용식이 왕재를 보며 울부짖었다. 하지만 왕재는 그런 용식을 비웃으며 태영을 향해 고개를 끄덕였다.

썩둑-

태영의 한 칼질에 용식의 새끼손가락이 잘려나갔다. 용식은 손이 뒤로 묶인 상황에서 분수처럼 피가 솟아오르는 손가락을 잡지도 못한 채 바닥을 구르며 비명을 질렀다.

"으아아아아악-!!!"

용식의 비명에 왕재가 시끄럽다는 듯 인상을 찌푸렸다.

"태영아, 저거 좀 조용히 시켜라."

"네, 회장님."

* * *

잠시 후, 용식은 자신의 왼손으로 오른손을 받치듯 붙잡은 채 의자에 앉아 있었다. 용식의 오른손에는 피가 흥건한 붕대가 칭칭 감겨 있었고, 그 주위에는 왕재의 부하들이 빙 둘러서 있었다.

"용식아. 네 오른손이 너를 우리나라에서 최고 기술자로 만든 손가락이지? 그 손가락으로 밥도 못 먹어서 되겠냐? 내가 너 생각해서 새끼손가락만 잘랐다. 그러니까 마지막으로 한 번만 더 묻는다. 나한테 더 할 얘기 없냐? 왕도술이 어디 있는지, 뭐 그런 거 말이야."

"왕도술… 이 개새끼…."

용식은 그야말로 왕도술과의 모든 것을 하나하나 털어놓기 시작했다. 그는 도술로부터 총 2억 원을 받고 수표를 위조해주었다. 그리고 박태원이 경비원 차림으로 왕도술과 범행을 저지를 때, 카니발 안에 같이 있다가 돈을 받은 뒤 헤어졌다.

"그리고?"

"그리고… 그리고…."

용식은 뭔가 더 이야기하고 싶었지만 떠오르는 게 없는지 괴로운 표정을 지었다.

"더 없는 거지?"

왕재가 태영 쪽으로 고개를 돌리는 순간, 용식이 퍼뜩 무언가 떠오른 듯 의자에서 몸을 들썩였다.

"회장님! 왕도술, 그놈이 의외로 외로움을 많이 탑니다. 그래서 항상 여자를 달고 살아요!"

"여자?"

왕재가 웃기지도 않는다는 듯 되물었지만 용식의 표정은 매우 진지했다.

"네, 분명 어딘가 주기적으로 만나는 여자가 있을 겁니다. 그리고… 아! 딸도 하나 있습니다! 전처가 있는데, 아차산 쪽 동네에서 딸을 키운다는 얘기를 몇 번 들었습니다!"

마침내 듣고 싶던 이야기가 나왔다는 듯, 왕재의 눈이 번뜩였다.

* * *

"어이, 부 반장."

자판기 커피를 뽑아 사무실로 들어가려던 기원이 뒤를 돌아보았다. 명규가 사무실 안을 힐끔거리며 자신을 향해 손짓하고 있었다.

"팀장님, 왜 그러세요? 무슨 일 있으십니까?"

"박 형사 말이야. 요즘 무슨 일 있나?"

"네? 무슨… 일이요?"

"왜 있잖아. 뭐… 여자 문제라던가?"

"…예?"

기원은 동금이 지혜에게 마음이 빼앗긴 상태임을 알고 있는 유일한 사람이었다. 왕도술의 전부인 황영숙을 만났을 때 동금이 넋을 놓고 바라보는 것을 바로 곁에서 직관했기 때문이다. 그러나 이를 명규에게 사실대로 얘기할 순 없었다. 형사가 사건의 수사대상인 범인의 딸을 사적으로 만나는 것은 매우 위험한 일이다. 잘못될 경우, 동금은 최소 중징계를 먹을 가능성도 있었다.

"잘… 모르겠는데요."

기원은 동금을 위해 잘 모르겠다고 답할 수밖에 없었다. 다행인지 불행인지 몰라도 신변보호 안내로 황지혜를 만나고 온 동금은 쭉 우울모드였다. 마음대로 연애가 풀리지 않는다는 것은 형사로서 우려할 일은 그만큼 줄어들었음을 의미했다. 그래서 기원은 이를 사실대로 고하기보다는 일단 동금을 지켜주는 쪽을 택했다.

"그래?"

"네, 말씀하신 걸 듣고 보니 무슨 일이 있나 싶긴 한데…. 여자 문제는 아닐 겁니다."

* * *

밤 11시…. 동금은 광수대에서 멍하니 사무실을 지키고 있었다. 그는 지혜를 만나고 온 이후로 매일 같이 야근을 자처하고 있었다.

우우웅-

동금이 멍하니 컴퓨터 화면을 보고 있던 그때, 책상 위에 놓아둔 휴대폰이 진동하기 시작했다. 별생각 없이 고개를 돌린 동금의 눈이 커다래졌다. 발신인은 다름 아닌 황지혜였다.

"여보세요? 지혜 씨?"

"혀, 형사님….'

지혜의 떨리는 목소리에 동금은 앉아 있던 몸을 벌떡 일으켰다.

"왜 그러세요? 무슨 일 있으세요?"

"밤늦게 죄송해요. 누구한테 전화해야 할지 몰라서… 전화 드렸어요. 저희집 골목길 입구에 차 한 대가 서 있는데… 낯선 남자들이 차 안에 있는 게 보여서요. 느낌이 굉장히 안 좋아서….'

"지금 바로 가겠습니다. 전화 끊지 마세요!"

동금은 사무실을 뛰쳐나가 곧장 주차장으로 향했다. 그리고 자신의 차에 올라 지혜의 집으로 출발했다.

"지혜 씨, 지금 지혜 씨가 있는 곳은 어디죠?"

동금이 운전을 하며 물었다.

"저는 지금 집 근처 골목이에요. 무서워서 집으로 못 가고 그냥 서 있어요."

"일단 큰길로 돌아가세요. 제가 금방 다시 전화 드리겠습니다."

동금은 지혜에게 조언을 건넨 뒤 그녀의 어머니인 영숙에게 전화해 상황을 대강 설명했다. 그리고 전화를 끊기 무섭게 차를 몰았다. 총알택시처럼 운전한 덕에 동금은 금방 지혜가 있는 근처에 도착할 수 있었다.

"지혜 씨, 저 지금 거의 도착했습니다. 아차산역 2번 출구 앞에 서 계세요."

잠시 후, 동금은 역 출구에 서 있는 지혜를 찾을 수 있었다. 그녀는 청바지에 흰 티셔츠를 입고 있었다. 동금은 지혜가 서있는 출구 앞에 차를 세우고 운전석에서 내렸다.

"죄송해요. 제가 아는 경찰은 박 형사님밖에 없어서 하는 수 없이 연락드렸어요."

동금은 그런 지혜를 일단 조수석에 태웠다. 동금의 차에 타고 나니 긴장이 조금 풀린 듯, 지혜의 손이 파르르 떨렸다. 동금은 그런 지혜의 손을 살며시 잡았다. 그녀 역시 동금의 손을 피하지 않았다. 그렇게 둘은 차 안에서 손을 잡은 채 천천히 지혜의 집이 있는 골목길로 이동했다.

동금의 눈에 지혜가 얘기한 차와 수상한 남자 둘이 들어왔다. 한눈에 봐도 건달풍의 남자들이었다. 놈들은 차 시동을 켜둔 채 지혜의 집 앞을 지키고 있었다. 동금은 휴대폰을 꺼내 112로 전화를 걸었다.

"수고하십니다. 광역수사대 3팀 박동금 경장입니다. 제가 지금 신변 보호 업무 중인데요. 불심자들이 있어 신고합니다."

불심자란 범죄의심자를 말하는 경찰 용어다. 동금은 지금 저놈들을 단순히 쫓아내는 게 문제가 아님을 잘 알고 있었다. 반드시 현장에서 붙잡아 누가 보냈는지, 무슨 목적으로 이곳에 있는지를 알아내야 했다. 그래야 앞으로 황지혜가 안전해질 수 있었다. 그러나 두 명을 모두 현장에서 검거하려면 동금 혼자로는 부족했다. 심지어 지금 그의 곁에는 1순위로 보호해야 할 지혜까지 있었다.

"아차산역에서 골목길로 들어서면 동의초등학교 가는 방향에 용화사란 절이 있습니다. 그쪽에서 차를 막고 계시면 불심자를 검거할 수 있습니다. 승합차 번호가 75하…"

동금은 112와 전화를 마친 뒤 지혜를 향해 입을 열었다.

"자, 지금부터 자연스럽게 행동하는 겁니다."

"네?"

지혜가 놀란 토끼 같은 눈으로 동금을 바라보았다.

"저랑 연인처럼 행동하면서 집 쪽으로 걸어가는 거예요. 잘할 수 있죠?"

지혜는 살짝 놀란 듯했지만 동금을 향해 고개를 끄덕였다. 차에서 내린 두 사람은 동금의 차 앞에서 연인인 척 행동하기 시작했다. 지혜는 동금의 손을 잡고 어깨에 기대는 등 대범하면서도 침착하게 동금의 지시를 훌륭히 수행했다. 아마 차에 있는 놈들 눈에는 동금과 지혜가 영락없는 연인으로 보일 것이다. 잠시 후, 두 사람은 헤어지기 직전의 연인처럼 서로를 끌어안았다.

"이제 천천히 집으로 올라가세요."

동금이 지혜를 포옹한 상태에서 작게 속삭였다.

"박 형사님…."

"지금 골목길로 경찰차가 오고 있어요. 걱정 말고 올라가세요."

지혜는 동금의 말에 고개를 끄덕이고는 집 쪽으로 걸어가기 시작했다. 동금 역시 지혜를 보내기 무섭게 자기 차에 올라 골목길을 우회해 승용차의 시야에서 사라졌다. 동금의 차가 사라지자 기다렸다는 듯 승용차에 타고 있던 두 놈이 지혜 쪽으로 달려갔다.

"황지혜!"

한 놈이 지혜의 이름을 부르더니 그녀를 잡고자 손을 뻗었다. 그 순간, 반대편 골목에서 동금이 나타났다. 동금은 지혜를 잡으려는 놈의 손목을 덥석 잡아 비틀고는 복부에 주먹을 날렸다. 동금과 두 놈의 육탄전이 벌어졌다. 동금은 나름대로 최선을 다했지만 두 놈은 만만치 않았다. 심지어 한 놈은 칼까지 꺼내들고 동금에게로 찔러 들어왔다.

"꺄악-!"

동금은 지혜의 비명에 급히 몸을 비틀어 칼을 피했다. 칼날이 동금의 팔을 스쳤다. 그때, 어느새 도착한 경찰들이 동금을 공격하는 두 놈에게 테이저건을 쐈다. 총에 맞은 두 놈은 몸을 부르르 떨다 바닥에 쓰러졌다.

"박 형사님!"

지혜가 팔에서 피를 흘리는 동금에게로 달려왔다.

"괜찮아요. 이까짓 거….'"

"괜찮긴 뭐가 괜찮아요!"

지혜는 동금의 팔을 보며 울음을 터뜨렸다. 동금은 그런 그녀를 사랑스럽다는 듯 보며 웃었다. 두 사람은 서로의 눈을 쳐다보았다. 뜨거운 무언가가, 두 사람의 가슴 속에서 움찔거렸다.

* * *

검거된 조폭들은 관리대상인 만석파 행동대원들로, 그 중 한명은 주왕재의 오른팔인 태영이었다. 관리대상이란 경찰이 동향 파악을 정기적으로 하는 폭력조직을 말한다. 광진경찰서 형사과는 두 명을 스토킹 및 납치 미수 혐의로 입건했다. 이후, 서울청 광수대의 강력한 요청으로 광진경찰서는 구속영장을 신청했다. 하지만 황지혜에 대한 실제 피해는 없었다는 이유로 동금에게 칼을 휘두른 태영의 부하만 구속이 결정되었다. 태영의 구속영장은 검찰에서 기각되었다. 주왕재 역시 피의자로 입건되어 경찰 조사를 받았다. 그러나 현장에서 검거된 태영과 그 부하는 범행을 인정하긴 했지만 주왕재가 시킨 일이 아니라고 입을 모았다. 둘은 끝까지 왕도술의 소재를 밝히고자 본인들이 자발적으로 한 일이라고 주장했다. 결국, 왕재는 무혐의로 처리되었다.

* * *

"지혜 씨, 신변보호가 강화될 겁니다. 그래도 계속 조심하시고… 또 이런 일 생기면 바로 저한테 연락 주세요. 알았죠?"

동금과 지혜는 지난번 만났던 카페에서 다시 만나 대화 중이었다. 동금은 그날 밤 이후의 일들에 대해 설명해주며, 계속해서 조심하라 당부하고 있었다.

"형사님."

"네, 말씀하세요."

잠시 망설이던 지혜는 솔직하게 이야기를 털어놓기 시작했다. 그녀는 1년 남짓 좋아하던 남자가 있었고, 몇 달 전 그 남자에게 더 이상 만나지 않겠다고 이별을 통보했다. 그러나 그 남자는 아직 지혜에게 미련이 남았는지 이별 통보를 받아들이지 못하고 있었다.

"형사님이 제게 호감을 느끼고 있다는 거, 처음부터 알고 있었어요. 그래서 더더욱 거짓말을 할 수밖에 없었고요. 그 사람과 확실히 정리하지 않고서는 만날 수 없다고 생각했으니까요."

지혜는 자기 아버지를 수사하는 형사를 만난다는 것 역시 두려웠다고 덧붙였다. 피의자의 딸이 형사를 만난다는 게 부끄럽고 안 될 일이라 생각했다. 동금 역시 그녀의 말을 100% 이해할 수 있었다.

"저도 형사님께 호감이 없는 건 아니에요. 아니, 솔직히 그 이상의 감정을 느끼는 게 사실이에요. 하지만….”

지혜는 자신의 감정을 솔직히 말하면서도 쉽지 않은 일임을 알기에 말끝을 흐렸다. 그때, 동금이 그런 지혜의 손을 잡았다.

“지혜 씨.”

지혜가 살짝 눈물이 맺힌 눈으로 동금을 바라보았다. 그 눈을 마주 보며, 동금은 억누르고 있던 말을 입 밖으로 내뱉었다.

“우리… 다른 건 아무 생각하지 말고 그냥 시작해요. 지혜 씨를 오래 본 건 아니지만… 마음 가는 대로 하고 싶어요. 지금은 내게 가장 특별한 사람이니까.”

동금의 담백하지만 확실한 고백에 지혜는 마음 한 곳이 깊숙이 아려왔다. 자신 또한 남자에게서 이런 감정을 느끼는 건 처음이었다. 정말 아무것도 생각하지 않을 수 있다면, 그렇다면 얼마나 좋을까. 어쩌면 결말을 미리 알면서도 여는 비극의 문이 될지도 모른다는 생각에 선뜻 문고리를 쥘 수가 없었다. 무엇보다 지혜는 동금에게… 상처를 주고 싶지 않았다.

대답을 못 한 채 눈물만 글썽이는 지혜의 모습을 보자 동금의 마음이 아려왔다. 동금은 자리에서 일어나 지혜 옆자리로 갔다. 그리고 말 없이 지혜를 꼭 안았다. 동금의 품에 안긴 지혜가 고개를 들어 그를 쳐다보았다. 두 사람은 그렇게 하염없이 서로의 눈을 마주보고 있었다. 그리고 두 사람은 알았다. 이미 그 문을 열고 들어섰다는 것을.

06
주영아 기자

　주왕재의 사무실에서 야구방망이가 무언가를 두들기는 소리가 새어 나오고 있었다. 야구방망이를 들고 있는 사람은 주왕재, 그리고 두들겨 맞고 있는 사람은 천태영이었다. 왕재는 머리끝까지 화가 난 상태로 태영을 폭행하고 있었다.

　"병신 같은 새끼! 그깟 여자애 하나를 제대로 못 잡아와?!"

　태영은 지혜를 잡아오지 못했다는 이유로 무자비한 매질을 당해야만 했다. 그가 경찰에 왕재를 불지 않은 덕에 무사히 풀려날 수 있었다는 사실은, 왕재의 머릿속에 없었다.

　"일어나."

　왕재의 명령에 태영이 몸을 일으켰다.

　"그 형사 새끼랑 왕도술 딸년, 오늘부터 따라다니면서 감시해. 알았냐?"

　"예, 회장님."

　　　　　　＊　＊　＊

　아침 회의가 끝난 뒤, 명규가 동금을 따로 불러 데리고 나갔다. 명규의 목소리로 보아 좋은 분위기는 아니었다. 두 사람은 광수대 앞 카페로 들어가 자리를 잡았다.

　"박 형사."

　"네, 팀장님."

　명규가 자리에 앉기 무섭게 동금을 불렀다.

　"황지혜 씨, 좋아하니?"

　사실 명규는 태영이 지혜의 집 앞에서 검거된 날부터 마음이 불편했다. 다른 형사들에게는 연락도 없이 동금 혼자 그 자리에 갔다는 것부터가 찜찜했던 것이다. 아니나 다를까, 그날 이후 동금의 우울하던 얼굴에 꽃밭이 펼쳐졌다. 명규는 동금과 지혜가 예사롭지 않은 사이로 발전했음을 직감할 수 있었다.

　"예, 처음 보는 순간부터 좋아했습니다."

　"황지혜 씨도 너를 좋아하고?"

　"예, 팀장님. 저희, 서로 사랑합니다."

　솔직하게 인정하는 동금을 명규는 착잡한 표정으로 바라보았다. 그에게 있어 동금은 정말로 친조카 같은 녀석이었다. 때문에 명규는 동금이 광수대에서 잘 성장하도록 해야 할 책임이 자신에게 있다고 생각하고 있었다. 그 순간 명규는 '여자 문제가 아니냐'고 물었던 부경의 염려 섞인 질문이 떠올랐다. 그때만 하더라도 일이 이렇게 될 줄 몰랐다. 부경에게 이야기했듯 여자 문제라면 그냥 모르는 척 넘어가 주는 게 맞다. 하지만 황지혜라면 그냥 넘어갈 수 없는 문제였다. 그

녀는 왕도술의 딸 아닌가? 그 사실만 아니라면, 아니 더 솔직히 얘기
하자면, 3팀이 아닌 다른 팀에서 왕도술 사건을 맡고 있기만 했더라
도 상관없는 일이었다.

"…참 얄궂네. 형사는 담당 사건의 수사대상자를 사적으로 만나면
안 되는 거, 알지?"

"팀장님께는 입이 열 개라도 할 말이 없습니다. 죄송합니다."

"동금아. 안 돼. 이건 있을 수 없는 일이야."

"팀장님께는 정말 죄송해요. 하지만 저요. 지혜와 경찰, 둘 중에 하
나를 선택하라고 한다면 지혜를 선택할 겁니다. 그 정도로 제겐 특별
해요. 정말, 정말… 죄송합니다."

명규는 그런 동금을 보며 여러모로 당혹스러웠다. 가장 큰 문제는
뾰족한 해결 방법이 없다는 것이었다. 동금의 앞날을 생각하면 이 연
애는 절대 해서는 안 될 것이었다. 광수대에 들어온 지 1년밖에 안 된
신입 형사가 다음 인사에서 경찰서로 나가는 경우, 주변에 부적응자
로 낙인찍힐 가능성이 높았다. 그러면 사실상 동금의 경찰 생활은 끝
이라 해도 과언이 아니었다.

지혜와 만나며 이제껏 없던 행복에 젖어 있긴 했지만, 난처한 것은
동금도 마찬가지였다. 동금은 다른 형사들에 대한 미안함 때문에 남
들보다 일찍 출근하여 수사에 열을 올렸다. 명규는 고개를 푹 숙이고
있는 동금을 말없이 바라보았다. 수심이 가득한 얼굴로….

＊ ＊ ＊

"하! 이 새끼 봐라?"

왕재는 부하들이 가져온 사진을 휙휙 넘겨보며 말했다. 사진의 주인공은 다름 아닌 동금과 지혜였다. 부하들이 가져온 사진 속 두 사람은 서로 손을 잡은 채 길을 걷고, 포옹을 하고, 음식을 먹여주는 등 누가 봐도 찐한 연인 사이임을 보여주고 있었다.

"이건 또 뭐야? 동영상?"

사진을 다 본 왕재가 태영이 내민 핸드폰을 받아들었다. 태영이 건넨 핸드폰에서는 동영상 하나가 재생 중이었다. 당연히 영상 속에서는 동금과 지혜의 모습이 보였다. 중요한 건 두 사람이 걸어 들어가고 있는 건물이었다. 동금과 지혜는 코엑스에 있는 어느 호텔 안으로 함께 들어가고 있었다.

"어린놈의 새끼가 겁대가리 없이 나대더니…!"

왕재의 입이 야비하게 찢어지기 시작했다. 그가 누구던가? 한번 당하면 반드시 두 배로 되갚아야만 직성이 풀리는 주왕재 아니던가? 왕재에게 있어 복수란 그 대상이 경찰이어도 상관없었다. 심지어 이놈은 처음 만났을 때 자신의 자존심을 있는 대로 짓밟았던 놈 아니던가.

"기대해라. 이 기생오라비 같은 새끼야."

왕재가 이번 기회에 모든 모욕을 되갚아주겠다는 듯, 독이 바짝 오른 얼굴로 중얼거렸다.

＊ ＊ ＊

"회장님, 기자님 오셨습니다."

"이쪽으로 모셔!"

주영아 기자는 태영의 안내를 받아 왕재의 회장실 안으로 들어왔다. 그녀는 공중파 방송국인 DBS의 기자로, 제보할 것이 있다는 왕재의 전화를 받고 이곳까지 오게 된 참이었다.

"솔직히 크게 믿음이 가지는 않습니다만… 일단 서울청 광수대 얘기라고 하시기에 와 봤어요."

"이거, 저 같은 일반인이 어디 기자님께 거짓 제보하겠다고 전화를 하겠습니까? 자, 바로 본론으로 들어갈 테니 이것 좀 보시죠."

왕재는 동금과 지혜가 찍힌 사진을 보여주며 이야기를 시작했다. 잠시 후, 주영아는 흥미롭다는 표정을 지으며 사진 한 장을 집어 들었다.

"담당 사건 피의자의 딸과 호텔에 같이 다닐 정도의 관계를 가진 광수대 형사라…."

30분 정도 왕재의 설명을 들은 주영아가 중얼거렸다. 분명 이 주왕재라는 인간이 순수한 동기로 제보를 한 것은 아니겠지만, 그녀 입장에서 그건 중요한 게 아니었다. 무엇보다도 오랜만에 광수대와 관련된 중요 사건 아닌가? 사건 자체도 흥미로운데 사건을 담당하고 있는 형사까지 이런 드라마를 찍고 있다? 주영아는 그야말로 금광을 찾아낸 기분이었다.

"회장님, 제보 감사합니다! 저희가 잘 만들어서 보도해보겠습니다."

"아이고~! 선량한 시민으로서 이 정도는 당연하지요~!"

먼저 일어나보겠다며 사무실을 나서는 주영아에게 왕재는 함박웃음을 지으며 배웅했다. 스토킹해서 사진 및 동영상을 촬영했다는 사실 자체가 선량한 시민과는 먼 나라 이야기라는 사실을, 진심으로 모르는 왕재였다.

$$* \quad * \quad *$$

우웅- 우우웅-

광수대장에게 사건 진행보고를 하던 명규의 휴대폰이 울렸다. 발신인으로 '주영아 기자'라는 글씨가 보이자 명규의 얼굴이 살짝 찌푸려졌다.

"대장님, 죄송합니다."

명규는 광수대장에게 양해를 구하고 전화를 받았다.

"주 기자, 오랜만이네?"

"안녕하세요, 팀장님? 건강하시죠?"

"나야 뭐, 늘 똑같지. 그러는 주 기자는 그동안 잘 지내셨고? 무슨 일이신가?"

"아이고, 팀장님, 정말 이러시기예요? 3팀에서 좋은 사건 한다고 소문이 자자하던데요. 사무실 찾아갔더니 여자 형사 한 분만 앉아 있던데…. 요즘 많이 바쁘신가 봐요? 이럴 때 또 제가 우리 팀장님 도와드려야 하지 않겠어요?"

주영아의 말에 명규의 안색이 어두워졌다. 말하는 투를 보아하니 뭔가 냄새를 맡은 게 확실했다.

"주 기자, 나한테는 모든 사건이 좋은 사건이야. 미안하지만 내가 지금 오래 통화할 상황이 아니라서. 이따 전화할게."

명규는 일단 주영아의 전화를 벗어나는 것이 좋겠다는 생각에 통화를 마치려 했다. 그런 명규를 향해 주영아가 먼저 잽을 날렸다.

"팀장님, 그 말씀 꼭 지키셔야 해요? 아, 그러고 보니 3팀에 옷 잘 입고 잘생긴 형사는 잘 있죠? 골프선수 출신이라고 하셨던가?"

"박 형사 말하는 것 같은데. 왜? 무슨 일 있어?"

명규는 내심 불안한 마음을 숨기며 아무것도 모른다는 듯 물었다. 능청스러운 명규였지만, 주영아 역시 그런 명규 못지않았다.

"아유~ 우리 팀장님도 참! 호랑이가 여우 흉내도 잘 내셔! 그럼 지금은 끊을게요. 꼭 전화 주세요~!"

명규가 전화를 끊자 광수대장이 쓴웃음을 지었다.

"팀장님, 주 기자가 냄새 맡았나 보죠?"

"예, 그런 것 같습니다."

표정이 좋지 않은 명규를 광수대장이 위로했다.

"팀장님, 괜찮습니다. 언제까지 언론에 보안 유지가 가능하겠어요? 그동안 잘했으니 이만하면 됐습니다. 저는 왕도술이나 박태원, 둘 다 공개수사로 전환해도 될 때가 된 것 같은데. 어떻습니까?"

광수대장은 격려했지만, 명규의 이마에서는 식은땀이 흘러내렸다. 주영아는 분명 통화 끝에 골프선수 운운하며 동금에 대해 물어보았다. 그건 분명 단순한 사건 문의가 아니었다. 그렇다고 주영아의 의도를 모른 채 광수대장에게 동금과 황지혜의 연애에 대해 보고할 수도 없었다. 그야말로 진퇴양난이었다.

"기자가 물어보던 박 형사가 박동금 맞지요?"

그렇다는 명규의 대답에 광수대장은 자신이 아는 전직 프로골퍼로부터 동금에 대한 이야기를 들은 적이 있다고 했다.

"대학생 시절 유명한 바람둥이였다던가? 그리고 또 별명 하나가 있던데…. 아, 그래. 옛날에는 청담동 도라이라고 불렸다면서요? 진짜입니까?"

"네, 그런 적이 있었습니다."

명규는 마치 자기가 민망하다는 듯 웃으며 말했다. 그런 명규를 보며 광수대장 역시 마주 웃었다.

"다시 하던 얘기로 돌아가서…. 공개수사, 어떻게 생각하세요?"

"저도 좋습니다. 다만 은행 내부 공모자를 아직 못 밝혔고…. 조금 전에 주 기자가 말하는 뉘앙스를 보니 단지 사건 문의만 있는 것 같지가 않아서 그게 조금 걸립니다."

명규는 일단 무엇인가 있을 수 있다는 태도로 둘러댔다.

"네? 우리가 뭐, 주 기자에게 책잡힐 일이라도 있다는 말씀이신가요?"

광수대장이 이마에 주름 하나를 만들며 물었다. 주영아는 이미 형사들 내에서 인정사정없는 비난성 보도로 유명했다.

"대장님, 자세한 건 제가 주 기자와 다시 얘기해보고 보고 드리겠습니다. 저도 주 기자를 만나봐야 알 수 있을 것 같아서요."

광수대장실을 나온 명규는 주영아를 생각하자 머리가 지끈거렸다. 사건 내용에 대한 문의는 광수대장 말처럼 이제 오픈되어도 크게 문제없는 시기였다. 이미 왕도술과 박태원을 특정한 터라 수사가 지지부진하다는 정도의 기사 몇 개만 견뎌내면 된다. 문제는 그녀가 동금과 황지혜의 만남을 아는 눈치였다는 것이다.

그 후, 이틀 동안 광수대 3팀에는 주영아라는 이름의 폭풍우가 매섭게 몰아쳤다. 그날 오후에 3팀 사무실로 찾아온 주영아는 동금과 지혜가 손을 잡고 걸어가는 사진과 서로 음식을 떠먹여 주는 사진을 갖고 있다고 밝혔다. 그러고는 동금과 지혜가 해당 사건을 통해서 만났는지, 아니면 그전부터 알고 있던 사이인지 물었다.

"팀장님, 혹시 왕도술을 검거 못 하는 이유가 두 사람 때문인 건 아

닌가요? 박 형사는 황지혜에게, 황지혜는 아버지 왕도술에게 수사기
밀을 알려주고 있는 거 아니에요?"

"아니, 주 기자님! 무슨 그런 말도 안 되는 억측을 하세요? 아무리
기자라도 그렇지. 증거도 없이 너무 막 나가시는 거 아닙니까?!"

주영아의 말도 안 되는 억지에 수찬이 흥분해서는 소리쳤다.

"권 형사님, 정말 그렇게 생각하세요? 증거가 없다고요? 어디 그럼
이 영상을 보고도 그런 말씀을 다시 할 수 있는지 볼까요?"

주영아가 자신의 가방을 열더니 노트북을 꺼냈다. 그러고는 의미
심장한 미소를 짓더니 회의용 탁자 위에 올려놓고 영상 하나를 재생
시켰다. 동금과 지혜가 손을 잡고 나란히 호텔에 들어가는 동영상이
었다.

주영아가 내놓은 마지막 카드에 형사들은 입을 다물 수밖에 없었
다. 동금은 유구무언으로 땅만 쳐다보았고, 정선의 얼굴은 완전히 울
상이 되어 있었다. 수사팀 입장에서는 입이 열 개라도 할 말이 없는
상황이었다.

"저는 이거, 내일 저녁 메인뉴스 2꼭지로 내보낼 거예요. 어디, 할
말들 있으신가요?"

주영아의 기세는 마치 개선장군처럼 위풍당당했다. 그때, 명규가
앞으로 나섰다.

"주 기자⋯. 젊은 형사가 좀 오해받을 상황이 생긴 것 같은데⋯. 어
떻게 좀 기회를 주면 안 될까?"

"팀장님, 저 진짜로 팀장님한테 실망하려고 해요. 오해요? 대체 무
슨 오해요? 이 상황을 보고도 그런 말씀이 나오세요?"

명규는 어떡해서든 기사의 수위를 낮추고자 읍소하며 말했지만 주

영아는 단칼에 이를 잘라버렸다.

"내일 뉴스, 기대하세요~"

주영아는 그 말을 끝으로 광수대를 떠났다. 폭풍이 한바탕 휩쓸고 지나간 사무실 안에는 적막만이 감돌았다. 결국 동금이 먼저 입을 열었다.

"…전출이든 징계든 제가 책임지겠습니다. 그러니…."

동금이 괴로운 마음으로 말했지만 그 누구도 답하지 않았다. 사실 동금도 잘 알고 있었다. 이 문제가 자기 하나로 끝날 문제가 아니라는 사실을….

* * *

주영아가 떠난 뒤, 명규는 광수대장과 수사부장을 찾아갔다. 그리고 DBS에서 방송이 나갈 예정이라는 보고를 올렸다. 대장과 부장 모두 난리가 났다. 특히나 광수대장은 대체 일을 왜 이 지경이 될 때까지 놔두었냐며 노발대발했다.

"그 박동금이라는 놈! 당장 수사에서 배제시키고 감찰 조사 들어가세요!"

명규는 그런 광수대장에게 방송이 나온 뒤에 해도 늦지 않을 거라며 설득했다. 겨우 광수대장을 설득한 명규는 서울청과 국가수사본부에도 방송에 대한 보고를 했다.

"형님 얼굴을 어떻게 보나…."

보고 올려야 할 곳에 전화를 다 돌린 뒤, 명규는 한숨을 쉬며 중얼거렸다. 자신의 거취가 달린 문제였지만 그보다도 동금의 아버지 부경을 볼 면목이 없다는 것이 명규를 더 괴롭게 했다. 만약 주영아의 보도가 그대로 나간다면, 동금은 최소 정직 이상의 중징계를 받을 것이다. 그렇게 될 경우, 동금에게서는 수사 경과가 박탈된다. 수사 경과란 수사부서에 갈 수 있는 자격으로, 이것이 박탈되면 영원히 형사를 (수사를) 할 수 없게 된다. 동금이 벌인 일은 그 정도로 중대한 일탈 행위였다.

명규는 한숨을 쉬며 3팀 사무실로 들어갔다. 보아하니 3팀 형사들 전부 아무것도 손에 잡히지 않는 모양새였다.

"이 씹어 먹어도 시원찮을 깡패 새끼…."

수찬은 이를 바드득바드득 갈며 중얼거렸다. 사진과 동영상의 출처가 주왕재라는 것이 확실해 보였지만 지금 당장은 어떻게 해볼 도리가 없다는 사실에 분노가 끓어오르는 듯했다.

"박 형사."

명규의 말에 3팀 모두가 주목했다.

"네, 팀장님…."

"대장님 지시다. 황지혜와의 관계는 무조건 부인한다. 황지혜 혼자 일방적으로 너를 좋아한 거야."

"… …."

명규의 말에 동금은 차마 대답하지 못하고 입을 꾹 다물었다.

"그리고… 내가 주 기자와 인터뷰를 할 예정이다. 그 내용으로 방송이 나갈 거야."

명규의 말을 들은 3팀 형사들이 더 큰 수심에 빠졌다. 입을 꾹 다물고 있던 동금 역시 표정이 확 바뀌었다. 자신이 저지른 일 때문에 명규가 대신 총대를 멘 셈이었다. 명규를 친삼촌처럼 따르는 동금이었지만, 이 순간만큼은 차마 눈을 마주칠 수 없는 그였다.

＊ ＊ ＊

다음 날, 지혜의 미술학원 앞 카페에서 두 여인이 마주 앉아 있었다. 한 사람은 지혜, 다른 한 사람은 주영아였다. 사실 지혜는 주영아의 요청을 거절하고 싶었다. 하지만 주영아는 영악하게도 "당신이 만남을 피한다면 박 형사에게 피해가 갈 수밖에 없다."며 그녀를 위협했다. 지혜는 이를 동금에게 알렸고, 동금은 지혜에게 주의해야 할 몇 가지를 이야기해주며 되도록 자리를 빨리 마치라 조언했다.

"혹시 생각지도 못한 얘기를 듣더라도….."
"네? 그게 무슨 얘기예요?"
"…아니야. 나중에 자세히 얘기할게."

지혜는 주영아를 앞에 두고 동금이 했던 이야기를 되씹었다.
'내가 이 여자에게서 생각지도 못한 얘기를 듣게 될 거란 뜻인가?'
지혜가 말없이 주영아를 보며 생각하던 그때, 주영아가 먼저 입을 열었다.
"황지혜 씨, 거두절미하고 본론으로 들어갈게요. 박동금 형사를 통해서 왕도술에 대한 수사 정보를 받으셨나요?"
주영아가 마치 도발하듯 이죽거리며 물었다. 지혜는 몰랐지만 주영아의 재킷 안주머니에서는 녹음기가 돌아가고 있었다. 기습적인 질문에 '네'라는 대답을 얻는 것까지는 기대하지 않았지만, 사건에 관해 대화한 사실만 인정하더라도 적당히 편집해 기사를 완성할 생각이었다. 경찰이 피의자의 딸에게 제공한 수사 정보가 피의자에게 전달되고 있었다는 방향으로 말이다.

"아니요. 저는 박동금 형사와 사건에 대한 이야기를 주고받은 적이 없습니다. 그리고 말씀하신 제 친부 왕도술은 어머니와 이혼한 지 20년이 넘으셨어요. 그래서 소식조차 끊긴 지 오래입니다."

지혜는 주영아의 도발에 넘어가지 않았다. 오히려 명확하게 주영아의 질문을 부정하여 기사로 쓰일 만한 꼬투리조차 주지 않았다.

"아무리 그래도 왕도술 씨가 친아빠인데. 딸 입장에서 박동금 형사에게 한마디 정도는 물어볼 수 있는 것 아닌가요? 그래도 아버지인데 걱정이 됐을 거 아녜요?"

"아뇨. 전혀요. 그런 일은 없었습니다."

주영아는 자신의 도발에 한마디도 넘어오지 않은 채 차분하게 대답하는 지혜를 노려보았다.

"황지혜 씨, 경찰에서는 당신이 박 형사의 신변 보호를 받다가 꼬리를 친 것처럼 말하던데요?"

"…뭐라고요?"

생각지도 못한 주영아의 얘기에 지혜가 살짝 흔들리자 주영아는 살짝 미소를 지으며 휴대폰을 꺼냈다.

"여기 녹음파일 한번 들어보시죠? 광수대장님이 저한테 직접 하신 얘기예요."

"주 기자, 내가 박 형사에게 물어보니 황지혜를 사랑한 적도 없고 오히려 신변 보호를 받던 황지혜가 박 형사를 귀찮게 따라다닌 거라고 합니다."

"대장님, 그게 지금 말이 된다고 생각하세요? 버젓이 두 사람이 연애하는 모습이 사진으로 있는데. 이게 어딜 봐서 귀찮게 따라다니는 건가요?"

"그래서, 그 사진을 방송에 내보내기라도 하겠다는 겁니까? 주 기자, 그게 불법이고 그걸 내보냈다가는 소송당할 거라는 거. 누구보다 잘 알고 있…."

군이 황지혜에게 들려줄 필요가 없는 내용까지 흘러나오자 주영아는 황급히 파일을 중단했다. 반면에 지혜는 지혜대로, 경찰에서 완전히 자신과 동금의 관계를 부정하고 있음을 확인하게 된 것에 살짝 충격을 받았다.

"뭐, 할 말 없으세요?"

"저는 아무것도 모르겠네요. 솔직히, 저는 파일 속 남자분이 누군지도 몰라서."

주영아는 어느 정도 타격이 될 것이라 생각했지만 지혜는 여전히 그녀의 함정에 넘어가지 않았다. 그런 지혜를 주영아는 괘씸하다는 듯 노려보더니, 마침내 비장의 무기를 꺼내 들었다.

"어디, 이걸 듣고도 그렇게 뻔뻔할 수 있는지 한번 볼까요?"

"박 형사님, 황지혜 씨와 사랑하는 사이인가요?"

"아닙니다."

동금의 목소리가 흘러나오자 처음으로 지혜의 눈동자가 크게 흔들렸다. 다른 누구도 아닌 동금이, 그녀와의 관계를 부정하고 있었다. 녹음파일이 계속 재생되었다.

"아니라고요?"

"*황지혜 씨가 저를 좋다고 따라다녀서 커피 한잔 마신 게 전부입니다.*"

"그러면 여기, 밤 11시에 둘이 손잡고 호텔로 들어가는 동영상은 뭐죠?"

"*32층에 있는 스시 집에 갔다가 영업시간이 끝났다고 해서 다시 내려왔습니다.*"

주영아는 녹음파일을 끄고는 의기양양한 표정으로 지혜를 바라보았다. 지혜는 분명 조금 전과 달리 크게 흔들리고 있었다.

"한 말씀 해주시죠?"

"저는….”

살짝 떨리는 지혜의 목소리를 들은 주영아는 '됐어!' 하는 표정을 지었다.

"저는 더 할 말이 없습니다."

"…뭐라고요?"

"다시는 연락하지 마세요. 아무리 연락해도 안 나올 테니까."

어이를 상실한 듯한 표정의 주영아를 두고 지혜는 그대로 카페를 나가버렸다.

"뭐 저런 게 다 있어?"

주영아는 허탈한 표정으로 실소를 지었다. 나름대로 준비한 비장의 무기들이 하나도 먹히지 않은 데서 오는, 짙은 허탈감이었다.

＊ ＊ ＊

주왕재의 명동사무실

그날 저녁, 왕재는 자신의 사무실에 앉아 느긋하게 DBS 뉴스를 기다리고 있었다.

'광수대 이 개새끼들…. 감히 나를 모욕하고도 모자라서 내 일을 방해하기까지 했겠다?'

곧 벌어질 일로 광수대 형사들에게 한 방 먹일 수 있다는 생각에 왕재의 입에서 웃음이 새어 나왔다. 잠시 후, DBS 뉴스가 시작되었다. 15분 정도가 지나자 서울청 광역수사대 단독보도가 흘러 나오기 시작했다.

"좋아, 좋아."

왕재는 비릿한 웃음을 지으며 자세를 고쳐 앉았다. TV 화면에 서울 광수대 전경과 대한은행 명동 지점 전경이 나오고 있었다. 그리고 뒤이어 진품인 수표가 복수로 유통되고 있어 금융가가 불안해하고 있다는 멘트와 함께 대한은행 명동 지점 직원의 전화인터뷰 내용이 차례로 흘러나왔다. 마침내, 주영아가 모습을 드러냈다.

"피해자로 보이는 사채업자 주 씨는 관리대상인 조직폭력배 출신으로, 경찰 수사에 비협조하고 있어 경찰이 그 이유를 살펴보고 있습니다. 또한 주 씨의 부하 두 명이 얼마 전 피의자의 딸을 납치 시도하다가 경찰에 입건되기도 하였습니다."

주영아의 말에 왕재의 눈이 등잔처럼 커졌다.

"이, 이… 미친년이 지금 뭐라는 거야?"

왕재가 TV 속 주영아를 찌를 듯 검지를 뻗었다. 왕재가 그러거나 말거나 화면 속 그녀는 보도를 이어갔다.

"그러나 주 씨는 사건담당인 박모 형사가 오히려 주범인 왕 씨의 딸과 사적인 만남을 하는 등 경찰 수사를 믿을 수 없다고 주장하고 있습니다. 이에 대해 경찰은 박모 형사는 주 씨 일당으로부터 황모 씨의 신변보호를 위해 투입된 경찰로, 앞으로는 오해받지 않도록 각별히 주의하겠다면서도 수사정보 유출이나 수사에 소극적이다는 주장에 대해서는 강하게 부인했습니다. 주 씨 역시 이에 대한 증거를 제시하지 못하는 상황이라 경찰의 주장에 힘이 실리는 모양새입니다. DBS 뉴스, 주영아입니다."

어느새 왕재의 눈에는 잔뜩 핏발이 서 있었다. 뉴스에서 자신이 조직폭력배 출신 사채업자라고 언급된 것이다!

"이 씨발년이…!"

왕재가 테이블 위에 있던 찻잔을 냅다 TV로 던졌다. 왕재는 품에서 휴대폰을 꺼내 들어 주영아에게 전화를 걸었다.

"주 기자! 당신이 우리 종친이라 내가 좋은 제보도 줬는데! 감히 나를 엿 먹여? 이래도 되는 거야!"

"이보세요, 주 회장님."

흥분해서 씩씩거리는 왕재의 귀에 주영아의 목소리가 또박또박 들려왔다.

"기사 내용이 뭐가 문제죠? 주 회장님 주장 실어 드렸고, 이에 대한 경찰 입장도 반영했는데요? 아무리 제보자라도 일방 주장을 내보낼 수 있나요? 양측 주장을 다 반영해야죠. 그리고 제 기사 내용 중에 잘못된 부분이 있었나요?"

왕재의 말문이 막혔다. 사실 기사는 아주 교묘하게 왕재에게 망신을 주었을 뿐, 딱히 잘못되었다고 할 수는 없었다. 그러나 왕재는 자신의 분한 마음을 참지 못하고 고래고래 소리를 질렀다.

"왜 나를 보도에 넣었냐고! 나는 절대 뉴스에 나오면 안 된다고 말했잖아!"

"아니, 주 회장님이 언제 그런 부탁을 하셨어요? 그리고 말이죠, 저는 광수대하고 주 회장님 둘 다 공평하게 대우해줬거든요?"

"이… 이…!"

"그 사진도 몰래 촬영하신 거잖아요? 그거 불법이에요, 불법! 그거 내보냈다가는 우리도 소송당해요. 제가 그 사진 주 회장님한테 받았다고 하는 순간, 회장님이야말로 처벌되는 건 알고 계시죠?"

왕재는 말문이 막힌 채 입을 딱 벌렸다. 거기까지는 생각하지 못했던 것이다. 그러고 보니 누군가를 몰래 촬영하는 게 범죄라는 기사를 어디서 본 것도 같았다. 하루가 멀다 하고 불법을 저지르다 보니 범죄와 범죄가 아닌 것을 구별하는 것조차 깜빡할 때가 많은 왕재였다.

"내가 제보할 기자가 당신밖에 없는 줄 알아?"

"저도 제보자가 주 회장님밖에 없진 않아요."

주영아는 한마디도 지지 않고 왕재에게 말대꾸를 했다. 기자 밥만 먹은 게 수년이다. 겨우 십대 불량청소년 수준의 언어 구사밖에 할 줄 모르는 왕재는 그녀에게 한입거리도 되지 않았다. 왕재의 얼굴은 어느새 당황과 분노를 오가느라 벌겋게 달아올라 있었다.

"당신 아니어도 제보받을 기자는 많아! 후회하지 말라고!"

"저도 다시는 주 회장님 같은 제보자는 만나고 싶지 않네요. 다른 기자, 잘~ 찾아보세요~!"

주영아는 그 말을 끝으로 전화를 끊어버렸다.

"씨발, 어디 재활용도 안 될 쓰레기 새끼가 기자한테 이래라 저래라야?"

주영아는 끊긴 전화기에 대고 욕을 내뱉었다. 솔직히 얘기해서, 열이 뻗친 건 주영아도 마찬가지였다. 나름대로 크게 한 건 물었다 생각했는데… 광수대장을 비롯한 형사들은 물론이고 박동금이나 황지혜로부터도 방송에 내보낼 만한 그럴싸한 소재를 하나도 잡아낼 수 없었던 것이다. 심지어 국장까지 그녀를 호출했다.

"주 기자, 너 뭐 하고 다니는 거냐?"

"예? 그게 무슨 말씀이세요, 국장님?"

"뭔 짓거리를 하고 다니기에 서울청 광수대에서 고소를 하네 마네 전화가 오냐고!"

"아, 국장님. 그게요. 제가 제보를 받은 게 있는데…."

"뭐, 깡패 새끼한테 받았다는 그 제보?"

"……."

"주 기자야, 우리가 X스패치냐? 그깟 불법 사진 가지고서 방송을 내보내겠다고? 우리 공중파 DBS야! 어디서 지금 싸구려 제보 하나 가져와서는 사장님한테 경찰로부터 소송이 걸리네 마네 얘기를 듣게 만들어!"

"…죄송합니다."

"주영아 기자. 기자면 기자답게 행동해. 쪽팔린 짓 하지 말고!"

주영아는 똥 밟았다는 표정으로 한 번 더 휴대폰에 욕설을 날린 뒤, 그대로 주왕재의 번호를 차단해버렸다.

"으아아아! 이 씨발-!!!"

분에 겨워 씩씩거리던 왕재는 휴대폰을 소파로 내던졌다.

'최 회장님이 알면 안 되는데…. 아, 씨! 왜 이렇게 일이 꼬이지?'

광수대 형사들에게 보복하려던 계획과는 달리 오히려 자신의 존재를 방송에 드러낸 꼴이 된 왕재는 머리가 터질 것만 같았다.

이후, 왕재는 다른 방송사와 일간지 기자들에게 주영아에게 했던 제보를 다시 보냈다. 그러나 아무도 그 제보를 받아들이지 않았다. 이미 DBS 방송에서 단독보도가 나간 터라 다른 언론사들 입장에서는 그 기사를 쓸 이유가 없었다. 조직폭력배 출신인 왕재를 신뢰할 수 없다는 것 역시 큰 이유였다. 결국 왕재가 할 수 있는 일이라고는 이름 없는 인터넷 신문에 기사 한 줄을 내보내는 것이었다. 하지만 이 기사에 관심을 가지는 사람은 없었다.

＊ ＊ ＊

광수대 3팀 사무실

DBS 뉴스가 끝난 뒤, 광수대 3팀 사무실에는 묘한 침묵이 감돌았다. 팀원들이 서로 말없이 눈알만 굴리자 명규가 먼저 입을 열었다.

"자, 다시 심기일전해서 빨리 사건 해결하자. 나는 대장님께 진상 보고 드릴게."

이런 식으로 뉴스가 나가는 일이 생길 경우, 바로 상급기관인 서울청과 경찰청 국가수사본부에 진상 보고를 해야 했다. 진상 보고란 기사 내용이 사실과 맞는지, 사실과 다르다면 어떤 부분이 틀린지 보고서 형태로 보고하는 것을 뜻한다. 사실, 뉴스가 나오기 직전까지도 광수대 형사들 사이에서는 동금이 감찰 조사와 전출을 피할 수 없을 것 이란 소문이 돌았다. 동금 역시 진즉에 짐을 싸둔 참이었다. 뉴스가 나오고 나면 당연히 인사발령이 날 테니까. 더 이상 수사를 할 수 없 다는 생각에 마음이 착잡했지만, 자신이 저지른 일에 대한 책임과 황 지혜에 대한 사랑을 놓을 수는 없다고 생각했다. 그런데 이게 무슨 일 인가? 주영아 기자의 기세와 달리 큰 문제가 생기지 않을 수준으로 보도가 나온 것이다! 그때, 명규의 휴대폰이 울렸다. 광수대장이었다.

"네, 대장님. 윤 팀장입니다."

"팀장님, 방송 보셨죠? 이 정도 내용이면 박 형사 감찰 조사와 전출 은 안 해도 될 것 같습니다만. 어떻게 생각하세요?"

"대장님 감사합니다. 모두 대장님께서 노력해 주신 덕분입니다."

명규가 진심으로 감사를 전했다. 가장 노발대발했지만, 끝까지 경 찰 입장에서 후배를 위해 애써준 사람이 광수대장이었다는 사실을 그 는 잘 알고 있었다.

"쉬운 일은 아니었지만⋯. 뭐, 이 정도로 마무리됐으니 다행입니다. 아, 그리고 그놈, 박동금 형사 말입니다. 앞으로는 사고 치지 않게 잘 좀 교육시키세요! 그럼 끊습니다~"

광수대장은 민망한 듯 일부러 한마디를 더 던지고 전화를 끊었다. 명규가 끊긴 휴대폰을 보며 살짝 미소 짓자 팀원들이 궁금한 듯 그의 곁으로 다가왔다.

"대장님이 뭐라고 하세요? 우리 박 형사, 어떻게 되는 겁니까?"

가장 먼저 입을 연 건 수찬이었다.

"아직 확정적인 것은 아니지만⋯. 박 형사에 대한 감찰 조사나 전 출은 없을 거라는 취지로 말씀하셨다."

"그럼 우리 막내, 계속 같이 근무하는 거죠?"

수찬이 들뜬 목소리로 말했다. 그러나 동금의 마음은 다른 듯했다.

"입이 열 개라도 할 말이 없습니다. 결론이 어찌됐든 제 경솔한 행동이 사라지는 건 아니니까요. 무엇보다 저는... 지혜와 헤어질 수 없습니다. 제 마음, 진심입니다. 어떻게든 이 일을 책임지고 싶어요. 제가 광수대를 나가겠습니다."

동금이 붉어진 눈시울로 팀원들을 향해 푹 고개를 숙이며 말했다. 그런 동금을 보며 정선은 자기도 모르게 한숨을 쉬었다.

"박 형사."

"…네, 팀장님."

"지금 네가 광수대를 나가면 외부에 잘못을 인정하는 꼴이 된다. 이 결과를 만들기 위해 노력한 동료 경찰들과 선배들의 노력을 헛수고로 만들고 싶어?"

"하지만…"

"그러니 지금 네가 한 헛소리는 못들은 걸로 하겠다."

명규는 그 말을 끝으로 사무실을 나섰다. 명규의 뒷모습을 보는 동금의 눈에서 뜨거운 눈물이 흘렀다. 그런 동금의 어깨를 수찬과 기원이 토닥였다. 박동금 형사는 이런저런 일을 겪으면서 과거의 철없던 모습을 조금씩 벗고 진짜 어른이 되어가고 있었다.

07
관명사칭

맑은 햇빛, 화창한 날씨 덕에 경복궁 돌담을 걷는 연인들이 넘쳤다. 손을 잡고 쑥스러운 듯 웃으며 걷는 연인, 오늘 소개팅을 했는지 서먹하면서도 서로를 탐색하는 남녀, 편안하고 익숙한 모습으로 팔짱을 낀 채 서로에게 기대어 걷는 연인… 그리고 그 속에서 말없이 걷는 한 남녀가 있었다. 바로 동금과 지혜였다. 간혹 서로의 옆모습을 쳐다보기만 할 뿐 서로의 눈을 잘 마주치지 못하던 두 사람은 약속이나 한 듯 잠시 걸음을 멈추어 섰다. 그리고 서로의 눈을 응시했다. 그때 동금이 슬픈 눈빛으로 지혜를 향해 입을 열었다.

"내가 다… 미안해…."

곧 눈물이 터질 것 같았지만, 꾸욱 누른 채 말하는 동금의 마음을 지혜는 알고 있었다.

"그 말들… 모두 진심 아니었다는 거… 알아요."

"일이 너무 커져서… 상부에서 명령이 내려왔어."

동금의 말에 지혜는 고개를 끄덕이고는 애써 미소를 지어 보이며 말했다.

"난… 괜찮아요."

동금은 마음이 내려앉는 것만 같았다. 자신의 진심을 모를 리 없는 지혜였지만, 만나서 얼굴을 보기 전까지는 마음 졸였을 게 분명했다.

"그래도… 상처받았다는 거 알아. 미안해."

동금의 말에 지혜는 더는 말을 잇지 못하고 결국 눈에 눈물이 맺혔다. 동금은 그런 지혜를 말없이 꽉 안았다. 두 사람의 여정이 순탄할 리 없으리라 예상은 했지만, 생각보다 그 무게는 힘겨웠다. 동금과 지혜는 서로의 사랑 외에는 아무것도 생각하지 말자고 다짐했지만, 아픈 사랑의 시작 앞에서 이미 복잡한 생각들이 밀려오고 있었다.

* * *

"오빠, 무슨 생각을 그렇게 해?"

사건의 주범 왕도술과 그 애인 홍진경이 마주보고 앉아 있었다. 말없이 생각에 잠긴 도술의 모습을 보던 진경이 물었다. 도술은 그저 씩 웃어주었을 뿐 여전히 입을 열지 않은 채 생각에 빠져 있었다.

'이놈의 돈을… 계속 집에다 현금으로 두는 게 맞나?'

도술의 머릿속에는 온통 그의 비밀 아지트에 두고 나온 돈으로 가득했다. 현재 그의 수중에 남은 돈은 60억이었다.

'땅에 파묻을 수도 없고… 차명계좌에 넣을 수도 없고…. 차 트렁크?'

도술은 고개를 가로저었다. 강남 바닥은 불법 유턴 같은 사소한 문제로도 교통경찰이 귀신같이 단속을 하지 않던가. 오죽하면 우스갯소리로 '수배자들은 강남 바닥을 조심해야 한다'라는 말까지 있었다.

'일단 골드바로 바꾼 게 있으니 그나마 좀 낫긴 하다만…'

도술은 현금을 골드바로 바꾸어 어느 정도 부피를 줄이는 데에는 성공했다. 골드바 1kg이 곧 1억 원이었으므로 상당히 무게를 줄인 셈이다. 문제는 역시나 보관이었다. 며칠 전 DBS에서 자신이 벌인 사건과 이름이 언급된 것을 본 도술은 경찰의 압박이 더 강해질 것이라 예상하고 있었다. 그의 선배들도 범행이 방송을 타고 난 후 시민들의 제보로 인해 은신에 애를 먹지 않았던가? 심지어 종편방송에서도 패널들이 나와 도술에 대한 과거 범죄 이력과 사건의 특징에 대해 읊어대고 있었다. 그나마 다행인 점은 진경이 아직 이 사실을 모른다는 것이었다. 그녀는 뉴스와는 담을 쌓고 사는 터라 도술이 범죄자라는 사실에 대해 전혀 모르고 있었다.

"무슨 생각을 그렇게 하냐니까?"

진경이 와인잔 두 개를 들고 다가오며 다시 물었다.

"어떻게 하면 더 큰 판으로 무사히 나갈 수 있을까… 뭐, 그런 생각?"

도술이 가짜 미소를 지으며 둘러댔다. 그러자 진경이 와인잔을 놓아두고 도술의 품 안으로 달려들었다.

"정말? 그럼 나 또 쇼핑할 수 있는 거야?"

진경은 도술의 품에 파고들며 애교를 부렸다. 도술은 품에 안긴 진경의 머리를 쓰다듬으며 창문에 비치는 자기 얼굴을 바라보았다. 조금 전까지 걸려 있던 거짓 미소는 오간 데 없었다.

'시간이 별로 없어…. 좋은 방법이 없을까?'

* * *

　며칠 뒤, 광수대 3팀 사무실에 손님이 방문했다. 한 사람은 이미 3팀이 잘 알고 있는 대한은행 본점의 강재훈 부장이었고, 다른 한 사람은 본점의 감사실 임원 안재웅이었다. 명규가 먼저 강 부장에게 인사를 건넸다.

　"강 부장님, 어서 오세요."

　"안녕하세요, 팀장님? 아, 이쪽은 저희 본점 감사실 안재웅 실장님이십니다."

　"팀장님 처음 뵙겠습니다. 안재웅입니다. 앞으로 잘 부탁드립니다."

　"별말씀을요. 대한은행에서 수사협조를 잘 해주셔서 감사할 따름입니다. 그런데 무슨 일로 이렇게 오셨습니까?"

　간략하게 인사를 나눈 뒤, 세 사람은 자리를 잡고 앉았다. 은행에서 온 두 사람은 선뜻 말을 꺼내지 못하고 앞에 놓인 둥글레차만 후루룩거렸다. 명규는 그런 둘을 보며 좋은 소식을 들고 찾아온 게 아님을 짐작할 수 있었다.

　"후…. 팀장님."

　마침내 강 부장이 입을 열었다. 명규는 물론이고 주변에 앉아 있던 3팀 형사들 모두 귀를 쫑긋 세웠다.

　"일전에 요청하신 전수조사 결과가 나왔습니다."

　강 부장의 말에 안 실장의 얼굴이 어두워졌다.

　"대한은행 본점 감사실에서 전국 지점에 전수조사를 지시한 결과, 반포지점에서 50억짜리 자기앞 백지 수표용지 두 장이 빈 것을 발견했습니다."

자신의 추리가 정확히 맞아 들어갔음을 확인한 동금의 입가에 미소가 걸렸다.

'그렇다면 반포지점 안에 왕도술의 공범이 있었다는 말이군.'

강 부장은 이야기를 이어갔다. 반포지점에서 용지가 비었다는 사실을 알게 됨에 따라, 대대적인 감사가 이어졌다. 그 결과 반포지점 소속인 정동규 대리의 소행이라고 잠정적으로 결론을 내렸다. 그러나 정 대리는 끝까지 모르는 일이라며 발뺌했다.

"그런데 정 대리가 어제부터 출근하지 않고 있습니다. 휴대폰도 꺼져 있고요. 그래서 저희가 자체적으로 조사하는 데에는 한계가 있어 경찰에 정식으로 수사의뢰를 하려고 왔습니다."

강 부장의 말에 안 실장이 수사의뢰서를 꺼냈다.

"정 대리를 경찰보고 찾아 달라는 말씀이시군요!"

외근을 나갔다가 막 사무실로 들어오던 수찬이 한마디를 던졌다. 강 부장과 안 실장의 얼굴에 불편한 기색이 스쳐 지나갔다. 수찬의 말은 다소 무례하게 들릴지언정 틀린 말이 아니었다.

"정 대리를 조사하기 전에 경찰에게 미리 알려주지 않으신 점이 아쉽군요…. 만약 정 대리가 위조수표 공범들을 만나 자기가 발각되었다고 알려주기라도 한다면…."

명규의 말에 불편한 기색을 보이던 강 부장과 안 실장의 얼굴이 사색이 되었다. 거기까지는 생각지 못했던 것이다. 그런 두 사람에게 명규는 쐐기를 박았다.

"범인들을 잡기가 더 힘들어질 테니 말입니다."

"…팀장님, 죄송합니다. 저희가 거기까지는 미처 생각을 못했습니다."

"정 대리란 사람 결혼은 했나요?"

"아닙니다. 서른둘인데 미혼입니다. 부모님과 함께 살고 있는 걸로 알고 있습니다."

안 실장은 정 대리에 대해 말하며 은행 내부 인사자료를 명규에게 꺼냈다. 명규가 고개를 끄덕이자 곁에 있던 동금이 자료를 받았다.

"팀장님, 죄송하지만 간곡하게 드릴 부탁이 있습니다."

강 부장이 힘겹게 입을 열었다.

"정 대리를 찾아달라는 거 말고 뭐가 또 있나요?"

"정동규 대리가 이번 수표 위조 사건에 가담했다는 사실이 언론에 나가지 않도록 도와주십시오. 부탁드립니다!"

강 부장과 안 실장은 그 말과 함께 자리에서 일어나 고개를 숙였다. 내부 직원이 위조수표 범행에 가담했다는 사실은, 은행 입장에서 볼 때 최악의 시나리오였다. 소속 은행원의 일탈 행위가 외부에 고스란히 알려진다면…. 은행의 이미지 추락은 물론이고 그로 인한 손해는 상상을 초월할 것이다.

"강 부장님, 왜 이러십니까? 어서 앉으세요. 당연히 저희도 이 사건이 보도되지 않길 바랍니다. 다만 저희가 정 대리에 대해 본격적으로 수사를 해서 구속영장이라도 신청하면…. 이게 검찰은 물론이고 법원까지 올라가기 때문에 보안 유지가 쉽지 않습니다. 저희야 최선을 다하겠지만, 너무 기대는 마세요."

* * *

강 부장과 안 실장이 떠난 뒤, 3팀 형사들은 정 대리의 행적에 대해 정리를 시작했다.

　8월 30일, 점심시간에 다른 직원들이 점심식사를 하러 나갔을 때 정 대리 혼자 은행에 남았던 것이 CCTV를 통해 확인되었다. 동료 은행원의 진술에 따르면 그날 정 대리는 식사 생각이 없다며 혼자 은행에 남았다고 한다. 이후, 정 대리는 지점장이 관리하는 수표용지 보관 장소에서 무언가를 들고 나왔다. 육안으로 확인되진 않았지만 정황상 분실된 수표용지인 것이 확실해 보였다. 퇴근 시간이 되자 정 대리는 은행을 떠났다.

　정 대리의 휴대폰 통화내역을 확인한 결과, 왕도술이 렌트카 회사에서 카니발을 빌리면서 기재한 대포폰 전화번호와 통화한 사실이 확인됐다. 또한 정 대리와 왕도술이 사용한 휴대폰의 기지국이 고속터미널 근처 명성백화점에서 일치한 기록도 확인했다. 기지국은 휴대폰 간의 통화를 가능하게 해주는 설비다. 그러므로 휴대폰 기지국이 일치한다는 것은, 두 명이 그 기지국 근처에서 있었다는 정황 증거가 된다. 따라서 이 기록은 두 사람이 그 시간대에 명성백화점에서 만났다는 확실한 증거였다. 두 사람이 만났다는 정황을 통해 수표가 정 대리로부터 왕도술로 넘어갔다는 사실은 거의 확실해졌다. 문제는 어떤 경위로 넘어갔느냐를 아직 알 수 없다는 것이다. 이는 한쪽이라도 검거를 해야 알 수 있을 듯했다.

　이제 중요한 건 감사 조사를 받은 뒤 연락이 두절된 정 대리를 검거하는 일이었다. 그를 잡는다면, 어떤 이유로 왕도술에게 백지수표용지를 넘기게 되었는지 확인할 수 있을 것이다.

　'휴대폰을 꺼버린 인간을 찾는 건 쉽지 않은 일이라 들었는데….'

　동금은 턱을 긁적이며 생각했다. 수사경력은 짧았지만, 휴대폰을 꺼버리고 카드도 사용하지 않는 용의자를 찾는 일이 쉽지 않다는 정도는 그도 알고 있었다. 그때 기원이 입을 열었다.

"정석대로 갑시다. 이동 동선 수사 들어가자고요."

기원의 말에 다들 고개를 끄덕였다. 명규의 명령에 따라 정선과 동금은 정 대리의 신용카드 사용 내역과 기지국 위치 등을 조사해 정 대리가 나타날 만한 장소들을 추리기 시작했다.

"범죄자들은 의외로 도망 다닐 때 낯선 곳에 가기보다는 자신이 익숙한 곳을 찾는 경우가 많아. 속담에 '업은 아이 삼 년 찾는다'는 말도 있잖여!"

기원의 조언에 정선과 동금은 피식 웃었다. '업은 아이 삼 년 찾는다'는 속담은 가까운 데 있는 것을 모르고 다른 곳에 가서 오랫동안 찾는 경우를 말한다. 기원의 이 조언은 매우 유용했다. 특히나 정 대리처럼 평소 범죄와 연관성이 적은 사람일 경우, 그런 경향이 더 강하기 때문이다.

동금과 정선은 장소를 추린 뒤, 명규에게 보고를 올렸다. 정 대리가 나타날 것으로 생각되는 가장 유력한 장소는 다름 아닌 강남의 한 클럽이었다. 그의 행적을 조사한 결과 심야에 강남의 B클럽에서 자주 시간을 보내왔다는 것이 확인된 것이다. 동금의 생각에도 30대 초반의 남자라면, 범죄를 저지른 것에 대한 불안을 떨쳐내기 위해서라도 술과 여자에 의지할 것 같았다. 보고를 들은 명규는 동금과 정선, 그리고 기원에게 잠복을 지시했다. 그렇게 매일 밤 9시 이후, 세 형사의 잠복 수사가 시작되었다.

* * *

세 사람에게 잠복을 명령한 뒤, 명규는 방배경찰서를 찾아갔다. 지난번 평택에서 최승기 선배를 통해 들었던, 주왕재의 경범죄를 수사한 결과 그가 사칭한 수사과장이 방배경찰서 수사과장 김희철이라는 것을 알게 된 것이다. 그를 만난다면 왕재의 뒷배라는 최 회장에 대한 실마리를 알아낼 수 있을지도 몰랐다.

"윤 팀장님, 평소 말씀 많이 들었습니다. 범죄자들의 저승사자라고 불리신다면서요?"

40대 중반의 김희철 과장은 경찰대 출신으로, 총경 이상의 진급을 노리고 있는 엘리트였다.

"반갑습니다, 과장님. 이렇게 불쑥 방문해서 송구스럽습니다."

두 사람은 인사를 나눈 뒤, 자리에 앉았다.

"그래, 주왕재에 대해서 알고 싶다고 하셨죠? 사실 저도 주왕재를 만난 건 두 번밖에 없어서 자세히는 모릅니다. 그놈이 뭐 사고라도 쳤나요?"

명규는 희철이 주왕재를 함부로 부르는 것을 보며 그에게 좋은 감정이 아님을 알 수 있었다.

"저희가 주왕재와 연관된 사건을 수사하는 중인데… 주왕재가 피해자로 보이는데도 진술을 거부하면서 수사협조를 하지 않고 있습니다. 그런데 조사하다 보니 주왕재에게 경범죄 스티커가 있더군요. 그 내용이 과장님을 관등 사칭했던 거라는 사실을 알게 되어 이렇게 찾아왔습니다."

"아, 그거요? 참 나 원…. 있는 사실 그대로만 말씀드리겠습니다."

희철은 떠올리고 싶지 않은 기억을 억지로 떠올리듯, 찌푸린 얼굴로 이야기를 시작했다.

희철은 전부터 마당발로 불리는 한 대학교의 총장과 친분이 있었다. 그리고 2년 전 즈음, 총장이 모임을 주선해 그곳에 가게 되었다. 모임에는 국회의원과 대기업 임원 등 여섯 명 정도의 인원이 참석했다. 그리고 거기에 주왕재가 있었다.

"김 과장! 이쪽은 주왕재라고. 젊고 장래성 있는 금융인입니다."

총장은 주왕재를 그렇게 소개했다. 희철의 말에 따르면 총장은 그저 세상 물정 모르는 학자로, 발만 넓을 뿐 왕재가 사채업자라는 사실을 몰랐을 거라고 덧붙였다. 희철 역시 왕재가 본인을 사칭하기 전까지 그가 사채업자라는 사실을 몰랐다고 했다. 이야기를 듣던 명규가 입을 열었다.

"모인 분들 면면을 보니 주왕재 같은 조폭이랑 어울리실 분들이 아닌데… 총장님이라는 분이 정말 제대로 속으셨던 모양입니다."

"아니, 주왕재가 조폭 출신입니까?"

희철이 차를 마시려다 놀라며 되물었다. 명규가 웃으며 고개를 끄덕이자 희철은 찻잔을 내려놓으며 푸- 한숨을 쉬었다.

"와… 나 진짜 큰일 날 뻔했네. 잘못하면 총경 승진도 물 건너갔을 거 아닙니까?"

수사과장이 깡패와 연을 맺는다면, 이는 승진에 있어 치명적인 약점이 될 수 있었다. 희철은 이를 의식했는지 명규에게 목소리를 낮추며 부탁했다.

"윤 팀장님, 이건 다른 곳에서는 절대 비밀로 해주셔야 합니다. 부탁드립니다!"

"과장님, 너무 걱정 마세요. 대학 총장 때문에 한두 번 만난 게 뭐 큰 문제가 되겠습니까?"

명규의 위로에 희철은 안심한 듯, 다시 이야기를 이어갔다.

모임 후, 갑자기 주왕재가 만남을 요청했다. 희철은 왕재와 일식집에서 만남을 가졌다. 본래는 총장까지 함께 보려 했지만, 왕재가 둘이서만 보자며 고집을 부렸다. 아무래도 수사과장이라는 인맥을 더 굳게 맺고 싶었던 듯했다. 그렇게 만난 자리에서, 왕재는 한 살 더 많은 희철을 형님으로 모시겠다며 아양을 떨었다.

"당연히 저는 거절했습니다. 단칼에 말이죠."

마치 무라도 자르듯 손으로 칼질을 하며 강조하는 희철에게 명규가 웃으며 거들었다.

"잘 대처하셨네요. 정말 형 동생이라도 맺으셨으면 큰일 날 뻔하셨습니다."

일식집에서 헤어진 뒤, 왕재는 희철에게 수시로 안부전화를 했다. 그러던 중, 왕재가 다시 만남을 요청했다. 그러나 희철은 바쁜 일이 있어 볼 수 없다고 거절했다. 그리고 시간이 지나 어느 날, 서초 경찰서 상황실에서 전화가 왔다.

"과장님, 보이스피싱범을 어디다 인계할까요?"
"그게 무슨 소립니까? 난 그런 지시를 내린 적이 없습니다."

서초경찰서 상황실 말에 따르면, 희철이 보이스피싱범을 잡으라고 지시해 관내 지구대에서 출동했다고 한다. 그리고 정말로 보이스피싱범을 잡은 뒤, 그에게 연락을 한 것이었다.

"설마… 그 일이 주왕재가 과장님을 관명 사칭한 일이었습니까?"

명규가 어이가 없다는 얼굴로 묻자 희철이 크게 고개를 끄덕였다.

"내 말이 그 말입니다!"

희철은 서초경찰서 상황실로부터 지시를 내렸다는 사람의 전화번호를 전달받았다. 그리고 직접 전화를 걸었다. 전화의 주인은 바로 주왕재였다. 희철이 어찐 된 일인지 묻자, 왕재는 자기 돈을 갖고 도망가려는 놈이 있어 형님 이름을 좀 팔았다고 답하는 것 아닌가?

"그놈 정말이지 낯짝 한번 두껍군요."

"알아보니 주왕재가 잔고증명이라는 걸 한다고 하더라고요. 그런데 말입니다. 잔고증명 할 때 제일 큰 리스크가 뭔지 아세요? 바로 잔고증명 받는 놈이 그 돈을 갖고 튀는 거라고 합니다. 주왕재처럼 잔고증명 하는 놈들은 그게 가장 걱정되니까 사람도 붙여놓고 한다더군요."

희철의 말에 명규가 고개를 끄덕였다.

"아무래도 그렇겠군요. 제아무리 조심한다 해도 100% 안전한 건 없으니까요."

"그렇죠. 그런데 이놈이 그때 사고가 터진 겁니다. 잔고증명 받은 놈이 잔고증명 받은 돈을 갖고 도망갔던 모양이에요. 상황이 다급하다 보니 서초경찰서 상황실에 전화해서 그 사기꾼을 보이스피싱범으로 둔갑시켜서는 잡으라고 시킨 거죠. 저를 사칭해서 말입니다. 정말 쳐 죽일 놈 아닙니까? 어떻게 감히 수사과장을 사칭할 수가 있느냔 말입니다?"

어지간히 열 받는 기억인 듯, 희철은 붉어진 얼굴로 차를 벌컥벌컥 들이켰다.

"과장님, 제가 이 사건을 수사하면서 보니 충분히 그럴만한 놈입니다."

희철은 이후, 왕재에게 다시는 연락하지 마라며 연을 끊었다. 그리고 문제가 될 여지를 남기지 않기 위해 왕재를 관명사칭으로 경범죄 처리했다. 왕재는 몇 번이나 사죄하겠다며 연락을 해왔다. 왕재를 소개했던 총장 역시 사과를 주선하려고도 했다. 그러나 희철이 총장에게 주왕재와 있었던 일을 얘기하자, 총장은 "최 회장이 이런 사람을 소개해 괜히 김 과장만 난처하게 했다. 미안하다."라고 사과했다 한다.

"과장님, 최 회장이란 사람과 주왕재는 어떤 관계라고 하던가요?"

마침내 원하던 내용이 나오자 명규가 눈을 빛내며 물었다.

"글쎄요? 그냥 주왕재 위에 있는 회장이라고 하던데요?"

"혹시 그 최 회장이란 분 연락처를 받아 볼 수 있을까요? 꼭 필요합니다."

명규가 진심을 담아 부탁하자 희철이 걱정 마시라는 듯 눈을 찡긋하며 입을 열었다.

"걱정 마세요. 제가 당장 총장님께 물어보겠습니다. 다만 최 회장이라는 분께 총장님 이야기는 하시면 안 되는 거, 아시죠? 제보자 보호 차원에서 말입니다. 그리고 아까 말씀드렸지만 주왕재와 제 이야기도 다른 곳에는…."

덩치에 맞지 않게 약속해달라는 듯 새끼손가락을 내미는 희철을 보며, 명규는 껄껄 웃으면서 새끼손가락을 마주 걸어주었다.

08
물주

'꽤 자주 오던 곳이었는데. 여기서 잠복을 다 하게 될 줄이야.'

동금은 과거의 '청담동 도라이'를 떠올리며 피식 웃었다. 그는 현재 기원, 정선과 함께 '플러스77' 클럽 근처에서 3일째 잠복 중이었다.

"에휴…."

동금이 핸드폰 배경화면 속 지혜를 보며 한숨을 내쉬었다. 잠복근무 때문에 지혜를 계속 못 보고 있었던 것이다.

'이놈의 정 대리가 빨리 나타나야 할 텐데.'

그 모습을 지켜보는 정선도 한숨을 쉬기는 마찬가지였다. 사실 잠복 임무에서 여경은 빼주는 경우가 많았다. 심지어 파트너가 젊은 미혼 남자 경찰일 경우, 함께 잠복근무를 시키는 일은 금기시되고 있었다. 그러나 이번 일은 장소가 장소인지라 정선이 함께할 수밖에 없었다. 동금과 정선은 현재 클럽에 어울리는 복장을 갖추고 있는 상태였다. 동금은 고급 셔츠에 가죽재킷을, 정선은 짧은 미니스커트에 딱 붙는 오프숄더 니트를 입고 있었다. 두 사람이 형사라는 사실을 모르는 사람의 눈에는 그저 남다른 외모를 가진 한 쌍의 커플일 뿐이었다.

시간이 흘러 어느덧 밤 11시가 되었다. 하품을 하던 동금의 눈에 한 남자가 눈에 들어왔다. 그토록 기다리던 남자, 정 대리였다. 달라붙는 검은 바지에 가죽재킷으로 멋을 낸 차림의 정대리가 주변을 두리번거리며 클럽으로 걸어가고 있었다.

"반장님."

동금이 기원을 보며 말하자 기원이 고개를 끄덕였다. 클럽 안으로 잠입해도 좋다는 뜻이었다. 잠시 후, 클럽으로 들어와 지하 1층으로 내려온 두 사람의 눈에 정 대리가 보였다. 정 대리는 안쪽 가장자리 근처에 자리를 잡고 있었다. 연신 손목시계를 보는 모양새를 보아 누군가를 기다리는 것 같았다.

"김 형사님, 정 대리가 누군가 만날 수도 있으니 검거는 기다려야겠죠? 부 반장님도 아까 시간 두고 검거하라고 말씀하셨어요!"

"오케이, 잠시 기다렸다가 덮치자. 일단 우리도 자리 좀 잡고."

시끄러운 음악 소리로 가득 찬 클럽 안에서 두 사람은 정 대리가 잘 보이는 곳에 자리를 잡았다. 잠시 후 진한 화장을 한 여자 하나가 정 대리에게 다가가더니 가볍게 허그를 나누었다. 동금은 품에서 핸드폰을 꺼내 들었다.

"반장님, 정 대리 여자친구로 보이는 사람이 나타났습니다. 일행이 더 올지 모르겠지만 검거해도 무리 없을 것 같습니다."

"그랴, 그럼 검거하고! 난 5분 후에 들어 간다잉!"

동금은 전화를 끊고 정선에게 눈짓을 보냈다. 두 형사는 최대한 자연스럽게 정 대리가 있는 쪽으로 다가갔다.

"정 대리님."

뒤에서 들려오는 동금의 목소리에 정 대리가 깜짝 놀라며 뒤를 돌아보았다.

"서울경찰청 광역수사대 3팀 박동금 경장입니다. 당신을 유가증 권위조죄 피의자로 체포영장을 집행합니다. 변호인을 선임할 수 있 고…"

"뭐야? 우리 오빠한테 왜 이래요?"

동금이 수갑을 꺼내 정 대리의 손목에 채우자 여자친구가 놀라며 물었다. 그러나 정 대리는 그저 이 상황에 뇌가 정지한 듯, 아무 반항 도 하지 않았다.

"왜 이러시냐고요! 오빠, 뭐라고 말 좀 해봐!"

여자친구가 난동을 부리자 클럽 안에 소동이 일었다. 그리고 이를 알아챈 가드들이 동금과 정선이 있는 곳으로 다가오기 시작했다. 그 때, 난데없는 호루라기 소리가 클럽 안에 울려 퍼졌다.

호르륵-! 호르륵-! 호르르르르륵-!

클럽 안의 사람들 모두가 일제히 출입문 쪽을 바라보았다. 입에 호 루라기를 삐딱하게 문 기원이 위풍당당하게 서 있었다.

"나 경찰이다. 서울경찰청 광역수사대 형사여!"

클럽 안 이곳저곳에서 웃음이 터져 나왔지만 그 효과는 확실했다. 동금과 정선은 누구의 방해도 받지 않고 수갑을 채운 정 대리를 클럽 밖으로 데려갈 수 있었다.

"자, 이제 우린 갈 테니까 추던 춤들 계속 추랑게!"

기원의 작별인사에 클럽 여기저기에서는 또 한 번 폭소가 터져 나 왔다.

마포 광수대 3팀 사무실

"이름?"

"정동규입니다."

"직업?"

"대한은행 반포지점 대리입니다."

"가족?"

"부모님 모시고 살고 있습니다. 미혼입니다."

"왕도술이랑은 언제부터 알았어요?"

"4개월 전인가…? 그전부터 알고 지내던 박태원 사장을 통해 소개받아 알게 되었습니다."

동금은 태원의 사진을 보여주었다.

"이 사람 맞죠?"

태원의 사진을 본 정 대리가 고개를 끄덕였다. 정 대리는 박태원을 2년 전쯤 은행 고객으로 처음 알게 되었다고 한다. 태원은 정 대리에게 이것저것 물어보더니 응대에 고맙다며 밥을 한번 사겠다고 했다. 그렇게 만들어진 인연이 지금까지 이어진 것이다.

"박태원이 사기꾼인 거 몰랐습니까?"

정 대리가 고개를 끄덕였다.

"왕도술에게 50억짜리 자기앞 백지수표 용지 두 장 빼준 사실, 있으시죠?"

정 대리가 대답 없이 고개를 푹 숙였다. 이미 CCTV 영상에 동료 은행원들의 증언까지 확보해둔 상태라서 정 대리가 도망칠 곳은 없었다.

"후…. 형사님, 사실대로 다 얘기하면…. 저, 구속 안 될 수도 있나요? 집에 병든 부모님이 계십니다. 제발 한 번만 용서를…"

"이보세요, 정 대리님, 불구속이라뇨! 어떻게 그렇게 말도 안 되는 소릴 합니까! 생각해보세요. 당신이 훔친 수표로 왕도술이 100억을 현금으로 찾아서 사기 피해가 났습니다. 누군가는 100억을 손해 보았다는 말이에요. 은행원이시니 그게 얼마나 큰돈이고 큰일인지 누구보다 잘 알 것 아닙니까? 정 대리님이 할 수 있는 건 최대한 수사에 협조하면서 반성하는 모습을 보이는 겁니다. 그렇게라도 해서 형량을 조금이라도 줄이는 게 최선이에요."

정 대리는 눈물을 흘렸지만 동금은 그런 정 대리를 나무라듯 단호하게 말했다. 동금의 말에 정 대리는 도술과 태원의 부탁으로 수표용지 두 장을 훔쳐다 주었단 사실을 모두 인정했다.

"그 대가로 왕도술에게 얼마를 받았습니까?"

"한 푼도 못 받았습니다."

"네? 아니, 왕도술이 100억을 현금으로 가지고 있는데 한 푼도 못 받았다고요? 그게 말이 됩니까?"

"진짜입니다! 원래 5천만 원을 주기로 했는데…. 일이 끝나니 약속도 지키지 않고 사라져버렸습니다. 진짜예요!"

정 대리가 진심으로 억울해하며 말했다. 동금은 어이가 없다는 듯 컴퓨터에서 손을 떼고 정 대리를 바라보았다.

"나 참…. 정 대리님, 당신도 참 한심한 사람입니다. 당신 같은 엘리트가 대체 그런 놈들을 뭘 믿고 이런 일을 벌인 겁니까? 은행이면 연봉도 꽤 높을 텐데, 왜 그런 꾐에 넘어간 거예요?"

"아버님은 치매시고, 어머님은 위암 3기여서…. 제가 두 분을 다 돌봐드려야 했습니다. 죄송합니다. 제가 미쳤던 것 같습니다…."

정 대리는 오열했지만, 동금은 여전히 차가운 눈빛으로 그를 바라보았다.

"2백만 원짜리 보테가 여성 지갑, 3백만 원짜리 에르메스 신발….."

오열하던 정 대리가 벙찐 표정으로 고개를 들었다. 동금이 정 대리의 신용카드 사용 내역을 읊고 있었던 것이다.

"정 대리님, 저도 강남 바닥에서 좀 놀았던 놈입니다. 클럽 다니려면 돈깨나 든다는 거 잘 알고 있습니다. 아무리 봐도 돈이 필요했던 이유는 부모님 병간호 비용이 아니라 여자친구 유흥이랑 쇼핑이었던 것 같은데요? 제 말이 틀렸습니까?"

정 대리는 흘리던 눈물을 뚝 그친 채 더는 입을 열지 못했다.

이후 정 대리는 수사에 적극 협조했다. 도술과 태원으로부터 받은 돈이 없었던 덕에 징역 2년을 선고받았지만, 은행에서는 파면되었다. 한순간의 실수가 남들이 부러워하는 직장을 가졌던 젊은이의 인생을 송두리째 앗아간 것이다. 물론 그건 누구도 아닌 정 대리 본인의 책임이었다.

* * *

"서울경찰청 윤명규 팀장님이시죠? 제가 전화 받았던 김성수 과장입니다."

30층짜리 건물 앞, 깔끔한 양복 차림의 남자가 명규와 수찬을 마중 나와 있었다. 두 형사가 있는 곳은 바로 '최 회장'의 사무실이 있는 건물이었다. 명규는 방배경찰서에 다녀온 뒤, 희철을 통해 최 회장의 비서와 연락이 닿았고, 여러 번의 통화 끝에 마침내 최 회장과 만남을 잡을 수 있게 되었다.

명규와 수찬은 김성수 과장의 안내를 받아 엘리베이터를 타고 30층으로 올라갔다. 그 끝에 최 회장의 방이 있었다. 두 개의 문을 더 거쳐서야 얼굴을 볼 수 있게 된 최 회장은, 한눈에 보기에도 뛰어난 미녀였다. 중년의 나이로 보였지만, 그녀의 외모에서는 남다른 아우라가 뿜어져 나왔다.

'어디서 봤더라? 누구더라?'

명규는 잠시 머리를 굴리다가 작게 탄성을 내뱉었다.

'이럴 수가…!'

최 회장은, 굴지의 재벌가인 대왕그룹 조 회장의 전 부인이자 80~90년대 최고 영화배우 중 하나였던 최정림이었다.

"윤명규 팀장님이라고 하셨죠? 최정림이라고 해요."

최 회장이 옅게 미소를 띠며 명규와 수찬을 맞이했다. 혼자 쓰기에는 지나치게 커 보이는 그녀의 사무실은, 경복궁을 포함해 주변 전경이 모두 보일 정도로 전망이 좋았다. 책상과 소파는 물론, 등 하나까지도 고급스러움이 묻어났다.

"회장님, 시간 내주셔서 감사합니다. 저는 윤명규 팀장, 이쪽은 권수찬 형사입니다."

수찬 역시 최 회장을 어디서 본 것 같은지 아리송한 표정을 짓고 있었다.

"일단 앉으시죠."

최 회장은 수찬에게 미소로 인사를 대신하고는 김성수 과장에게 차를 내오라 지시했다.

"주 회장 일로 오셨다고 들었는데요."

수찬이 주왕재와 수표에 관한 이야기를 차근차근 설명했지만, 최 회장은 일말의 동요도 없이 담담했다. 명규는 그런 최 회장을 살피며 이야기를 이어갔다.

"문제는 주왕재 씨가 피해자인데도 경찰 진술을 회피하면서 수사에 협조하지 않고 있단 겁니다. 알아보니, 업으로 하는 사채가 최 회장님 자본이더군요. 그래서 저희는 그 100억도 회장님 돈이라고 보고 있습니다."

명규가 여기까지 이야기하고 잠시 말을 멈추자 최 회장은 차를 한 모금 마신 뒤 입을 열었다.

"계속하세요."

"아, 예. 그래서 저희 광수대에서는 혹시 주 회장이 경찰 수사에 협조하지 않는 이유를 회장님께서는 알고 계시지 않을까 하여 면담을 요청하게 됐습니다."

최 회장은 말없이 다시 찻잔을 들어 한 모금을 천천히 마셨다. 그 짧은 순간이, 명규와 수찬에게는 마치 수십 분처럼 길게 느껴졌다. 최 회장은 천천히 찻잔을 내려놓으며 명규와 수찬을 한 번씩 번갈아 보았다. 그리곤 씩- 미소를 지으며 두 형사가 기다리던 답을 주었다.

"맞아요. 주 회장이 사기당한 100억은 제 돈입니다."

시원하게 주왕재의 돈이 자신의 것임을 인정한 최 회장은 주왕재와의 이야기를 들려주었다. 왕재는 몇 년 전부터 최회장의 돈으로 잔고증명 사업을 하고 있었다. 최 회장은 주왕재에게 돈을 내려주고, 거기에 따른 수수료를 받는 관계였다. 왕재는 지금까지 큰 사고 없이 자금을 잘 운용해왔다. 그런데 이번에 사고가 난 것이다. 무려 100억이라는 돈이 사고가 났는데도 표정 변화 하나 없이 이야기를 이어가는 최 회장을 보며, 명규는 내심 혀를 내두르고 있었다.

"그럼, 회장님은 이번 사고를 그동안 모르셨다는 말씀이신가요?"

수찬의 질문에 최 회장이 고개를 가로저었다.

"알고 있었어요. 보통 주 회장에게 돈을 내려주면 기한이라는 것이 있으니까요? 그런데 이번에는 기한이 다 되었는데도 돈을 상환하지 못하더군요. 무슨 사정이 생겼구나 생각했죠. 아니나 다를까, 주 회장이 상환기한을 연장해 달라고 간곡하게 부탁을 하더군요. 해서, 이번 한 번은 연장을 해주기로 했습니다."

"아직 주 회장이 회장님 돈을 상환하진 못했고요?"

최 회장은 고개를 끄덕이더니 이야기를 조금 더 들려주었다. 그녀는 왕재에게 보통 100억에서 150억 정도를 운용해주고 있었다. 사실, 최 회장 입장에서 그녀의 자금을 받는 사람 중 왕재는 큰손 축에도 들지 못했다.

"주 회장과 저는 아무 문제 없는 정상적인 거래 관계입니다."

혹시라도 문제 삼을 것을 사전에 차단하겠다는 듯, 최 회장이 강조했다.

"저는 부동산 시행사업, 회사 인수합병 등 여러 일에 투자합니다. 주 회장은 아직 그 정도의 능력이 되지 않기 때문에 잔고증명 같은 단기 수익을 내는 일을 주로 하고 있죠. 저는 잔고증명을 통해 일주일 정도 자금을 지원해 주고 얼마간의 수수료를 받습니다."

"이번 건에는 얼마를 받기로 하셨나요?"

"5천만 원이었어요."

"혹시 주왕재 씨는 얼마를 받기로 했는지 아십니까?"

"저는 모릅니다. 약속된 돈만 안정적으로 받으면 되니까요. 주 회장이 얼마를 받는지에 대해서는 관심이 없습니다."

명규는 고개를 끄덕였고, 수찬은 열심히 수첩에 필기를 했다.

"잔고증명은 보통 0.5% 수수료를 받는데…. 회장님이 0.5%를 받으시면 주왕재 씨 몫도 있으니 다른 잔고증명에 비해 수익률이 꽤 높다고 생각하는데요?"

명규의 말은 옳았다. 쉽게 얘기하자면, 주왕재가 하는 잔고증명은 리스크가 높았다. 물론, 잘 관리하면 높은 수익률이 보장되지만 그만큼 위험도 따르는 일이었다.

"다시 말씀드리지만 저는 자금만 지원할 뿐, 그가 얼마를 가져가는지는 물론이고 누구와 어떻게 일 처리를 하는지에 대해서도 관심이 없습니다."

최 회장은 그렇게 명규의 질문에 대한 답을 피하고는 찻잔을 집어들었다. 명규는 그녀가 이 이상의 접근은 차단하겠다 표현하고 있음을 알 수 있었다.

"회장님, 한 가지만 마지막으로 질문드리겠습니다. 주 회장은 건달 출신인데, 어떤 인연으로 같이 일하게 되신 겁니까?"

최 회장은 이번에도 말없이 차만 마셨다. 그러고는 찻잔을 내려놓으며, 조금 전 질문은 못 들은 사람처럼 입을 열었다.

"주 회장에게 경찰 수사에 적극 협조하라고 연락해두겠습니다. 궁금한 사항은 그 사람에게 듣도록 하세요. 수사에 필요한 내용들은 어차피 그쪽에 있는 거 아닌가요?"

명규는 쓴웃음을 지었다. 최 회장은 형사들이 무엇을 바라고 온 것인지 정확히 알고 있었다. '원하는 것을 내어줄 테니 이만 돌아가라.' 그녀는 명규에게 그렇게 말하는 듯했다.

"김 과장."

최 회장이 자리에서 일어나더니 김성수 과장을 호출했다.

"네, 회장님."

"두 분, 잘 배웅해드리세요."

* * *

명규와 수찬을 보낸 뒤, 최 회장은 비서에게 명령을 내리고 있었다.

"주 회장에게 지금 당장 연락하라고 하세요."

5분이 채 지나기도 전에 비서가 주 회장으로부터 연락이 왔음을 전했다. 최 회장의 눈은 어느새 매서운 칼날처럼 찢어져 있었다.

"회장님, 주왕재입니다. 찾으셨다고 들었습니다."

왕재의 목소리가 덜덜 떨리고 있었다. 최 회장은 그런 왕재의 목소리를 들으며, 품에서 담배 한 개비를 꺼내 물었다.

"주 회장."

"네, 회장님."

"서울청 광수대에서 윤 팀장이라는 사람이 다녀갔어요."

"이… 개ㅅ…! 죄송합니다. 회장님. 제가 빠른 시일 내 처리를…."

최 회장은 푸- 담배 연기를 뿜어내며 단칼에 왕재의 말을 잘라버렸다.

"허튼 짓거리 할 생각 말고. 경찰에 제대로 협조해서 내가 신경 쓸 일 없도록 하세요. 난 두 번 얘기하는 사람 아닌 거, 잘 알죠?"

"예, 그럼요! 걱정 끼쳐 드려 정말 죄송합니다!"

왕재는 연신 죄송하다는 말을 반복하다 전화를 끊었다.

＊　＊　＊

최 회장과의 전화를 마친 뒤, 왕재는 의자에 털썩 앉아 머릴 쥐어 뜯을 듯 움켜쥐었다.

'어떻게 만든 관계인데…! 최 회장님만큼은 절대로 잃어선 안 돼. 절대로…!'

왕재는 8년 전 첫 인연을 맺을 때를 떠올렸다. 최정림은 남편 조 회장과 세기의 이혼을 치르고 있었다. 조 회장은 언론과 그룹의 힘을 동원해 정림을 압박했다. 누구도 범접할 수 없는 재력으로 밀어붙일 뿐만 아니라, 정림에 대해 그녀가 의부증이 있고 모 남배우의 스폰서라는 설까지 퍼뜨리는 등 그야말로 전방위 압박을 진행했다. 시작하기도 전에 기울어버린 듯한 두 사람의 이혼소송. 상황이 이렇다 보니 정림은 대형 로펌은커녕 쓸 만한 변호사조차 구하기가 쉽지 않았다. 그렇게 정림이 사면초가에 몰린 그때, 그녀의 심복인 문 상무가 누군가를 소개했다. 그가 바로 주왕재였다.

"사모님, 이 친구가 이름 있는 건달은 아니지만 충성심이 뛰어납니다. 일을 맡기면 물불 안 가리고 해내는 성격이고요."

정림은 말없이 담배를 태우며 왕재를 위아래로 훑어보았다. 왕재는 그녀의 답을 기다리지 않고, 90도로 허리를 꺾었다.

"맡겨만 주신다면 무슨 일이든 충심을 다해 해내겠습니다!"

왕재는 그렇게 허리를 구부린 채 정림의 답을 기다렸다. 왕재가 허리에서 통증을 느낄 즈음이 되어서야, 정림은 피우던 담배를 비벼 끄고 입을 열었다.

"조 회장과 불륜 중인 여자 하나가 있어요."

정림의 말에 왕재가 살며시 고개를 들었다.

"일단 내가 줄 수 있는 건 이게 전부예요. 한 가지 더 있긴 하지만…. 그건 당신이 이번 일을 얼마나 잘 해내는지를 보고 판단하도록 하죠. 어디, 할 수 있겠어요?"

정림의 날카로운 눈이 왕재의 눈과 마주쳤다.

"절대 실망시키지 않겠습니다."

얼마 후, 왕재는 정말로 해냈다. 물불 안 가리고 조 회장의 내연녀를 찾아낸 왕재는 두 사람이 밀회를 나누는 집을 알아냈을 뿐 아니라 두 사람 사이의 혼외자식도 알아냈다. 심지어 조 회장과 내연녀가 정을 통하는 사진과 영상까지 촬영해 정림에게 전해주었다.

훌륭하게 일을 처리한 왕재에게 정림은 다음 일거리를 맡겼다. 조 회장이 프로포폴 없이는 잠을 이루지 못한다는 정보를 넘겨준 것이다. 미행 끝에 왕재는 조 회장이 신사동의 한 성형외과에서 지속적으로 프로포폴을 투약받고 있음을 알아냈다. 왕재는 성형외과 원장을 납치해 가족을 인질로 잡아 협박했고, 조 회장의 프로포폴 처방 내역을 정림에게 전해주었다.

불륜에 대한 확실한 증거들과 프로포폴 투약에 대한 명확한 증거까지. 두 가지 커다란 무기를 쥐게 된 정림은 만약 그녀가 원하는 조건대로 이혼해주지 않는다면 사진과 영상, 그리고 내역서를 언론에 터뜨리겠다 협박했다. 때마침 조 회장은 탈세와 횡령혐의로 재판을 받는 중이었다. 결국 하루아침에 모든 것을 잃을지도 모를 상황에 처한 조 회장은 정림에게 백기를 들었다. 그렇게 정림은 조 회장으로부터 수천억 원의 재산분할과 위자료를 받는 데 성공했다.

정림은 왕재의 공을 잊지 않았다. 과감한 활약으로 상황을 뒤집을 수 있게 해준 그에게 자신의 돈을 맡겨 사업을 할 수 있게 해준 것이다. 그렇게 두 사람은 8년째 큰 문제 없이 관계를 이어오는 중이었다.

'이번 일로 최 회장님이 나를 등지게 되면…. 그때는….'

왕재는 벌떡 자리에서 일어나더니 사무실 안을 똥 마려운 강아지처럼 오갔다. 잠시 후, 큰 결심을 내린 듯 전화기를 집어 들었다.

* * *

"서울경찰청이죠? 광수대 윤명규 팀장님 좀 바꿔주십쇼."

왕재가 풀이 죽은 목소리로 말했다.

"누구시라고 전해 드릴까요?"

"주왕재라고 하면 아실 겁니다."

전화를 받은 정선이 명규를 보면서 웃으며 말했다.

"팀장님, 주왕재 수사과장님 전화 왔습니다. 어떻게, 바꿔 드릴까요?"

정선이 일부러 수화기 너머로 들으라는 듯 큰 소리로 말했다. 왕재가 관명사칭한 것을 비꼬는 말이었다. 명규가 피식 웃으며 전화를 돌려받았다.

"아이고, 팀장님, 죄송합니다. 주왕잽니다. 최 회장님께서 팀장님께 수사협조 해드리라고 신신당부하셨습니다. 만나 뵙고 싶은데요."

왕재가 마치 오래된 친근한 관계인 것처럼 말했다. 명규는 왕재가 배알도 좋다고 생각했다.

"주왕재 씨, 마음이 바뀌셨나 봅니다. 그럼 마포 광수대 3팀으로 와 주시겠습니까?"

명규는 이제 왕재의 호칭을 회장에서 씨로 바꿔 부르고 있었다.

"팀장님, 밖에서는 안 될까요? 팀장님과 소주 한잔하면서 좋은 얘기하고 싶습니다."

"좋은 얘기를 사무실에서는 못하나요? 저는 수사대상자하곤 외부에서 만나지 않습니다. 주왕재 씨가 신변보호 대상자도 아니고요."

명규가 황지혜를 빗대서 말했다.

"주왕재 씨는 참고인 진술을 해주셔야 합니다. 벌써 진행됐어야 하는데 너무 늦었군요. 어떻게, 진술하러 나오시겠습니까?"

명규에게 왕재는 조금도 신뢰할 수 없는 인간이었다. 이런 인간은 어느 순간 다시 뒤통수를 치게 되어 있다. 빈틈을 보이지 않고 강하게 나가야 했다.

"팀장님 저 그렇게 나쁜 놈 아닙니다. 저 이곳저곳 기부도 많이 하고 그럽니다."

"제가 공사가 다망해서요. 언제 나오시겠습니까?"

"그럼, 1시간 후에 광수대로 가겠습니다. 이따 뵙겠습니다."

명규는 알고 있었다. 이런 인간은 강자에게 약하고 약자에게 강한 인간이라는 것을. 어쨌든 최 회장 카드가 잘 통한 셈이었다.

왕재의 조사는 담당 형사인 동금이 맡았다. 왕재는 청색 콤비 양복으로 한껏 멋을 낸 모습이었다. 동금은 아무렇지도 않은 듯 앞에 앉은 왕재의 얼굴에 주먹이라도 한 방 날리고 싶은 심정이었다. '지혜 일만 생각하면… 아우 씨!' 명규는 주왕재의 진술을 3팀 형사 전체가 공유할 필요가 있다고 생각해 조사실이 아닌 오픈된 3팀 사무실에서 조서를 받게 했다. 경찰 수사를 많이 받아본 왕재의 기를 꺾기 위한 목적도 있었다.

"왕도술 하고는 어떻게 만났습니까?"

동금이 조사를 시작했다.

"박태원이라고 있습니다. 박태원 이놈이 우리나라 블록체인계의 대부라고 왕도술을 소개해줬어요. 그래서 몇 번 만났죠. 왕도술이 NFT 관련 회사를 인수합병 하는 데 잔고증명이 필요하다고 했습니다."

"박태원은 어떻게 알게 된 거요?"

"한 1년 전쯤에 테헤란로에서 M&A 하는 엄준수 사장이 소개해주었습니다. 무슨 바이오 회사를 상장시킨다고 떠들고 다녔는데 알고 보니 모두 사기였습니다."

"왕도술과는 무엇 때문에 엮인 겁니까?"

"왕도술이 잔고증명 하는 데 1주일간 100억이 필요하다고 해서, 수수료로 1억을 받기로 하고 계약했습니다."

왕재의 대답에 동금의 옆자리에 앉았던 기원이 컴퓨터 모니터 화면에서 시선을 떼고는 왕재에게 물었다.

"주왕재 씨, 계약서는 있는가? 사본 좀 제출 해줘요!"

"구두로 해서 계약서는 없습니다."

동금은 왕재를 유심히 살폈다. 계약을 구두로 했다니, 이해하기 어려웠다.

"보통 잔고증명이라면 왕도술 통장으로 잠시 이체해주면 되는데 굳이 100억 원을 수표로 인출 한 이유가 있을까?"

왕재는 지금 기분이 썩 좋지 않았다. 20대 후반인 동금에게 45세인 자신이 반 반말, 반 존대로 조사받는 것이 자존심이 상했다. 건들건들한 태도도 마찬가지였다. 왕재는 양복주머니 안쪽에서 수첩을 꺼내더니 달력을 보며 말했다. 동금과 왕재의 본격적인 신경전이 시작되는 순간이었다.

"왕도술이가 확실히 자금 능력이 되는지 알고 싶다고 직접 실물을 요구하더군! 그래서 50억짜리 수표 두 장을 인출해서 강남역 근처 커피숍에서 만나 전달했어. 왕도술 말로는 그곳에서 회사 양도하는 사람을 만나기로 했다더라고! 그때 내가 왕도술이 준비한 서류철에 수표 두 장을 끼워 넣는 것을 봤어요!"

왕재도 동금처럼 반 반말, 반 존대로 답변하기 시작했다. 동금을 자극하면서 자신의 자존심도 지키려는 이유였다. 명규를 비롯한 형사들은 둘의 기 싸움을 흥미진진한 모습으로 지켜봤다.

"실제 양도자가 왔을까?"

"왕도술이 어딘가로부터 전화를 받더니 회사 양도자가 사정이 생겼다며 다시 약속을 잡을 테니 기다려 달라고 하더라고. 그래서 내가 다시 수표 두 장을 돌려받았지."

"자, 그럼 정리하면… 왕도술에게 잔고증명을 해주기 위해 8월 30일에 100억을 50억짜리 자기앞 수표 두 장으로 대한은행 명동 지점에서 인출했고. 다음 날인 8월 31일에 왕도술이 강남역 커피숍에서 회사 양도자에게 수표 실물을 직접 확인해주어야 한다며 만나자고 해서 만났는데… 만나기로 한 양도자가 사정이 생겨 나오지 않았다, 이거지?"

동금도 아무렇지 않은 듯 이제 완전히 반말로 조사하기 시작했다.

"맞아! 그 후에 왕도술이 연락이 와서 9월 4일 월요일에 양도자와 다시 미팅을 잡았다며 같은 커피숍으로 오후 3시경에 나와 달라고 하더라고!"

왕재는 그때 일을 기억하는 것이 괴롭다는 듯한 표정을 지어 보였다. 사실 왕재는 자신도 반 반말로 대답하면 동금이 자신을 존대해 주리라 생각했다. 그런데 동금은 오히려 완전히 반말로 조사를 했다. 왕재의 속은 부글부글 끓었다.

"계속 말해봐."

"그래서 9월 4일. 음… 그날이 월요일이었어. 오후 4시까지 기다렸는데 왕도술이 전화가 와서 오늘 급한 일로 만나기 어려울 것 같다고 하더라고. 나도 기분이 안 좋았지. 그래서 잔고증명 하기 싫으면 관두라고 했더니 왕도술이 정말 죄송하다며 하루만 시간을 더 달라고 하더라고."

"그렇게까지 왕도술에게 끌려다닌 이유가 대체 뭐야?"

동금이 왕재보다 더 능청스럽게 반말로 물었다.

"최 회장님께 드릴 5천만 원 때문이지. 내 상황에서 별수 있어? 왕도술이 하자는 대로 끌려다닐 수밖에!"

동금이 고개를 끄덕였다. 이 모습을 본 왕재의 얼굴이 창백하게 변했다. 오히려 자기가 수렁에 빠진 느낌이었다. 괜히 자존심을 세우려했다가 더 큰 망신만 당하고 있었다.

"그럼 왕재 씨는 8월 30일 수표를 인출해서 대한은행 명동 지점에 지급제시한 9월 5일까지 1주일을 수표를 직접 갖고 있었던 거구만. 다른 사람에게 수표를 보관시킨 적은 있어?"

동금이 왕재를 '왕재 씨'라고 이름만 부르기 시작했다. 왕재의 얼굴이 일그러졌다.

"아니. 누구에게 이런 큰 액수를 보관시켜? 갖고 튀면 어쩌려고."

왕재가 분노를 억누르고 간신히 대답했다.

"그런데 왕도술이 그 수표를 9월 1일에 지급제시를 하고 주말이 지난 9월 4일에 현금으로 모두 인출해 간 거네. 그럼 8월 31일에 만났을 때 수표 사진을 촬영해서 위조수표를 만들었을 것 같은데… 그날 만났을 때 뭐 이상한 점은 없었을까?"

"그러고 보니 그날 왕도술과 박태원이 내가 가지고 간 수표가 진품인지 확인하겠다며 휴대폰으로 촬영하더라고! 나는 수표가 내 수중에만 있으면 되니까, 별 의심을 안 했던 거지."

형사들은 이제야 사건의 실체를 이해할 수 있었다. 왕재와 정 대리의 진술, 왕도술이 수표를 지급제시한 일자와 현금을 인출한 일자를 맞추어 보니 왕재의 말에 모순이 없었다.

"왕도술에게 잔고증명 대가로 받은 돈이 있어?"

"내가 그래서 더 억울한 거야! 왕도술이 잔고증명 끝나고 1억을 준다고 했는데 한 푼도 못 받고 최 회장님 돈 100억만 사기당해서 내가 더 미쳐버릴 지경인 거지!"

왕재가 주먹을 쥐며 말했다.

"보통 잔고증명할 때는 착수금처럼 일부 돈은 선급하는 것으로 아는데?"

"그러니까 왕도술이 계획적으로 나한테 사기 친 것 아니겠어? 수수료를 더 쳐줄 테니 잔고증명 한 후에 일시금으로 주겠다고 해서 믿었지!"

동금은 왕재가 왕도술을 믿었다는 말에 크게 웃었다. 동금의 웃는 모습에 왕재는 속이 더 쓰렸다. 잔고증명을 영업으로 하는 왕재가 도술을 믿었다는 말은 거짓말이 확실했다. 조금 전 도술과의 잔고증명 계약을 구두로 했다는 말 역시 믿기 어려웠다. 잔고증명에서 상대방을 믿는다는 것은 있을 수 없는 일이다. 도술처럼 잔고증명을 받는 사람 자체가 누군가에게 자기신용을 거짓으로 알리는 것인데, 왕재처럼 잔고증명을 업으로 하는 사람이 이를 모를 리 없었다.

"왕재 씨, 정동규는 아는 사람인가?"

"정동규? 그게 누구야? 나는 전혀 모르는 사람인데."

"왕도술과 박태원 말고 잔고증명 관련해서 만난 사람 있어?"

"없어!"

"주왕재 씨, 이번 사건에서 경찰 신고를 하지 않은 이유가 무엇입니까? 이제는 그 이유를 들어봐야겠습니다."

명규가 끼어들어 왕재에게 물었다. 동금과 달리 명규는 존댓말을 썼다.

"팀장님, 뭐 내가 수사협조를 하기로 한 마당에 다 털어놓겠습니다. 내가 왕도술에게 속아서 지금 100억을 날렸지 않았습니까? 그건 최 회장님 돈입니다. 최 회장님이 그 사실을 아실까 봐 내가 조마조마했습니다. 조용히 수습도 해야 했고요. 그래서 최 회장님이 아시기 전에 왕도술과 박태원을 잡아 요절을 내고 싶었습니다."

왕재는 자기도 모르게 언성을 높이며 이야기하고 있었다. 동금에게 받은 스트레스 때문인 듯했다.

"돈을 찾는 것도… 여기 광수대 형사님들이 우리나라 최고인 건 알지만… 사실 법보다 주먹이라는 말도 있지 않습니까? 애들 시켜서 왕도술 이 자식을 하루라도 빨리 잡고, 최 회장님 돈도 서둘러 찾고 싶었던 겁니다."

"왕재 씨, 지금부터 내가 9월 4일 대한은행 역삼역 지점 주차장과 은행 안 CCTV를 보여줄게! CCTV에 나오는 사람 중에 아는 사람이 있는지 한번 잘 봐봐."

동금은 노트북을 펼쳐 왕재 쪽으로 향하게 하고 CCTV를 틀어 주었다. 한참 동안 CCTV를 유심히 관찰하던 왕재가 고개를 저었다.

"전혀 모르는 놈들인데."

왕재는 조사를 마친 후 동금을 노려봤다. 자기보다 17년이나 어린 놈이 자신을 갖고 놀았다고 생각했다. 17년 나이 차가 있는 두 사람이 서로 반말을 하면 누가 손해일까? 동금을 노려보던 왕재는 마지막으로 그에게 소심한 복수를 했다.

"박 형사님, 요즘도 잘 사귀고 계십니까? 그 여자! 유부남한테도 인기가 많던데요."

동금은 왕재의 그런 심정을 아는지 입가에 웃음을 띠며 말했다.

"그러잖아도 주영아 기자에게 왕재 씨 안부 전해 들었습니다. 어떤 놈이 내 사진을 몰래 촬영했나 궁금해지더군요."

'어떤 놈'이란 표현에 왕재의 얼굴이 굳어졌다.

"요즘이 어떤 세상인데. 여자들 동영상은 잘못 찍으면 바로 성폭력 범죄예요. 레깅스 입은 여자 사진만 찍어도 감방 간다는데, 모르셨어요?"

키가 180cm가 넘는 동금이 왕재를 향해 눈을 부라리며 내려다봤다. 왕재는 그런 동금을 보고 움찔하더니 더 이상 망신을 당하지 않으려는 듯 다급하게 3팀 사무실을 나갔다. 명규를 비롯한 3팀 형사들이 한바탕 폭소를 터트렸다.

왕재에 대한 조사를 마치자 사건에 대한 대략적인 윤곽이 나왔다. 문제는 왕도술과 박태원, 그리고 운전기사 두 명, 수표위조 기술자, 무엇보다도 100억 현금을 찾아내는 것이 중요했다. 이제 범인들은 어느 정도 특정되었다고 봐도 무방했다. 남은 건 잡는 일뿐이었다.

명규는 크게 3가지 방향에서 수사를 진행하기로 했다. 먼저 왕도술, 박태원을 잡기 위해 두 명의 생활반응에 수사를 집중했다. 생활반응이란 범인들이 일상생활을 하면서 나타내는 여러 가지 흔적을 말한다. 예를 들어 교통카드나 신용카드 사용, 넷플렉스를 보기 위한 가입자 신청, 치킨 배달을 위한 앱 이용 등이다. 두 번째는 운전기사 두 명을 특정하기 위해 왕도술 등의 통화내역과 주변 인물 수사를 진행했다. 마지막으로 수표위조기술자를 찾기 위해 도술과 과거에 수표위조 범행을 했던 기술자들을 찾았다. 그때 수표위조를 했던 기술자 중에는 이번 범행에 가담한 위조 기술자를 알 가능성이 컸다. 비슷한 범죄를 저지르는 범죄자들 간에는 서로에 대한 정보가 있기 마련이다.

동금은 지금까지의 수사에서 이해가 되지 않는 점이 하나 있었다. 도술은 왜 자신의 운전기사 두 명을 따돌리려 했을까? 왕재의 피해자 진술에서도 그 부분만큼은 해소되지 않았다. 그런데 그것보다 더 그를 고민스럽게 만드는 것이 있었다. 바로 왕재가 지혜에 대해 했던 마지막 말이었다.

'그 여자 유부남한테도 인기가 많던데요.'

09
누가 피해자인가?

　서울역 지하 1층 에스컬레이터 옆, 공중전화 앞에 모자를 뒤집어 쓴 남자가 한참 동안 끙끙거리며 서 있었다. 남자의 정체는 왕도술이었다. 도술은 공중전화 앞에서 수화기를 들었다 놓았다 반복하며, 손톱을 잘근잘근 물어뜯고 있었다.

　"후…."

　도술이 마침내 결심한 듯, 수화기를 들고 전화번호를 누르기 시작했다. 지혜의 전화번호였다.

　뚜르르르-

　도술은 발신음을 들으며 세상 누구보다 특별한 자신의 딸, 지혜를 떠올렸다. 20년 전에 마지막으로 얼굴을 보며 인사를 나누었던, 6살짜리 여자아이를….

　도술이 영숙과 지혜의 곁을 떠난 것은 서른다섯 살 때였다. 당시 서울로 상경하여 변변한 직업도 없이 영숙과 동거하던 그는, 친구의 꼬임에 넘어가 집을 떠났다. 물론 쉽게 나선 길은 아니었다. 세상에서 가장 소중한 존재인 딸이 있었기에, 이미 몇 번이나 친구의 꾐을 거절하고 또 거절하던 터였다. 도술에게 지혜는 천애고아였던 그의 삶에 가장 따뜻한 기억이자 삶의 이유였다. 그러나 목구멍이 포도청이라고, 제대로 된 직업도 없는 아빠로 살아간다는 것이 결국에는 도술을 범죄의 길로 이끌었다.

"아빠 언제 올 거야?"

유치원복을 입고 집 앞에서 자신을 바라보던 지혜의 모습이 지금도 눈앞에 선했다.

"금방 올 거야."

도술은 일부러 뒤를 돌아보지 않고 말했다. 딸에게 지킬 수 없는 약속을 하고 있다는 것을 스스로 잘 알고 있었기에…. 그 순간, 도술의 두 눈에서 뜨거운 눈물이 주르륵 흘러내리고 있었다.

이후, 도술은 감방을 들락거리며 더 이상 지혜의 아빠로 살아갈 수 없게 되었다. 그나마 초범일 때에는 어느 정도 텀을 두고 전화라도 할 수 있었지만, 감방을 오가는 횟수가 많아지고 세월이 흘러갈수록 그마저도 거의 끊기게 되었다. 그러나 여전히 도술은 아버지로서 딸 지혜의 행복을 간절히 바랐다. 지혜의 앞에 나설 수는 없었지만, 중고등학생인 지혜의 학교 앞에 찾아가 먼발치에서나마 보고 돌아온 적도 있었다.

"여보세요?"

수화기 너머로 들려온 지혜의 목소리에 도술은 화들짝 놀라며 먼 기억에서 깨어났다.

"…지혜야, 아빠야."

"……."

수화기 너머의 지혜는 너무 놀란 듯, 아무 소리도 내지 않았다.

"다 알고 있을 것 같으니까… 아빠가 다른 말은 안 할게. 뭐 필요한 거 없니? 뭐든 아빠가 다 해줄 테니까…."

"…아빠, 자수해."

"지혜야, 그 얘긴 나중에 하고 일단…."

"다 필요 없으니까 자수하라고!"

소리 지르듯 얘기하는 딸의 목소리에 도술은 가슴이 찢어지는 것 같았다.

"알았어, 알았으니까…. 아빠가 정리되면 자수할 테니까 그냥 아빠가 주는 용돈이라고 생각하면서 받고, 엄마한테도 선물이라고 전해주고…."

"미쳤어? 내가 사기 친 돈을 받을 것 같아? 엄마도 마찬가지야. 그 돈으로 보내는 선물을 받을 것 같아?"

매몰찬 지혜의 한마디 한마디에 수화기를 들고 있는 도술의 손이 떨렸다.

"전화 온 거 경찰한테 다 말할 거야."

지혜는 그 말을 끝으로 전화를 끊어버렸다. 도술은 끊긴 수화기를 놓지 못하고 몇 분 동안 그 자리에 가만히 서 있었다. 그의 두 눈에는 눈물이 맺혀 있었지만 입은 웃고 있었다. 언제나 하고 싶은 말은 당당하게 하는 딸의 모습이 대견스러웠다.

'다행이다. 한결같아서.'

지금 이 순간, 도술은 최악의 경제범죄자가 아닌 한 사람의 아버지일 뿐이었다.

                              * * *

   며칠 뒤, 영숙의 집에는 불상 하나가 배송되었다. 성인 남성보다 큰
대형 부처님 불상이었다.
   '이걸 누가 보냈지?'
   보낸 이의 이름은 어디에도 없었다. 영숙은 불공을 드리러 오는 사
람 중 누군가가 보낸 것으로 여기는 듯했다. 하지만 지혜는 도술이 보
낸 것임을 금세 짐작할 수 있었다.
그 순간부터 지혜는 '도술이 전화했다는 사실부터 범죄를 저지른 돈
으로 불상을 사서 보냈다는 것까지… 동금에게 말하는 게 맞는 걸까.'
하는 생각으로 머릿속이 복잡해지기 시작했다.

                              * * *

광수대 3팀 사무실

   왕재의 피해자 진술 이후, 광수대 3팀의 수사는 더욱 박차를 가하
고 있었다.
   "팀장님, 왕도술에게 생활반응이 전혀 없다는 건 도와주는 누군가
가 있다는 얘기 아닐까요?"
   정선이 컴퓨터 화면을 보며 말했다.
   "저도 그렇게 생각해요. 여자 아닐까요? 보통 범죄자들은 여자들
도움을 많이 받잖아요? 예전에 신창원도 도망 다니다가 결국 여자 집
에서 잡혔고요."
   수찬이 정선의 말에 동의하며 의견을 말했다. 명규는 두 사람의 말

에 고개를 끄덕이다가 기원 쪽으로 고개를 돌렸다.

"부 반장, 기술자 수사는 어떻게 됐나?"

기원은 왕재의 진술을 토대로, 수표를 위조한 것으로 추정되는 8월 30일부터 31일까지의 대포폰 통화내역을 확인했다. 그리고 그 안에서 박태원이 사용하던 대포폰과 중복으로 통화한 번호를 찾아냈다. 수표위조자인 용식의 번호였다.

"이름 사용식. 1970년생 54세입니다. 전과는 도박, 폭력 등 14범이구만요. 수표를 위조한 기술자로 처벌된 전과가 2개가 있는데…. 그 중 하나가 왕도술이 꼬마였을 때 수표위조 범죄에 가담한 것입니다요."

기원이 두꺼운 수사기록을 넘기며 보고하자, 명규가 수찬을 보며 개구지게 소리쳤다.

"권 형사, 박 형사 데리고 가서 사용식이 잡아 와!"

명규의 명령을 받은 수찬의 얼굴에 웃음꽃이 피었다. 그는 누구를 잡아 오라는 말이 가장 신나는, 검거현장의 적토마였다.

＊ ＊ ＊

수찬과 동금의 손에 잡혀 광수대로 끌려온 용식은 수사에 협조적이었다. 8월 30일에 휴대폰 메시지로 받은 50억짜리 수표 두 장을 도술에게 위조해주었다고 순순히 자백한 것이다.

"받은 돈은 어쨌습니까?"

"도박으로 다 털어먹었습니다."

용식은 도술과 태원 외에 다른 범인들에 대해서는 아는 것이 없다며, 이런 일에서 자신은 수표위조만 맡을 뿐 다른 일에는 끼지 못한다고 했다. 용식의 진술은 일리가 있었다. 그러나 3팀 형사들은 그를 온전히 믿을 수 없었다. 그의 오른손 새끼손가락이 눈에 띄었기 때문이다. 과거 구속되었을 때는 두 손이 다 멀쩡했다는 기록으로 보아 최근에 잘린 것이 분명했다. 범행을 인정한 용식은 구속되었지만, 왕재와의 일에 대해선 끝까지 입을 다물었다. 나중에 있을 후환이 두려웠기 때문이리라.

'왕도술은 왜 사용식에게는 2억 원을 주고 정 대리에게는 5천만 원을 주지 않았을까?'

동금은 도술에게 이용당한 정 대리를 떠올리며 생각했다. 사실 이번 범행에서 정 대리의 중요성은 용식 못지않았다. 정 대리가 수표용지를 훔쳐내지 못했다면, 범행 자체가 불가능했을 것이다. 이 외에도 이상한 점은 또 있었다. 용식은 도술로부터 수표를 위조해주는 대가로 2억 원을 받았다고 진술했다. 문제는 그중 1억 원을 착수금 명목으로 8월 말에 받았다 진술한 것이다. 시기상으로 보았을 때, 8월 말이면 도술의 손에는 돈이 없었다. 100억을 훔쳐낸 것은 9월 4일이었기 때문이다.

'그렇다면 왕도술이 범행을 저지르기 전에도 어느 정도 돈을 갖고 있었다는 얘기가 되는데…? 그럼 그 돈의 출처는 어디지?'

생각이 꼬리에 꼬리를 물던 중, 동금의 머릿속에 문득 의문 하나가 떠올랐다.

'이 사건의 진짜 피해자는 누구야?'

100억은 최 회장의 돈이다. 최 회장은 이 돈을 주왕재에게 빌려줬다. 최 회장은 채권자이고, 주왕재는 채무자다. 주왕재가 최 회장에게

100억을 빌렸으니 그 이후 돈은 주왕재의 것···. 그렇다면 주왕재가 피해자인가? 하지만 100억을 내준 것은 대한은행이다. 실제로 100억을 잃은 것은 대한은행인 것이다. 그렇다면 대한은행이 피해자인가?

* * *

동금은 명규에게 자신이 갖게 된 의문에 대해 얘기했다. 그러자 명규는 궁금증을 풀어줄 적임자가 있다며, 변호사 한 사람을 소개해주었다. 경찰에 있을 때, 수사에 큰 획을 긋고 변호사로 개업한 이무성 전 총경이었다. 동금은 명규가 준 명함을 들고 테헤란로에 있는 이 변호사의 사무실을 찾아갔다.

"서울청 광수대에 근무하는 박동금 형사입니다. 윤명규 팀장님 소개로 왔습니다."

"반가워요. 박 형사님, 경찰 후배를 보니 다시 그때로 돌아간 것처럼 설레네요."

50대 초반으로 보이는 이 변호사는 얼굴 가득 미소를 지으며 동금을 맞이했다. 그는 동금과 악수를 나눈 후 소파에 앉으라 손짓했다.

"변호사님 말씀은 선배들로부터 워낙 많이 들었습니다. 경찰에 계실 때 대단하셨다고···."

"과찬이에요. 다 지나간 일인 걸요."

이 변호사는 손사래를 쳤지만 그것이 겸양임을 동금은 잘 알고 있었다. 이 변호사는 수사 분야에서 주요 보직을 모두 거쳤을 뿐만 아니라, 동료 형사들의 신망 역시 두터운 사람으로 정평이 나 있었다. 그가 경찰을 그만둘 때, 많은 선후배들이 경찰청장 할 사람이 그만둔다고 아쉬워했다는 이야기가 있을 정도였다.

"수사하는 데 고민스러운 법률문제가 있다고 들었는데…. 어디, 한 번 들어보고 같이 연구 좀 해볼까요? 윤 팀장님이 잘 가르쳐 드리라고 신신당부하시더군요."

동금은 쌍둥이 수표사건에 대해 이 변호사에게 한참을 설명했다. 이 변호사는 동금의 이야기를 들으며 메모를 하기도 하고 고개를 끄덕이기도 했다.

"박 형사님이 고민하는 지점은 어쩌면 이 사건에서 범행동기와 관련된 매우 중요한 문제일 수도 있겠습니다."

이 변호사가 턱에 손을 괴더니 잠시 생각에 잠겼다. '범행동기'라는 말에 동금의 머릿속에는 기원이 해주었던 이야기가 떠올랐다. 지금보다 더 초짜이던 시절, 동금은 기원에게 "부 반장님, 꼭 모든 범행에 범행동기가 있어야 하나요?" 하고 물은 적이 있었다.

"박 형사야. 범죄자들에게는 항상 범행동기가 있다. 동기 없는 범죄는 없다는 것을 명심해라! 연쇄살인마 유영철이 처음 검거됐을 때, 경찰에서는 무동기범죄라고 했잖애. 동기가 없다고 했지. 그런데 그 후에 이상동기 범죄라고 바뀌었당게. 동기가 없는 것이 아니라 그 동기가 보통과는 다른 이상 동기였다는 거여!"

기원의 목소리가 지금도 귓가에 생생히 들려오는 동금이었다. 그때 이 변호사가 생각을 마친 듯, 들고 있던 노트를 테이블에 펼치며 설명을 시작했다.

"박 형사님도 아시다시피 형사와 민사는 구별되지요? 그런데 형사문제에는 민사문제가 따라오기 마련입니다. 예를 들어, 제가 박 형사님에게 사기를 쳐서 1억 원을 받아냈다면 저는 사기죄로 처벌받겠죠? 이것이 형사영역입니다. 이걸로 끝이 아니죠. 저는 형사적인 처벌뿐만 아니라 박 형사님에게 1억 원을 돌려줘야 합니다. 이건 민사문제이고요."

이 변호사는 동금이 이해하기 쉽도록 예를 들어가며 차근차근 설명했다.

"형사와 민사가 구별된다는 것은 배웠습니다. 경찰은 민사문제에 개입해선 안 된다고 경찰학교에서도 배웠고요."

"좋습니다. 그럼 이 사건을 형사적인 관점에서만 본다면, 왕도술이 가해자이고 주왕재는 피해자입니다. 그런데 민사적인 관점에서 본다면 단순하지가 않습니다. 왕도술이 사기 친 100억은 누구에게 돌아가야 할까요? 주왕재일까요? 대한은행일까요? 그것도 아니면 최 회장일까요?"

이 변호사의 질문에 동금은 선뜻 대답하지 못했다. 바로 이 부분에서 막힌 상황이었기 때문이다.

"제가 선배님을 찾아뵙게 된 이유가 바로 이것 때문이었습니다."

이 변호사는 그런 동금을 보며 씩 웃더니 다시 설명을 시작했다.

"박 형사님 얘기대로 이 부분은 생각보다 복잡합니다. 경우의 수에 따라 달라질 수도 있는 부분이고요. 대한은행은 소속 은행원인 정 대리가 50억짜리 백지수표 용지 두 장을 훔쳐 왕도술에게 주었기 때문에, 대한은행에게는 분명히 민사적인 책임이 있습니다. 대한은행은 주왕재에게 100억을 손해배상으로 돌려주어야 합니다. 하지만 주왕재에게 어느 정도의 과실, 즉 실수가 있었는지에 따라 주왕재는 100억을 다 받지 못할 가능성도 있습니다. 물론 지금까지의 수사결과만 놓고 본다면, 주왕재는 대한은행에 100억을 청구할 수 있습니다. 단,

주왕재가 수사 내용 그대로 왕도술에게 속았다면 말이지요."

동금은 마치 가슴을 갑갑하게 누르고 있던 것이 한순간에 사라진 듯한 시원함을 느꼈다.

'그래, 주왕재가 100억을 사기당하고도 큰 동요가 없었던 데에는 이유가 있었던 거야!'

물론 의문이 남지 않는 것은 아니었다. 사건을 맞춰본다면, 주왕재가 법적인 문제에 대해 상당한 지식을 갖고 있어야만 가능한 일이었기 때문이다. 이 변호사는 뭔가 떠오르기 시작한 동금을 보며 설명을 이어나갔다.

"자, 주왕재는 100억 원을 최 회장에게 빌렸습니다. 그 말은 최 회장은 주왕재에게 채권, 즉 받을 돈 100억이 있다는 말이죠. 그럼 최 회장은 어떻게 할까요?"

"제가 최 회장이라면…. 주왕재가 대한은행에 받을 돈 100억을 자기가 직접 받으려고 할 것 같습니다."

"박 형사님, 변호사 해도 되겠는데요? 맞아요. 법적인 용어로는 최 회장이 주왕재에게 100억에 대한 채권양도를 받아 대한은행에 직접 청구할 수 있습니다."

이 변호사가 박 형사를 보고 웃으면서 말했다.

"선배님, 감사합니다. 정말 많은 도움이 되었습니다."

동금이 자리에서 일어나 꾸벅 인사하며 말했다. 이 변호사 역시 일어나 그런 동금을 따뜻하게 바라보았다.

"그럼 이만 일어나 보겠습니다. 사건이 끝나고 나면 꼭 다시 찾아뵙겠습니다."

"좋아요. 나도 사건 결과가 어떻게 될지 궁금하기도 하고… 또 박 형사님 같은 후배는 언제든 환영입니다."

동금은 다시 한번 이 변호사에게 인사를 올리고는 사무실 문으로 걸어갔다. 그러다 문득, 뭔가 떠오른 듯 몸을 돌렸다.

"선배님."

동금을 배웅하던 이 변호사가 왜 그러냐는 듯 눈을 동그랗게 떴다.

"혹시… 질문 하나만 더 드려도 되겠습니까?"

"기탄없이 말해보세요."

"경찰 후배로서 여쭙겠습니다. 경찰이, 경찰로 살아가는 데 있어 가져야 할 마음가짐이 뭐라고 생각하십니까?"

동금은 평소 가지고 있던 고민을 꺼내어 이 변호사에게 물어보고 있었다. 그러나 이 변호사는 동금의 질문에 선뜻 대답하지 않았다.

"글쎄요…. 내가 그 정도로 어려운 질문에 답을 줄 만한 사람은 아닌지라…."

"어떤 답이든 상관없습니다. 그저 선배님이 내리신 답을 알고 싶습니다. 부탁드립니다."

동금이 거듭 부탁하자, 이 변호사는 잠시 난감하다는 표정을 짓더니 입을 열었다.

"박 형사님, 경찰의 주인은 누구라고 생각하세요?"

"시민이라고 생각합니다."

동금이 자신 있게 대답했다. 이 변호사는 그런 동금의 말에 호탕하게 웃음을 터뜨렸다.

"그것도 맞는 말입니다. 이 질문에는 모든 답변이 정답이니까요! 제 답을 얘기해드리자면, 저는 경찰의 주인은 경찰을 가장 사랑하는 사람이라고 생각합니다. 그러니 그 말은 곧… 박 형사님 역시 경찰의 주인이 될 수 있다는 얘깁니다. 제 답이 부디 박 형사님의 고민에 도움이 되면 좋겠군요."

* * *

시간이 흘러 어느새 10월 중순이 되었다. 사건이 벌어진 지 한 달 반이 지난 터라 언론의 관심 역시 많이 줄어들었다. 동금은 서울구치소에서 사용식과 정 대리를 차례로 수사접견 했다. 정 대리는 아직 충격에서 벗어나지 못한 듯 힘들어 보였지만, 용식은 수감 경험이 있어서 그런지 상대적으로 밝은 표정이었다.

"박 형사님, 저 공적조서 좀 써주십쇼."

용식은 동금을 보더니 반갑게 인사하며 살갑게 굴었다. 그는 담당 형사의 공적 조서가 형량을 줄이는 데에 큰 도움이 된다는 것을 경험으로 알고 있었다. 공적조서는 경찰이 피의자가 사건을 해결하는 데 이러저러한 공적이 있었음을 확인해주는 문서를 말한다.

"용식 씨, 당신이 자백했다고 공적 조서를 써줄 근거가 되나? 왕도술이나 박태원 은신처도 얘기 안 하면서?"

"박 형사님, 내가 은신처를 알면 얘기 안 했겠습니까? 정말 너무하십니다!"

동금이 슬그머니 넘겨짚었지만, 용식은 답답하다는 듯 반박했다. 사실 동금 역시 알고 있었다. 용식과 도술의 관계를 보았을 때, 그가 은신처를 안다는 것은 불가능한 일이었다.

"난 당신이 우리에게 모든 것을 털어놨다고 생각 안 합니다. 왕도술한테 받은 2억 원을 그 짧은 기간에 모두 도박 자금으로 탕진했다는 말도 믿기 어렵고요. 난 어디 꼬불쳐 놨다고 생각하는데⋯, 아마 판사님도 그렇게 생각할걸요? 전과도 있으니 최소 7년이나 8년, 많으면 10년 정도 받겠네요."

"아 글쎄, 놀리지 마시고요. 저 정말 심각합니다. 공적조서, 저 꼭 필요합니다. 좀 도와주세요, 네?"

용식은 10년이라는 말에 안색이 새파래져서는 애원했다. 구치소 재소자들로부터 'n번방 사건 이후 형량이 많이 높아졌다'는 말을 들은 터라 속으로 걱정을 많이 하고 있었던 것이다.

"내 생각에는 용식 씨가 우리 경찰한테 얘기하지 않은 게 분명 있을 것 같은데⋯. 당신 생각에는 중요하지 않은 것 같아도 우리 입장은 다를 수 있잖아요? 자, 그러니까 지금부터 내가 묻는 말에 기억을 되새겨 봐요."

용식이 꿀꺽- 침을 삼키며 고개를 끄덕였다. 동금은 공적조서를 미끼 삼아 최대한 정보를 얻어낼 심산이었다.

"100억을 손에 넣은 왕도술이 누구를 만날까요? 만날 사람이 누가 있을까?"

"전처와 딸 아니겠어요? 그래서 주왕재가 찾았잖습니까?!"

용식이 아무 생각 없이 무의식적으로 답하는 순간, 동금의 표정이 돌변했다.

"이제 보니 당신이 주왕재에게 왕도술 가족 얘기를 해준 거였어! 주왕재가 어떻게 왕도술 가족을 알고 찾아갔나 했더니 말이야."

동금이 분노 가득한 얼굴로 말하자 용식은 저도 모르게 덜덜 떨기 시작했다.

"당신, 공적조서는 꿈도 꾸지 마. 내가 지금 당장 무고한 사람들을 위험에 빠트렸다는 탄원서부터 낼 거니까."

"아이고, 아닙니다요! 박 형사님, 절대 아닙니다!"

용식이 덜덜 떨리는 손으로 손사래를 치며 말했다. 그러나 동금은 멈추지 않고 용식을 몰아세웠다.

"당신이 넘긴 정보 때문에 주왕재가 왕도술 딸을 납치하려 했다고!"

"박 형사님, 한 번만! 한 번만 봐주세요. 주왕재가 두들겨 패서 어쩔 수 없이 말했습니다요!"

용식이 울상이 된 얼굴로 두 손을 싹싹 빌며 애원했다.

"주왕재에게 또 무슨 얘기를 했는지 전부 얘기해. 이번이 마지막 기회야."

"절대! 이 말 이외에는 아무 말도 안 했습니다! 왕도술이 삼성동 텐프로 홍진경이랑 만난다는 얘기 같은 건 절대 안 했어요!"

눈치를 살피는 용식을 보며, 동금은 일부러 더 언성을 높였다.

"홍진경이라고?"

"네, 형사님. 얘기해드리면… 공적조서 써 주실 거죠? 주왕재한테는 얘기 안 한 따끈따끈한 정보입니다."

용식은 동금이 관심을 갖는다는 느낌이 들자 얼른 능구렁이처럼 엉겨 붙었다.

"구치소에서 주고받는 편지랑 접견 기록 다 녹음되는 거 알지? 주왕재한테 이 얘기가 들어가는 순간 당신은 최소 10년이야."

"걱정 마세요! 내가 미쳤다고 그 새끼한테 이런 고급 정보를 주겠습니까?"

동금은 용식이 진심으로 말하고 있음을 느끼고 고개를 끄덕였다.

"좋아, 왕도술이든 박태원이든… 당신이 제공한 정보로 잡게 되면 바로 공적조서 써주지."

"좋습니다요. 보자…. 청담동에서 삼성역 쪽으로 가다 보면 왼쪽 대로변에 '타임즈'라는 술집이 있어요. 홍진경이 거기에서 일했습니다. 저는 왕도술이 지금도 그 여자를 만나고 있을 거라는 데에 한 표 기꺼이 걸겠습니다."

"그게 다야?"

동금은 용식이 딴마음을 품지 못하도록 쉬지 않고 몰아쳤다.

"잠깐, 잠깐만요. 숨 좀 쉬면서 얘기합시다. 홍진경을 데리고 있는 마담 이름이… 아, 맞아! 이수연이라고 해요. 홍진경이랑 이수연. 그 여자들을 찾아내면 왕도술을 잡을 수 있을 겁니다."

용식으로부터 얻은 정보는 생각보다 큰 수확이었다. 도술에게 정말로 여자가 있다면, 생활반응이 이렇게까지 나오지 않은 것 역시 납득이 갔다. 동금의 입장에서는 그야말로 꺼진 불 속에서 새로운 불씨를 발견한 격이었다.

* * *

동금은 광수대로 복귀하자마자 홍진경에 대한 정보를 팀원들과 공유했다. 다들 동금이 손에 쥔 성과에 진심으로 박수를 보냈다. 특히나 명규는 그 기쁨이 남달랐다. 사건의 답을 찾기 위해서는 책상 앞에 앉아 있을 것이 아니라 발로 뛰어야 한다는 그의 지론을, 동금이 훌륭하게 배워나가고 있었던 것이다.

"팀장님, 당장 삼성동으로 홍진경 만나러 갈까요? 저녁이 되면 술집에 출근할 텐데요."

성격 급한 수찬이 명규에게 말했다.

"아니야. 지금 홍진경을 만나 우리 존재를 까발려봐야 좋을 게 없을 거야. 자네도 조폭팀에 있어봐서 알겠지만, 화류계 여자들은 생각보다 입이 무겁거든. 설령 입을 열어 우리가 원하는 정보를 얻는다고 해도 보안이 샐 가능성이 있어."

명규가 베테랑답게 신중함을 보였다. 그는 십수년 간의 수사경험을 통해 일을 망칠지도 모를 경우까지 살피고 있었다. '구슬이 서 말이라도 꿰어야 보배'라는 속담처럼, 아무리 좋은 정보라도 어떻게 활용하느냐에 따라 그 가치는 하늘과 땅 차이가 될 수 있었다. 잠시 후, 명규는 생각을 마친 듯 수찬과 동금을 바라보며 입을 열었다.

"권 형사, 박 형사. 두 사람, 오늘부터 잠복 들어간다."

* * *

명령을 받은 동금과 수찬은 즉각 탐문에 들어가 논현동에 있는 진경의 아파트를 알아내어 잠복을 시작했다. 그뿐만 아니라 진경의 명의로 되어 있는 차량 역시 확인하여 만반의 준비를 마쳤다.

잠복 이틀째 되는 날, 진경이 늦은 오후에 아파트 주차장에서 차를 끌고 나왔다. 동금과 수찬은 진경이 눈치채지 못하도록 멀찍이 거리를 유지하며 그 뒤를 미행했다. 미행을 시작하고 얼마 되지 않아, 두 형사는 뭔가 잘못되었음을 감지했다. 진경이 아파트 주차장을 나오더니 대로변 쪽으로 바로 가지 않고 반대 방향인 이면도로 쪽으로 차를 모는 것 아닌가? 진경은 여기서 멈추지 않고 골목길에서 갑자기 좌회

전을 하더니 일방통행을 거슬러 올라갔다. 눈썰미 좋은 동금이 골목 길을 돌아 진경의 차를 추격했지만, 마침 반대 방향에서 다른 차가 나오는 바람에 실패하고 말았다.

"야 이 미친 새끼야! 어디서 지금 역주행질이야?!"

동금은 미행을 실패한 것도 모자라 욕까지 먹자 얼굴이 붉으락푸르락 달아올랐다. 나름대로 차량 미행에서는 에이스라 불리는 그였기에, 지금 이 상황은 더욱 자존심이 상했다. 그런 동금을 보며 수찬이 위로했다.

"누가 따라붙었어도 놓칠 상황이었어. 홍진경이 이곳 도로 구조를 잘 아네."

"형사님, 홍진경이 우리가 미행하는 걸 눈치챘을까요? 제가 보기에 그건 아닌 것 같았는데…."

"내 생각도 그래. 눈치챘다면 다시 아파트로 돌아가거나 속도를 냈겠지. 지금은 그냥 습관적으로 운전한 느낌이었잖아? 왕도술로부터 사전에 코치를 받은 거 아닐까?"

진경이 들어오는 시간을 체크해야 할 필요가 있었기에, 두 사람은 일단 아파트 출입구에서 다시 잠복에 들어가기로 했다. 이후, 진경의 차는 자정이 넘은 뒤에야 모습을 드러냈다.

"권 형사님, 혹시 모르니까 저라도 내일 아침까지 잠복할까요? 다녀오시면 내일 아침에 교대하고요."

동금이 진경의 집이 위치한 아파트 8층을 올려다보며 말했다. 그러나 수찬은 고개를 가로저었다.

"아냐. 저거 봐. 불 꺼졌잖아. 홍진경도 이제 잠자리에 들 모양이니까…. 우리도 들어갔다가 내일 아침에 다시 잠복하자고."

수찬의 의견에 따라 두 사람은 아침에 다시 만나기로 하고 헤어졌다. 그러나… 이는 두 사람의 크나큰 실수였다. 동금과 수찬이 철수하고 30분 정도가 지난 뒤, 회색 후드티를 뒤집어쓴 남자 하나가 나타난 것이다. 남자는 엘리베이터에 오르더니 10층에서 내렸다. 그러고는 계단을 통해 8층으로 내려가더니 진경의 집 비밀번호를 눌렀다.

"오빠 왔어?"

집으로 들어선 남자가 후드를 벗자 희끗희끗한 흰머리가 나타났다. 왕도술이었다. 도술은 반갑게 맞이하는 진경의 허리를 끌어안고 곧장 침실로 향했다.

다음 날, 진경과 밤을 보낸 도술은 이른 새벽에 집을 나섰다. 그리고 왔을 때와 같은 방법으로 아파트를 빠져나갔다. 진경에게 미행을 따돌리는 운전을 가르쳐준 것부터 잠복 중인 경찰의 눈을 피하기 위한 트릭까지…. 그야말로 도술은 닳고 닳은 범죄자라기에 손색이 없었다.

이후, 동금과 수찬은 진경의 집 앞에 3일을 더 잠복했지만, 도술은 코빼기도 볼 수 없었다. 만약 수찬이 아닌 기원이었다면 놓치지 않았을지도 모를, 뼈아픈 실책이었다.

10
둘 다 살자

경찰이 움직이는 동안 왕재라고 놀고 있는 것은 아니었다. 왕재는 다른 조폭까지 움직여 정보를 수집했고, 얼마 지나지 않아 홍진경의 존재에 대해 알게 되었다. 수소문 끝에 도술이 삼성동 유흥주점에 한 번씩 모습을 드러낸다는 정보를 입수했던 것이다. 제아무리 강남 바닥이 넓을지라도, 유흥주점 마담들 사이에서는 활발한 정보 공유가 이루어지고 있었다.

"삼성동에 있는 타임즈… 거기서 일했던 아가씨 애인이란 남자가 100억이니 수표니 그런 얘기를 했대요…."

왕재는 최 마담을 말없이 뚫어져라 쳐다보았다. 마담의 얼굴은 원래의 모습을 알아볼 수 없을 정도로 망가져 있었다. 그녀는 강남 바닥에서 알아주는 소식통으로, 왕재 역시 적지 않게 정계와 연예계 소식을 그녀로부터 듣고 있었다. 그러나 오늘은 달랐다. 왕재는 자신이 원하는 정보를 얻기 위해, 나름대로 친분이 있던 그녀에게 폭력을 행사해야만 했다.

"또?"

"네? 또… 요?"

"최 마담, 이거 왜 이래? 아마추어도 아니고. 정말로 그게 다야?"

"저는… 저는 더는….'

"후…. 태영아."

왕재가 태영을 부르자 중식도를 든 태영이 악귀 같은 미소를 지으며 최 마담에게 다가왔다.

"노, 논현동! 논현동에 있는 어디 아파트에 살고 있다고 했어요! 타임즈 마담 이수연이 해준 얘기니까 확실할 거예요, 더는 몰라요!"

최 마담은 자신의 목줄기를 향해 다가오는 중식도를 보자 비명을 지르듯 말했다.

"회장님, 어떻게 할까요?"

태영이 칼을 멈추고 왕재를 보며 물었다. 왕재는 말없이 최 마담에게로 다가오더니 그녀의 퉁퉁 부은 뺨을 손바닥으로 톡톡 치며 입을 열었다.

"오늘 일, 다른 누구 귀로든 흘러 들어가면 어떻게 될지… 말 안 해도 알지? 경찰이든 다른 마담이든….'

"그, 그럼요! 저는 오늘 아무 일도 없었는걸요?"

최 마담은 애교스럽게 웃으며 말했지만, 이미 망가져 버린 그녀의 얼굴은 기괴하게 뒤틀릴 뿐이었다.

＊ ＊ ＊

왕재는 최 마담으로부터 얻은 정보를 바탕으로 논현동 아파트를 뒤지기 시작했다. 그리고 물불 안 가리며 수소문한 끝에, 한 아파트

경비원으로부터 '50대 정도 되어 보이는 남성이 후드를 뒤집어쓰고 한 번씩 나타났다 사라진다.'는 정보를 듣게 되었다.

"회장님, 나옵니다."

결국 왕재는 해냈다. 진경의 집이 있는 장미 아파트단지에서 몰래 빠져나오는 도술을 찾아낸 것이다.

"어이, 거기 아저씨?"

후드를 뒤집어쓴 도술은 무심코 뒤를 돌아보았다가 대경실색하고 말았다. 자신을 부른 덩치들 뒤로, 불을 뿜고 있는 왕재의 두 눈을 발견한 것이다. 왕재가 이를 뿌드득 갈며 나지막이 입을 열었다.

"왕 회장님, 오랜만입니다?"

도술이 너무 놀라 어버버 하는 사이 왕재의 부하들은 냉큼 그를 붙잡아 자기들이 타고 온 봉고차로 던져 넣었다. 도술을 잡는 데 성공한 왕재와 부하들은 그대로 아파트단지를 떠났다. 잠시 후, 아파트단지 입구에 동금의 차가 나타났다. 쪽잠을 자고 다시 잠복하러 나온 동금은 진경의 집을 보며 크게 하품을 했다. 그가 기다리는 도술이, 이미 왕재의 손에 넘어갔을 것이라고는 상상도 못한 채….

＊　＊　＊

"으아아아아아아악-!!!"

서울 외곽의 모처. 일전에 용식이 비명을 지르던 폐창고에서 도술의 끔찍한 비명이 터져 나오고 있었다.

"아오… 누린내. 늙은 놈이라 그런가? 어째 이리 누린내가 심하다냐."

태영이 라이터를 끄며 비웃자 다른 부하들이 폭소를 터뜨렸다. 녀석들 앞에는 의자에 결박된 도술이 라이터에 지져진 손끝을 부들부들 떨고 있었다. 목적을 이루기 위한 잔혹행위라면 대한민국 제일을 다투는 만석파다운 처사였다.

"으으… 제발 살… 으으으…."

도술은 제대로 된 신음조차 내지 못한 채 살려달라 애원했다. 도술의 바지에서는 오줌 지린내가 진동했고, 입에서도 비릿한 피가 흘러나와 바닥을 적시고 있었다.

'이런 악마 같은 놈이랑 엮이는 게 아니었는데….'

왕재와 엮인 것에 대해 후회하고 또 후회하는 도술이었다. 그런 도술을 가만히 지켜보던 왕재가 푸- 담배연기를 뿜으며 다가왔다.

"도술아."

도술은 자기를 부른 왕재를 반쯤 풀린 눈으로 올려다보았다.

"내 100억. 어디 됐니? 대답하기 전에 일단 잘 생각하고. 100억이 네 목숨보다 소중하진 않을 거 아니냐. 안 그래?"

"회, 회장님…."

"아 참! 100억이 아니라 정확히 103억이지? 이 씨발놈들이…."

왕재는 담배연기를 도술의 얼굴에 뿜고는 아직 다 타지 않은 담뱃불을 도술의 눈알 가까이 들이댔다. 도술은 눈앞에서 타오르는 담배를 보며 다급히 입을 열었다.

"바, 박 과장이…! 박 과장이 다 가지고 도망쳤습니다."

도술은 왕재에게 100억을 줘도 자기를 죽일 것이란 사실을 잘 알고 있었다.

'이래 죽으나 저래 죽으나…!'

도술은 끝까지 버티겠다는 생각으로 이를 악물었다.

"도술아, 네가 아직도 나를 호구로 보고 있구나? 내가 한번 속았는데 또 속을 거라 생각하냐?"

왕재가 진심으로 어이가 없다는 듯 눈을 부라렸다.

"태영아. 우리 왕 회장님께서 아직도 나를 호구로 보고 계신다. 이거 어쩌면 좋겠냐?"

"말씀만 하십쇼, 회장님."

태영이 문신으로 뒤덮인 목을 좌우로 뚜둑 꺾으며 물었다.

"이빨을 몇 개 뽑아주면 좀 나아지지 않을까?"

왕재의 말이 떨어지기 무섭게 태영이 뺀찌를 집어 들고 도술에게 다가갔다. 태영의 무시무시한 기세에 도술은 황급히 애원하기 시작했다.

"회장님! 제발 믿어주세요. 일단 제 이야기부터 들어보시고 죽이든 살리든 해주세요!"

도술이 눈물범벅으로 애원했지만 왕재는 귀만 후빌 뿐, 아무런 답도 하지 않았다.

"어이, 왕 회장님. 내가 좋아하는 영화가 하나 있거든? 올드보이라고. 그 영화 보니까 이렇게 하던데!"

태영은 일말의 망설임도 없이 도술의 이빨 하나를 뽑아버렸다. 생니를 뽑힌 도술의 입에서 비명과 피가 동시에 뿜어져 나왔다. 결국 도술은 견딜 수 없는 고통에 몸부림치다 그대로 정신을 잃었다.

＊ ＊ ＊

 도술이 정신을 차린 것은 다음 날 아침이었다. 눈을 뜬 도술은 억지로 눈을 치뜨며 주변을 살폈다. 왕재의 모습은 보이지 않았지만 5명의 부하들이 근처에서 잠에 취해있었다. 그중에는 전날 밤 도술의 이빨을 뽑아버린 태영도 있었다. 커다란 의자에 앉아 있는 태영을 발견한 도술은 저도 모르게 몸을 부르르 떨었다.

 '100억을 찾는다고 주왕재가 나를 살려둘 리 없다. 나야말로 이번 범죄의 증거물이나 다름없으니까⋯. 100억을 찾지 못하는 한 주왕재는 나를 죽일 수 없어. 그러니 100억에 대해서는 끝까지 말하면 안 돼.'

 도술은 부하들을 하나하나 뜯어보기 시작했다. 그러던 중 김광보를 발견했다. 같이 역삼역 지점에 갔던 그놈이었다. 그 순간, 광보가 눈을 떴다. 도술과 광보, 두 사람의 눈이 마주쳤다. 광보는 도술의 눈을 보자 움찔-! 하더니 휙 고개를 돌려 도술의 눈을 피했다.

 '저놈이 왜 저러지?'

 도술은 머리를 굴렸다. 그리고 잠시 후, 슬그머니 미소를 지었다.

 '저 새끼⋯ 은행에서 받은 3천만 원을 꿀꺽했구나!'

 도술의 추론은 정확했다. 도술과 은행에 동행했다가 30분 뒤에 3천만 원을 받아 나오기로 했던 광보는, 그 돈을 왕재에게 전달하지 않고 자기 주머니에 넣었던 것이다. 광보는 도술이 왕재에게 잡힌 순간부터 혹시라도 3천만 원에 대한 이야기를 꺼낼까 봐 노심초사 중이었다.

 '좋아, 저놈은 기회를 보아 이용하기로 하고⋯.'

 쓸 만한 카드 하나를 손에 쥐었다 생각한 도술은 다시 머리를 굴리기 시작했다. 모든 상황을 종합해보았을 때, 태원을 잡아 도술의 말이 사실인지 아닌지 확인하지 않는 한 왕재는 도술을 죽일 수 없었다. 문제는 휴대폰이었다. 왕재에게 빼앗긴 휴대폰으로 태원이나 진경으로부터 전화가 걸려오기라도 한다면… 그때야말로 염라대왕과 마주할 각오를 해야 할 순간일 것이다. 그나마 다행인 점은, 이런 순간을 대비코자 진경과 태원의 전화번호를 저장해두지 않았다는 것이었다.

잠시 후, 창고 문이 열리더니 왕재가 부하 하나와 모습을 드러냈다. 도술은 얼른 눈을 감고 다시 자는 척 몸을 늘어뜨렸다.

"팔자들이 아주 늘어지셨구만? 야 이 새끼들아! 그만 안 일어나?!"

왕재의 호통에 태영을 비롯한 부하들이 화들짝 잠에서 깨어났다. 도술 역시 그 소리에 막 깨어난 것처럼 연기하며 장단을 맞추었다.

"어이, 왕도술 씨! 푹 주무셨나?"

왕재가 비릿하게 웃으며 도술에게로 다가왔다.

"회장님, 살려주십쇼, 회장님…."

도술은 최대한 애원하듯 빌었다. 왕재 같은 놈에게는 최대한 약해 보이는 것이 상수였다.

"도술아, 날 회장으로 불렀으면 끝까지 회장으로 대우해 줘야 하는 거 아니냐? 그러니까 이제 내 돈 내놓고, 서로 좋게 각자 갈 길 가자. 응?"

왕재가 달래는 투로 말했다. 하지만 도술은 눈을 밑으로 깔며 다시 거짓말을 시작했다.

"회장님, 기회를 주신다면 박 과장에게서 회장님 돈을 꼭 찾아오겠습니다! 정말입니다!"

울먹이며 말하는 도술을 본 왕재가 쓴웃음을 지었다.

"이 새끼가 우리 회장님을 진짜 호구로 아나. 야, 왕도술. 네 딸년

황지혜, 벗겨 버리는 꼴 보고 싶어?"

곁에 있던 태영이 도술의 머리끄덩이를 잡으며 으르렁거렸다. 도술은 지혜의 이름이 나오자 내심 놀랐지만 포커페이스를 유지하며 일부러 반응을 보이지 않았다. 반응을 보이면 더 관심을 보이는 게 이쪽 세계 놈들이라는 사실을 잘 아는 도술이었다.

"회장님… 정말입니다. 살려만 주신다면 제가 뭘 못하겠습니까? 박 과장이 역삼역 지점 주차장에서 장주덕에게 차키를 받아 도망갔습니다. 제가 어떻게 할 새도 없게 말입니다! 장주덕에게 한번 물어보십쇼!"

도술은 왕재 정도 되는 독종이라면 태원이 자신과 함께 움직이지 않았다는 사실을 확인했을 것이라 생각했다. 실제로도 도술은 태원과 함께 움직이지 않았다. 태원이 "형님은 차를 타지 말고 차를 따라와요. 장주덕이 의심할지도 모르니까."라는 의견을 냈고, 도술은 이에 따랐던 것이다. 그 순간의 선택이 지금 도술의 거짓말에 힘을 실어주고 있었다. 잠시뿐일지도 모르지만, 지금 왕재의 입장에서는 도술의 거짓말이 진실이라고 믿을 수밖에 없을 것이다.

"제가 사는 집에 지금 당장 가보셔도 좋습니다. 제가 돈을 가지고 있다면, 그 많은 현금을 집 말고 어디에 둘 수 있겠습니까?"

왕재는 담배를 태우며 곰곰이 머리를 굴렸다. 최소한 도술의 말을 확인해 볼 필요는 있었다.

'현금이 100억이면 적어도 7개의 가방이 필요하지…. 당연히 저놈이 그걸 다 들고 다닐 수는 없을 테니까….'

"회장님, 이 새끼 말을 믿으십니까?"

태영이 믿으면 안 된다는 투로 얘기했지만 왕재는 아무런 답도 하지 않았다. 그런 왕재를 보면서 도술은 미약하지만 일말의 희망을 보았다.

"광보야."

"에, 예! 회장님!"

"이놈 말이 사실이냐?"

"예, 회장님, 저는 그때 은행 2층에 있었는데…. 장주덕이 말로는 은행경비원에게 물어보니 왕도술이 카니발 차에 타지 않고 뒤를 따라갔다고 했답니다."

광보가 잔뜩 겁먹은 표정으로 대답하자 왕재가 천천히 고개를 끄덕였다. 당시, 장주덕에게서도 같은 말을 들었다. 그뿐만 아니라 얼마 전 광수대에서 본 CCTV에서도 태원이 도술을 차에 태우지 않고 도망치던 모습을 본 기억이 떠올랐다.

"태영아, 네가 좀 다녀와야겠다."

＊ ＊ ＊

태영이 도술로부터 주소와 차키를 받아 창고를 떠난 뒤, 1시간 정도가 지나자 왕재의 휴대폰이 울렸다.

"회장님, 지금 막 도착했습니다."

"그래, 시간 걸리더라도 꼼꼼히 뒤져봐. 천장이나 벽 같은 곳도 잘 확인하고"

"예, 회장님."

"끝나면 전화해라. 차는 가져오고!"

도술은 왕재와 태영의 전화를 들으며 상황을 파악했다. 어차피 도술의 집에는 돈이 없었다. 만일의 사태에 대비해 남은 현금 60억을 여러 종류의 자산으로 분류해 다른 장소에 보관해놓았기 때문이다. 걱정되는 한 가지는 태원의 전화였다. 도술은 그저 태원이 전화하지 않기를 빌며, 상황이 나아지기를 기다릴 수밖에 없었다. 그렇게 2시간 정도가 지난 뒤, 태영이 광보와 함께 돌아왔다.

"회장님, 샅샅이 찾아봤지만 아무것도 없었습니다. 차는 건물 앞에 끌어다 놨습니다."

"도술아, 너한테 마지막 기회를 줄 거야. 내일까지 박 과장을 찾든 돈을 내놓든…. 둘 중 하나라도 못하면 한강 바닥이 네 새로운 주소지가 될 거다. 알겠냐?"

왕재의 말을 들으며 도술은 무조건 내일까지 탈출해야 함을 직감했다. 왕재는 결코 이런 걸로 거짓말을 할 놈이 아니었다. 도술을 통해 돈을 찾지 못하더라도, 태원을 잡아 찾으면 그만이라 생각하는 것일지도 몰랐다. 그때, 왕재의 휴대폰이 울렸다.

"아이고~! 한 총장님!"

왕재는 두 손을 공손히 모은 채 휴대폰을 들고 창고 밖으로 걸음을 옮겼다. 수화기 너머의 대상은 관명사칭으로 연이 끊길 뻔했던 한 총장이었다. 방배경찰서 김희철과는 완전히 틀어졌지만, 한 총장과의 인맥은 힘겹게 되살린 왕재였다.

"네? 송 부장검사님까지 오신다고요? 안 그래도 제가 제일 큰 방으로 예약했습니다! 예예, 감사합니다! 이따 뵙겠습니다!"

도술은 쫑긋 세웠던 귀를 내렸다. 대강 내용을 들어보니 왕재는 오늘 중요한 약속이 있는 듯했다.

"태영아, 난 그럼 내일 오후에 다시 올 테니까 잘 지키고 있어라."

"예, 회장님. 조심히 다녀오십쇼!"

왕재는 부하 하나만 데리고 창고를 떠났다. 도술은 그 모습을 보며, 무슨 일이 있어도 내일 오후 전까지 탈출하고야 말리라 몇 번이고 결심했다.

* * *

"고맙습니다. 잘 먹겠습니다."

도술은 짜장면 그릇을 받아들며 최대한 비굴하게 말했다. 짜장면을 넘겨준 부하는 한심하다는 듯 도술을 쳐다보고는 자기 패거리가 있는 곳으로 돌아갔다. 도술은 창고 구석 자리에서 짜장면을 먹으며 날카롭게 태영과 부하들이 있는 쪽을 바라보았다. 그러던 중, 다시 한 번 광보와 눈이 마주쳤다. 광보는 또다시 재빨리 눈을 피하며 단무지를 우적우적 씹어 먹었다.

잠시 후, 식사가 끝나자 도술은 구석에서 일어나 절뚝이며 부하들이 있는 곳으로 다가갔다. 그러고는 자기 그릇에 부하들이 비운 그릇을 얹으며 정리를 시작했다.

"야, 우리가 치울 거니까 그냥 놔둬!"

태영이 눈을 부라리며 소리쳤다.

"아, 아닙니다. 제가 치우겠습니다."

도술은 일부러 아픈 척 신음 소리를 크게 내며 그릇을 치웠다. 태영을 비롯한 조폭들은 말없이 그런 도술을 지켜보았다. 정리를 마친 도술이 빈 그릇들을 문밖에 내놓으려 하자 태영이 다시 입을 열었다.

"이 새끼가 어딜 나가려고! 야, 최민창! 그릇들 네가 내어놔라."

태영에게 지목당한 부하가 도술로부터 그릇을 빼앗아 문밖으로 가져갔다. 도술은 별 반항 없이 원래 있던 구석으로 절뚝이며 걸어갔다.

'저놈. 저 천태영이라는 놈이 문제야.'

잠시 후, 도술의 손발을 다시 묶기 위해 광보가 다가왔다. 기다리던 순간을 맞이한 도술이 이때다 싶어 광보에게 말을 걸었다.

"광보 씨, 그동안 잘 지냈지?"

광보는 대답하지 않았지만 도술은 연달아 말을 걸었다.

"광보 씨, 그 3천만 원 말이야. 보아하니 주 회장이 모르는 것 같던데…."

3천만 원이라는 단어에 광보의 눈동자가 크게 흔들렸다.

"개소리하지 마!"

광보가 모기만 한 목소리로 말했다.

"어디 한번 주 회장에게 말해볼까? 누구 말이 개소리인지?"

광보의 얼굴이 사색이 되자 도술은 이때다 싶어 연달아 잽을 날리기 시작했다.

"내가 뭐 어려운 부탁을 하려는 게 아니야. 나 좀 보라고. 반병신이 된 반백 살 노인네를 굳이 묶을 필요가 있어? 그냥 풀어놔도 이 몸으로는 도망 못 간다는 거 잘 알고 있잖아. 안 그래?"

말도 안 되는 얘기였지만 이건 도술의 노림수였다. '만약 이놈이 찔리는 게 있다면, 이 말도 안 되는 부탁을 들어줄 것이다.' 하는 계산으로 던진 수 말이다. 도술의 말은 들은 광보는 잠시 눈알을 데굴데굴 굴리기 시작했다. 그렇게 30초 정도가 흘렀을까? 광보는 갑자기 눈을 질끈 감더니 태영을 향해 소리쳤다.

"형님! 이 새끼가 화장실이 급하다는데 어떡할까요? 계속 묶어 놓을까요?"

도술의 얼굴에 희미하게 미소가 걸렸다. 그 미소는 광보의 몸뚱이에 가려져 태영의 눈에는 보이지 않았다.

"하…. 거 노친네. 사람 귀찮게 하는 재주가 아주 남다르네?"

태영이 눈을 희번덕거리며 앉은 자리에서 도술을 쏘아보았다. 도술은 냉큼 머리를 조아리며 "죄송하다"를 연발했다.

"형님, 어떻게 할까요?"

광보가 다시 한번 조심스럽게 묻자, 태영은 품에서 담뱃갑을 꺼내며 입을 열었다.

"손발 안 묶는 대신에 화장실 갈 때마다 혼자 갈 생각 말고 얘기해라. 안 그럼 발톱을 뽑아 버릴 테니까."

도술은 자기보다 스무 살은 어린 태영에게 새우처럼 허리를 구부리며 몇 번이고 감사를 전했다. 이 창고를 빠져나갈 수만 있다면, 새우가 아니라 그 무엇도 될 수 있었다.

문제는 몇 시간 뒤에 일어났다. 도술의 휴대폰에 전화가 걸려온 것이다. 태영은 우렁차게 팝송을 불러 젖히는 도술의 휴대폰을 꺼내 발신인을 확인했다. 저장되어 있지 않은 번호였다. 그러나 받지 않을 이유는 없었다. 혹시 박태원일지도 모를 일 아닌가?

태영이 팝송을 부르는 휴대폰을 들고 다가오자 도술은 숨이 멎을 것만 같았다.

'제발… 박태원, 너는 안 된다…!'

만에 하나 발신인이 태원이라면 왕재에게 목숨 걸고 한 거짓말이 순식간에 들통 날 것이다. 돈을 갖고 튀었다는 놈이 전화를 할 리 없었으니 말이다.

"받아봐. 허튼소리 하면 알지?"

도술은 고개를 끄덕이며 통화버튼을 터치했다. 전화를 건 사람은 다름 아닌 진경이었다.

"여보세요? 오빠?"

"어, 진경아."

"무슨 일 있어? 이틀 동안이나 연락 없어서 걱정했잖아."

도술은 아무렇지 않은 척 통화하고 있었지만 속으로는 안도의 한숨을 내쉬고 있었다. 이 일로 진경이 조금 고생할 수는 있겠지만, 일단 자신이 죽을 위기는 한 번 넘긴 셈이니까.

"오빠가 곧 연락할 테니까 기다리고 있어."

"오빠, 무슨 일 있는 거 아니지?"

"일은 무슨…. 그냥 바람 쐬러 교회에 기도하러 나왔어. 내일쯤 연락할 테니까…. 그래, 잠실 신석백화점에서 만나자!"

도술의 말에 진경은 잠시 답이 없었다. 이상하다는 듯 태영이 눈을 부라리는 순간, 다시 진경의 목소리가 휴대폰 저편에서 흘러나왔다.

"알았어, 그럼 수고해!"

통화가 끝나자 태영은 진경의 전화번호를 자신의 휴대폰에 저장했다. 그러고는 한껏 비웃는 얼굴로 도술에게 물었다.

"이 년이냐? 타임즈에서 꼬셨다는 애인이?"

그제야 도술은 왕재가 자신을 잡을 수 있었던 이유를 짐작할 수 있었다.

'아가씨든 마담이든… 그쪽에서 진경이랑 내 관계에 대한 소문이 흘러 들어갔구나….'

도술은 태영에게 고개를 끄덕이는 것으로 답을 대신했다.

"돈이 좋긴 좋구나! 환갑이 다 된 노인네가 젊은 년한테 오빠 소리를 다 듣고."

태영의 비웃음에 다른 부하들이 장단을 맞춰 웃었다.

"주소 불러."

"예?"

"사는 아파트는 논현동 장미 아파트인 거 알아. 우리가 거기서 너 잡아왔잖아? 몇 동 몇 호인지만 얘기하라고. 아, 집 비밀번호도."

도술은 잠시 망설이다 입을 열었다. 얘기를 안 하면 이 천태영이라는 놈이 당장 무슨 짓을 할지도 몰랐다.

"102동 803호입니다. 비밀번호는 4040이고요."

태영은 도술이 알려준 주소와 비밀번호를 휴대폰에 메모하더니 주왕재에게 전화를 걸었다.

"회장님, 조금 전에 왕도술 애인 년한테서 전화가 왔습니다. …예, 동호수 받아 적었습니다. 비밀번호까지 불었으니 들어가는 데 문제없습니다. …예, 회장님. 제가 민창이 데리고 지금 바로 출발하겠습니다. 여기는 광보한테 맡기겠습니다. …야, 김광보! 전화 받아라."

광보가 두 손 모아 공손히 태영의 전화를 건네받았다.

"예, 회장님. …예, 회장님. …예, 잘 알겠습니다. 회장님. …예, 이번에도 놓치면 죽여주십시오!"

광보는 왕재에게 큰소리를 치고 있었지만 도술의 눈에서는 빛이 나고 있었다. 서열을 보아하니 왕재의 패거리에서 부두목은 태영이었고, 다음이 광보인 것 같았다. 그러니 왕재와 태영이 둘 다 없는 시간에 광보가 우두머리로 남게 된다는 것은, 도술에게 있어 그야말로 하늘이 내려준 기회였다.

* * *

그 시각, 진경은 짐을 싸고 있었다. 도술과의 통화를 통해 몸을 피해야 함을 감지한 것이다. 도술의 목소리나 말투는 물론이고 통화 내용까지, 모든 것이 그녀에게 위험하다는 신호를 보내고 있었다. 얼마 전에 커다란 불상을 진경의 이름으로 구매한 사람이 교회에 갔다고 하는 것부터 반포 명성백화점이 아닌 잠실 신석백화점까지…. 모든 것이 평소 도술과는 달랐다. 진경은 짐을 싸며 도술이 얼마 전 했던 이야기를 떠올렸다. 도술은 자신이 수표를 위조한 범죄를 저질렀음을 고백하며, 진경에게 혹시 모를 경우를 대비해 이것저것 조언을 해주었다.

'오빠 지금 쫓기고 있어, 그러니까… 뭔가 이상하다 싶으면… 내가 모르는 곳으로 도망쳐 있어. 나랑 제대로 연락이 되기 전까지는 꼭 그렇게 하도록 해.'

진경은 도술이 고른 여자답게 눈치와 행동이 모두 재빨랐다. 귀중한 것과 옷가지 위주로만 짐을 싼 진경은 곧장 친구 혜영의 집으로 향했다. 그러나 진경은 급한 마음에 실수 한 가지를 하고 말았다. 주차장을 나선 뒤, 도술이 가르쳐준 방법대로 운전하지 않고 곧장 친구의 집으로 향한 것이다.

"오케이, 따라붙자."

진경의 차 뒤로 승합차 한 대가 따라붙었다. 잠복 중이던 동금과 수찬이 탄 차였다. 지난번과 달리 곧장 대로변으로 나가는 진경을 두 사람은 손쉽게 미행할 수 있었다. 잠시 후, 진경과 두 형사는 한 오피스텔 앞에 도착했다.

"권 형사님, 캐리어 가지고 나온 것 보니까 당분간 여기서 지낼 모양인데요?"

"분명 뭔가 이유가 있겠지. 집에서 피해 있어야 하는 이유가…."

동금과 수찬은 친구인 듯 보이는 여자를 따라 오피스텔로 올라가는 진경을 보며 대화를 나누었다. 분명 뭔가 있다. 이제까지 보이지 않던 행동을 갑자기 보였다는 것은 무슨 일이 있다는 뜻이다. 진경의 집이 아닌 진경의 친구 혜영의 오피스텔 앞에서 두 형사는 다시 잠복을 시작했다.

＊　＊　＊

"회장님, 홍진경 집에 도착해 샅샅이 뒤져 보았는데… 별다른 게 없습니다. 그냥 보통 젊은 여자 혼자 사는 집입니다."

"홍진경은?"

"없습니다."

"혹시 눈치챈 건 아니고?

"그건 아닌 것 같습니다."

"그래, 그럼 뒤져본 티 내지 말고 돌아와라. 그 계집년이야 언제든 잡을 수 있을 것 아니냐."

보고를 마친 태영은 왕재의 명령에 따라 도술이 있

는 창고로 출발했다. 태영이 진경의 집에 도착한 건 그녀가 집을 나서고 고작 30분이 지난 뒤였다. 그야말로 하늘이 도왔다고밖에는 볼 수 없는 상황이었다. 만약 조금만 늦었더라면, 진경은 태영의 손에 잡혀 도술과 함께 큰 고초를 겪었을 터였다.

* * *

한편, 도술은 다시 없을 기회를 이용해 광보를 꼬드기기 위한 작전을 시작하고 있었다.

"저… 화장실 좀….."

도술의 말에 부하 하나가 귀찮다는 듯 자리에서 일어났다. 부하가 도술에게로 다가오고 있었지만 도술은 그 와중에 일부러 광보를 뚫어져라 쳐다보았다. 광보는 처음에는 이를 눈치채지 못한 듯했다. 하지만 도술이 워낙 강렬하게 눈빛을 보내자 뒤늦게 이를 알아차린 듯 부하를 불러 세웠다.

"야, 너는 가서 담배나 좀 사와. 저 새끼 화장실은 내가 데려갈 테니까."

"예? 아, 예."

광보는 부하를 밖으로 내보낸 뒤 도술을 데리고 화장실로 향했다. 마침내 오붓하게 둘만 있을 상황이 되자 도술은 오줌을 누는 척 바지를 내린 채 광보에게 말을 걸기 시작했다.

"광보 씨, 주 회장 참 무섭드만? 광보 씨도 걱정이겠어? 내가 준 선물이 들통나기라도 하면… 그때는 광보 씨도….."

"…닥치고 원하는 게 뭔지나 말해."

광보가 이를 악문 채 도술을 노려보며 웅얼거리듯 말했다.

"우리 둘 다 살자!"

"…뭐?"

"둘 다 살자고. 내가 살아야 너도 살아! 나, 이대로 죽게 되면 무슨 일이 있어도 너는 내가 데려갈 거다. 그러니까 주왕재한테 죽기 싫으면 나 살리라고. 그게 우리 둘 다 사는 길이니까."

"씨발…. 나보고 뭐 어쩌라고? 지금 여기서 놔주기라도 하라고? 그럼 나는 주왕재가 아니라 천태영한테 죽어!"

"걱정 말고 내가 시키는 대로나 해. 날 놓치는 건 광보 씨가 아니라 천태영이 될 테니까. 그럼 죽어도 천태영이 죽지, 광보 씨가 죽지는 않을 거 아냐?"

도술의 말에 광보는 귀가 솔깃했다. 만약 도술의 말이 사실이라면, 도술을 보내 왕재에게 죽을 염려도 사라질 뿐 아니라 도술을 놓쳤다는 책임까지 천태영에게 떠넘길 수 있다는 뜻 아닌가? 광보의 표정이 달라진 걸 눈치챈 도술은 기회를 놓치지 않고 재빨리 원하는 바를 이야기했다.

"자, 광보 씨가 할 건 별거 없어. 일단 출입문 테이블 위에 차키를 올려놔. 그리고 내 차도 건물 앞에다 옮겨 놓고."

"씨발… 나한테 차키 없어! 그건 다른 놈이 갖고 있다고."

"야 이 병신 같은 새끼야. 목숨 줄이 걸렸는데 그 정도도 못 해? 그럼 그냥 같이 죽어야지 뭐, 별수 있어?"

도술은 눈을 희번덕거리며 약한 소리를 하는 광보에게 일갈했다. 광보 역시 그제야 심각성을 확실하게 인지한 듯 목소리를 더 낮춰 물었다.

"…그게 다야?"

"그래, 그게 다야. 쉽지? 광보 씨는 그것만 하면 돼, 나머지는 내가 다 알아서 할 테니까. 딱 그것만 해달라고. 그럼 반드시 우리 둘 다 살 수 있을 테니까. 명심해. 내가 살아야 광보 씨도 사는 거야."

* * *

그날 밤, 태영을 비롯한 왕재의 부하들은 모두 깊은 잠에 곯아떨어져 있었다. 태영이 창고로 돌아온 뒤, 치킨 파티를 벌인 탓이었다. 그러나 단 한 사람, 광보만큼은 예외였다. 광보의 머릿속에는 계속해서 도술이 했던 마지막 말이 메아리처럼 울리고 있었다.

'명심해. 내가 살아야 광보 씨도 사는 거야.'

광보는 힐긋 도술이 있는 곳을 쳐다보았다. 도망치지 못하게 꽁꽁 묶인 도술은 창고 구석에서 쪽잠을 자고 있었다.

'내일이 되면 주 회장님이 돌아오신다. 그때 저놈이 그대로 있으면…'

머리 나쁜 광보가 생각하기에도 자신이 저지른 일이 들키지 않으려면 도술이 왕재의 손에 없어야 할 것 같았다. 머릿속에서 도술이 목소리가 또 한 번 들려왔다.

'명심해. 내가 살아야 광보 씨도 사는 거야.'

마침내 결심이 선 듯, 광보는 조심스럽게 누워있던 몸을 일으켰다. 도술이 요구한 차는 이미 건물 앞에 주차되어 있었다. 그러니 그가 할 일은 도술이 원하는 곳에 차키를 두기만 하면 끝이었다. 문제는 차키를 다른 부하가 재킷 안에 넣어두고 있다는 사실이었다. 광보는 조심스럽게 차키를 가진 부하 곁으로 다가갔다. 차키를 가진 녀석은 재킷을 이불 대신 덮은 채 쿨쿨 잠들어 있었다.

'재킷… 저 재킷만….'

광보는 덜덜 떨리는 손으로 차키가 들어 있는 재킷으로 손을 뻗었다. 광보의 손이 재킷에 닿을락 말락 하는 순간, 녀석이 몸을 뒤척였다.

'씨이발….'

잡힐 듯하다 멀어져 버린 재킷을 보며 광보는 속으로 욕을 내뱉었다. 그런데 그 순간, 재킷으로부터 무언가가 스륵 흘러나오더니 바닥으로 떨어졌다.

짤랑-

광보는 저도 모르게 비명이 터져 나오려는 입을 틀어막았다. 거짓말처럼 재킷 안에서 도술의 차키가 굴러떨어진 것이다!

'할렐루야!'

광보는 군인 시절 이후 처음으로 할렐루야를 외치며 조심스럽게 바닥에 떨어진 차키를 주워들었다. 그리고 다른 부하들과 태영이 잠들었는지를 몇 번이나 살피며, 출입문에 놓여 있는 테이블로 천천히 다가갔다. 잠시 후, 광보는 도술의 차키를 테이블 다리 앞에 놓아둔 뒤 원래 누워있던 자리로 돌아왔다. 그리고는 몇 번이나 출입문 쪽을 보며, 차키가 보이는지를 확인하다 만족스러운 미소를 지으며 눈을 감았다.

* * *

다음 날, 느지막이 11시쯤 눈을 뜬 왕재의 부하들은 전날의 숙취를 해장하려는 듯 중국집을 시켜 이른 점심을 먹었다. 물론 도술 역시 묶인 손발을 풀고 함께 식사를 했다. 식사를 마친 뒤, 도술은 전날처럼 자연스럽게 빈 그릇들을 정리하기 시작했다. 태영과 부하들은 그런 도술을 힐긋 보기만 했을 뿐, 누구도 제지하지 않았다. 전날 점심부터 시작해 저녁과 야식으로 먹은 치킨까지 치워온 도술의 치밀한 노력이 빛을 발하는 순간이었다.

식사를 마친 왕재의 부하들은 휴대폰을 만지작거리며 하품을 해대고 있었다. 태영은 그런 부하들을 보다가 양치질을 하려는 듯 칫솔을 들고 화장실로 향했다.

'지금이다!'

태영이 화장실로 향하는 것을 보는 순간, 도술은 지금이 아니면 두 번 다시 기회는 오지 않을 거라 확신했다. 도술은 정리한 그릇들을 들고 최대한 자연스럽게 출입문 쪽으로 걸어가기 시작했다. 출입문에 도달하기 전까지는 무조건 다리를 절뚝거려야 했다. 그래야 누구도 의심하지 않을 테니까. 이 순간을 위해 이틀 동안 멀쩡한 다리를 질질 끌어오지 않았던가. 잠시 후, 무사히 출입문 근처로 도착한 도술은 조심스럽게 주변을 살폈다. 계획대로라면 자신의 차키가 여기 어딘가에 놓여 있어야 했다. 힐긋- 뒤를 돌아보자 광보가 눈짓으로 테이블 아래를 가리키는 것이 보였다.

'좋아…!'

도술은 테이블 다리 아래 교묘하게 숨겨진 차키를 집어 들며 터질 듯 뛰는 심장을 진정시키기 위해 노력했다.

'이제 정말로 한 걸음만 남았다. 이 문만 열면…!'

도술은 왕재의 부하들이 의심하지 않도록 일부러 출입문을 활짝 열고 그릇을 내려놓았다. 그리고 그릇을 내려놓는 순간, 출입문을 닫고 그대로 달아나기 시작했다!

"어…?! 잡아! 저 새끼 도망치잖아!"

도술의 갑작스러운 행동에 멍하니 있던 녀석 중 하나가 소리쳤다. 양치질을 마치고 느긋하게 볼일을 보던 태영도 화장실에서 튀어나왔다. 밖으로 나와 아래를 보니, 이미 도술은 차를 타고 저 멀리 도망가고 있었다.

'씨발…! 좆됐다!'

태영의 머릿속에 가장 먼저 떠오른 것은 왕재의 분노한 얼굴이었다. 그러나 보고를 하지 않을 수는 없었다. 오히려 왕재가 뒤늦게 여기 와서 이 사실을 알게 된다면, 즉각 연락하지 않았다는 이유로 매가 더 늘어날지도 몰랐다.

"회장님! 크, 큰일 났습니다. 왕도술이 도망쳤습니다!"

사색이 된 태영의 얼굴을 보며, 다른 부하들 역시 얼굴빛이 노래졌다. 이제 자신들을 기다리고 있는 것은 왕재의 악랄한 폭행뿐이었다. 오직 단 한 사람, 광보만이 그들 사이에서 안도의 한숨을 내쉬고 있었다.

* * *

탈출에 성공한 도술은 그대로 서울로 향했다. 그리고 가던 길에 주유소에 들러 주유소 전화기로 진경과 태원에게 전화를 걸었다. 다행히 진경은 금방 전화를 받았다. 도술은 진경이 이미 몸을 피했다 얘기하자 잘했다 칭찬하며, 당분간 절대 집에 들어가지 말라고 신신당부했다. 진경과의 통화를 마친 뒤, 도술은 지체 않고 태원에게 전화를 걸었다. 진경과 달리 태원은 쉽게 전화를 받지 않았다.

"형님, 할배처럼 발음이 왜 그래?"

겨우 전화를 받은 태원이 이 빠진 도술의 목소리를 들으며 물었다. 도술은 장난 칠 시간 없다며, 급히 자신에게 있었던 일을 이야기했다.

"나보고 그렇게 조심하랄 때는 언제고! 꼴이 아주 좋수다, 좋아!"

"태원아, 진짜 조심해야 해! 주왕재, 상상 이상으로 잔인한 놈이야! 전화기부터 빨리 바꿔!"

도술은 장난스럽게 얘기하는 태원에게 심각한 목소리로 당부하고 또 당부했다. 그리고 태원과의 전화를 마친 뒤 혹시 모를 추격으로부터 도망가기 위해 전속력으로 차를 몰았다.

* * *

어느덧 일주일이라는 시간이 지났다. 동금과 수찬은 잠복 중인 차 안에서 명규와 통화 중이었다. 잠복을 멈추고 진경에게 임의동행을 요구하여 조사를 할 것인지, 아니면 잠복을 더 이어갈 것인지 결정해야 했다. 진경은 이번 범죄에 가담했다는 증거는 없었지만 참고인으로 불러 도술과의 관계 및 소재를 조사할 필요가 있었다. 동금과 수찬은 바로 오피스텔로 올라갔고, 몇 차례 문을 두드리고 경찰이라는 신분을 밝힌 후 안으로 들어갈 수 있었다.

"홍진경 씨, 저희가 왜 방문했는지 알고 계시죠?"

동금은 이미 모든 걸 다 알고 있다는 표정으로 말했다. 그러나 진경은 정색하며 의아한 표정을 지었다.

"아뇨, 무슨 일이신데요?"

수찬은 자기도 모르게 헛웃음을 터뜨렸다. 진경은 이런 상황이 처음이겠지만, 수찬 같은 베테랑들은 이런 상황을 수없이 겪은 탓에 금방 거짓말을 알 수 있었다.

"우선 홍진경 씨가 집에서 가져온 캐리어 좀 볼 수 있을까요?"

동금은 진경의 반응을 무시하고 질문을 던졌다. 진경은 당황한 듯 얼굴을 붉혔다. 캐리어를 보겠다는 건 이미 장미아파트에서부터 따라왔음을 의미하기 때문이었다. 대답 대신 진경이 고개를 끄덕이자 동금은 캐리어 내용물들을 살피기 시작했다. 안에는 여성 속옷과 옷가지만 있을 뿐 다른 특별한 건 없었다.

"홍진경 씨, 마포에 있는 광역수사대에 가서 조사를 해야겠는데요. 같이 가주시겠습니까?"

"형사님, 그냥 여기서 조사하면 안 되나요? 진경이가 잘못한 것도 없는데요."

혜영이 친구를 위해 나서보았지만 동금에게는 씨알도 먹히지 않을 소리였다.

"수사대로 가야 제대로 조사를 할 수 있고, 그렇게 조사를 제대로 해야 잘못한 것이 있는지 없는지 알 수 있겠죠? 조언을 드리자면, 수사에 제대로 협조하는 것이 오히려 홍진경 씨가 범죄와 무관하다는 것을 밝힐 기회가 됩니다."

동금이 단호하게 이야기하자 진경이 결심한 듯 고개를 끄덕였다.

"알겠어요. 잠깐 옷만 갈아입을게요."

잠시 후, 방으로 들어간 진경과 혜영은 외출복으로 갈아입고 나타났다.

"혜영 씨도 같이 가시려고요?"

"네. 안 되나요? 친구가 혼자 가면 무서울 수도 있잖아요."

혜영은 진경과 함께 가겠다며 고집을 부렸다. 동금은 그런 혜영을 보며 어이가 없었지만, 수찬은 푸하하 웃음을 터뜨리고는 혜영에게 미소를 지었다.

"그럼 그러시죠. 홍진경 씨, 아주 의리 있는 친구를 두셨습니다."

* * *

동금과 수찬의 경찰차 안에는 전에 없던 향수 냄새가 가득했다. 젊은 여자 둘이 뒷좌석에 탄 탓이었다. 동금은 영 불편했지만, 수찬은 뭐가 그리 신이 나는지 얼굴에서 미소가 떠나질 않았다. 특히나 수찬은 혜영과 계속해서 이런저런 이야기를 주고받았다. 동금이 운전을 하다 힐긋 보니, 두 사람은 연락처까지 주고받고 있었다.

일단 두 사람은 진경의 집에 들렀다가 수사대로 움직이기로 했다. 만에 하나 도술이 숨어 있을 가능성도 있었고, 그게 아니더라도 증거물이 될 만한 물품이 집에 있을지도 몰랐다.

잠시 후, 진경의 아파트에 도착한 동금과 수찬은 진경을 데리고 엘리베이터에 올랐다. 사건과 연관이 없는 혜영은 차 안에서 기다리기로 했다. 8층에서 내린 세 사람은 복도를 지나 진경의 집 문 앞에 섰다. 진경이 비밀번호를 누르고 문을 연 순간, 동금이 검지를 자신의 입에 대며 "쉿!" 하고 소리를 냈다. 동금의 제스처를 본 수찬은 노련한 형사답게 진경을 뒤로 물러나게 만들고 동금과 더불어 안을 살폈다.

'사이즈가 다른 남자 구두가 두 켤레…?'

동금은 안에 사람이 있다는 걸 바로 알아차렸다.

"아무 소리 내지 마시고 저희 말대로 하세요."

수찬이 진경에게 귓속말로 이야기했다. 조금 전까지만 해도 차 안에서 웃고 떠들던 사람이라고 생각되지 않는 진지한 목소리였다.

"휴대폰부터 주세요. 그리고 당장 차로 돌아가서 친구랑 같이 계세요."

수찬은 진경으로부터 휴대폰을 건네받고 그녀를 내려보냈다. 만약 안에 있는 사람이 도술이라면 진경이 그에게 연락하는 것을 방지하기 위함이었다. 수찬이 진경으로부터 휴대폰을 받은 뒤 눈짓을 보내자, 동금이 먼저 신발을 신은 채 진경의 집 안으로 천천히 들어갔다. 손에는 테이저건을 꺼내든 채였다. 수찬은 안으로 들어가는 동금을 보며 현관에서 주변을 살폈다. 동금이 현관과 가까운 방을 가리켰다. 수찬은 현관에서 천천히 동금이 가리킨 방으로 움직이기 시작했다.

"하나, 둘, 셋."

수찬이 소리 없이 입으로 하나둘 셋을 센 뒤 문을 열자 동금이 열린 문으로 테이저건을 겨누었다. 방문이 열리자 안에 있던 두 남자가 화들짝 놀라며 몸을 일으켰다. 양복바지에 와이셔츠 차림을 한 태영과 민창이었다.

"경찰이다. 움직이지 마!"

"이런 씨…!"

동금이 테이저건을 겨누며 소리치자 태영과 민창은 잠시 망설이는 듯하더니 그대로 형사들에게 달려들었다.

"어쭈?!"

수찬은 두 놈이 달려드는 모습을 보자 신이 난 듯 씩 웃으며 싸울 자세를 취했다. 태영과 민창은 각각 수찬과 동금에게 나뉘어 달려들었다. 동금은 자신을 향해 돌진해오는 민창을 향해 망설이지 않고 테이저건을 당겼다. 멍청하게도 '나 쏴주쇼' 하며 달려오는 놈에게 굳이 맞상대를 해줄 필요는 없었다.

"으, 으어어어어어억…!"

테이저건을 맞은 민창은 잠시 부르르르 떨더니 바닥에 쓰러졌다.

"으랏차!"

수찬은 자신에게 덤벼오는 태영을 향해 긴팔을 쭉 뻗더니 그대로 어깨를 잡고 다리를 걸어 엎어치기를 했다. 태영 역시 쿵 소리를 내며 바닥에 널브러졌다. 그러나 태영의 수난은 여기서 끝나지 않았다. 바닥에 널브러진 태영 위에 어느새 수찬이 올라타더니 사정없이 주먹을 퍼붓기 시작한 것이다!

"이… 씨발…. 그만… 좀…!"

한참을 얻어맞던 태영이 힘겹게 중얼거렸지만 수찬은 '제압'을 멈추지 않았다. 수찬의 공격은 어느새 주먹에서 싸대기로 바뀌어 있었다. 퍽퍽 소리가 짝짝 소리로 바뀌자 태영은 이루 말 할 수 없는 고통과 굴욕으로 완전히 싸울 의지를 상실하고 말았다.

"어? 그러고 보니 이 새끼… 주왕재 똘마니 아니야?"

한참을 신나게 때리던 수찬이 그제야 기억이 났다는 듯 태영을 유심히 쳐다보며 말했다.

"그런가요? 얼굴이 저랬던가? 너무 퉁퉁 부어서 모르겠는데요?"

"아, 그러네. 그렇지?"

동금이 일부러 모르는 척 장난을 치자 수찬 역시 킥킥 웃으며 맞장구를 쳤다. 수찬이 다시 손을 치켜드는 순간, 태영이 먼저 두 손을 앞으로 모으며 살려달라는 듯 입을 열었다.

"제발… 더 반항 안 할 테니까 제발 그만…."

"새끼가. 진작 그럴 것이지 어딜 덤벼? 덤비기는."

수찬은 허리춤에서 수갑을 꺼내 태영의 양손을 뒤로 오게 하여 수갑을 채웠다. 동금은 그런 수찬을 보며 고개를 절레절레 흔들었다. 동금은 경찰이 된 뒤, 수찬이 범죄자와의 싸움에서 지는 것을 단 한 번도 보지 못했다. 그 정도로 수찬의 싸움 실력은 광수대 내에서도 최고라 자부할 정도로 남달랐다.

잠시 후, 두 형사에게 완전히 제압당한 두 조폭은 거실에 무릎을 꿇고 앉아 있었다. 동금이 둘을 감시하는 동안 수찬은 집을 수색했다. 그리고 화장실에서 생각지 못한 수확을 올렸다. 남성용으로 보이는 면도기와 칫솔을 발견한 것이다. 어쩌면 도술의 DNA가 나올지도 모를 중요한 증거물이었다.

"눈 깔아라. 이 머저리 같은 새끼들아."

수색 중인 수찬을 신기하다는 듯 쳐다보는 태영과 민창에게 동금이 인상을 쓰며 말했다. 두 놈은 얼른 바닥으로 눈을 깔았다.

* * *

광수대 3팀 사무실은 갑자기 분주해졌다. 중요참고인이 될지 모르는 도술의 여자뿐만 아니라 피해자이지만 피해자 같지 않은 왕재의 부하 두 놈까지 잡으며 뜻하지 않은 수확을 이뤘기 때문이다.

명규는 각각 진경은 동금이가, 태영은 수찬이가, 민창은 정선이가 조사하도록 지시했다. 이에 동금은 인정신문*을 끝낸 뒤 본격적으로 진경에게 도술과의 관계에 대한 질문을 시작했다.

"왕도술과는 언제 처음 만났나요?"

"한 4개월 전쯤이요. 제가 삼성동 타임즈라는 텐프로에 다녔는 데…. 그때 손님으로 만났어요."

진경은 잔뜩 긴장한 듯, 두 손을 무릎 위로 가지런히 놓은 자세로 답했다.

"계속 얘기해보세요."

진경은 도술과의 만남과 관계에 대해 이야기를 시작했다. 돈은 많아 보였지만 나이도 많고 촌스러워 보여 관심이 없었다. 하지만 차 한 잔만 하자고 끈질기게 부탁하는 통에 결국 응하게 되었고, 그렇게 만남을 이어가다 보니 매너도 좋고 씀씀이도 커서 좋아하게 되었다고 말했다.

"차 한 잔을 마실 때마다 100만 원씩을 줬단 말입니까?"

"네, 그랬어요."

동금은 허탈함에 웃음이 나올 뻔한 것을 겨우 참았다. 사실 동금은 경찰이 된 뒤, 형사들을 보며 놀란 부분이 많았다. 그중에서도 특히나 놀란 부분은 시간외수당이었다. 한 달 동안 100시간 이상 초과근무를 하면 지급받을 수 있는 시간외수당은 100만 원이다. 문제는 예산 부족으로 인해 200시간을 초과근무하더라도 받을 수 있는 최고 수당이 100만 원이라는 것이다. 심지어 최근 들어서는 출장비조차 부족하다며 출장 나갈 일이 생기면 형사가 사비를 써야 하는 게 경찰의 현

---

* 이름이나 직업 등 조사받는 사람의 기본적인 정보.

실이었다. 그런데 이 여자는 고작 차 한 잔을 마실 때마다 100만 원씩을 받고 있었다는 것 아닌가?

"그렇게 호감을 갖고 만나기 시작했는데… 어느 날 그 사람이 아파트를 얻어주고 생활비를 줄 테니 유흥주점 다니는 걸 그만둘 생각이 있냐고 물었어요. 그래서 지금 그 집에 살게 된 거예요."

"집안을 보니 왕도술하고 동거하는 것처럼 보이진 않던데요?"

"그 사람은 저랑 동거를 바라진 않았어요. 그저 한 번씩 들렀다 가기만 했어요."

진경의 이야기를 들으며, 동금은 왕도술이 정말 용의주도하다 생각했다.

"가장 최근에 온 적은 언제입니까?"

"음…. 10월 20일 밤이요. 자정이 조금 지나서 왔다가 아침 일찍 나간 것 같은데요."

진경의 이야기를 듣는 순간, 동금은 속으로 한숨을 쉬었다.

'역시… 자정이 지나서도 한 사람만큼은 남아서 잠복을 했어야 했어….'

동금은 쓸쓸함을 뒤로 한 채 다시 질문을 이어갔다.

"왕도술이 올 때 어떤 신호를 합니까?"

"전화로 먼저 연락해요. 그리고 항상 아파트 불을 끄고 있으라고 했고요. 엘리베이터도 일부러 10층까지 올라가서 내린 뒤에 계단을 걸어 내려온다고 했어요."

"그럼 가장 최근에 연락한 건 언젠가요?"

진경은 먼저 도술과 나눴던 이상한 통화에 대해 털어놓았다. 목소리가 이상했을 뿐만 아니라 교회도 다니지 않는 사람이 교회에 갔다고 했다며, 보아하니 무슨 일이 생긴 것 같아 친구 혜영의 집으로 피해 있었다고 고백했다. 그리고 다음 날, 도술로부터 다시 전화가 왔고 당분간 집으로는 절대 들어가지 말라는 이야기를 들었다고 했다.

"왕도술이 범죄를 저지르고 누구에게 쫓기고 있다는 말은 들어 본 적 있습니까?"

잠시 고민하던 진경이 고개를 끄덕이며 입을 열었다.

"네, 저한테 집을 떠날 때 이렇게 저렇게 운전하라고 가르쳐주면서 얘기한 적이 있어요. 범죄… 인지는 모르겠지만 누구한테 쫓기는 중이라고요. 그러니까 무슨 일이 생긴 것 같으면 자기가 모르는 곳으로 몸을 피하라고…."

진경은 수표범죄에 대한 이야기는 하지 않았다. 범죄에 대해 자세히 알고 있으면 문제가 생길 수도 있음을 본능적으로 감지한 듯했다. 동금은 진경에게 태영과 민창을 본 적이 있느냐고 물었다. 당연히 진경은 전혀 모르는 사람들이라 답했다. 주왕재에 대해서도 물었지만, 진경은 주왕재에 대해서도 전혀 모르고 있었다.

"박 형사. 아직 안 끝났나?"

조사가 다 끝나갈 무렵, 명규가 나타나 물었다. 얼굴을 보니 뭔가 급박한 일이 생긴 듯했다.

"아뇨, 지금 막 끝났습니다."

"오케이, 당장 일어나. 주왕재 잡으러 가자."

* * *

동금은 명규와 함께 차를 타고 왕재의 사무실로 달려가고 있었다.

상황인즉 이러했다. 정선이 진경의 휴대폰을 통해 확보한 도술의 휴대폰 번호로 긴급 위치추적을 해보았더니 그 장소가 왕재의 사무실로 뜬 것이다! 정선의 보고에 명규는 즉시 광수대장에게 보고하여 다른 1개 팀의 지원을 받아 왕재의 사무실로 출동했다. 3팀 형사 4명과 타 팀 형사 5명, 총 9명의 형사가 동원된 출동이었다. 도술의 휴대폰이 왕재의 사무실에 있다는 것은 도술이 왕재의 손에 잡혀 있을지도 모른다는 의미였으므로, 예상치 못한 상황을 대비해야 했다.

형사들이 왕재의 사무실로 들이닥쳤을 때, 왕재는 막 사무실을 나설 채비를 하던 참이었다. 진경을 잡아오라고 보낸 태영과 연락이 닿지 못하자 이상함을 느끼고는 잠수를 타려 했던 것이다. 테이저건과 권총으로 무장한 형사들이 무안하게도, 사무실 안에는 왕재와 여직원 주현만이 깜짝 놀란 얼굴로 서 있었다. 명규는 형사들을 지휘해 왕재의 휴대폰을 압수하고 사무실을 뒤져 도술을 찾도록 했다. 그러나 어디에도 도술은 없었다. 아쉬운 대로 태영과 민창을 진경의 집으로 보낸 왕재만 체포하는 것으로 만족해야 했다.

"주왕재 씨, 당신을 주거침입 교사죄로 긴급체포합니다."

왕재는 푸- 한숨을 쉬며 크게 반항하지 않고 수갑을 찼다. 그런 왕재를 향해 명규가 압박하듯 질문을 던졌다.

"주왕재 씨, 당신이 왜 왕도술의 휴대폰을 가지고 있는 겁니까? 이유나 좀 들어봅시다."

"팀장님, 저 변호사 불러 주십시오. 제 지갑에 보시면 저희 고문변호사 명함이 있습니다."

명규가 날카롭게 물었지만 왕재는 능구렁이처럼 히죽 웃으며 딴소리를 했다. 상황을 모를 때는 묵비권을 행사하는 게 최선이라는 것을 여러 번 수사 받은 경험으로 알고 있었다.

"당신이 묵비권을 행사하나 본데…. 좋아, 광수대로 갑시다. 권 형사! 자네는 여기 남아서 압수수색해. 그리고 여기, 이 경리 아가씨도 참고인으로 조사하고!"

* * *

"그냥 어쩌다 보니 우연히 만났을 뿐입니다. 진짜예요!"

어떻게 휴대폰을 손에 넣었냐는 기원의 말에 왕재가 억울하다는 표정으로 말했다. 왕재의 조사를 맡은 기원은 그런 왕재를 어처구니가 없다는 눈으로 쳐다보고 있었다.

"우연히 만났다? 어디서 만났는디?"

"그게 말입니다. 그러니까…. 아, 그래! 역삼동에 있는 유흥주점입니다. 부하들이랑 오랜만에 한 잔 마시러 갔는데… 왕도술이 들어오더라고요! 이게 우연이 아니면 뭡니까?"

"그 술집 상호하고 주소가 어디여?"

"그것까진… 모릅니다. 처음 가본 곳이라서."

왕재는 경찰의 추가 수사를 피하기 위해 처음 가본 술집이라고 거짓말을 하고 있었다.

"아니, 모르는 술집에 갔는데 우연히 거기서 왕도술이를 만났다고야? 너 정말 나를 유치원생으로 아냐?"

문제는 왕재의 말이 뻔한 거짓말임에도 불구하고 이를 반박할 증거가 형사들에게는 없다는 것이었다.

"사실이 그런 걸 어쩝니까? 제가 뭐, 어떻게 거짓말로라도 우연이 아니었다고 해야 할까요?"

뻔뻔하기 짝이 없는 왕재의 면상을 보며 기원은 혀를 찼다.

"당신 참으로 뻔뻔한 사람이구먼. 낯짝이 아주 쇠가죽이어야! 좋아, 그럼 그건 그렇다 치고. 그럼 왕도술 휴대폰은 왜 당신이 갖고 있었던겨?"

"왕도술이 제 돈을 훔쳐갔잖습니까? 그래서 제가 좀 심한 말을 했습니다. 내 돈 어디 있느냐고요. 그랬더니 뭐라더라? 박태원이가 그 돈을 자기 모르게 가져가서 자기도 사기를 당했다고 하지 뭡니까? 제가 믿을 수 없다고 했더니 자기 휴대폰이 증거라며, 저보고 보관하라고 하더라고요. 그래서 제가 갖고 있었습니다."

왕재의 말을 들은 기원이 헛웃음을 터뜨렸다.

"요즘은 사람 말 안 믿어주면 자기 휴대폰을 증거라고 맡기나 보지? 내가 당신 말 안 믿어주면 당신도 나한테 휴대폰 맡길꺼여?"

기원의 역공에 왕재는 그저 크흠 헛기침만 할 뿐, 답하지 않았다. 기원은 그런 왕재를 향해 다음 질문을 던졌다.

"천태영과 최민창은 당신 부하 맞지?"

"반장님, 부하가 아니라 직원입니다. 저 조직 생활 접은 지 꽤 됐습니다."

"내가 언제 당신이 조직 생활 안 접었다고 했는가? 부하든 직원이든 당신 밑에 있는 사람 맞잖여?"

기원이 언성을 높이자 왕재가 살짝 주눅 든 목소리로 인정했다. 기원이 전라도 사투리를 쓰면서 몰아세우자 당황한 듯했다.

"그, 그건 그렇습니다."

"자, 천태영과 최민창이 홍진경 집에 들어간 것은 당신 지시 때문이라고 보여지는데야?"

기원이 수를 던졌지만 당연히 왕재는 받을 생각이 없었다. 혹시라도 일이 잘못되면 무조건 천태영이 총대를 메는 것으로 사전에 이야기가 된 상태였다.

"저는 모르는 일입니다. 천태영이가 왜 홍진경 집에 들어갔는지 저는 전혀 모릅니다. 그놈이 제 직원이긴 하지만 뭘 하는지 제가 다 간섭하진 않습니다."

"천태영이가 홍진경 씨하고 무슨 이해관계가 있어서 그 집에 들어간단 말이여? 당신 돈을 사기 친 왕도술 애인이 홍진경이여. 그런 홍진경 집에 무단침입한 천태영은 당신 부하고! 그런데 당신이 몰랐다고 주장하면 그것이 인정될 것 같아?!"

기원은 말도 안 되는 부인을 계속하는 왕재에게 어지간히 부아가 치민 듯, 평소와 달리 큰 목소리로 호통치듯 말했다.

"반장님, 정말 죄송합니다. 저는 있는 그대로 진술했습니다. 그게 거짓말이라고 판결 나면 그때 거기에 맞는 벌을 받겠습니다."

왕재는 끝까지 모든 것을 천태영에게 밀었다.

"당신이 유죄판결 받을 때 나는 아마 손주 보고 있을걸! 그때 거짓말이라고 판결받지 말고 지금 사실을 얘기하라구! 이 사람아!"

기원은 입을 꾹 닫아버린 왕재를 보며 연달아 몰아치기 시작했다.

"왕도술이 사기 피의자인데 왜 경찰에 신고하지 않았어야? 왕도술을 잡았으면 경찰에 신고해야 하지 않았느냐는 말이여!"

"…우선 내 돈을 사기 친 이유를 듣고 싶었습니다. 정식으로 사과도 받고 싶었고요."

"지금 정식으로 사과받는 게 어떤 것인지 말해보소! 난 어떤 것이 정식으로 사과를 받는 것인지 모르겠으니까!"

"그… 그게….."

"왜 정식으로 사과받고 싶다고 하지 않았는가? 시방!"

기원이 조목조목 앞뒤가 맞지 않는 말들을 짚어내자 왕재가 푹 고개를 숙였다.

"주왕재, 당신 정말로 뻔뻔하구만. 그런 말도 안 되는 거짓말을 태연하게 하면서 우리 부 반장보고 믿으라는 거야?!"

보다 못한 명규까지 자리에서 일어나 책상을 치며 말하자, 왕재의 변호인이 항의했다.

"팀장님! 우리 고객이 거짓말이든, 사실이든 대답하는 대로 조서를 작성하시면 될 것 아닙니까? 판단은 판검사님이 하실 텐데 왜 우리 의뢰인에게 다른 대답을 강요하시는 겁니까? 정식으로 항의하겠습니다."

왕재는 고개를 푹 숙인 채 미소를 지으며 변호사가 항의하는 것을 듣고 있었다. 기원은 명규까지 흥분하는 것은 좋지 않을 것이라 판단한 듯, 명규를 진정시키며 왕재의 변호사에게로 고개를 돌렸다.

"변호사님 앉으쇼! 여기 피의자가 하도 개구리 뒷다리 잡는 변명만 늘어놓으니 우리 부처님 같은 팀장님이 참다못해 한마디 한 거 아니다요."

명규가 자리에 앉자 왕재의 변호사 역시 더 항의하지 않고 자리에 앉았다. 기원은 어느새 다시 고개를 든 왕재를 향해 질문을 시작했다.

"자, 다시 시작합시다이. 왕도술을 폭행한 사실이 있는가?"

"없습니다. 아, 욕 정도는 했습니다. 제가 100억을 사기 당했는데 그 정도는 할 수 있잖습니까?"

"욕이면 욕이지, 욕 정도는 또 뭐당가? 당신 정말 이런 식으로 조사 받을 거여?!"

기원의 호통에 왕재는 놀란 얼굴로 정정했다.

"죄, 죄송합니다. 욕을 했습니다."

"뭐라고 욕했는가? 재연해 보소!"

"씨발, 병신 새끼라고 했습니다."

"씨… 발… 병… 신…."

기원이 왕재의 말을 그대로 조서에 기재하자 변호사가 어이없다는 얼굴로 쳐다보았다. 물론 기원은 변호사가 그러거나 말거나 기재를 마치고 다음 질문으로 넘어갔다.

"그때 그 자리에 누가 같이 있었는가?"

"잘 기억이 나지 않습니다. 천태영이가 있었던 것 같습니다."

"홍진경 씨 집은 어떻게 알고 부하들에게 들어가도록 시킨 거여?"

"저는 들어가라고 한 적이 없습니다."

"그럼, 천태영이가 직접 알아내서 들어갔다는 거여?"

기원의 질문에 왕재의 변호사가 귓속말로 무언가를 속닥거렸다. 변호사의 이야기를 들은 왕재가 조금 전 말을 정정했다.

"제가 천태영에게 홍진경 집에 혹시 돈이 보관되어 있을지 모르니 가보라고 했습니다."

"홍진경의 동의는 없었지?"

"음… 아! 왕도술이 가 봐도 좋다고 했습니다."

기원은 타이핑 하던 손을 멈추고 왕재를 노려보았다.

"그 집은 홍진경이 혼자 거주하는 주거지여! 홍진경이 동의하지 않는 한 주거침입죄가 성립하는데 뭔 왕도술이 가보라고 했다는 억지를 쓰는 거여?"

"저는 그런 건 잘 모릅니다. 그냥 왕도술이 거기 산다고만 들었습니다."

"왕도술이 지금 이 자리에 없다고 제멋대로 거짓말을 하고 있구만… 좋아, 그럼 그 뒤에 왕도술이랑은 어떻게 헤어졌는가?"

"글쎄요? 잘 모르겠습니다. 아, 그냥 왕도술이 알아서 나갔습니다."

"당신, 지금 나헌티 그 말을 믿으라는 거지? 돈 100억을 사기 친 놈을 우연히 술집에서 만났는디, 믿어달라는 증거로 휴대폰 하나 받고 알아서 나가게 해주었다? 경찰에 신고도 안 하고?"

이후로도 왕재는 법을 잘 아는 검찰 출신 변호사의 도움을 통해 전략적으로 진술했다. 피해자인 왕도술의 진술이 없으니 마음대로 거짓말을 할 수 있었다.

* * *

왕재의 조사가 끝난 뒤, 명규는 주왕재와 그 일당들에 대해 구속영장을 신청했다. 명규를 비롯한 3팀 형사들은 구속영장이 발부될 것을 자신했다. 특히나 왕재의 경우, 그 주장이 워낙 상식에 반하였기에 무조건 구속영장이 나올 줄 알았다. 하지만 아니었다. 검사는 주왕재는 물론이고 태영과 민창까지 세 사람 모두 구속영장을 기각했다. 홍진경에 대한 주거침입죄는 인정되지만, 홍진경이 입은 피해가 경미하고 왕도술 역시 폭행당한 사실이 확인되지 않았다는 이유에서였다. 그렇게 왕재는 또다시 구속을 면했다.

구속영장이 기각된 뒤, 왕재는 용산경찰서 유치장에서 나왔다. 석

방된 왕재는 히죽거리며 동금에게 말을 걸었다.

"박 형사, 부 반장님에게 안부 좀 전해주소! 조만간 인사드리러 간다고. 그날 내가 참 많이도 당황했어. 아 참, 황지혜하고 연애는 계속 잘 하고 계신가?"

"한 번만 더 그 사람 주변에 나타나기만 해. 그러면 너, 재범이라 구속된다는 거 잘난 변호사가 친절하게 알려줄 테니까!"

동금이 지혜를 언급하는 왕재를 향해 이빨을 드러내며 엄포를 놓았다. 그러나 왕재는 그런 동금을 여전히 비웃듯 쳐다보며 도발을 계속했다.

"어이, 박 형사. 당신 골프 선수도 하고 집안도 부유하고…. 참 잘난 사람이더구만? 그런데 뭐가 아쉬워서 왕도술 같은 사기꾼 딸년하고 붙어먹어? 사기꾼 딸년이 지 애비 닮아서 우리 박 형사에게 꼬리치는 거 같더구만. 우리 박 형사님은 왕도술 딸년이 어떤 년인지 모르나 보지?"

"이 개새끼가…!"

동금이 더 참지 못하겠다는 듯 주먹을 쥐고 달려들자 수찬이 간신히 동금을 붙잡아 말렸다. 그런 동금을 향해 왕재는 킬킬거리며 마지막 한 방을 날렸다.

"너무 그렇게 흥분하지 말라고. 박 형사도 조만간 알게 될 거야! 그때 상처받지 말고 나랑 술이나 한잔하는 거 어때? 내가 친한 여배우들 좀 있는데 소개시켜 줄게! 박 형사 정도면 충분히 소개받을 수 있다고!"

한껏 동금을 놀려먹은 뒤 떠나는 왕재와 부하들을 보며 3팀 형사들은 저마다 욕을 내뱉었다. 명백한 패배였다. 도술을 먼저 찾아내지 못했다는 것도 모자라 구속영장마저 막혀버렸으니… 그야말로 이중 삼중으로 형사들은 자존심이 무너져 내렸다. 게다가 도술의 경우, 이번 일로 더 꽁꽁 숨을 테니 수사는 더욱 어려워질 것이 자명했다.

한편, 무거운 공기로 가득한 3팀 사무실에서 홀로 다른 문제로 골머리를 앓는 형사가 있었다. 동금이었다. 그의 머릿속은 왕재가 날린 도발로 어지러웠다. 지난번에는 '유부남한테 인기가 많다'더니 이번에는 '상처받지 말라'고? 동금은 자꾸만 안 좋은 방향으로 가려는 생각을 억지로 막기 위해 노력했다. 이번에는 정말로 왕재에게 한 방 크게 얻어맞은 꼴이 된 동금이었다.

11
낯선 남자

진경은 요 며칠 동안 벌어진 일들로 인해 얼이 빠져 있었다. 경찰이 찾아오고, 집에 괴한들이 숨어들어오고, 광수대에서 조사를 받고, 거기다 도술이 얻어준 논현동 아파트는 범죄수익이라는 이유로 국가에 압수되기까지….

'물론 그게 아니더라도 무서워서 못 갔겠지만….'

이러저러한 이유로 진경은 친구 혜영의 집에서 더 머물 수밖에 없었다. 그나마 혜영이라도 곁에 있어 다행이었다. 만약 그녀마저 없었다면, 진경은 완전히 무너졌을지도 몰랐다.

"주왕재라고, 조폭 행동대장 출신 사채업자가 있습니다. 왕도술 씨가 그 사람에게 사기를 쳐서 그 부하들이 진경 씨 집에 찾아왔던 겁니다."

동금은 조사를 마치며 진경에게 어떤 상황인지에 대하여 알려주었다. 사실 그녀는 화류계 생활을 하면서도 웬만하면 건달들과 엮이지 않기 위해 노력했다. 건달과 엮인 언니들치고 불행해지지 않은 사람을 단 한 명도 보지 못했기 때문이다.

진경은 물끄러미 자신의 손목에 채워진 스마트워치를 쳐다보았다. 조사를 마친 뒤, 무슨 일이 생기면 바로 연락하라며 동금이 건네준 것이었다. 그때였다. 진경의 휴대폰이 울린 것은….

"…여보세요? 마담 언니?"

전화를 건 사람은 다름 아닌 '타임즈'의 마담, 이수연이었다.

"진경아, 너 지금 어디니?"

"저 혜영이 집에 있어요."

진경은 평소 절친한 관계인 수연의 질문에 아무 의심 없이 답했다.

"너 여기로 좀 와야 할 것 같아. 누가 널 찾고 있어."

"…누가요?"

진경은 설마 하는 마음으로 물었다. 그리고 역시나, 설마는 사람을 잡는 법이었다.

"주왕재라고 있어. 그 사람이 널 꼭 만나야 한다는데…. 지금 좀 나올래? 경찰한테는 얘기하지 말고. 그랬다간 큰일이 날 거라고…."

순간, 진경은 가슴이 덜컥 내려앉았다. 동금이 얘기했던 순간이 그대로 찾아온 것이다.

"언니, 제가 나중에 전화 드릴게요."

"진경아, 진…!"

진경은 전화를 끊은 뒤 덜덜 떨리는 손으로 휴대폰을 움켜쥐었다. 도술에게 사기를 당한 주왕재가 그녀를 찾고 있다!

"진경아, 왜 그래? 마담 언니가 뭐라는데?"

겁먹은 진경을 본 혜영이 다가와 물었다.

"그… 도술 씨가 사기 친 사람이 날 찾고 있대. 타임즈로 오래… 경찰한테 얘기하지 말고…."

진경이 덜덜 떨며 이야기하자 혜영이 놀란 얼굴로 떨고 있는 진경의 손을 잡았다.

"안 돼! 무슨 짓을 당할 줄 알고. 절대 안 돼. 너 집으로 가지 말고 계속 여기 있어. 나도 당분간은 가게 안 나가고 같이 있을 테니까…."

그 순간, 진경의 머릿속에 조금 전 통화가 떠올랐다.

"혜영아. 우리 도망쳐야 해."

"뭐?"

"내가… 마담 언니한테 지금 너희 집에 있다고 말해버렸어."

진경의 말을 들은 혜영은 진경에게 짐을 싸자고 했다. 어디로든 당장 도망을 쳐야 했다.

"경찰한테는? 연락할까?"

혜영이 짐을 넣기 위한 캐리어를 꺼내며 물었다. 진경은 잠시 고민하다 고개를 가로저었다. 혹시라도 경찰에 연락했다가 왕재에게 들키면 더 큰 해코지를 당할까 두려웠다.

"아니야, 그냥 빨리 도망치자."

두 여자는 급히 짐을 쌌지만 이래저래 30분 정도의 시간이 걸렸다. 그렇게 각자 캐리어 하나씩을 들고 밖으로 나온 순간, 진경과 혜영은 얼음처럼 굳어버리고 말았다.

"이야~ 우리가 올 줄 알았나 봐? 이렇게 딱 맞춰 나와 주는 걸 보니?"

검은 봉고차에서 내린 태영이 진경과 혜영에게로 걸어오며 이죽거렸다. 태영의 뒤에는 광보와 민창을 비롯한 부하들이 늑대무리처럼 서 있었다.

"뭣들 하냐? 얼른 잡아라."

태영의 명령에 광보를 비롯한 부하들이 두 여자에게로 달려들었다. 건장한 사내들이 여자 둘을 잡아 봉고차에 싣기까지는 채 5분이 걸리지 않았다.

* * *

왕재의 부하들에게 붙잡힌 진경과 혜영이 끌려온 곳은 한 호텔이었다. 왕재는 그곳에서 왕처럼 앉아서는 부하들을 기다리고 있었다.

"어떤 년이 홍진경이냐?"

왕재는 겁에 잔뜩 질린 두 여자를 맛있는 간식거리 보듯 쳐다보며 담배를 피우고 있었다.

"제, 제가 홍진경인데요."

진경이 겁먹은 목소리로 답했다. 혹시라도 자기 대신 혜영이 해코지를 당해서는 안 된다는 생각 때문이었다.

"그래…. 네가 왕도술이 깔따구란 말이지?"

왕재는 진경의 몸 곳곳을 마치 경매장 물건 보듯 뜯어보았다. 그 더러운 시선을 느낀 진경은 몸을 가리고자 본능적으로 팔짱을 끼며 고개를 돌렸다. 그런 진경을 보던 왕재가 피식 웃더니 입을 열었다.

"넌 오늘부터 왕도술 잡을 때까지 나랑 같이 있어라. 왕도술이 만약 내 돈 못 가져오면 너라도 갚아야 하니까."

"회장님, 그럼 이 년은 어떡할까요?"

태영이 혜영을 보며 물었다. 진경은 왕재가 취할 것 같으니 혜영은 자기에게 주기를 내심 바라는 듯한 말투였다. 그러나 왕재는 그런 태영의 기대를 산산이 깨버렸다.

"관계없는 년은 필요 없어. 괜히 건드렸다가 경찰한테 구실 만들어줄 필요 없잖냐?"

"…예, 회장님."

태영은 애써 실망감을 감추며 답했다. 그렇게 혜영은 우여곡절 끝에 집으로 돌아올 수 있었지만, 진경은 무사하지 못했다. 왕재의 호텔에 감금된 진경은, 그날부터 왕재의 노리개가 되어야 했다. 어떤 이유로도 결코 저질러서는 안 될, 엄연한 성폭행이었다.

'경찰 말을 들을걸….'

진경은 왕재로부터 능욕을 당하는 와중에도 후회하고 또 후회했다. 하지만 너무 늦은 후회였다. 이미 악마의 손에 잡혀버린 그녀가 할 수 있는 일은, 그저 소리 없는 눈물로 베개를 적시는 것뿐이었다.

* * *

10월 말, 광수대 3팀 사무실

늦여름부터 시작된 위조수표 수사가 늦가을로 접어든 어느 날, 낯선 남자 하나가 3팀 사무실을 찾아왔다. 짙은 갈색 슈트 차림에 턱수염을 기른, 40대 중후반으로 보이는 남자였다.

"저… 박동금 형사를 만나러 왔습니다만."

대뜸 동금을 찾는 남자의 목소리에 명규가 자리에서 일어났다.

"누구십니까?"

명규는 남자를 쳐다보며 행색을 살폈다. 보아하니 일반적인 사건으로 광수대를 찾아온 사람은 아닌 듯했다.

"박동금 형사는 지금 외근 중이라 자리를 비웠습니다. 어떤 일로 그러시죠?"

"아, 그렇군요. 언제쯤 들어오실까요?"

남자의 말을 들어 보니 동금과 약속을 잡고 온 것은 아닌 듯했다.

"혹시 사건 관계자이십니까?"

"아닙니다. 개인적인 용무가 있어 들렀습니다."

남자의 정체가 궁금해진 명규는 남자에게로 다가갔다.

"제가 팀장입니다. 용건을 말씀해 주시면 전달해 드리겠습니다."

남자가 뭔가 곤란한 듯 머뭇거리자 명규는 눈치 빠르게 말했다.

"여기서는 불편하실 수 있으니 가까운 카페로 가시죠."

남자는 명규의 제안에 순순히 따랐다. 잠시 후, 두 사람은 작은 테이블을 두고 마주 앉았다.

"저는 이우영 교수라고 합니다."

"서울경찰청 광역수사대 윤명규 팀장입니다."

명규와 달리 남자는 명함을 꺼내지 않았다. 명규는 그런 남자를 보며, 신분을 완전히 노출시키고 싶지 않은 모양이라 생각했다.

"거두절미하고 말씀드리죠. 저는 박동금 형사가 만나고 있는 황지혜의 연인입니다. 만나온 건 1년이 넘었고요."

지혜의 연인이라는 말에 명규의 눈썹이 꿈틀했다.

"죄송합니다만 황지혜 씨는 박 형사의 연인으로 알고 있는데요. 확실하게 말씀해주시죠. 전 연인이라는 말씀, 맞습니까?"

이우영 교수는 인정하기 싫은 듯, 잠시 뜸을 들이다가 입을 열었다.

"지혜는 그럴지 몰라도 저는 아닙니다."

"하고 싶으신 말이 뭡니까?"

명규의 말투는 어느새 날카롭게 변해있었다.

"저와 지혜는 여전히 사랑하는 사이입니다. 박동금 형사가 저와 지혜 사이에 끼어든 탓에 저희 모두 상처를 받고 있습니다."

명규의 입에서 헛웃음이 터져 나왔다. 그야말로 기가 막히는 소리였다.

'여기 주왕재만큼이나 뻔뻔하게 헛소리를 뱉는 인간이 또 있구만.'

명규의 생각을 아는지 모르는지, 이우영 교수는 진지하기 그지없는 눈으로 명규의 두 눈을 똑바로 쳐다보며 재차 입을 열었다.

"박동금 형사가 지혜와 만나지 못하게 해주십시오. 부탁입니다."

"뭐라고요?"

"지혜가 박동금 형사를 만나는 건 잠시 마음이 흔들렸기 때문입니다. 그녀는 여전히 저를 사랑하고 있습니다. 결국 박동금 형사는 상처 받게 될 겁니다. 그걸 바라십니까?"

명규의 속에서 화가 끓어오르기 시작했다. 짧지 않은 세월을 살아오며 별별 인간을 다 봐온 명규였다. 눈앞의 이우영 교수처럼 정신 나간 중년 남자들 역시 적지 않게 보았다. 명규는 이런 인간들이 어떤 놈인지 잘 알고 있었다.

"이우영 교수님. 보아하니 나이가 꽤 있으신 것 같은데…. 얘기를 듣자 하니 미혼이신 모양입니다?"

이우영 교수는 명규의 말에 침묵했다. 명규의 짐작이 맞았다. 그는 미혼이 아니었다. 이미 꾸려진 가정은 정리하지도 않은 채 아니, 그럴 생각도 없는 채 새로운 여자를 만나고, 그 내연녀와의 불륜을 로맨스라 착각하는 중년 남자. 이우영 교수는 딱 그 레퍼토리 이상도 이하도 아니었다.

"그 누구도 남의 사생활에 이래라 저래라 할 수는 없습니다. 그건

팀장인 저 역시 마찬가지고요. 박 형사에게 교수님이 다녀갔다는 이
야기는 전해드리죠. 그럼 먼저 일어나겠습니다."

명규는 구역질이 올라오는 것을 억누르며 카페를 떠났다. 그리고
이내 안타까움의 한숨을 쉬었다. 주 기자에게 당한 지 얼마나 되었다
고 이제는 불륜관계였던 전 연인까지…. 크든 작든 상처를 받을 수밖
에 없을 동금을 떠올리자 마음이 아파왔다.

＊ ＊ ＊

일주일 뒤, 동금은 이우영 교수를 만나기 위해 강남의 어느 카페로
향했다. 지혜가 일하는 미술학원과 그리 멀지 않은 곳에 위치한 카페
였다. 명규로부터 이야기를 전해 들은 뒤, 이우영 교수로부터 따로 연
락을 받아 잡게 된 약속이었다.

명규를 통해 대강의 이야기를 들음으로써, 동금은 왕재가 했던 말
이 무엇인지 정확하게 알 수 있었다. '유부남'이니 '상처'니…. 지금 마
주할 이우영 교수와 지혜의 관계를 두고 한 이야기였으리라.

잠시 후, 카페에 도착한 동금은 구석 자리에 앉아 있는 중년 남자
를 향해 걸어갔다. 명규로부터 전해 들은 '턱수염'으로 금방 그를 찾
을 수 있었다.

"이우영 교수님, 맞으십니까?"

자리로 걸어간 동금이 묻자 이우영 교수는 깜짝 놀란 얼굴로 고개
를 끄덕였다. 아마도 동금의 이미지가 자신이 생각했던 것과 많이 달
라 놀란 듯했다. 그저 주먹이나 쓰는 형사 나부랭이겠거니 생각했던
것과 달리 연예인이라 해도 좋을 비주얼을 가진 동금의 외모에 놀란

것이다.

"맞는 것으로 알고 앉겠습니다."

동금은 이우영 교수가 뭐라 말하기 전에 먼저 기를 꺾어놓으려는 듯 말했다. 범죄자들을 쉽게 다루기 위한 기선제압에 익숙한, 형사다운 언행이었다. 그러나 이우영 교수는 그런 동금에게 밀리지 않으려는 듯, 명규와 만났을 때처럼 단호한 표정으로 자기 할 말을 시작했다.

"박 형사님, 단도직입적으로 말하겠습니다. 지혜와 난 진지한 만남을 가진 지가 1년도 훌쩍 넘었습니다. 알게 된 건 그 훨씬 전부터고요."

'…그래, 이 남자가 그때 그 남자였구나.'

동금은 이우영 교수를 보며 속으로 생각했다. 을지한우에서 처음 지혜를 봤던 날, 그날 지혜의 일행에 끼어 있던 남자가 바로 이우영이었던 것이다. 유독 지혜에게 살갑게 대하던, 40대 중반으로 보이던 그 남자….

"그리고 그 사랑은 지금도 변함이 없습니다."

동금은 제멋대로 떠드는 이우영 교수를 말없이 쳐다보았다. 그는 꽤 이름 있는 서양화가였고, 늦은 결혼으로 초등학생 딸 하나가 있는 한 아이의 아버지였다. 지혜와는 교수와 조교로 만난 사이로, 자신이 유부남임을 숨긴 채 지혜와 연인관계를 유지하던 중 유부남이라는 사실을 들켜 일방적인 이별 통보를 받게 되었다. 그리고 지금, 지혜와 가졌던 불륜관계를 현재 지혜의 연인인 동금 앞에서 '여전히 변함없는 사랑'이라 지껄이고 있었다.

"박동금 형사님? 내 말 듣고 있습니까?"

동금이 말없이 쳐다만 보자 이우영 교수가 자기 말을 듣고 있냐는 투로 물었다. 동금은 날카롭게 이우영 교수를 노려보며 입을 열었다.

"네, 들었습니다. 유명한 서양화가이시자 한 아이의 아버지이신 이우영 교수님께서, 조교였던 황지혜 씨에게 유부남임을 숨긴 채 불륜 관계를 가지셨다고요."

동금이 무미건조하게 마치 조서를 읽듯 또박또박 얘기하자, 이우영 교수는 자신의 죄목을 사람들 앞에 까발리는 듯한 느낌에 놀란 얼굴로 주위를 둘러보았다. 그러나 동금은 여기서 멈추지 않았다.

"그렇게 이어오던 불륜관계를 황지혜 씨가 끊고자 이별을 통보했음에도 불구하고, 그렇게 이별한 그녀가 새로운 남자를 만나 다른 사랑을 시작했음에도 불구하고, 그 당사자인 광역수사대 형사를 눈앞에 두셨음에도 불구하고!"

동금은 기차 화통을 삶아 먹은 듯 목소리를 높이며 테이블을 쾅! 내려쳤다. 이우영 교수는 동금의 기세에 새하얗게 질린 채 동금을 바라보았다.

"그럼에도 불구하고, 이별범죄라도 저지르겠다고 지금 암시하시는 겁니까? 경찰 앞에서?"

"아, 나, 나는… 지…."

눈을 부릅뜨고 노려보는 동금의 모습에 이우영 교수는 사고가 정지되었는지 말을 더듬었다.

"지… 뭐요? 지혜? 그 이름 입에 올리기만 해봐. 당장 스토킹으로 처넣어 줄 테니까."

"나, 나는 지혜를 포기할 수 없습니다…! 당신만, 당신만 없으면 우리는 다시…!"

이우영 교수가 지혜를 언급하는 순간, 순식간에 동금의 손이 그의 멱살을 거머쥐었다.

"내가 지혜 이름 언급하지 말라고 했을 텐데?"

"지혜와 헤어져 준다면… 사, 사례 하겠…."

이우영 교수의 '사례'라는 말에 동금은 완전히 눈이 돌아버리고 말았다. 그는 넘어서는 안 될 선을 넘고 만 것이다. '형사는 돈이 없어도 살 수 있지만 가오 없이는 살 수 없다'는 말이 있다. 지혜를 위해 광수대까지도 포기하려 했던 동금 아닌가? 그런 그에게 돈으로 이별을 사 주려는 것은 그야말로 '나 죽여주소!' 하는 것과 같았다.

"어이, 이우영 교수님. 당신은 사랑을 돈으로 사나 보지? 화가라기에 예술가인 줄 알았더니만 길바닥 양아치 장사꾼이었네. 내가 분명히 말하는데, 황지혜는 내 것도 아니고 당신 것도 아니야! 알아들어? 그녀에게는 자유롭게 원하는 사랑을 선택할 권리가 있다고!"

동금이 으드득 이를 갈며 말했지만 이우영 교수는 실성이라도 한 건지 킥킥거리며 동금을 더욱 도발했다. 처음 광수대에 찾아왔을 때만 해도 점잖아 보이던 이미지는 전혀 찾아볼 수 없는, 이우영 교수의 추악한 실체가 드러나는 순간이었다.

"어린놈의 새끼가 주먹 쓰는 것밖에 몰라서는…. 너, 지혜가 네 거인 것 같지? 병신 같은 새끼, 내가 그동안 지혜랑 만나오면서 너 같은 놈이 주변에 없었을 것 같아? 그런 새끼들, 다 얼마 못 가고 헤어졌어. 그리고 지혜는 그때마다 내게 돌아왔고! 나랑 지혜는 운명이야. 너 따위 겉멋만 든 애송이는 넘볼 수 없는, 운명이라고…!"

동금은 미친놈처럼 킥킥거리는 이우영을 노려보다 더 참지 못하고 오른손을 들어 올렸다. 그런데 그 순간, 경쾌한 따귀 소리가 카페에 울려 퍼졌다.

짜악-!!!

동금은 놀란 눈으로 고개를 돌렸다. 그가 바라보는 곳에 지혜가 서 있었다. 어느새 나타난 지혜가 이우영 교수의 얼굴에 냅다 따귀를 날린 것이다!

"지, 지혜…!"

이우영 교수가 얻어맞은 뺨을 손으로 감싸며 지혜를 쳐다보았다. 그 순간, 또다시 지혜의 손이 허공을 갈랐다.

짜악-!!!

짜악-!!!

지혜는 무표정한 얼굴로 이우영 교수가 가리지 않은 다른 쪽 뺨을 두 대나 더 때렸다. 연달아 뺨을 맞은 이우영 교수는 우당탕 바닥으로 나뒹굴었다. 그 모습에 동금은 물론이고 카페 안에 있는 모두가 헉! 소리를 내며 입을 오므렸다.

"…으, 어…?"

이우영 교수는 완전히 넋이 나가버린 얼굴로 새빨갛게 부어오른 뺨을 부여잡고 지혜를 올려다보았다.

"아파? 고소해, 개새끼야. 그전에 네가 나한테 지금까지 보냈던 모든 메시지들, 네 부인이랑 딸은 물론이고 네가 다니고 있는 대학교랑 딸이 다니는 학교에까지 전부 퍼뜨려줄 테니까."

지혜는 그 말을 끝으로 어깨에 메고 있던 백을 고쳐 들었다. 그리곤 휙- 동금 쪽으로 몸을 돌리더니 동금의 팔에 팔짱을 끼며 미소를 지었다.

"오빠, 우리 밥 먹으러 가요. 어휴, 간만에 팔운동 했더니 배고프다."

언제 그랬냐는 듯 웃으며 자신을 쳐다보는 지혜를 보자 동금은 황당하면서도 통쾌한 마음에 자기도 모르게 웃음이 났다. 두 사람은 그렇게 사람들의 시선을 받으며 유유히 카페를 떠났다.

"근데 지혜야, 방금 그건 메시지 유포 협박…."

"쉿! 조용히 해요!"

* * *

도술은 후드를 뒤집어쓴 채 혜영의 오피스텔 건물 앞에 서 있었다. 그는 왕재의 패거리로부터 도망친 뒤, 양평의 어느 무인 모텔에서 몸을 추스르자마자 혜영의 오피스텔이 있는 곳으로 달려왔다. 진경의 안위를 살피기 위해서였다. 그러나 며칠을 지켜보아도 진경의 모습은 전혀 보이지 않았다. 다른 사람들은 어떻게 볼지 몰라도, 도술은 진경에게 나름대로 상당한 애정을 갖고 있었다. 그녀와 함께 동남아로의 밀항까지 생각하고 있을 정도였으니.

"혜영 씨?"

"누, 누구세요?"

콜택시에 오르려던 혜영은 갑자기 나타난 도술을 보자 겁먹은 듯 말을 더듬었다.

"놀라지 마세요. 진경이 때문에 왔습니다."

도술은 며칠 동안 오피스텔을 지켜보며 혜영이 오후 3시면 택시를 부른다는 것을 알고 있었다. 아마도 유흥업소에 출근하기 전에 미용실에 들르기 위해서인 듯했다.

"…잠시만요."

눈치 빠른 혜영은 도술의 말을 금방 알아들었다. 그가 진경의 애인 왕도술임을 즉각 알아차린 것이다.

"죄송해요. 다음에 다시 부를게요."

혜영은 택시기사에게 미안하다며 2만 원을 건네고는 도술에게로 몸을 돌렸다. 그녀의 얼굴에는 눈물자국이 짙게 남아 있었다.

"진경이 때문이라고 하셨죠? 저쪽 카페로 가요. 얼굴 잘 가리시고 요."

＊ ＊ ＊

다음 날, 도술은 고속버스터미널 공중전화를 붙잡고 한참을 고민하다 다이얼을 눌렀다. 그가 누른 번호는 놀랍게도 서울청 광역수사대였다.

"…방송에 나온 위조수표 사건에 대해 제보하려 합니다. 담당 형사님 부탁드립니다."

담당 형사와의 전화 연결을 기다리며, 도술은 전날 혜영과 나눴던 대화를 떠올렸다. 혜영은 눈물과 함께 그간 있었던 이야기를 도술에게 고스란히 전했다. 진경이 경찰서에 다녀온 것부터 왕재에게 붙잡혀버렸다는 것까지….

"3팀 박동금 형사입니다."

"…왕도술입니다."

도술의 말에 동금은 두 귀를 의심했다. 하지만 전화 내용이나 목소리 톤으로 보아 장난전화 같지는 않았다.

"지금 어디 계신가요? 자수하실 생각이신가요?"

"때가 되면 자수하겠습니다. 지금은 그 용건으로 전화 드린 게 아닙니다."

"돈은 어디 있습니까?"

"…잘 보관하고 있습니다."

"박태원하고 같이 있습니까?"

"아닙니다. 저도 박태원이 어디 있는지는 모릅니다."

"최근에 주왕재 씨와 만나셨죠? 어떻게 만난 겁니까? 폭행당하신 게 사실입니까?"

동금은 통화를 녹음하며 연속해 질문을 던졌다. 어쩌면 도술로부터 정보를 얻어낼 수 있는, 다시없을 기회일지도 몰랐기 때문이다.

"홍진경 집 근처에서 대기하고 있던 주왕재에게 잡혔습니다. 잡혀서 어딘가로 끌려가 심한 폭행을 당했고요. 간신히 도망치는 데에 성공했지만…. 도망자 신분이다 보니 진단서를 끊을 수도 사진을 찍어 놓을 수도 없었습니다. 그건 그렇고, 이젠 제 얘기 좀 들어 주시죠."

도술은 일단 동금의 얘기에 대강의 답을 해준 뒤 화제를 돌렸다.

"말씀하세요."

"홍진경이 지금 주왕재에게 인질로 잡혀 있습니다. 도와주세요."

진경의 상황을 알게 된 도술이 내린 선택은 경찰이었다. 자신이 구하러 갈 수 없으니 경찰에게 이를 알려 진경을 구하고자 결론을 내린 것이다.

"그건 어떻게 알았습니까?"

동금은 도술의 말에 놀랐지만 침착함을 유지하며 되물었다.

"그건 말할 수 없습니다. 주왕재, 어떤 인간인지 잘 아시잖아요."

"이런 제보로는 수사가 쉽지 않습니다. 홍진경 씨 본인이라면 모를까…. 더욱이 제보자가 현재 도주자 신분이신 왕도술 씨 아닙니까?"

"형사님."

도술의 진중한 목소리에 동금은 움찔했다. 도주 중인 범죄자의 목소리라고는 생각되지 않는, 짙은 인간다움이 묻어나는 목소리였다.

"화류계에 있는 여자는 깡패들한테 무슨 짓을 당해도 상관없으신 겁니까?"

동금은 도술의 말에 뜨끔했다. 사실 그에게서 정보를 더 캐내려고 일부러 수사가 쉽지 않다는 말을 하려 했던 것이다. 도술로부터 인간다운 면을 느낀 동금은, 그의 인정을 건드려보기로 했다.

"…왕도술 씨, 지혜가 자수하기를 바라고 있습니다. 언제까지 지혜와 어머님이 왕도술 씨 때문에 마음고생을 해야 합니까? 이제는 두 사람이 좀 편안히 살아갈 수 있도록 도와주시면 안 되겠습니까?"

"지혜나 황영숙 씨와는 인연이 끊겨 연락한 지 몇 년도 더 되었습니다. 이번 일과는 아무런 상관도 없는 사람들입니다."

도술은 동금이 '지혜'와 '어머님'이라는 표현을 사용하자 의아했지만 둘을 지키기 위해 단호한 목소리로 관계를 부인했다.

"형사님, 그럴 일은 없겠지만…. 만약 지혜가 저에 대해 궁금해한다면…. 그저 얼마 남지 않았다고만 전해주세요. 그리고 만일 제게 불행한 일이 생긴다면 그건 전부 주왕재 때문입니다."

도술은 그 말을 끝으로 전화를 끊었다.

＊ ＊ ＊

　도술의 제보로 3팀 형사들은 무사히 진경을 구해낼 수 있었다. 진경의 휴대폰 위치를 추적한 결과, 휴대폰이 꺼지기 전 위치로 찍힌 호텔에서 감금되어 있던 그녀를 찾아낼 수 있었던 것이다.

　진경을 구하기 위해 출동하면서부터 그녀를 구출해낸 이후까지, 3팀 형사들은 주왕재에 대한 분노가 머리끝까지 차올라 있었다. 형사들은 대부분 '여자' '장애우' '노인' 등 사회적 약자와 관련된 범죄일수록 더 큰 분노를 느낀다. 그런 의미에서 주왕재는, 경찰들에게 있어 한번 걸리기만 하면 온몸의 뼈를 가루로 만들고 싶게 만드는 분노유발자였다.

　"홍진경 씨. 이제 괜찮으니까 말씀해보세요."

　무사히 구출되었음에도 불구하고 진경은 어떤 진술도 하지 않고 입을 꾹 다물고 있었다. 그녀는 주왕재에 대한 두려움에 몸과 마음이 전부 묶여버린 듯했다. 그리고 몇 시간 뒤, 또다시 형사들의 인내심을 시험하는 시간이 찾아왔다.

　"아니, 윤 팀장님, 내 애인 데려다가 뭐 하는 겁니까? 대체 무슨 권리로 홍진경이를 데려간 거냐고요. 경찰이면 남의 애인을 맘대로 데려가도 되는 겁니까?!"

　그야말로 살심이 치밀어 오르게 만드는 주왕재의 뻔뻔함이었다. 특히나 동금은 화를 주체하기가 힘들었다. 진경에게 벌어진 일이 남 일 같지 않았던 것이다. 만약 지혜를 제때 지켜주지 못했다면, 어쩌면 진경이 당했을 일을 지혜가 당했을지도 몰랐다.

　"이 쓰레기 같은 새끼가…! 세 달 전에 결혼한 새신랑이 그새 애인을 사귀었다는 거야? 너는 네가 무슨 말을 지껄이는지 생각은 하면서 지껄이는 거냐?" 동금이 당장이라도 한방 먹일 듯한 기세로 윽박지르자 그 기세에 눌린 왕재가 한 발짝 뒤로 물러났다.

"주왕재, 당장 나가. 당장 안 나가면 공무집행방해죄로 체포한다. 광수대가 네 놀이터야?!"

명규 역시 참아오던 분노가 폭발한 듯, 당장이라도 왕재를 잡아 죽일 듯 노려보며 일갈했다. 그러나 왕재는 그 와중에도 뻔뻔함을 이어갔다.

"아니, 팀장님! 내 애인 진경이 하고 저를 대질시켜 달라는 말씀입니다. 그럼 내가 잘못했는지 아닌지 알 수 있을 거 아닙니까?!"

"이 덜 떨어진 새끼야, 성범죄는 대질 같은 거 안 해. 억지를 부리려면 뭘 좀 알면서 지껄여라. 뭐? 대질? 잔말 말고 돌아가 있어. 며칠 내로 네 손목에 은팔찌 채워주러 내가 직접 갈 테니까. 알아들어?"

명규가 당장이라도 수갑을 채울 듯 꺼내 들자, 그제야 왕재는 꼬리를 내리고 발걸음을 돌렸다. 그러나 광수대 사무실을 떠나면서도 그 입만큼은 나불거리기를 멈추지 않았다.

"팀장님, 나 이거 문제 제기할 겁니다. 광수대가 사건 조작했다고요!"

* * *

문제는 진경이었다. 사실대로 이야기할 경우, 자신은 물론이고 친구 혜영까지 해코지를 당할 것이라는 생각에 사로잡힌 진경은 수사에 제대로 된 협조를 하지 않았다.

"저는… 저는 아무것도 몰라요. 제가 갈 곳이 없다니까 주 회장님이 거기 있으라고 했어요. 그냥 거기서… 거기 지내라고…."

정선은 한참 진경과 대화를 시도한 결과, 그녀가 '그루밍'과 '가스라이팅'을 동시에 당한 것 같다는 결론을 내렸다. '그루밍'이란 어린이나 청소년 등 약자에게 보호자 같은 신뢰 관계를 가진 사람이, 그 신뢰를 이용하여 성범죄를 저지르는 것을 말한다. '가스라이팅'은 가해자가 피해자의 심리를 조작하여, 피해자에 대한 심리적 지배를 강화하는 것을 말한다. 진경의 경우, 왕재에 대한 두려움에 자포자기하는 심정이 되어버릴 정도로 심리적 지배를 당하게 된 듯했다.

"홍진경은 성인이라…. 그녀가 직접 주왕재에게 당한 피해를 인정하지 않는 한 처벌하기 쉽지 않을 텐데요."

수찬이 답답하다는 듯 한숨을 쉬며 말했다. 또다시 주왕재를 수사망에서 놓칠 것만 같았기에 나오는 한숨이었다. 그러나 왕재를 잡아넣을 수 없다 하여 진경을 그대로 귀가시킬 수는 없었다. 심리적으로 크게 무너진 그녀를 회복시키기 위해서라도 대책을 마련해야 했다. 이에 3팀 형사들은 서울경찰청 여성청소년과에 도움을 요청해 진경이 여성 쉼터에서 생활할 수 있도록 조치를 취했다. 그리고 이후, 혜영에게 연락을 취했다.

"혜영 씨, 홍진경 씨는 무사히 구출했습니다. 그런데 말입니다…. 왕도술에게 홍진경 씨의 위험을 알려준 사람, 혜영 씨 맞으시죠?"

경찰들은 도술의 제보 전화를 받은 뒤, 그가 어떻게 진경의 위험을 알게 되었을까 추론했다. 그리고 그들이 내린 결론은 혜영이었다.

"…네."

혜영은 잠시 입을 오물거리더니 그 사실을 인정했다.

"다음에 다시 왕도술로부터 연락을 받거나 만나게 되신다면, 그때는 무슨 일이 있어도 경찰에 신고하셔야 합니다. 아셨죠?"

혜영은 말없이 고개를 끄덕였다.

이미 일어난 사건은 과거의 일이고 펙트는 변하지 않는다. 그러나 시간을 거꾸로 거슬러 그 사건을 파헤치는 형사들은 여러 각도에서 관점을 변화시키며 그 사건을 바라본다. 대부분 수사는 새로운 인물과 정황, 증거의 등장과 함께 알 수 없는 방향으로 흘러가지만, 그 속에서 중심을 잡고 서 있으면 어느 순간 보이기 시작한다. 희미했던 사건의 줄기가. 그리고 집요하게 그 줄기를 차근차근 따라가다 보면 반드시 사건의 뿌리에 도달한다. 명규와 동금을 비롯한 광수대는 지금 중심을 잡기 위해 노력하고 있었다. 특히 다양한 감정의 소용돌이 속에서 동금은 반드시 이 사건의 끝을 보겠다고 다짐하는 중이었다.

12
을지한우

홍진경을 구출한 뒤, 동금은 지혜를 더욱 각별히 챙기기 시작했다. 주왕재가 상상 이상으로 교활한 미친개라는 사실을 알게 된 이상, 지혜도 언제 다시 위험해질지 몰랐다.

"오빠!"

동금이 광역수사대를 나오자마자 반가운 지혜 목소리가 들렸다. 동금이 고개를 돌리니 지혜가 한껏 미소를 머금은 얼굴로 동금에게 달려왔다.

"나 안 보고 싶었어?"

지혜가 동금의 품에 쏙 안기며 투정을 부렸다. 동금은 그런 지혜를 사랑스럽게 쳐다보았다.

"그걸 말이라고 해? 오빠가 죄인이다, 죄인이야."

동금은 진심으로 미안하다는 듯 말했다. 팀 전체가 사건에 매달리다 보니 한동안 지혜와 제대로 된 데이트를 할 수 없었던 게 사실이었다.

"됐어, 그냥 투정 부린 건데 뭘 그렇게 진심으로 사과하고 그래? 사람 무안하게."

잠시 후, 두 사람은 차에 올라 압구정 쪽으로 향했다.

"참, 지혜야. 너 좋아하는 배우 나온다는 영화, 시사회 표 구했어."

동금은 나 잘했지? 하는 표정을 지으며 지혜를 보았다. 그러나 그녀는 잠시 기뻐하는 듯하더니 뿌루퉁한 표정을 지으며 입을 열었다.

"오빠, 그날 못 오는 거 아니지?"

동금은 즉답하지 못했다. 그날이 되어봐야 알 수 있을 테니. 슬프게도 형사란 그런 직업이었다.

"우리 오늘 뭐 먹을까?"

동금은 미안한 마음을 감추고자 화제를 돌렸다. 지혜 역시 그런 동금의 마음을 이해했기에 얼굴을 풀고 동금의 말을 받아주었다.

"우리 고기 먹자. 오빠 두 달 동안 거의 쉬지도 못했잖아. 내가 쏠게! 무조건 내가 가자고 하는 대로 운전해."

"그래? 그럼 한번 가볼까! 아, 대신 너무 비싼 곳은 안 된다?"

"왜 이래? 나 무시해? 내가 오빠보다 월급 많은 거 몰라?"

지혜의 말은 사실이었다. 경찰 월급은 기본급이 200만 원 수준으로, 대기업은커녕 다른 공무원에 비해서도 적었기 때문이다. 단적인 예를 들자면, 경찰 12년 차인 수찬의 월급이 270만 원이었다. 그나마 한 달에 100시간 초과근무를 하면 370만 원을 간신히 찍을 수 있었지만…심지어 그마저도 예산이 없다며, 100시간 이상 초과근무를 인정해 주지도 않는 일이 부지기수였다. 정치인들은 출마할 때마다 경찰과 소방관 등 현장 근무 공무원들이 대우받는 세상을 만들겠다 떠들어대지만, 그런 세상은 오직 선거가 있을 때만 나오는 말뿐인 곳이었다.

* * *

잠시 후, 동금은 운전대를 잡은 채 식은땀을 흘렸다. 두 사람이 도착한 곳은 다름 아닌 을지한우였다.

"여기야. 지난번에 왔을 때는 너무 비싸서 고기는 못 먹고 곰탕만 먹었거든. 오늘은 오빠 때문에 큰맘 먹고 왔으니까 많이 먹고 힘내!"

그런 지혜를 보며, 동금은 무더웠던 여름을 떠올렸다. 을지한우에서 처음 보았던, 그때 지혜의 모습을….

"오빠, 뭐해? 안 내려?"

동금은 난처한 표정으로 푸- 한숨을 쉬다가 차에서 내렸다.

'지혜를 이런 식으로 소개할 생각은 없었는데….'

가게 안에는 부모님이 계실 확률이 200%였다. 그러니 어떤 식으로든 지혜를 소개해야 할 상황이 생길 터였다. 그나마 홀이 아닌 룸이라면 곤란한 상황을 피할 수 있을지도 몰랐다.

"예약하셨나요? 성함이 어떻게 되세요?"

"황지혜요!"

"네, 홀 자리 예약하셨네요."

동금은 얼굴을 가린 채 눈을 질끈 감았다. 마지막 희망마저 사라지는 순간이었다.

"그럼 이쪽 홀로 안내해드리겠습니다…?"

예약 확인을 마친 매니저가 동금을 발견하자 놀란 표정을 지었다. 동금은 재빨리 매니저에게 모르는 척해달라는 손짓과 표정을 지었다.

"여기 우선 생갈비 2인분 주세요. 그리고… 오빠, 뭐 마실래?"

"내가 알아서 할게. 여기 칠레산으로 괜찮은 와인 한 병 주세요."

"오빠, 여기 와본 적 있어?"

"음… 지혜야. 우리 집…. 고깃집 한다고 했잖아?"

"응."

"그게 여기야."

동금의 말을 들은 지혜가 말없이 눈을 깜빡거렸다. 갑작스런 정보에 잠시 사고회로 오류가 난 듯했다. 동금은 그런 지혜를 민망한 얼굴로 보며, 충격적인 정보를 하나 더 전달했다.

"부모님 둘 다 지금 여기 계실 거…. 아, 저기 오신다."

"뭐…?!"

깜짝 놀라 주변을 두리번거리는 지혜의 눈에 딱 봐도 주인으로 보이는 동금의 부모님이 걸어오는 모습이 보였다.

"어머!"

지혜는 작게 비명을 지르더니 재빨리 가방에서 거울을 꺼내 상태를 점검했다. 동금은 그런 지혜가 웃기기도 하고 사랑스럽기도 해 소리 없이 웃었다.

"얘! 너는 오면 온다고 얘기를 하지!"

어느새 테이블로 다가온 동금의 어머니는 얼굴 가득 미소를 지으며 한소리를 던졌다. 하나뿐인 아들이 여자를 데려왔다는 것이 무척이나 반가운 듯했다.

"나 아니고 여기, 이 사람이 예약했어요. 인사해. 이쪽이 우리 어머니이고 이쪽이 우리 아버지이셔. 엄마, 아빠. 제 여자친구예요."

"안녕하세요. 황지혜입니다."

"아이고, 반가워요. 우리 동금이가 좋아하는 아가씨를 이렇게 보게되네요?"

동금의 어머니는 반갑게 지혜와 인사를 나누었지만 아버지 부경은 그렇지 않았다. 부경은 어딘지 모르게 복잡미묘한 표정으로, 말없이 지혜를 쳐다보고 있었다.

"아빠?"

동금이 그런 부경을 의아한 듯 보며 물었다. 그제야 부경은 아차 싶었는지 간신히 입에 영업용 미소를 지으며 입을 열었다.

"아, 그려. 잘 왔어요. 맛있게들 먹고 가요. 그럼 우리는 바빠서…."

부경은 그 말을 끝으로 동금의 어머니를 데리고 자리를 떠났다. 동금은 그런 아버지를 보며 갸우뚱했지만 별일 아니겠거니 생각하며 지혜와 함께 데이트를 즐겼다.

＊ ＊ ＊

다음날, 동금은 부모님께 지혜에 대한 이야기를 모두 털어놓았다. 그녀가 수사 중인 범인의 딸이며, 장모가 될 사람은 절을 운영하는 보살이라는 것도. 결혼에 문제가 될 소지는 다분했다.

"후…."

이야기를 들은 동금의 어머니는 작게 한숨을 쉬었다. 하지만 동금은 그런 어머니에게 단호한 말투로 지혜와의 결혼을 선포했다.

"저… 그 사람과 결혼할 겁니다."

"뭐?"

"진심이에요. 지혜가 아니면 어떤 여자도 만나지 않을 겁니다. 그 정도로 확고해요."

할 말을 잃은 동금의 어머니는 그대로 몸을 돌려버렸다. 그러자 부경이 착잡한 표정으로 입을 열었다.

"동금아, 잠깐 나와 봐라."

부경은 동금을 데리고 밖으로 나왔다. 그러고는 아들을 뚫어져라 쳐다보았다.

"더 할 얘기는 없는 겨?"

동금은 그게 무슨 말이냐는 듯 눈을 끔뻑거렸다. 동금은 앞서 얘기한 두 가지가 외에 다른 문제는 없다고 생각했기 때문이다.

"그 아가씨, 유부남과 만난 적이 있다던디. 그 얘기는 끝까지 애비애미헌티 숨길 생각이여?"

놀란 동금은 아무 말도 하지 못했다. 그 얘기를 아버지가 알고 있으리라고는 생각지 못했다.

"그건…."

사실 부경은 명규로부터 진즉에 지혜에 대한 이야기를 상당히 전해들은 상태였다. 때문에 전날 지혜를 보았을 때, 그저 반가워할 수 없었다. 명규 입장에선 당연한 처사였지만, 동금에겐 마른하늘에 날벼락이었다.

"이걸 느그 엄마가 알면 워쩌려고 그려? 그 생각은 해보지도 않은 겨?"

부경의 말은 틀린 말이 아니었다. 세상 어느 부모가 유부남과 불륜 관계였던 여자를 며느리로 들이고 싶겠는가.

"나가 이것을 지금 느그 엄마에게 숨기는 것이 맞는지 모르겠다. 나는 모르겠응께 니가 알아서 혀라. 어쨌든 느그 엄마가 허락 못 하면, 결혼이고 나발이고 싹 다 없던 일로 돼버릴 것이니께. 알긋냐?"

13
피습

강남 코엑스 영화 〈천국〉 VIP 시사회장

동금은 지혜와 함께 약속했던 영화 시사회장에 와있었다. 동금은 영화를 보는 내내 까르르 웃기도 하고 깜짝 놀라기도 하는 지혜를 보며 행복을 느꼈다. 오늘 데이트를 위해 일주일 동안 감당한 야근의 피로는 이미 눈 녹듯 사라진 상태였다.

"재밌어?"

"응, 너무 좋아!"

지혜와 눈이 마주친 동금이 귓속말로 묻자 지혜는 너무 좋다며 활짝 웃음꽃을 피웠다. 그런 지혜를 보며 동금은 부모님에 대한 고민은 일단 미뤄두기로 했다. 당장 해결할 수 없는 문제로 고민에 빠지기에는, 지금 이 순간순간들이 너무나도 귀하고 소중했다.

영화가 끝난 뒤, 관객들이 일어나 기립박수를 치는 가운데 배우들이 무대 위로 올라왔다. 지혜는 자신이 좋아하는 남자 주연배우가 나오자 신이 나서 환호성을 질렀다. 잠시 후, 여자 주연배우가 앞으로 나서자 환호와 박수 사이에서 휘파람 소리 하나가 크게 들려왔다.

동금은 유난히 커다란 휘파람 소리에 슬쩍 뒤를 돌아보았다. 붉은색 코트를 입은 중년의 남자가 열성적으로 환호하며 휘파람을 불어대고 있었다. 자리를 보아하니 남자는 같이 온 일행이 없는 듯했다.

대단한 열성팬이라 생각하며 고개를 돌리던 동금은 갑자기 무언가 떠오른 듯, 다시 뒤를 돌아보았다. 조금 전만 하더라도 자리에 앉아 있던 남자가 시사회장 밖으로 걸음을 옮기고 있었다.

'잠깐… 설마…?'

동금이 자리에서 벌떡 일어나자 지혜가 놀란 듯 물었다.

"오빠, 왜 그래?"

"지혜야, 미안해! 오빠 잠깐만 나갔다 올게!"

동금은 옆 사람들에게 양해를 구하며 통로를 빠져나와 영화관 밖으로 걸음을 옮겼다. 즉시 밖으로 나가 그 남자를 붙잡아야 했다. 붉은 코트의 중년남은, 다름 아닌 박태원이었던 것이다!

"제기랄…!"

동금은 급히 영화관 밖으로 나왔지만 태원의 모습은 보이지 않았다. 동금은 포기하지 않고 영화관 주변을 뛰어다녔지만, 태원은 마치 도술이라도 부린 듯 감쪽같이 사라진 뒤였다.

* * *

"오빠, 주왕재가 오빠 딸을 벗겨버리겠대…. 오빠 딸도 나처럼 될 수 있어. 그 악마는… 반드시 그럴 거야…."

도술은 혜영으로부터 진경이 구출되었다는 소식을 들은 뒤, 여성 쉼터로 연락해 진경의 목소리를 들을 수 있었다. 도술의 목소리를 들자 울음부터 터뜨린 진경은, 왕재가 도술의 딸 지혜를 여전히 노리고 있다는 사실을 알려주었다.

"진경아, 몸 잘 추스르고 있어. 오빠가 꼭 다시 연락할게."

도술은 진경에게 마지막 약속을 하고는 전화를 끊었다. 그리고 한참을 생각에 빠졌다.

'주왕재를 끌어들인 순간부터, 그놈과는 더 이상 같은 하늘을 이고 살 수 없게 된 거야…'

도술은 결코 왕재가 지혜를 건드리게 놔둘 수 없었다. 아마 둘 중 하나가 죽기 전까지, 이 싸움은 끝나지 않을 것이다. 생각을 마친 도술은 다시 전화기를 들었다. 그리고 전화를 바로 받지 않는 태원에게 메시지를 남겼다.

"태원아, 나다. 우리 얼굴 좀 보자."

* * *

도술과 태원은 여의도의 한 호텔 카페에서 마주앉았다. 도술은 양복에 중절모 차림이었고, 태원은 시사회장에서 입었던 붉은 코트 차림이었다.

"형님, 오랜만입니다."

"그동안 잘 지냈지?"

"저야 뭐, 이곳저곳 돌아다니면서 낭만적인 생활을 하고 있지요."

정말 즐거운 생활을 만끽하는 듯한 태원의 얼굴에, 도술은 저도 모르게 너털웃음을 짓고 말았다.

"도망자 신분인데도 너처럼 행복해 보이는 놈은 처음이다."

"형님, 궁상떨지 말고 즐겁게 지내자! 이게 내 가훈 아닙니까?"

"가족도 없는 놈이 무슨 가훈이야? 하여튼 조심해. 어디서 누가 우릴 제보할지 모른다."

"형님, 걱정 좀 붙들어 매쇼. 난 형님처럼 손등에 王 자나 새기면서 미신 믿는 그런 짓은 안 해요. 그리고 보니 손에 장갑은 왜 끼고 있어요? 아직 겨울도 아닌데."

태원의 말을 들은 도술은 왕재에게 당한 손끝이 다시 아려오는 듯, 주먹을 말아 쥐며 인상을 찌푸렸다.

"그렇게 됐다. 주왕재 그 미친놈 때문에…. 그래서 말인데…. 태원아, 나 좀 도와줘라."

도술이 심각한 표정으로 말하자 태원이 커피를 마시며 되물었다.

"갑자기 왜 이리 진지해? 내가 언제 형님 안 도와준 적 있어?"

"주왕재, 담그자."

왕재를 죽이자는 도술의 말에 태원은 마시던 커피를 뿜을 뻔했다. 두 사람은 잠시 말없이 서로의 눈을 바라보았다. 태원은 도술의 눈을 통해 지금 하는 얘기가 진심임을 알 수 있었다.

"형님, 주왕재는 만석과 행동대장 출신이야. 우리 같은 사기꾼하곤 질이 달라요. 칼로 사람 잡는 조폭을 우리가 어떻게 죽인다는 거야?"

태원이 진지하게 이야기했지만 도술의 결심은 이미 확고한 듯했다.

"제아무리 주왕재라도… 우리 둘이 불시에 달려들면 그놈 하나 잡는 게 안 되겠나?"

"아니, 형님. 그게 말이 쉽지…. 솔직히 말해봐요. 칼로 닭이라도 잡아본 적 있수? 차라리 청부를 하는 건 어때요? 돈도 많은데 그게 낫지 않을까?"

"아니야. 그랬다가는 경찰에 노출될 확률이 오히려 커질 수 있어. 그냥 우리가 하는 게 나아."

태원은 도술이 이렇게까지 왕재를 죽이려 드는 것이 이해가 되지 않았다. 분명 자신이 모르는 이유가 있는 것 같았다.

"형님, 무섭다. 도대체 왜 그런 결심을 한 거야? 왜 폭주하는 거예요?"

"진경이가 주왕재한테 당했단다. 그리고….'

도술은 무거운 목소리로 진경의 이야기를 태원에게 털어놓았다.

"그래, 그러면 그렇지. 형님이 어지간하면 이럴 리가 없지….'

어느새 눈시울이 붉어진 도술을 보며 태원이 중얼거렸다. 도술과 오랜 친분이 있는 만큼, 태원 역시 도술에게 있어 지혜가 얼마나 특별한 존재인지 잘 알고 있었다.

"그리고… 우리 입장에서도 주왕재는 없는 게 훨씬 낫지 않겠냐? 경찰에 잡히면 교도소지만, 주왕재한테 잡히면 한강 바닥이야."

태원은 한숨을 내쉬었다. 도술의 말은 틀리지 않았다. 왕재의 입장에서 도술과 태원은 범죄의 증거물이었다. 즉 두 사람이 경찰에 잡히지 않는 한, 왕재는 둘을 잡는 걸 포기하지 않을 것이다. 만약 왕재를 없앨 수만 있다면… 도술과 태원이 조심해야 할 것은 경찰뿐이었다.

"주왕재… 주왕재….'

태원은 왕재의 이름을 중얼거렸다. 사실 냉정하게 따져보면 왕재는 도술보다도 태원에게 더 큰 원한을 갖고 있을 확률이 높았다. 도술을 왕재에게 소개한 다리 역할을 한 것이 태원이었으니 말이다.

"형님 아니었으면 이런 큰돈은 만져볼 수도 없었을 테니…. 이거, 내가 안 도와주고 어떻게 맘 편히 잠이나 자겠어요?"

태원이 씩 웃으며 도술의 손을 잡았다.

"까짓거 한번 해봅시다. 어차피 주왕재 그놈은 나 잡아 죽이겠다고 계속 찾아다닐 텐데. 먼저 잡혀 죽느니 내가 잡아 죽이는 게 낫지."

"동생아, 고맙다."

두 중년 남자는 눈시울을 붉힌 채 손을 맞잡고 고개를 끄덕였다. 남들이 보기에는 이게 대체 무슨 상황인가 싶은, 뜨거운 브로맨스의 한 장면이었다.

* * *

한편, 경찰 수사는 도술과 태원을 지명수배하고 잠정 종결하는 쪽으로 방향을 돌렸다. 불행 중 다행이라면, 지휘부에서 '왕도술과 박태원을 검거할 때까지는 수사전담팀을 유지하라'는 지시를 내렸다는 것이다. 자신이 담당형사로 지정된 최초의 사건이 종결될 뻔했던 동금은, 계속 수사를 할 수 있다는 사실로나마 아쉬움을 덜 수 있었다.

'박태원이 어떻게 VIP 시사회까지 왔을까?'

동금은 코엑스에서 마주친 태원을 떠올렸다. 그 시사회는 외제차 수입회사에서 고객들을 초대하는 행사였다. 즉 관람객은 다들 그 회사의 고객들이었다. 동금이 표를 구할 수 있었던 것도 동금의 부모님이 그 회사의 고객이기 때문이었다.

고객 명단을 조사해보기로 마음먹은 동금은 시사회에 초대되었던 사람들의 명단을 요구하는 공문을 업체에 보냈다. 그러나 업체에서는 개인정보를 제공할 수 없다며 이를 거부했다.

"시사회 참석자 명단은 저희 회사 VIP 고객 명단입니다. 아무리 경찰의 요구라 해도 개인정보가 포함되어 드릴 수 없습니다. 받고 싶으시면 영장 받아 오세요."

동금은 이 변호사를 찾아가 자문을 받았다. 그리고 2주 후, 쉽지 않은 일이었지만 정말로 압수수색영장을 발부받아 초대명단을 손에 넣었다. 초대받은 사람의 수는 335명, 그러나 그 안에 박태원이라는 이름은 없었다.

'…이제 어떻게 한다?'

동금은 손에 들린 명단을 보며 이 변호사가 지난번에 했던 이야기를 떠올렸다. 이 변호사는 손에 잡히는 것이 수사라며, 손에 잡히는 것을 수사 단서로 잡아보라 조언했다. 이 변호사의 말대로라면 동금이 지금 해야 할 일은 손에 쥐어져 있는 이 명단을 파헤쳐보는 것이었다.

'그래, 분명 이 명단의 335명 중 누군가가 박태원과 연결고리가 있어. 그걸 찾아보자.'

＊ ＊ ＊

D-day

카페에서의 합심 이후, 도술과 태원은 왕재를 살해할 계획을 차근차근 준비했다. 그렇게 며칠 동안 주왕재를 미행하며 살해할 시간과 장소를 정한 둘은, 마침내 계획을 실행하기로 했다.

왕재는 매일 부하가 운전하는 차를 타고 성수동에 위치한 집에서 사무실이 있는 명동까지 이동했다. 명동의 사무실에는 보통 오전 9시 40분쯤 도착하는데, 이 건물에는 늘 주차 공간이 부족했다. 때문에 운전기사는 주왕재를 건물 앞에 내려준 뒤 200m가량 떨어진 공용주차장에 차를 주차했다. 도술과 태원은 이 시간을 노리기로 했다. 왕재가 혼자만 노출되는, 유일하다시피 한 시간이었던 것이다. 왕재를 살해한 후에는 공용주차장과 반대 방향으로 도망가기로 했다. 혹시라도 공용주차장 쪽으로 도망가다가는 왕재의 운전기사와 마주칠 수 있었기 때문이다. 문제는 도술이나 태원이나 칼을 휘둘러 본 적이 한 번도 없단 사실이다.

"형님, 요즘도 주문 외우고 다닙니까?"

폴라티에 모자를 뒤집어쓴 차림의 태원이 도술에게 물었다. 도술 역시 태원과 마찬가지로 폴라티에 모자를 쓴 차림이었다. 두 사람은 왕재의 사무실 앞에서 몸을 숨기고 대기 중이었다.

"야, 내가 王 자 새기고 일이 잘 풀린다니까? 내 이름에 술(術)이 들어가 있잖니? 우리 스님이 그랬어. 王 자와 術 자가 같이 있어야 조화가 돼서 만사형통 된다고!"

호탕하게 말한 도술이었지만 담배를 꺼내 드는 손이 덜덜 떨렸다.

"거, 손이나 안 떨면서 얘기해요. 그런 미신은 됐고, 칼이라도 한 번 더 휘둘러보쇼."

태원이 허리춤에 숨겨둔 칼을 만지작거리며 말했다.

잠시 후, 9시 50분쯤이 되자 왕재를 태운 제네시스 차량이 도착했다. 차는 왕재를 내려주고 공용주차장으로 향했다. 왕재는 특유의 느릿느릿한 걸음으로 건물 입구를 향해 걸어갔다. 도술이 재빨리 그런 왕재의 뒤를 쫓았다. 날이 바짝 선 칼을 힘껏 움켜쥔 채였다. 그렇게 왕재와 서너 걸음 정도로 거리가 좁혀졌을 때, 도술이 왕재를 불렀다.

"왕재야!"

왕재는 누군가 자신의 이름을 반말로 부르자 얼굴을 찡그리며 몸을 돌렸다. 그 순간, 도술이 들고 있던 칼로 주왕재의 복부를 있는 힘껏 찔렀다. 날 길이가 20cm쯤 되는 칼이 왕재의 배 깊숙이 들어갔다. 왕재는 도술의 얼굴을 보고 크게 놀란 듯, 간신히 배를 찌르고 있는 칼을 쥔 도술의 손을 붙잡았다. 칼자루를 움켜쥔 도술의 오른손이 왕재의 분노한 얼굴과 와이셔츠 밖으로 나오는 붉은 피를 보며 부들부들 떨고 있었다.

"야… 이, 씨발 놈아…!"

왕재의 비명 같은 욕지거리에 건물 경비원이 밖으로 뛰쳐나왔다. 동시에 지나가던 행인도 그 모습을 보았다. 모자를 깊게 눌러쓰고 도술의 뒤를 따르던 태원이 왼팔을 휘저으며 다급하게 소리쳤다.

"형님! 이제 됐어! 빨리 도망쳐!"

태원의 목소리에 정신을 차린 도술은 칼을 빼내고 움직이기 시작했다. 그때, 쓰러진 왕재가 도망치는 도술의 한쪽 발을 잡았다. 도술이 넘어지면서 손에 들고 있던 칼을 놓쳤다. 도술은 황급히 바닥에 떨어진 칼을 주우려 했지만, 당황한 나머지 그 과정에서 손 여기저기 상처를 입었다. 칼을 집어든 도술은 허겁지겁 계획했던 방향과 반대쪽으로 도망치기 시작했다. 바닥에 쓰러진 왕재가 서로 다른 방향으로 달아나는 도술과 태원을 보며 중얼거렸다.

"씨발 놈들…. 잡히기만 해봐라…!"

* * *

11월 초순 오전 11시, 광수대 3팀 사무실

요란하게 울리는 경찰 경비 전화를 받은 정선이 놀란 얼굴로 무언가를 메모했다. 잠시 후, 통화를 마친 정선은 흥분된 목소리로 명규에게 보고를 올렸다.

"팀장님, 주왕재가 오늘 아침에 사무실 앞 도로에서 괴한들에게 피습을 당했답니다. 지금 강북병원 응급실에서 수술 중이래요!"

명규를 비롯한 3팀 형사들 모두 예상치 못한 소식에 깜짝 놀란 표정을 지었다.

"부 반장, 강북병원 응급실로 가자! 박 형사, 얼른 차 준비시켜!"

잠시 후, 3팀 형사들은 강북병원에 도착했다. 병원 응급실 주변에는 혹시 모를 2차 피습을 대비하여 남대문경찰서 강력팀 형사들이 긴장된 표정으로 주변을 경계하고 있었다.

"윤 팀장, 왔어? 부 반장도 왔구만!"

50대라는 나이에 어울리지 않게 스포츠머리를 한, 남대문경찰서 강력 2팀 남대현 팀장이 명규에게 손을 내밀었다. 명규 역시 반가운 표정으로 남 팀장의 손을 마주 잡으며 입을 열었다.

"도대체 무슨 일이야? 주왕재가 피습을 당하다니? 상태는 어때?"

"생명에는 지장이 없으시단다! 수술도 곧 끝날 거야. 하마터면 큰일 날 뻔했다고 하긴 하더라. 의사 말로는 칼날이 폐 옆을 지나갔다나? 3cm만 옆에 찔렸어도 죽었을 거래!"

명규는 불행인지 다행인지 모르겠는 복잡미묘한 감정을 느끼며 재차 남 팀장에게 상황을 물었다.

"주왕재는 뭐래? 만나봤어?"

"내가 신고받자마자 응급실에 도착했더니 주왕재가 사시나무 떨듯 벌벌 떨고 있더라고. 건달들도 칼에 찔리면 벌벌 떠는 건 똑같지 뭐. 그런데 말이야, 누가 찔렀는지 아느냐고 물었더니 대답을 안 하는

데…. 분명 내 느낌으로는 아는 눈치였어!"

남 팀장은 대강의 자초지종을 들려주었다. 피해자 신분을 확인한 뒤 서울청에 보고했더니, 광수대 3팀에도 연락을 주라는 지시가 떨어졌다는 것이다.

"윤 팀장, 내가 볼 때는 이거 칼잡이 실력이 아니야. 조금 전에 얘기했지만, 의사 말대로라면 칼날이 폐에서 3cm 정도 빗겨 나갔다는 거잖아? 그건 칼날이 주왕재 배 속을 밀고 들어갔다가 그대로 나왔다는 얘기 아냐. 이건 칼을 모르는 놈 소행이야! 칼잡이들은 배에 칼이 들어가면 이렇게 비틀잖아?"

남 팀장이 오른손을 쭉 앞으로 내밀며 손으로 칼을 들고 비트는 모습을 흉내 냈다. 명규 역시 그런 남 팀장을 보며 고개를 끄덕였다.

"그렇지…. 아 참, 현장에 CCTV는 있고?"

"다행히 있더라. 문제는 화질이 안 좋아서…. CCTV 화면만으로는 누구인지 특정하기가 쉽지 않을 것 같다더라고."

남 팀장이 아쉽다는 얼굴로 말했지만 명규는 그게 어디냐는 표정으로 남 팀장의 팔을 툭툭 두드렸다.

"그거라도 감지덕지지. CCTV 영상 우리한테도 좀 보내줘. 어쩌면 우리가 아는 놈들일 수도 있으니까."

남대문경찰서에서 보내준 CCTV 영상은 예상 이상으로 화질이 좋지 않았다. 용의자는 두 명이었고, 두 명 모두 폴라티와 모자를 뒤집어써서 신원을 특정하기가 사실상 불가능했다. 특이한 점이라면 두 사람이 도망갈 때 서로 반대 방향으로 도주했다는 것이다. 눈썰미 좋은 동금은 괴한들의 인상착의와 걸음걸이, 그리고 체격 등을 대한은행에서 받았던 CCTV 영상과 대조하여 범인이 왕도술과 박태원이라고 확신했다. 그러나 이 사실은 경찰 내부에서만 공유되었다. CCTV 화질이 워낙 좋지 않은 데다 다른 증거도 없는 탓에 언론에 알리기에는 무리가 있었던 것이다. 그뿐만 아니라 도주자 신분인 두 사람이 칼을 사용할 만한 범행동기가 없다는 것 역시 두 사람을 범인으로 확정할 수 없게 만드는 요인이었다. 때문에 경찰 일부에서는 왕재에게 원한을 가진 다른 조폭이 아니겠냐는 의견이 나오기도 했다.

* * *

다음 날, 명규는 동금을 데리고 왕재가 입원해있는 강북병원 1인실에 방문했다. 병실 밖에는 왕재의 부하 둘이 보초를 서고 있었다.

"어이, 주 회장, 몸은 괜찮고?"

명규가 병실로 들어오자 왕재가 침대에서 몸을 일으켰다. 왕재가 입은 환자복 사이로는 수술한 부위에 감긴 두꺼운 붕대가 보였다.

"아이고, 팀장님께서 병문안까지 와 주시고. 고맙습니다."

왕재는 밖에 있는 부하 하나를 부르더니 냉장고에서 음료수를 꺼내 명규와 동금에게 하나씩 건네주었다.

"뭐, 병문안 겸 수사목적이라고 해두지. 의사 선생님 말씀 들었지? 칼날이 3cm만 옆으로 갔어도 지금 주 회장은 차가운 흙바닥에 누워있었을 거야. 그러니 이제부터는 착한 일만 하고 살라고!"

왕재는 그런 명규의 말에 눈살만 찌푸릴 뿐 대답하지 않았다.

"그나저나 왕도술이랑 박태원이 왜 주 회장을 죽이려고 한 거야?"

"팀장님, 아니라니까요! 왕도술이나 박태원 같은 놈들한테 제가 당할 사람입니까?"

왕재는 눈을 부릅뜨며 발끈했지만 그 눈빛은 흔들리고 있었다. 동금은 그런 왕재의 눈을 놓치지 않고 지켜보았다.

"주 회장, CCTV에 다 나오는데 뭘 숨기고 그래?"

"팀장님, 저도 그 CCTV 봤는데요. 그걸로 범인이 왕도술이라고 누가 그럽니까? 제가 두 눈으로 봤잖습니까? 그놈들, 모자 쓰고 있어서 얼굴도 제대로 안 보였습니다."

사실 명규는 지금 동금의 말을 근거로 왕재를 찔러보는 중이었다. 왕재의 말대로 CCTV로 범인을 특정하는 건 불가능했으니 말이다.

"왜? 칼잡이도 아니고 사기나 치는 왕도술한테 칼 맞은 게 쪽팔려서 그런 거야? 그런 건 아닌 것 같은데?"

명규는 몇 번 더 찔러보았지만 왕재는 조개처럼 입을 꾹 닫아버렸다. 결국 명규와 동금은 큰 소득 없이 병실을 떠날 수밖에 없었다.

동금은 광수대로 돌아오는 내내 생각했다.

'도술과 태원이 무슨 이유로 주왕재를 죽이려 했을까? 주왕재는 왜 우리에게 왕도술과 박태원이란 사실을 극구 부인했을까? 팀장님 말대로 왕도술에게 칼 맞은 게 부끄러워서 그런 건가?'

남대문경찰서에서도 동금의 의견을 토대로 왕도술과 박태원의 행방을 뒤쫓았다. 하지만 할 수 있는 모든 방법을 동원했음에도, 왕도술과 박태원의 코빼기조차 찾을 수 없었다. 더욱이 주왕재가 왕도술과 박태원이 범인이 아니라고 부인했기 때문에 그들을 범인으로 특정할 수도 없는 상황이었다. 이렇게 주왕재 피습 사건은 완전히 미궁으로 빠져드는 듯했다. 며칠 뒤, 한강 고수부지에서 왼쪽 손등에 王자가 새겨진 사체 한 구가 발견되기 전까지는….

14
한강 변사

11월 중순, 광수대 3팀 사무실

"오늘 아침, 반포대교 부근 한강 고수부지에서 산책하던 시민이 50대로 보이는 남자 사체를 발견해 신고했습니다. 신원불명의 남자는 왼손등 위에 한자로 王자 문신이 있었다고 하는데요. 경찰은 타살 여부를 염두에 두고 수사 중이라고 밝혔습니다."

도술에 대한 수사기록을 검토하던 동금은 사무실 TV에서 흘러나오는 뉴스에 고개를 돌렸다.

'왕도술…?!'

동금은 즉시 외근 중인 명규에게 연락을 취한 뒤, 순천향병원으로 출발했다(용산경찰서에서 발견되는 변사체는 순천향병원 영안실로 안치된다). 잠시 후, 영안실에 도착한 동금은 미리 연락을 받고 나와 있던 용산경찰서 형사들을 만날 수 있었다. 형사과 최창수 팀장과 조동명 형사였다.

"자네가 박동금 형사구만? 나 형사 2팀장 최창수야. 윤 팀장하고는 동기."

이마에 패인 주름이 인상적인 최 팀장이 웃으며 손을 내밀었다. 동금 역시 그 손을 맞잡으며 인사를 건넸다.

"안녕하십니까, 팀장님. 박동금이라고 합니다."

"윤 팀장이 자네 자랑을 어지간히 하던데…. 어라? 호랑이도 제 말하면 온다더니."

동금은 최 팀장의 말에 고개를 돌렸다. 명규가 성큼성큼 세 사람이 있는 곳으로 걸어오고 있었다.

"거 나이를 너무 많이 먹어서 그런가? 왜 이렇게 늦어? 옛날 그 빠릿빠릿하던 윤명규는 어디 간 거야?"

"사돈 남 말 할 처지냐? 네 배를 봐라. 동기 중 제일 날렵하던 최창수는 어디 갔나?"

명규와 최 팀장은 어지간히 반가운지 서로를 놀리며 인사를 나누었다. 인사를 나눈 네 사람은 함께 영안실로 들어갔다. 최 팀장의 요구에 담당 직원이 흰 천을 벗겨 시신을 보여주었다. 보통 키에 평범한 체형을 가진 도술이, 반쯤 뜬 눈으로 누워있었다.

"후…. 왕도술 씨, 우리가 그렇게 찾았는데…. 여기 이렇게 누워있으면 어떡해?"

씁쓸한 얼굴로 도술을 보며 중얼거리던 명규는 장갑 낀 손으로 도술의 눈을 감겨주었다. 네 명의 형사들은 잠시 눈을 감고 고개를 숙였다. 아무리 범인일지라도 망자에 대한 예의는 지켜주어야 했으니까.

도술의 사체를 보며 동금은 특히 묘한 감정을 느꼈다. 만난 지 세 달 만에 그의 모든 마음을 앗아간 여자, 결혼까지 생각하고 있는 여자의 아버지가 자신의 앞에 변사체가 되어 누워있었다. 그것도 담당 형사와 범인의 관계로…. 어쩌면 장인과 사위가 되었을지도 몰랐던 사람이….

"안 박사님은 뭐라셔?"

명규가 최 팀장을 보면서 물었다. 안 박사는 용산경찰서의 검안의였다.

"정확한 사인은 부검을 해봐야 알 수 있을 거래. 지금 사체 외상만으로는 판단할 수 없다더라고."

명규는 고개를 끄덕이며 도술의 사체를 찬찬히 살폈다. 도술의 몸에는 타박상과 칼에 살짝 벤 듯 보이는 자상들이 있었고, 손톱이 인위적으로 뽑힌 흔적도 있었다. 치아도 5개 정도가 비정상적으로 뽑혀 주변 잇몸이 상해 있었다.

"아무리 봐도 이건 고문을 당한 것 같은데…. 그렇다고 이게 직접적인 사망 원인 같진 않고."

"나도 동감이야. 아 참, 보여줄 게 하나 더 있어."

최 팀장이 손짓하자 조 형사가 영안실 구석에 내려두었던 가방을 명규 앞으로 옮겨주었다.

"죽은 왕도술이 메고 있던 등산용 배낭이야."

"이거 왜 이렇게 무거워? 대체 뭐가 들은 거야?"

"22kg짜리 돌입니다. 인양할 당시에 메고 있었다고 합니다."

조 형사가 수첩을 보며 말했다. 최 팀장이 문득 동금을 보며 입을 열었다.

"어이, 박 형사. 이런 변사체 본 적 있어? 돌이 들어 있는 등산용 배낭을 멘 사체 말이야."

"아니요. 처음 봅니다."

실제로 이런 변사체는 형사 생활을 30년 넘게 한 베테랑 형사들도 두세 번 볼까 말까 한 일이었다. 그리고 그 의도는 매우 명확했다. 시체가 한강 바닥에 가라앉아 떠오르지 않게 하기 위함이었다. 문제는 사체가 발견되기를 바라지 않은 사람이 '죽은 도술이었느냐' 아니면 '다른 누군가이냐'였다. 그것이 자살과 타살을 결정지을 것이다. 실제로 명규는 가족들에게 시신이 발견되지 않도록, 스스로 25kg짜리 돌을 넣은 배낭을 메고 자살한 사건을 경험한 적이 있었다.

"박 형사, 어떻게 22kg이나 되는 배낭을 멘 사체가 물에 떴을까? 사람 몸무게까지 하면 거의 100kg은 되었을 텐데 말이지."

최 팀장이 마치 수수께끼를 내듯 동금에게 물었다. 동금은 잠시 생각하다 자신의 추론을 이야기했다.

"아마 처음 며칠 동안은 한강 바닥에 있었겠죠. 하지만 시간이 흐르면, 시체가 부패함에 따라 사체 안에서 가스가 차오릅니다. 그러니 그 가스가 사체를 물 위로 띄워 올렸을 겁니다. 그 말은 즉… 왕도술은 사망한 지 최소 며칠은 지났다는 이야기가 됩니다."

동금의 명석한 추리에 최 팀장이 미소를 지으며 고개를 끄덕였다.

"머리 돌아가는 거 보니 윤 팀장이 자랑할 만하네. 아 참, 윤 팀장. 서울청에서 말하길, 살인 사건이면 자네 팀에서 조사하고 있는 깡패를 용의자로 살펴보라던데? 그 깡패, 이름이 뭐야?"

"주왕재라고. 만석파 행동대장이야. 주왕재 관련 수사 자료는 우리가 제공하지."

"오케이, 주왕재…. 근데 무슨 파라고? 만석파? 처음 듣는데."

최 팀장은 왕재의 이름과 만석파를 적으며 고개를 갸우뚱했다.

"윤 팀장, 우리는 이번 건을 살인 사건으로 보지만, 자살 가능성도 배제할 수는 없다고 봐."

"음, 둘 다 염두에 둬야지. 부검은 언제 하지?"

명규의 질문에 조 형사가 입을 열었다.

"오늘 부검 영장을 보낼 예정이니까… 아마 빠르면 내일 잡힐 것 같습니다. 모레가 될 수도 있고요. 살인 사건이라 국과수에서도 최대한 빨리 해줄 겁니다."

"좋아, 부검에 조 형사는 참석할 테고…. 우리도 박 형사가 참석하도록 하지."

명규가 동금을 보며 말하자 조 형사가 고개를 끄덕였다.

"예, 팀장님. 그렇게 알고 있겠습니다."

"참, 조 형사. 변사자 가족들과는 연락됐나?"

최 팀장이 문득 떠올랐다는 듯 조 형사를 보며 물었다. 그러자 동금이 나섰다.

"제가 왕도술 씨의 유가족 연락처를 알고 있습니다. 저희가 수사하면서 참고인으로 조사도 했고요. 이혼한 전처와 딸이 있는데…. 괜찮으시다면 제가 가족들 모시고 용산서로 가겠습니다."

"그렇게 해주면 나야 고맙지. 유가족 조서도 받아야 하니까…. 되도록 오늘 일과 중에 모시고 와 주면 좋겠는데. 괜찮나?"

조 형사의 물음에 동금은 그렇게 해보겠다며 고개를 끄덕였다.

"자, 그럼 여긴 이쯤에서 정리하자고."

최 팀장의 마무리 멘트와 함께 형사들은 영안실을 빠져나왔다. 영안실을 빠져 나온 뒤, 동금은 잠시 마음을 가다듬고 황영숙에게 전화를 걸었다. 마음 같아서야 직접 얼굴을 보고 전해주고 싶었지만, 유가족 조서를 위해서는 서둘러야 했다.

"어머님, 동금입니다. 안 좋은 소식이 있어 연락드렸어요. 왕도술 씨 얘기예요."

"그 사람… 잡혔구나? 그래, 잘못을 했으면 벌 받아야지."

"그게 아니라… 오늘 아침에 한강에서 변사체로 발견되었습니다. 아직 지혜에게는 말하지 않았어요."

도술의 사망 소식에 영숙은 아무런 말도 하지 않았다. 동금은 답이 없는 영숙을 잠시 기다리다 다시 입을 열었다.

"어머님, 지금 용산경찰서로 유가족 조사를 받으러 가셔야 해요. 혼자 오실 수 있을까요? 아니면 지혜보고 모시러 가라고 할까요?"

"…괜찮아. 나 혼자 갈 수 있어."

"알겠습니다. 그럼 지금 바로 출발하시는 게 좋을 것 같아요. 제가 용산서에서 기다릴 테니 도착하면 전화 주세요."

영숙과 통화를 마친 뒤, 동금은 지혜에게도 전화를 걸었다. 밝은 목소리로 전화를 받았던 지혜는 동금의 이야기에 급격하게 말이 없어졌다. 동금은 충격으로 말이 없는 듯한 지혜에게 영숙에게 이야기한 것처럼 용산경찰서로 와야 한다는 이야기를 전했다.

잠시 후, 경찰서에 도착한 지혜와 영숙은 조 형사를 통해 유가족 조사를 간단히 마치고 부검 동의서에도 동의했다. 유가족은 부검에 참관할 수 있었고, 부검 후에 시신은 유가족에게 인계된다. 부검 결과는 한 달 후에 통보될 예정이었다.

절차를 모두 마친 뒤, 지혜와 영숙은 동금과 함께 영안실로 향했다. 부검이 이루어지기 전에 온전한 모습의 도술을 볼 수 있는 마지막 시간이었다. 오랜 시간 떨어져 지냈기 때문인지, 두 모녀는 죽은 도술을 보고도 덤덤한 표정이었다. 그러나 영안실 직원이 도술의 사체에 흰 천을 씌워 냉동고에 넣자 지혜가 울음을 터트렸다. 동금은 그런 지혜를 말없이 안아주었다. 영숙은 착잡한 표정으로 도술을 보다가 지혜와 동금에게로 눈길을 돌렸다. 그나마 지혜의 곁에 동금이 있어 다행이라는, 작은 안도감이 담긴 눈빛이었다.

* * *

다음 날, 부검이 시작되었다. 영숙은 참관을 원하지 않았고, 지혜는 국과수에 동행하기는 했지만 동금의 설득으로 부검에는 참관하지 않기로 했다. 동금은 형사들조차 참관을 꺼리는 부검을 지혜에게 보이고 싶지 않았다. 해서 조 형사와 둘이서만 부검에 참관하기로 했다.

"자살인지 타살인지 아직은 알 수 없어. 폐 속 플랑크톤 발견 여부에 따라 결정될 거야."

부검을 맡은 석 박사가 말했다. 살인 사건으로 볼 여지가 많았기 때문인지 법의학과장이나 되는 베테랑 부검의 석 박사가 부검을 맡게 된 듯했다. 물에 빠져 죽은 시체는 폐 속에서 플랑크톤이 검출되면 자살로, 폐 속에서 플랑크톤이 검출되지 않으면 타살로 본다. 플랑크톤이 검출되지 않는다는 것은 사망 후 물에 빠졌다는 의미이므로, 타살 가능성을 높게 보는 것이다.

"조 형사, 사체에 있는 타박상과 자상을 볼 때는 타살 가능성도 있어 보이지만… 이 정도 타박상과 자상이 직접 사인이 될 수 있을지는 의문이야. 얼굴에 약간의 울혈도 있고."

"과장님, 울혈은 혈액 흐름이 방해돼서 생기는 거 아닌가요? 그건 죽은 사람보다 힘이 센 누군가가 입을 막거나 목을 졸랐다는 얘기죠?"

동금과 조 형사는 석 박사의 부검을 쭉 지켜보았다. 결국 시체가 무엇을 말하고 있든 그 결과는 한 달 뒤에나 나올 예정이었다. 형사들의 입장에서는 부디 죽은 도술이 한 달 뒤에라도 무엇이든 얘기해주기를 간절히 바랄 뿐이었다.

* * *

도술의 변사사건을 수사 중인 용산경찰서에서는 왕재와 그 일당이 유력 용의자일 것이라 추정했다. 왕재가 도술에게 피습을 당했을 뿐만 아니라, 그가 몸담았던 만석파가 저수지에서 신입 신고식을 치르는 등 물과 관련이 있었기 때문이다. 하지만 동금의 생각은 달랐다. 도술의 시신이 발견된 시기는 왕재가 피습을 당하고 불과 며칠이 지난 뒤였다. 왕재는 당시 병원에 있었으므로 숨어 있었을 도술을 왕재가 찾아내어 살해한다는 것은 사실상 가능성이 낮아 보였다. 심지어 도술이 살해된다면 자신이 제일 먼저 용의선상에 오를 것이라는 사실을 왕재가 모를 리 없었다. 이뿐만 아니라, 연장을 잘 쓰는 조폭인 왕재 일당들이 도술을 죽였다면 분명 그 사인은 흉기에 의한 것일 터였다. 하지만 도술의 사인은 흉기에 의한 것이 아니었다. 무엇보다 동금이 왕재가 용의자가 아니라 생각하게 된 데에는 왕재의 부하들이 여전히 지혜의 주변에 한 번씩 모습을 드러내고 있다는 것이었다. 만약 왕재가 직접 도술을 죽인 것이라면, 더 이상 도술의 가족들에게는 집착할 이유가 없었다. 22kg짜리 돌이 담긴 배낭 역시 마찬가지였다.

도술이 변사체로 발견된 사건은, 단순히 도술을 살해하기 위한 목적이라기보다도 그 시체를 은폐하는 데에 더 목적이 있는 범죄였다. 자살은 더더욱 아닐 것이다. 수중에 온전히 100억을 가지고 있는 사람이, 그것도 경찰에게 전화해 언젠가 자수하겠다며 애인을 구해 달라 부탁한 사람이 갑자기 자살을?

'젠장…!'

아무리 생각해보아도 실마리가 잡히지 않는 상황에, 애꿎은 책상만 내리치는 동금이었다.

* * *

방송에서는 위조수표 사건의 주범 왕도술이 한강에서 변사체로 발견되었다는 뉴스가 연일 보도 되었다. 경찰에서는 모든 가능성을 배제할 수 없고 정확한 사망 원인은 국과수 부검 결과를 봐야 한다고 응대했다. 하지만 기자들은 이미 해당 사건을 살인으로 기정사실화한 듯했다. '현금 100억을 가지고 있던 사기꾼이 한강에서 변사체로 발견되었다'는 것은 기자들에게 흥미진진한 먹잇감이었다. 뒤이어 현금 100억이 어디로 흘러 들어갔을까에 대한 다양한 억측 보도가 이어졌다. 조폭 연루설부터 시작해 가상화폐 업계 갈등에 따른 희생설까지…. 그야말로 음모론이 판을 쳤다.

도술의 변사사건으로 인해, 지명수배로 종결될 예정이었던 위조수표 사건은 다시 활기를 띠게 되었다. 경찰지휘부에서 용산경찰서와 공조해 사건을 수사하라는 지시가 광수대 3팀에게 내려온 것이다.

한 달 뒤, 국과수로부터 도술의 부검결과가 통보되었다. 도술의 사인은 '액살'이었다. 액살이란, 보통 손으로 목을 졸라 살해하는 것을 말한다. 일반적으로 액살은 피해자보다 체격과 힘이 우위에 있는 살인범이 선택하는 살해방법으로 여겨진다. 주로 여성을 성범죄 대상으로 할 때처럼 말이다. 과거 연쇄살인범 정남규나 화성 연쇄살인 사건의 이춘재도 여성들을 액살하는 방식으로 범행을 저질렀다. 도술의 폐에서는 플랑크톤이 발견되지 않았다. 그 말인즉, 도술은 이미 죽은 상태에서 물에 던져졌다는 뜻이었다. 도술은 자기보다 체격과 힘이 좋은 사람에게 살해당한 뒤, 돌이 든 배낭에 메여 한강에 던져진 것이다.

도술의 죽음이 타살임이 확실해지자 용산경찰서는 곧장 왕재의 사무실과 주거지 등에 대대적인 압수수색을 벌였다. 또한 왕재와 태영에게 참고인 조사를 통보했다. 언론 역시 왕재를 유력 용의자로 보도했다. 그러나 왕재와 그의 변호사는 당당했다.

"주왕재 회장은 왕도술을 죽인 사실이 없습니다. 그는 오히려 왕도술에게 사기당한 억울한 피해자입니다. 경찰은 지금 무리한 강압 수사를 벌이고 있는 겁니다!"

왕재와 함께 용산경찰서에 출석한 왕재의 변호사는 포토라인에서 당당히 인터뷰를 했다. 용산경찰서는 곤혹스러웠다. 왕재와 왕재의 주변인들을 아무리 뒤져보아도 도술을 살해했다는 증거가 발견되지 않았다. 결국 경찰이 기대할 구석이라고는 왕재와 부하들의 진술뿐이었다. 하지만 왕재는 자신이 아무런 관련도 없음을 강력하게 주장했다.

"주왕재, 당신이 왕도술에게 사기당한 원한이 있어 왕도술을 쫓아다닌 사실은 인정하지? 그래서 왕도술을 살해해 한강에 던졌지?"

"인정 못 합니다. 나는 그때 칼 맞고 병원에 누워있는데 무슨 수로 살인을 저지릅니까? 억울합니다."

"그럼 왕도술에게 피습당한 건 인정하는 거야?"

"아닙니다. 모르는 놈한테 당했습니다."

"우리는 당신이 왕도술에게 사기도 당하고 피습도 당하니 그 원한으로 살해했다고 보는데. 당신이 직접 안 했더라도 부하들을 시켜서 말이야. 어떻게 생각해?"

"말도 안 된다고 생각합니다. 내 부하들 중 누가 왕도술을 살해했다는 말입니까?"

주왕재가 어이가 없다는 듯 콧방귀를 뀌며 말했다.

"당신이 행동대장으로 있던 만석파는 물을 좋아하더군. 왕도술 사체가 한강에서 발견된 것도 무관하지 않아 보이는데."

"아니, 형사님. 정말로 그게 말이 된다고 생각하십니까? 진심이세요?"

말문이 막힌 조 형사는 왕도술의 입속과 손톱 빠진 사체 사진을 보여주며, 다른 쪽으로 질문을 바꾸었다.

"누군가 왕도술 이를 5개나 빼고 손톱까지 빠지도록 고문을 했어. 우리는 당신이 했다고 보는데, 어때?"

왕재는 사진을 보며 알 수 없는 미소를 짓더니 입을 열었다.

"나는 그런 적이 없습니다. 억울합니다."

조 형사는 연달아 배낭에 대해서도 질문을 던졌다.

"당신이나 부하들이 등산용 배낭을 구매한 사실이 있나?"

"나는 없습니다. 나는 골프를 치지 등산 같은 서민운동은 하지 않습니다. 직원들이 등산을 다닌다는 얘기도 못 들었습니다."

죽은 자는 말이 없다…. 피해자인 도술의 진술이 없다 보니 경찰의 추궁은 왕재에게 아무런 효과가 없었다.

"형사님, 이런 말도 안 되는 소리는 그만하시고. 내가 의심스럽다면 내가 왕도술을 죽였다는 증거를 대면 될 것 아닙니까?"

오히려 증거를 대라는 왕재의 말에 조 형사는 난감함을 느꼈다. 심지어 이제는 더 이상 그를 추궁할 단서도 없었다. 소득이 없었던 건 왕재뿐만 아니라 부하 태영에게서도 마찬가지였다. 경찰은 더 나아가 휴대폰 기지국과 CCTV 수사 등을 통해 철저하게 왕재와 그 부하들의 이동 동선을 수사했다. 하지만 도술의 죽음과 관련되어 보이는 것은 발견할 수 없었다. 결국 용산경찰서는 등산용 배낭을 판매하는 용품점 수사에 마지막 희망을 걸었다. 왕재 일당이 도술이 메고 있던 배낭을 구입한 흔적이 나오기만 한다면, 이는 강력한 정황 증거가 될 수 있었다. 그러나 이 역시 실패였다. 형사들이 총동원되어 서울 시내 등산용품점을 탐문했지만, 왕재 일당들이 배낭을 구매한 흔적은 발견되지 않았던 것이다. 용산경찰서는 무엇 하나 깔끔하게 설명되지 않는 사건에 큰 곤혹을 치르고 있었다.

＊ ＊ ＊

한편, 최정림 회장은 왕재가 연일 언론에 오르내리자 심기가 불편했다. 심지어 유력 언론사 중 한 곳에서는 조폭 출신인 왕재가 명동에서 사채업으로 성공한 것을 두고 그 자금의 출처에 대해 의문이 있다고 보도했다.

'주왕재와 관계를 정리할 때가 되었나? 하긴 8년이나 뒤를 봐주었으면 할 만큼 했지. 만에 하나 조폭 출신인 주왕재 뒤에 내가 있다는

사실이 알려진다면….'

최 회장은 고개를 저었다. 만에 하나 이런 이야기가 돌게 될 경우, 언론은 둘째 치고 당장 주변 재벌들과의 교류가 막힐 수도 있었다. 그녀가 당장 왕재를 버리지 못하는 이유는 단 하나였다. 왕재가 사기당한 돈 100억을 아직 그녀에게 갚지 못했기 때문이다. 최 회장은 잠시 고민하다 자신의 고문변호사에게 전화를 걸었다.

"유 고문님, 저 최 회장입니다. 곤란한 일이 생겨서요. 시간 좀 내주시겠어요?"

최 회장의 호출을 받고 한걸음에 달려온 유 고문은 그녀로부터 왕재와의 거래 내용과 그 돈이 지금 허공에 뜰 위험에 있다는 것을 모두 전해 들었다.

"회장님, 걱정하실 필요 없습니다."

"그게 무슨 말이죠?"

"우리가 할 일은 두 가지면 충분합니다. 먼저 주왕재에게서 대한은행에 가지고 있는 손해배상채권을 양도받습니다. 그리고 그 양도권으로 대한은행에게 100억 반환 소송을 하면 됩니다."

유 고문의 명쾌한 답에 최 회장의 얼굴이 환해졌다.

"당장 주왕재를 불러 양도 계약서에 서명을 받아내도록 하세요."

* * *

명동 그레이트 호텔 1층 커피숍

유 고문은 최 회장의 비서인 김성수 과장과 함께 카페에 앉아 있었다. 두 사람의 맞은편에는 왕재가 앉아 물을 벌컥 들이켜고 있었다.

"주 회장님, 최 회장님께서 걱정이 이만저만이 아니십니다. 아시다 시피 최 회장님은 우리나라에서 손가락 안에 드는 재벌 아닙니까? 자녀들도 지금 그룹에서 경영 수업을 받고 있고요."

"돌려 말하지 말고 하고 싶은 얘기 있으면 그냥 하십쇼!"

왕재가 마시던 물잔을 탁 내려놓으며 말했다. 유 고문 역시 직진하는 왕재를 보자 들고 있던 찻잔을 내려놓고 다시 말을 이었다.

"주 회장님에 대한 경찰 수사 때문에 회장님이 언급되실까 걱정하고 계십니다."

"아니, 지금까지 회장님 이름이 이 사건 때문에 오르내린 적 있습니까? 저 죽일 놈 만들지 마세요!"

"좋아요, 그럼 본론을 말씀드리죠. 주 회장님이 사기당한 100억은 원래 최 회장님 돈이니 어차피 최 회장님께 갚아야 할 돈 아닙니까? 그러니 주 회장이 대한은행에 청구할 수 있는 손해배상채권을 최 회장님께 양도한다는 계약서에 서명하십시오."

유 고문은 준비해온 계약서를 건네며 왕재의 반응을 살폈다. 혹시라도 그가 반감을 보인다면, 즉시 김성수 과장이 나설 것이다. 그러나 왕재는 그까짓 게 무슨 문제냐는 듯 밝아진 표정으로 입을 열었다.

"아이고, 난 또 뭐 대단한 부탁이시라고! 유 변호사님, 그런 얘기를 뭐 그리 어렵게 하십니까? 이 주왕재, 100억이 제 돈이라고 생각한 적이 단 한 번도 없었습니다. 당연히 써드려야죠!"

혹시라도 왕재가 몽니를 부리진 않을까 걱정했던 유 고문의 얼굴에도 미소가 걸렸다. 생각보다 왕재가 사리판단을 잘한다 생각된 것이다. 물론 왕재의 입장에서는, 그저 강자인 최 회장에게 철저히 고개를 숙이는 것일 뿐이었다.

"김 과장, 회장님께서 앞으로도 쭉 일을 주실 거라고 믿어도 되지?"

왕재는 일이 일단락되었다 생각한 듯, 김성수 과장 쪽으로 고개를 돌렸다. 어차피 100억은 최 회장 돈이다. 그러니 자신은 앞으로도 최 회장의 자금을 받아 잔고증명만 계속해도 어느 정도 벌이가 가능했다. 그러나 왕재의 바람과 달리 김성수 과장은 즉답을 피했다.

"회장님께서는 우선 이 일을 잘 마무리하라고 당부하셨습니다."

아무것도 보장할 수 없다는 말을 돌려 하는 김성수 과장을 보며 왕재의 얼굴이 어두워졌다. 잠시 후, 유 고문 일행과 헤어진 왕재는 홀로 카페에 남아 머리를 굴렸다.

'이렇게 되면 결국… 무조건 그 100억은 내가 손에 넣어야 한다.'

김성수 과장의 태도로 보아, 아무래도 최 회장은 더 이상 자신에게 자금 지원을 해줄 것 같지 않았다. 조금 전 유 고문의 말을 듣자 하니 도술과 태원이 숨겨놓은 100억은 누가 발견하느냐에 따라 그 주인이 바뀔 수 있었다.

'경찰이 먼저 발견하면 대한은행의 소유가 될 것이고, 경찰보다 내가 먼저 찾으면 내 것이 된다….'

최 회장에게 줄 돈이었던 100억은 대한은행에 가지고 있는 채권을 양도함으로써 더 이상 책임질 필요가 없게 되었다. 그러니 왕재 입장에서 손해라면, 결혼식 축의금으로 벌어들였던 3억 원만 날린 게 전부였다.

왕재는 도술과 태원이 자신을 죽이러 왔던 날을 떠올렸다. 둘은 함께 살인을 공모할 정도로 믿음과 친분을 갖고 있었다. 그렇다면 분명 100억도 둘이 나누어 가졌을 것이다.

'박 과장, 이놈은 아마 제 몫을 가지고 숨어 있겠지…. 그렇다면 도

술이 놈의 몫은? 이제 도술이 죽었으니 누구 손에 있을까?'

왕재는 누가 도술을 죽였을지 고민하다 고개를 저었다. 중요한 건 누가 죽였느냐가 아니라 도술이 수십억을 갖고 있다는 사실을 알고 죽였느냐 아니냐다. 그 사실에 따라 수십억이 보관된 장소가 달라질 것이다.

'일단은 확인할 수 있는 것부터 확인해보자. 만약 도술이 놈이 돈을 빼앗기지 않은 상태로 죽었다면…?'

왕재는 도술의 주변인을 떠올렸다. 홍진경? 아니다. 홍진경은 그저 몇 달밖에 안 된 애인이니 수십억이나 되는 큰돈을 맡기진 않았을 것이다. 그렇다면….

"태영아, 어디냐? 사무실에서 좀 보자."

왕재는 태영에게 짧게 전화한 뒤 카페에서 일어났다. 당장 도술의 가족인 영숙과 지혜의 주변을 뒤져봐야 했다. 만약 자신이 도술이었더라도, 돈을 맡겨둘 사람이라면 그건 피를 나눈 가족뿐이었을 것이다.

15
비밀

천태영은 왕재의 명령을 받아 진경의 집 앞에서 어슬렁거리는 중이었다. 왕재는 영숙과 지혜의 주변만 뒤져보려 했지만, 태영이 혹시 모르니 진경도 다시 찾아봐야 하지 않겠냐는 의견을 냈던 것이다.

"좋아, 그럼 태영이 네가 직접 다녀와 봐라."

"예, 회장님."

태영은 진경의 집을 요리조리 살폈지만 안에서 인기척이라곤 느껴지지 않았다. 그렇다고 아무 소득도 없이 돌아갈 순 없었다. 태영은 경비원을 찾아가 진경에 대해 물었다.

"응? 그 803호 아가씨? 못 본 지 좀 됐는디…. 헌데 젊은이는 누구요?"

"아, 저는 그 아가씨 오빠 되는 사람입니다. 부모님이 갑자기 편찮으신데 동생이 연락이 안 돼서요. 그래서 여기까지 찾아왔습니다."

태영은 입에 침도 바르지 않고 술술 거짓말을 했다.

"그러고 보니 얼마 전에 경찰들이 찾아와서는 택배 같은 게 온 건 없는지 물어보고 갔는디…. 그 아가씨한테 무슨 일이 생겼나?"

"경찰들이요? 뭐라던가요?"

"뭐 별 얘기는 없었고… 그냥 뭐든 이 집에 오면 연락 좀 달라고 하드라고."

"얘가 또 무슨 사고를 친 건가…. 할아버지, 혹시 동생이 오면 부모님 많이 편찮으시니까 꼭 연락하라고 전해주세요. 이건 담뱃값에 보태시고요."

태영은 경비원에게 자신의 연락처가 적힌 종이쪼가리와 함께 3만 원을 건넸다. 뜻밖의 공돈을 보자 경비원의 얼굴에 미소가 걸렸다.

"아 참, 갑자기 생각났는디…. 그 여동생 집에 한 달 반쯤 전인가? 어른만 한 크기의 불상이 배달된 적이 있어. 혹시 여동생이 절에 간 건 아닐랑가?"

"불상이요? 저는 지난번에 왔을 때 못 본 것 같은데요?"

진경의 집에 무단침입했을 때, 태영은 불상을 본 기억이 없었기에 되물었다.

"그랬겠지. 물건이 오긴 했는디 집에 들이지는 않더라고? 그리고서는 다음 날인가? 어떤 사람들이 와서 다시 가져가드만. 그러니 집에서는 못 봤을 거여."

태영은 경비원에게 대충 인사를 건네곤 빠르게 자신의 차로 향했다. 그놈의 불상이 뭔지는 몰라도, 왕재에게 보고할 건수가 하나 생겼다는 것만으로도 큰 수확이었다.

* * *

그 시각, 동금은 광수대 사무실에서 볼펜을 돌리며 한참 생각에 잠겨 있었다. 사건 때문이 아니라, 도술의 부검 차트에서 본 무언가 때문이었다.

'후… 이 얘기를 해야 하나 말아야 하나…'

동금은 휴대폰을 꺼내 촬영해두었던 도술의 부검차트 사진을 열어보았다. 도술의 혈액형은 A형이었다. 문제는 지혜의 혈액형은 B형, 지혜의 어머니인 영숙의 혈액형은 A형이라는 사실이었다.

'지혜는… 두 분 모두에게 친자식이 아니었던 걸까? 아니면 둘 중 한 분만…?'

지혜의 혈액형인 B형은 A형으로만 이루어진 영숙과 도술 사이에서는 결코 나올 수 없는 혈액형이었다. 그리고 동금이 생각하기에 지혜는 이 사실을 모르는 듯했다. 지혜가 도술에 대해 이야기할 때, 철석같이 그를 친아버지라 생각하며 말하는 것을 여러 번 보았기 때문이다.

혼자 골머리를 앓던 동금의 눈에 사무실에 남아 있는 기원이 들어왔다. 기원을 보는 순간, 동금은 이것이 혼자서만 고민할 문제가 아님을 깨달았다.

"반장님, 곱창에 소주 한잔 어떠세요?"

"그럴까나? 나가 불자."

기원이 환한 얼굴로 말했다.

"박 형사야, 네가 지혜 씨 만난 뒤로 나랑 소주 한잔하자고 한 게 언제인지도 모르겠다잉. 오늘 해가 동쪽서 뜬 건 맞지야?"

기원이 먼저 지혜에 대한 이야기를 화두로 올리자, 동금 역시 맞장구치며 지난날 기원이 했던 이야기를 꺼냈다.

"아유, 참…. 이 못난 후배가 그깟 소주 한잔을 못해드리고… 죄송합니다! 그런데요, 반장님. 저랑 지혜, 처음 만났던 날 기억하시죠?"

"니 눈이 지혜 씨헌티 박혀서는 빠질 줄 모르던 그날 말이지야?"

"네, 그날 맞습니다. 그때 반장님이 그러셨잖아요? 손바닥 위에 올린 개구리가 어디로 뛸지 알 수 없는 것처럼, 저랑 지혜의 관계도 어떻게 될지 알 수 없는 거라고요. 결국 이렇게 사랑하는 사이가 됐네요. 하여튼 반장님 촉은 대단하세요. 정말이지 두 손 들었습니다!"

동금이 두 손을 들며 항복한다는 듯한 자세를 취하자 기원은 피식 웃으며 술잔을 들었다.

"칭찬 맞지야?"

"당연하죠! 제가 반장님을 얼마나 존경한다고요. 음… 그런데 말이죠…."

"할 말 있거들랑 싸게싸게 혀라. 여까지 와서 뭐 그리 뜸을 들인다니?"

기원은 이미 동금이 나누고픈 고민이 있어 자리를 만들었음을 알고 있는 듯했다.

"반장님이시라면… 이런 상황에서 어떻게 하실지 궁금해서 그러는데요…."

"또 뭐냐? 개구리 한 번 더 뛰어야 되는 겨?"

동금은 잠시 머뭇거리다가 갖고 있는 고민을 꺼내놓았다.

"다름이 아니라… 제가 왕도술 씨 부검에 갔었잖아요? 그때 우연히 부검차트를 봤는데… 혈액형이 A형이더라고요."

"그게 왜?"

기원이 그게 무슨 문제냐는 듯 불판 위 곱창을 뒤적이며 되물었다.

"어머니인 황영숙씨도 A형이신데… 지혜 혈액형은 B형이거든요. 그러니까 지혜는…."

"…적어도 부모님 두 분 중 한 분은 친부모가 아니다?"

동금은 대답 대신 기원이 말아준 폭탄주를 들이켰다. 기원은 그런 동금을 안타깝다는 눈으로 바라보았다.

"참… 지혜 씨와 그 어머님도 파란만장한 인생이구나! 그 파란만장한 모녀와 가족이 될 너도 참 존경스럽다."

"그래서 고민스럽습니다. 어머님께 물어보기도 그렇고…. 지혜에게 감추어서는 안 될 문제 같은데 또 함부로 얘기하면 안 될 것 같기도 하고…."

두 사람은 말없이 술을 한 잔씩 더 나누었다. 기원은 그저 가만히, 동금이 하고픈 얘기를 더 할 수 있도록 기다려주었다.

"반장님, 솔직히 말이죠. 저는 그 차트를 보고 기뻤습니다. 제가 사랑하는 여자가, 범죄자의 딸이 아닐 수도 있겠다는 사실에요. 물론, 지혜의 부모님이 어떤 사람이든, 설사 살인자라 할지라도 저는 지혜를 사랑할 거지만요!"

자기도 모르게 취기가 오른 듯, 동금이 목소리를 키우며 말했다. 기원은 그런 동금을 물끄러미 보다가 다시 술을 제조하며 입을 열었다.

"박 형사야. 만약 왕도술이 지혜 씨의 친부가 아니라고 한다면, 숨겨진 친부가 왕도술보다 더한 사람이 아니라고 자신할 수 있겠냐?"

기원의 말에도 일리가 있었다. 지혜의 친부가 도술보다 더한 사람이 아닐 거라 장담할 수는 없었다. 만에 하나 도술보다도 더한 인간이 지혜의 친부라면? 그래서 지혜가 또 상처받는 일이 생긴다면?

"하지만… 지혜에게도 이 사실을 알 권리가 있잖아요. 반장님이라면 어떻게 하시겠어요?"

기원은 폭탄주를 따르던 컵을 치우고 소주잔을 동금의 앞에 놓아주었다. 그러고는 말없이 동금과 자신의 잔에 소주를 따라 천천히 마셨다. 아마도 동금의 질문에 대한 답을 고민 중인 듯했다.

"나라면… 지혜 어머님에게 그 고민을 말할 것 같은디…."

동금은 기원이 제시한 답을 곰곰이 생각하다가 고개를 끄덕였다. 그리고 기원과 다시 기분 좋게 술을 나누기 시작했다. 고민을 털어놓고 의지할 수 있는 '진짜 어른'이 자신의 주변에 있다는 사실에 진심으로 감사함을 느끼는 동금이었다.

* * *

다음 날, 동금은 기원의 조언대로 영숙의 집을 찾아갔다. 그녀는 반갑게 동금을 맞아주었다.

"박 형사, 어서 와. 아침은 먹었어?"

부검 이후 도술의 장례를 함께 치른 뒤, 영숙은 그를 친아들처럼 스스럼없이 대했다.

"바쁠 텐데 여기까지 어쩐 일이야? 지혜랑 무슨 일이라도 있어?"

"네? 그럴 리가요. 지혜랑은 마냥 좋죠, 뭐. 다름이 아니라… 상의드릴 일이 있어서 찾아뵀습니다."

동금은 말을 멈추고 커피를 한 모금 마시며, 벽에 걸린 지혜의 어린 시절 사진을 물끄러미 바라보았다.

"어머님, 제가 얼마 전에 부검에 참관했잖아요?"

"응, 그때 너무 든든하고 고마웠지."

"그런데 그때… 제가 우연히 지혜 아버님 부검차트를 보게 됐습니다. 그런데 혈액형이… A형이시더라고요. 제가 알기로는 어머님도 A형이신 걸로 아는데….."

동금이 여기까지 이야기하자 영숙은 무슨 이야기인지 눈치챈 듯, 안색이 변했다. 동금 역시 영숙이 무슨 이야기인지 짐작했음을 알아차리고 이야기를 멈추었다.

두 사람 사이에 긴 침묵이 흘렀다. 먼저 침묵을 깬 사람은 영숙이었다. 그녀는 깊은 한숨을 내쉬더니 무겁게 말문을 열었다.

"그래, 우리 박 형사가 그것 때문에 왔구나."

"네…. 아직 지혜에게는 이야기하지 않았어요. 하지만 저는 지혜도 알아야 하지 않을까 싶어서요…."

영숙은 다시 한번 크게 한숨을 쉬더니 자초지종을 털어놓았다. 어쩌면 그녀는, 오랫동안 홀로 간직해온 비밀을 털어놓을 사람이 필요했는지도 몰랐다. 영숙의 말에 의하면 그녀는 지혜의 친모가 맞았다. 그러나 도술은 지혜의 친부가 아니었다. 그리고 동금의 예상대로, 지혜는 이 사실을 몰랐다.

"어느 순간이 지나버리니… 말할 때를 완전히 놓쳐버렸지 뭐야."

도술이 지혜의 아버지가 된 것은 지혜가 2살에서 3살로 넘어가던 즈음이었다. 때문에 지혜는 도술이 친아빠라는 것에 대해 아무런 의심도 하지 않았다. 도술 역시 그런 지혜에게 자신이 친부가 아님을 한번도 내색하지 않았다. 고아 출신이었던 도술은 지혜를 진짜 친딸처럼 여기며 줄 수 있는 사랑을 전부 주었다. 이후, 도술이 두 사람을 떠난 뒤 영숙은 지혜에게 도술에 대한 이야기를 할 것인지 말 것인지 고민했다. 결과적으로 그녀는 도술에 대한 비밀을 묻어두기로 했다. 홀 어머니 아래서 자라게 된 지혜에게, 그나마 있는 아버지마저도 가짜 아빠라는 상처를 안겨주고 싶진 않았다.

"지혜의 진짜 아빠는… 원혜사에 주지스님으로 있는 혜담 스님이라는 분이야. 그 사람이 대학을 중퇴하고 출가하기 전에… 지혜가 들어섰어."

동금은 영숙의 말에 놀랐다. 혜담 스님이라는 분에 대해서는 몰랐지만, '원혜사'라면 우리나라에서 몇 손가락 안에 들 정도로 유명한 사찰이었기 때문이다.

"혜담 스님은 지혜가 태어나고 얼마 안 됐을 때, 딱 한 번 지혜를 보았어. 그리고 그 뒤로 가끔 내게 돈을 보내주곤 했지. 이 집도 그렇게 모은 돈으로 마련한 거야. 마음 같아서야 지혜가 그 사람 자식이라는 사실을 세상에 밝히고 싶었지. 하지만 은처자*니 뭐니 구설수를 만들어 그 사람에게 피해를 주는 건 아닐까 두려웠어. 그 사람은 그저 나를 사랑했을 뿐…. 큰 잘못을 한 것도 아니니까…."

동금은 영숙의 이야기를 들으며, 그녀가 아직도 혜담 스님을 사랑하고 있다는 사실을 알 수 있었다. 그녀는 마음 깊은 곳으로부터, 오랜 세월 혜담 스님을 사랑해오고 있었다. 어쩌면 딸 지혜보다도 더….

* * *

"보고 또 봐도 예쁘다. 진짜 고마워 오빠."

지혜가 자신의 목에 걸린 목걸이를 보며 고마움을 전했다. 동금이

---

* 스님이 숨겨둔 아내와 자식.

100일 선물로 준비한 목걸이였다.

"고맙긴, 너 자체가 오빠한테는 세상에서 가장 큰 선물이야."

동금은 지혜를 사랑스럽게 바라보며 이마에 입을 맞추었다. 지혜는 잠시 그런 동금을 물끄러미 보다가 입을 열었다.

"오빠, 그동안 답답했지?"

"응? 갑자기 무슨 소리야?"

"엄마한테 얘기 들었어. 나 이제 다 알아."

동금은 직감적으로 지혜가 아버지들에 대해 이야기하는 것임을 알수 있었다.

"솔직히 충격이 아예 없던 건 아닌데… 그래도 생각보다는 괜찮았어. 난 정말로 친딸이라는 사실을 의심한 적이 없을 정도로 사랑을 받았거든."

동금은 말없이 지혜의 이야기를 들어주었다. 지혜는 동금의 품에 안긴 채, 창밖의 달을 바라보며 이야기를 계속했다.

"사실, 난 오히려 엄마가 가여웠어. 엄마는 거의 30년 동안을 한 사람만 사랑한 거잖아? 그건… 아름답긴 하지만 너무 슬픈 일인 것 같아."

동금은 아무 말 않고 지혜를 꽉 안아주었다. 지혜 역시 그런 동금의 품에 안겨 그를 끌어안았다. 두 사람은 대화를 나누진 않았지만, 그렇게 언제까지고 서로만을 사랑할 수 있기를 바랐다. 낮이든 밤이든 보이지 않는 순간이 있을지언정, 결코 그 자리에서 떠나는 일이 없는… 저 창밖의 달처럼….

16
불상

쉼터에서 나온 진경은 다시 친구 혜영의 집으로 돌아갔다. 쉼터에 머물 자격이 끝난 데다, 진경 스스로도 쉼터 생활은 영 체질에 맞지 않아 답답함을 느끼던 차였다.

"우리… 이제는 괜찮을까?"

혜영이 진경에게 물었다. 여러 의미가 복합적으로 들어 있는 질문이었다. 그러나 진경은 대답할 수 없었다. 물론 혜영 역시 진경에게서 명확한 답을 바라고 한 질문은 아니었다.

"난… 이 동네에서는 더 못 있겠어."

진경이 진절머리가 난다는 얼굴로 말했다. 그녀는 이미 자신이 갖고 있던 모든 것을 잃은 상태였다. 돈과 집은 물론이고 몸과 애인까지…. 전부를 잃은 그녀의 입장에서 이 동네에 더 있고 싶을 리 만무했다. 혜영이 그런 친구를 보며 고개를 끄덕였다.

"우리 지난번에 싸둔 짐, 내가 그대로 챙겨놨어. 우리 더 잴 것도 없으니까 바로 가자."

"넌… 정말 괜찮아?"

"괜찮아. 뭐, 벌이는 좀 덜하더라도 어디든 내가 일할 곳 하나가 없겠니? 너도 마찬가지고. 아니면 이참에 우리 둘 다 카페 아르바이트라도 시작해보면 되지. 그러다 돈 모이면 우리가 카페를 차려도 되고!"

혜영이 최대한 밝은 미래를 떠들어주자 그제야 진경의 얼굴이 조금 밝아졌다.

"고마워…. 정말 고마워, 혜영아…."

잠시 후, 두 여자는 캐리어를 하나씩 챙겨 들고 집을 나섰다. 혜영이 늘 이용하는 콜택시가 오피스텔 건물 앞으로 올 예정이었다.

"아, 저기 온다!"

혜영이 골목으로 들어오는 콜택시를 보며 환하게 웃었다. 두 여자는 멈춰선 택시 트렁크에 짐을 싣고 뒷좌석에 올랐다. 아니, 오르려고 했다.

"어이, 홍진경."

자신을 부르는 목소리에 진경의 눈이 공포로 물들었다. 목소리의 주인공은 그녀의 꿈속까지 쫓아와 괴롭히던 악마들 중 하나인 천태영이었다.

"이년 보게? 혹시나 해서 와봤더니만… 또 도망치려고?"

태영은 진경의 아파트에서 혜영의 집으로 막 이동한 참이었다. 그리고 운명의 장난처럼 택시에 오르려는 두 여자를 발견한 것이다.

"얌전히 가자. 여기저기 부러진 채로 끌려가기 싫으면."

＊ ＊ ＊

왕재와 부하들은 잡아온 두 여자를 신나게 두들기고 있었다. 반은 그동안 경찰서를 오가며 쌓인 분풀이였고, 나머지 반은 조금이라도 더 쉽게 실토를 받아내기 위한 밑작업이었다.

"자, 지금부터 묻는 말에 사실대로 불어라. 거짓말을 내뱉는 순간, 죽은 왕도술이 당했던 것처럼 손톱이고 이빨이고 다 뽑아버릴 테니까."

태영의 악마 같은 미소에 진경과 혜영은 소리 없이 눈물을 흘렸다. 그야말로 오금이 저리게 만드는 태영의 한마디 한마디였다.

"왕도술이 누군가에게 살해당했어. 그러면 왕도술이가 가지고 있던 돈은 누가 갖고 있을까? 아무리 생각해도, 왕도술이랑 관계가 있는 인간이라고는 홍진경 너 하나밖에 없거든?"

태영이 테이블 위에 놓아두었던 중식도를 집어 들며 물었다. 진경은 그런 태영의 뒤에 있는 왕재를 향해 눈물로 하소연했다.

"회장님… 지난번에도 말씀드렸잖아요. 저는 아파트 월세랑 명품 몇 개 얻은 게 다예요… 제발, 제발 믿어주세요…!"

"네가 아니면 누굴까? 왕도술이 누굴 만나던?"

왕재는 얼굴에 한껏 비웃음을 머금은 채 놀리듯 물었다. 보아하니 진경은 황영숙이나 황지혜에 대해서는 아무것도 모르는 듯했다.

"몰라요… 저는 그런 건…."

순간, 태영의 주먹이 진경의 배에 꽂혔다. 진경은 신물을 토하며 바닥에 쓰러졌다.

"우, 우웨… 엑…."

"진경아!"

혜영이 울며 쓰러진 진경을 끌어안았다.

"이 걸레 같은 년이 어디서 사기를 치려고 들어? 네년 집으로 불상까지 배달 와서 사람들이 왔다 간 것까지 알고 있는데…. 왕도술이 누굴 만났는지 모른다고 거짓말을 해?"

태영은 정말로 사지 중 하나를 잘라버리겠다는 듯 중식도를 들고 진경과 혜영에게로 다가갔다. 진경은 그런 태영의 모습에 식겁하며 나오지 않는 목소리를 쥐어짜 내어 생각나는 모든 것을 실토했다.

"불상은 왕도술이 제 이름으로… 대만에서 주문한 거예요…. 누구한테 줬는지는…."

"그래, 모르면 죽어야지."

왕재는 고개를 끄덕이며 태영을 쳐다보았다. 왕재의 눈길을 받은 태영은 씩 웃으며 혜영의 머리끄덩이를 붙잡았다.

"꺅!"

혜영이 비명을 질렀다. 그러나 태영은 아랑곳하지 않고 혜영의 목덜미를 노리듯 중식도를 치켜들었다.

"…절! 어느 절을 운영하는 여자한테 선물로 준다고 했어요!"

진경이 금방이라도 혜영의 목에 떨어질 듯한 칼을 보며 비명을 지르듯 말했다.

"그 여자 이름이 황영숙 맞아?"

"이름은 얘기 안 해줬어요. 아, 그때 인부들한테 배달 주소를 불러 줬는데…. 광진구…! 광진구 어디였어요. 더 자세한 건 정말 몰라요…!"

태영은 왕재와 눈길을 주고받았다. 진경의 말대로라면 불상이 있는 곳은 분명 황영숙의 집이었다. 알아낼 것은 다 알아냈다는 생각이 든 왕재는 자리에서 일어나며 부하들에게 선심 쓰듯 입을 열었다.

"맛있게들 먹어라. 죽이지는 말고."

＊ ＊ ＊

다음 날, 왕재는 태영과 마주앉아 이야기를 나누고 있었다. 정황상 도술이 영숙에게 보냈다는 불상에 돈이 있을 것이 분명했다.

"돈이 있는 곳은 알았는데… 이걸 어떻게 가져오지? 뒤탈 생기지 않게 이놈의 불상을 가져와야 할 텐데…."

"회장님, 정말로 도술이를 죽인 놈이 돈을 가져가진 않았을까요? 만약 그랬다면 괜히 헛고생만 할 수도 있지 않겠습니까?"

태영이 영 찝찝하다는 듯 의견을 냈다. 왕재 역시 가만히 고개를 끄덕였다. 만에 하나라도 도술을 죽인 누군가가 돈을 가져갔다면…. 영숙의 집에 접근했다가 돈은 고사하고 감옥행 급행열차를 타는 꼴이 될 수도 있었다.

"아 참, 태영아. 명동 지점 김 대리가 말하길 왕도술이 10억을 찾을 때 돈을 나눠 찾아갔다더라. 9억 7천만 원을 먼저 가져가고 나머지 3천만 원은 30분 뒤에 가져갔다는데…. 왜 그랬는지 광보한테 좀 물어봐라. 그놈, 그때 도술이랑 같이 있었으니 뭔가 알고 있지 않겠냐?"

"예, 회장님. 광보한테 한번 물어보겠습니다."

왕재는 문득 떠오른 생각을 태영에게 얘기한 뒤, 다시 원래의 고민으로 돌아갔다.

"아무리 생각해봐도… 시기상 왕도술이를 죽인 놈이 돈을 가져갔을 것 같지는 않아. 도술이 놈이 그리 쉽게 빼앗겼을 것 같지도 않고…."

"회장님, 황영숙이랑 황지혜도 홍진경처럼 잡아올까요?"

"인마, 그러다가 황지혜랑 만난다는 형사 놈한테 걸렸다가는 그대로 깜빵행이야. 일단 황영숙이 집에 애들만 붙여둬라. 그리고 홍진경이네 와서 불상 옮겼다는 인부들, 홍진경이 휴대폰으로 내역 찾아서 직접 얘기 들어보고."

"알겠습니다, 회장님."

며칠 뒤, 태영은 왕재의 명령대로 진경의 휴대폰을 통해 불상을 옮긴 인부들과 연락이 닿는 데에 성공했다. 그리고 그들을 만나 영숙이 운영하는 용화사에 불상을 배달했다는 확답을 들을 수 있었다.

"그놈의 불상이 얼마나 무거운지… 미리 알았으면 운반비를 더 받는 건데…."

"불상이 많이 무거웠나요?"

"예, 안에 꼭 뭐가 꽉 차 있는 것처럼…. 2미터도 안 되는 것이 어찌나 무겁던지…."

태영으로부터 인부들의 이야기를 전해들은 왕재는 불상 안에 돈이 들어 있을 것이라 확신했다. 이제 남은 일은, 경찰들에게 걸리지 않고 먼저 불상을 차지하는 일뿐이었다.

* * *

한편, 동금 역시 왕재와 마찬가지로 도술이 훔친 돈의 행방에 대해 추측 중이었다.

'아무리 생각해봐도… 결론은 하나인데….'

왕도술이 돈을 남길 곳은 영숙과 지혜밖에 없다는 것이 동금의 결론이었다. 수없이 많은 시뮬레이션을 돌려보아도, 그 결론은 언제나 영숙과 지혜 모녀였던 것이다. 뭣보다 동금은 도술과 직접 통화하며 그의 됨됨이를 잠시나마 알 수 있었지 않은가? 도술은 비록 다른 사람들에게는 사기꾼이었지만, 영숙과 지혜에게만큼은 누구보다 사랑을 주고자 했던 한 남자라는 사실을 동금은 잘 알고 있었다. 그러니 분명 어떤 방법으로든 영숙과 지혜에게 돈을 남겨두었을 것이다.

'문제는… 왕도술은 단 한 번도 어머님이나 지혜와 접촉한 적이 없다는 건데….'

만나지 않고 왕도술이 돈을 전달할 수 있는 방법이 뭘까? 동금의 추리는 거기서 막혀 있었다. 영숙의 전화가 오기 전까지는….

"어머님, 어쩐 일이세요?"

"…문득 떠오른 게 있는데. 아무래도 박 형사한테 얘기해주어야 할 것 같아서."

영숙은 두 달 전쯤에 집으로 불상 하나가 온 적이 있다며, 당시에는 몰랐는데 아무래도 도술이 보낸 것 같다고 했다.

"왕도술 씨랑 연락을 주고받으신 건 아닌 거죠?"

"응, 연락은 없었어. 처음에는 불상만 덩그러니 와서 그 사람일 거라 생각 못 했는데…. 보낸 사람에 조그맣게 한자로 '王'자가 적혀 있던 게 기억이 났어. 아무래도 경찰이 알아야 할 것 같아서…."

영숙의 이야기에 동금은 용화사에 놓인 불상을 떠올렸다. 동금 역시 지혜와 데이트를 하며 불상이 새로 바뀐 것을 알고 있었다. 당시 지혜는 '누가 보냈는지는 모르겠지만 엄마 이름으로 왔다'고만 말했다.

'그러고 보니… 그때 지혜가 살짝 난처해하는 것 같았는데…?'

동금의 머릿속에 어쩌면 지혜는 불상을 보낸 사람이 도술이라는 사실을 알고 있었을지도 모르겠다는 생각이 스쳐 지나갔다. 그리고 만약 정말로 도술이 보낸 거라면….

"어머님, 혹시 불상을 배달했던 인부 연락처 갖고 계실까요?"

"응? 한번 찾아볼게."

잠시 후, 영숙은 통화목록을 뒤져 인부들의 연락처를 동금에게 알려주었다.

"어머님, 너무 걱정 마시고 편히 계세요. 불상은 별문제 없을 거예요. 제가 가까운 시일 내로 용화사에 들르겠습니다."

동금은 영숙을 안심시킨 뒤 건네받은 연락처로 전화를 걸었다. 그리고 인부들로부터 중요한 사실을 전해 들을 수 있었다.

"그 불상에 뭐 있습니까? 왜 이렇게 그놈의 불상에 대해 묻는 사람들이 많은 거야?"

"저 말고 또 물은 사람이 있었나요?"

"어제 어떤 남자가 찾아와서는 불상을 전달한 주소가 어딘지, 또 옮기면서 기억에 남는 건 없었는지 그런 걸 묻습디다."

동금은 알 수 없는 불안감을 느꼈다. 자기보다 먼저 인부를 찾은 사람이 누구일지 알아야만 했다.

"혹시 좀 뵐 수 있을까요? 지금 어디 계십니까?"

"으잉? 지금은 바빠서 안 되고… 이따 저녁에 우리 사무실로 오쇼."

그날 저녁, 동금은 인부가 얘기한 용역 사무실로 찾아갔다. 그리고 그에게 왕재 일당의 사진을 보여준 끝에, 인부를 만난 사람이 천태영이라는 사실을 알 수 있었다.

"당장 주왕재와 그놈 부하들에게 경고 전화를 넣어야 합니다. 이대로 두면 그놈들, 어머님과 지혜에게 무슨 짓을 할지 몰라요!"

태영이 인부를 만났다는 것은 왕재와 부하들이 지혜 모녀를 다시 노릴 수 있다는 의미였다. 때문에 동금은 그들이 움직이지 못하도록 먼저 압박을 넣어야 한다 주장한 것이다. 하지만 명규와 기원의 생각은 달랐다.

"박 형사, 겨우 인부 만나고 간 걸로 경고 줘봐야 그런 일 없다고 오리발 내밀면 그만이야. 게다가 오히려 우리가 경고를 주면 그쪽으로 더 관심을 가질지도 몰라. 우리 때문에 지혜 씨 모녀가 더 위험해질 수도 있단 얘기야."

동금은 답답함을 느꼈지만 팀장과 반장의 의견을 거역할 수 없었다. 또한 그들의 말이 일리가 없는 것도 아니었다. 명규 역시 자신의 의견만 내세우지 않고 동금의 의견을 존중해 조치를 취했다. 관할 지구대인 광진경찰서 지구대에 황영숙의 집 주변 순찰을 강화해달라는 긴급공문을 보낸 것이다. 그럼에도 동금의 불안감은 여전했지만, 당장은 이 정도로 만족해야 했다.

* * *

태영은 차 안에 몸을 숨긴 채 왕재에게 전화를 걸고 있었다. 영숙의 집 근처에서 대기하길 이틀⋯. 전날부터 유독 밤 10시만 넘어가면 영숙의 집 근처에서 경찰차가 잦은 순찰을 돌고 있었다.

"회장님, 황영숙 집 주변에 밤 10시만 넘어가면 순찰차가 자주 나타나고 있습니다. 형사차도 한번 왔었는데, 형사가 차에서 내려서 대문 안쪽도 살펴보고 갔고요. 그리고 또⋯."

"또, 뭐?"

"골목길에서 시동을 켜둔 채로 대기하던 애들이 형사들한테 불심검문을 당했답니다."

태영의 얘기에 왕재는 욕설을 내뱉었다.

"병신 같은 새끼들…. 병신 짓 그만하고 오늘은 일단 철수해!"

전화를 끊은 왕재는 휴대폰을 소파로 내던졌다. 경찰이 움직임을 보인다는 것은 그에게 주어진 시간이 얼마 없다는 이야기와 같았다. 지금은 순찰강화 정도지만, 여기서 더 나아가면 어떤 식으로 경찰이 움직임을 보일지 알 수 없었다.

'하루라도 빨리 그 불상을 가져와야 한다.'

왕재는 용화사의 불상을 가져오기로 마음먹은 뒤, 곧바로 진경을 추궁해 도술이 주문했다는 불상과 똑같은 물건을 대만에서 주문했다. 왕재의 계획은 간단명료했다. 틈을 노려 용화사로 숨어 들어가 돈이 들어 있을 불상과 새 불상을 바꿔치기하는 것이다.

'불상이 도착하는 건 3일 뒤…. 제기랄, 당장 내일 가져와도 모자랄 판에…!'

경찰이 움직이기 시작했다는 사실을 안 이상, 무슨 수를 써서든 경찰보다 빨리 불상을 손에 넣어야 했다. 왕재는 아는 인맥들을 총동원해 불상을 수소문하기 시작했다. 어디서든 용화사에 있는 불상과 같은 물건을 손에 넣는 즉시 움직일 생각이었다.

* * *

동금은 불상에 도술의 돈이 있을 거라 90% 확신하긴 했지만, 이 사실을 팀원들에게 공유하지는 못하고 있었다. 만에 하나 그 안에 돈이 없을지도 몰랐고, 또 괜히 공유했다가 일이 커지면 영숙이나 지혜에게 피해가 갈까 염려스러웠다. 심지어 지혜는 그 불상을 도술이 보

329

냈다는 것까지 알고 있었지 않은가? 이를 알면서도 경찰에게 얘기하지 않았으니 괜한 의심을 받을지도 몰랐다. 그러던 중, 동금의 손에 다른 황금줄 하나가 잡혔다. 다름 아닌 박태원의 거주지였다. 동금은 손에 넣은 시사회장 초대명단을 일일이 수사한 결과, 한 사람이 자신의 시사회권을 마켓 어플로 50만 원에 판매했다는 사실을 알게 되었다. 그리고 구매자의 이름이 시사회에서 상영했던 영화의 여배우와 같다는 사실을 확인한 순간, 이 구매자가 태원임을 확신했다.

딩동-

동금을 비롯한 3팀 형사들은 태원이 있을 것으로 추정되는 오피스텔 앞에 와있었다. 그들은 경비원을 앞세워 태원의 집 초인종을 누르고 있었다.

"박태원 이 인간… 진짜 간도 크네."

태원이 나오길 기다리며 수찬이 황당하다는 듯 중얼거렸다. 수찬의 말은 일리가 있었다. 태원이 있는 오피스텔은, 광수대에서 다리 하나만 건너면 되는 여의도 국회의사당 근처였던 것이다. 국회의사당 근처는 정당들의 당사가 밀집되어 있어 경비 경찰들이 주변에 상주한다. 또한 집회도 자주 열려 속된 말로 경찰이 널려 있는 곳이다. 그런데 태원은 이런 곳에 몸을 숨기고 있었다.

"누구세요?"

경비원의 계속된 초인종에 오피스텔 안에서 남성의 목소리가 들려왔다. 경찰들이 그토록 찾아 헤맨 남자, 태원의 목소리였다.

"입주자님, 관리비 과납하셔서 돌려드리러 왔습니다."

잠시 후, 모니터로 경비원을 확인한 태원은 안심하고 문을 열었다. 그 순간, 광수대 3팀이 쏜살같이 안으로 진입했다. 태원은 형사들을 보자 깜짝 놀라며 테이블 위에 놓여 있던 스프레이를 집어 들었다. 호신용으로 사용되는 페퍼스프레이였다.

"으악!"

제일 먼저 뛰어 들어갔던 수찬이 스프레이를 맞고 비명을 질렀다. 태원은 뒤이어 들어오는 동금에게도 스프레이를 뿌리려 했다. 하지만 동금은 재빨리 스프레이를 들고 있는 태원의 손에 발차기를 날렸다.

"억!"

태원은 고통에 스프레이를 놓치며 방바닥에 주저앉았다. 동금은 그런 태원에게 달려들어 냉큼 수갑을 채웠다.

"박태원 씨, 지금부터 체포영장에 의한 체포를 집행합니다. 당신은 변호인을 선임할 수 있고….."

＊ ＊ ＊

체포된 태원은 광수대로 끌려왔다. 그러나 그는 범행은 물론이고 훔친 돈까지 전부 도술에게 미루며 오리발을 내밀었다.

"저는 그저 운전만 했을 뿐이에요! 정말입니다!"

태원은 주범이 아닌 종범(범행의 보조자)이 되는 것이 살 길이라 판단한 듯했다. 한편 기원이 태원을 조사하는 사이 정선은 압수한 휴대폰을 살피고 있었다. 태원으로부터 압수한 휴대폰은 두 대였다. 정선은 사이버특채 출신답게, 둘 중 하나는 대포폰이고 다른 하나는 전자지갑으로 사용 중인 것 같다는 의견을 냈다.

"당신, 이거 비밀번호 걸어 놨어도 국내 휴대폰은 다 풀려야! 괜히 수사협조 안 했다가 형량 늘리지 말고 단념하는 게 좋을걸!"

정선으로부터 휴대폰에 대한 이야기를 들은 기원이 다그치자 태원은 나불거리던 입을 꾹 다물었다. 어쨌든 경찰 입장에서는 태원의 진술이 꼭 필요했다. 그가 100% 사실대로 진술하지 않는다면, 주범인 왕도술이 죽은 상황에서 위조수표 사건의 진실을 밝힐 다른 길이 없었던 것이다.

"아무래도 구속이 되거나 확실한 증거가 나와야만 입을 열 것 같아. 그러니 당분간은 독기가 좀 빠질 때까지 기다려보자고."

명규가 조급해하는 팀원들을 달랬다. 독 안에 든 쥐가 오죽 독기가 올랐으면 고양이를 물겠는가? 그러니 지금은 마구 몰아쳐 독기를 더 오르게 할 것이 아니라, 잠시 풀어주어 기운이 빠질 때를 기다려야 할 시간이었다.

＊ ＊ ＊

"회장님, 도착했습니다!"

태영의 목소리를 들은 왕재가 버선발로 뛰어나왔다. 그의 앞에 도착해있는 것은 용화사에 있을 불상과 똑같은 불상이었다. 백방으로 수소문한 결과, 대만에서 주문한 물건보다 이틀이나 빠르게 같은 물건을 손에 넣은 것이다!

"오늘 밤에 용화사로 간다."

왕재는 더 기다리지 않고 움직이기로 했다. 그동안 부하들을 통해 답사는 충분히 했기 때문이다. 동금이 지혜를 만나러 용화사에 오는 시각은 보통 밤 9시에서 10시 즈음이었다. 이후, 둘은 용화사에서 시간을 보내거나 집 근처 카페에서 데이트를 즐겼다. 그러고는 아무리 늦어도 12시 정도가 되면 헤어졌다. 그러니 동금이 오든 안 오든, 12시가 지난 뒤에 쳐들어가면 문제없이 불상을 바꿔치기할 수 있을 것이다. 만에 하나 불상을 훔친 사실이 발각되더라도 감옥까지 가지는 않을 터였다. 훔친 불상을 다시 돌려주거나 같은 값으로 배상해주면 그만이리라.

'물론 그때 불상 안은 텅 비어 있겠지만.'

왕재는 자꾸만 귀에 걸리려는 입을 진정시키며 부하들에게 밤까지 대기하라 명령했다. 몇 시간 뒤면, 그토록 갈망하던 100억이 마침내 자신의 손에 들어오리라 생각하며…

17
결착

수찬과 동금은 야식으로 허기를 달래고자 광수대 근처 순대국집에 와있었다. 동금은 순대국이 나오기 무섭게 숟가락을 집어 들었지만 수찬은 그러지 않았다. 그는 무슨 일이 있는지 심각한 표정으로 휴대폰을 들여다보고 있었다.

"박 형사, 아무래도 뭔가 이상해."

"네?"

"뭔가 이상하다고."

순대국을 입안에 밀어 넣기 바쁘던 동금이 힐긋 수찬을 보더니 동작을 멈추었다.

"선배님, 출동입니까?"

동금이 덩달아 심각한 표정을 짓더니 숟가락을 내려놓으며 물었다. 순대국이라면 3인분도 거뜬한 수찬이 순대국을 눈앞에 두고 숟가락조차 들지 않고 있었다. 그 말은 곧 중차대한 일이 벌어졌다는 뜻이었다.

"이것 좀 봐봐."

수찬이 자신의 휴대폰을 동금에게 내밀었다. 수찬의 화면에는 휴대폰 위치공유 서비스가 누군가의 마지막 위치를 알려주고 있었다.

"이게 누구 휴대폰인데요?"

"김혜영 씨. 홍진경 씨 친구."

동금은 수찬의 말에 잠시 이해가 안 간다는 표정을 지었다. 그러다 '설마…' 하는 표정으로 입을 열었다.

"선배님, 설마 김혜영 씨랑…."

"야, 그런 게 아니라…! 그때 혜영 씨는 직접적인 피해자가 아니라서 스마트워치도 못 줬잖아. 그래서 만일을 대비하자는 의미로 해둔 건데…. 이거 위치 좀 봐봐."

동금은 어느 정도 일리가 있는 수찬의 얘기에 고개를 끄덕이며 다시 휴대폰을 보았다.

"어라? 여기는…."

"그래. 이 호텔, 지난번에 홍진경 씨 구출해왔던 거기 맞지?"

동금과 수찬은 서로를 마주보았다. 진경이 끔찍한 일을 당한 그곳에 혜영이 제 발로 갔을 리 없었다. 그리고 그들이 알기로 진경은 얼마 전 쉼터에서 귀가조치된 상태였다. 집이 없어져버린 진경이 갈 곳이라곤 혜영의 집밖에 없을 것이다. 그런데 혜영의 휴대폰 위치가 여기로 뜬다는 건….

"팀장님께 보고해야 할까요?"

"홍진경이면 모를까. 아무 명분도 없는 김혜영을 구하기 위해 경찰이 출동할 리 없잖아? 일단 우리 둘이 한번 가보자."

* * *

잠시 후, 동금과 수찬은 혜영이 있을 것으로 추정되는 호텔에 도착했다. 두 사람은 즉시 카운터로 달려가 혜영의 사진을 보여주며 이런 아가씨를 본 일이 있는지 물었다. 카운터 직원은 이미 진경을 구하러 왔을 때 두 사람을 본 적이 있었기에 순순히 원하는 답을 들려주었다.

"네, 있을 겁니다. 그리고 그 여자분 말고도 지난번에 구해갔던 다른 여자분도 아마 같이 있을 겁니다…."

동금과 수찬은 터져 나오려는 쌍욕을 간신히 참으며 엘리베이터에 올랐다. 잠시 후, 두 사람은 지배인과 함께 진경과 혜영이 있다는 룸에 도착했다.

"열겠습니다."

지배인이 긴장한 표정으로 문을 열자 동금과 수찬이 얼른 안으로 뛰어 들어갔다.

"혜영 씨!"

"홍진경 씨!"

동금과 수찬은 들어가자마자 두 여자를 찾았다. 룸 안은 완전히 난장판이었다. 술병들이 굴러다니고 안주들이 바닥에 널브러져 있는 등, 그야말로 더러운 광란의 시간이 휩쓸고 지나간 듯했다.

"혜영 씨!"

수찬이 침대 위에 반쯤 헐벗은 채로 누워있는 혜영을 발견하고 소리쳤다.

"형사님…?"

혜영이 힘겹게 눈을 뜨더니 수찬을 보고 중얼거렸다. 보아하니 왕재의 패거리들은 혜영에게 약을 먹이고 못된 짓을 저지른 듯했다.

"혜영 씨, 괜찮으세요?"

"진경이… 진경이 살려주… 세요."

혜영의 말에 수찬과 동금의 얼굴이 심각해졌다.

"홍진경 씨 어딨습니까? 주왕재가 데려갔나요?"

"그 사람들… 진경이 데리고… 거기로 갔어요…. 그 불상 있다는 절에…."

혜영의 말을 들은 동금의 눈이 커다래졌다. 반면에 혜영의 말을 알아들을 수 없었던 수찬은 재차 혜영에게 물었다.

"그게 무슨 말이에요? 어딜 갔다는 얘깁니까?"

혜영은 힘을 다한 듯 다시 정신을 잃었다. 동금은 그런 혜영을 두고 벌떡 일어나더니 방을 나서기기 위해 몸을 돌렸다.

"박 형사, 왜 그래?"

"선배님, 저 먼저 가보겠습니다!"

"뭐? 어딜 가는데?!"

수찬이 방을 뛰쳐나가려는 동금을 붙잡으며 물었다.

"지혜네 집이요! 주왕재, 그 새끼가 부하들이랑 지혜네 집으로 돈을 가지러 갔습니다!"

"뭐? 그게 무슨 소리야?!"

"길게 설명드릴 시간이 없어요! 최대한 빨리 용화사로 출동 부탁드립니다! 먼저 가 있을게요!"

동금은 수찬을 뿌리치고 룸을 뛰쳐나갔다.

"박 형사! 박 형사!"

* * *

동금은 한 손으로 운전을 하면서 광진경찰서 상황실로 급히 전화를 걸었다.

"서울청 광수대 박동금 형삽니다! 지금 용화사에 신변 보호 대상인 젊은 여성이 납치 위험에 처했습니다. 빨리 출동 좀 해주세요!"

동금은 통화를 마치기 무섭게 휴대폰 위치공유 서비스를 통해 지혜의 위치를 확인했다. 지혜의 위치는 용화사였다.

"주왕재… 이 씨발새끼…!"

동금은 용화사를 향해 미친 듯이 속도를 내어 달렸다. 지혜의 전화에 계속해서 전화를 걸고 있었지만 연결이 되지 않고 부재중으로 넘어가고 있었다. 그게 동금을 더욱 미치게 만들었다.

"으아아아아!!!"

동금은 운전을 하면서도 분을 이기지 못하고 괴성을 질러댔다. 만에 하나 주왕재든 그 부하든 지혜에게 무슨 짓이라도 저지른다면… 무슨 짓이라도 저질렀다면….

"다 죽여 버린다. 이 개새끼들…!"

* * *

그 시각, 왕재의 패거리는 세 대의 차에 나눠 탄 채 영숙의 집 앞에서 대기 중이었다. 왕재는 제일 뒤차에 타고 있었고, 태영과 광보는 제일 앞 차에 타고 있었다.

"광보야, 몇 시냐?"

태영이 하품을 하며 물었다.

"12시 56분입니다."

왕재는 1시가 되는 순간 다 같이 차에서 내려 용화사를 덮치기로 작전을 짰다.

"아 참, 역삼역 지점에서 왕도술이 10억 찾을 때, 돈 나눠서 인출했는지 회장님이 알아보라던데? 그때 네가 왕도술이랑 같이 있었던 거 맞지?"

태영의 질문에 광보는 가슴이 철렁 내려앉았다.

"자, 잘 모르겠는데요."

"한번 잘 생각해봐. 회장님이 궁금해하시니까. 또 모른다고 했다가는…. 너, 진짜 죽을지도 몰라 인마."

죽을지도 모른다는 태영의 말에 광보의 얼굴은 사색이 되었다.

'씨발… 씨발….'

광보는 얼굴이 보이지 않게 창밖을 보는 척하며 속으로 욕지거리를 내뱉었다. 그리고 잠시 후, 광보의 휴대폰에서 알람이 울렸다. 1시가 됐다는 뜻이었다.

"나가자."

태영이 먼저 차에서 내리며 말했다. 태영이 내리자, 뒤에 있던 차들에서도 왕재를 비롯한 부하들이 우르르 모습을 드러냈다. 왕재는 부하 둘과 함께 손이 묶인 진경을 데리고 제일 뒤에 서있었다.

"자, 그럼 돈 찾으러 가볼까나?"

왕재가 설렘을 감추지 못하는 표정으로 입을 열었다. 왕재 패거리는 태영을 필두로 영숙의 집을 향해 천천히 접근했다. 순찰차는 10분 전에 지나갔으므로, 적어도 30분에서 1시간 동안은 다시 오지 않을 것이다.

"민창아."

태영이 신호를 보내자 날렵한 몸을 가진 민창이 고개를 끄덕였다. 민창은 다른 부하의 몸을 발판 삼아 영숙의 집 담을 넘었다. 그렇게 집 안으로 들어간 민창은 소리가 나지 않도록 조심하며 대문을 열었다. 열린 대문 안으로 왕재를 비롯한 일곱 명의 사내들이 들어왔다. 그중 두 놈은 커다란 불상을 들고 있었다.

"저게 그 절이냐?"

대문을 넘은 왕재가 영숙의 집 1층을 보며 물었다.

"네, 회장님."

"저 문은 어떻게 연다니?"

왕재의 질문에 갑자기 패거리 일당이 침묵했다. 철로 만들어진 용화사 출입문에는 철제 자물쇠가 걸려 있었던 것이다.

"에라이, 이 등신 같은 새끼들아. 그런 것도 생각 안 하고 여길 왔단 말이야?"

생각 없이 온 건 마찬가지인 주제에 왕재는 부하들을 나무랐다.

"홍진경이."

"…예?"

자신을 부르는 왕재의 목소리에 진경이 깜짝 놀라며 대답했다.

"올라가서 황지혜든 황영숙이든 불러와. 그래서 여기 절에 불공 좀 드리러 왔다고. 문 좀 열어달라고 해. 뭐라고 하든지 반드시 저 문은 열게 해야 한다. 이런 거 하라고 너 데려온 거니까. 잘하라고. 알겠니?"

진경은 덜덜 떨며 고개를 끄덕였다. 그때, 2층 현관문이 열리는 소리가 들려왔다.

"야, 숨어라!"

왕재의 다급한 명령에 왕재와 부하들은 바퀴벌레처럼 샤샤샥 어둠 속으로 몸을 숨겼다. 진경 역시 소스라치게 놀라며 왕재의 부하들 곁으로 도망쳐 몸을 숨겼다. 2층에서 밖으로 나온 사람은 다름 아닌 지혜였다. 지혜는 패딩 차림으로 계단을 내려오더니, 용화사로 곧장 다가갔다. 근처에 숨어 있던 왕재와 부하들은 혹시라도 들킬까 숨죽인 채 지혜를 지켜보았다. 지혜는 패딩 주머니에서 작은 열쇠를 꺼내더니 자물쇠를 열고 용화사 안으로 들어갔다. 왕재는 그 모습을 보며 속으로 쾌재를 불렀다.

'하늘이 나를 도우시는구나…!'

왕재는 부하들에게 눈빛을 보냈다. 태영을 비롯한 부하들이 천천히 용화사 출입문으로 다가가기 시작했다.

"들어가자."

왕재가 입맛을 다시며 명령했다.

＊ ＊ ＊

왕재와 부하들이 안으로 들어갔을 때, 지혜는 불상 앞에 놓인 십여 개의 촛불들에 불을 막 다 붙인 참이었다. 그때, 갑자기 문이 열리더니 처음 보는 여자가 안으로 들어왔다. 홍진경이었다.

"…누구세요?"

지혜는 진경을 살피다가 그녀의 손이 묶여 있는 것을 발견했다.

"어이, 황지혜."

울상을 짓고 있는 진경의 뒤로 여덟 명이나 되는 험상궂은 사내들이 차례차례 절 안으로 들어왔다.

"누, 누구세요?!"

지혜의 목소리가 두려움으로 떨렸다.

"가만히 있어. 죽고 싶지 않으면."

태영이 지혜가 있는 쪽으로 걸음을 옮기며 말했다. 지혜는 그런 태영을 피해 주방 쪽으로 뒷걸음질을 쳤다.

"네가 왕도술이 딸년이냐? 이야… 이년 상판이 왕도술하고는 완전 딴판이네. 그 형사 새끼가 죽고 못 살 만한데?"

왕재는 음흉한 눈길로 지혜를 슥 훑어보더니 불상 쪽으로 눈을 돌렸다. 그토록 바라던 물건이 눈앞에 있었다.

"나가세요. 당장 안 나가면 경찰 부를 거예요! 우리 오빠도 곧 여기 올 거고요!"

"멍청한 년, 이 시간에는 네 잘난 오빠가 여기 안 온다는 거 다 알고 온 거야. 우리가 그것도 모르고 이렇게 대놓고 왔겠니?"

왕재는 지혜를 비웃으면서도 불상에서 눈을 떼지 못했다.

"뭣들 하냐? 불상부터 챙겨라!"

왕재의 명령에 부하 둘이 불상 가까이 다가갔다. 그러나 당장 불상에 손을 대지는 못했다. 그 앞에 켜져 있는 촛불들부터 치워야 했다.

"광보야, 너는 밖에서 불상 들고 와라."

"예, 회장님."

광보는 왕재의 명령에 홀로 절 밖으로 나갔다.

"이 년은 어떻게 할까요?"

태영이 지혜를 보며 묻자, 왕재는 할짝 입술을 핥더니 명령했다.

"이 년도 데려가."

왕재의 명령을 들은 태영이 기다렸다는 듯 품에서 짧은 칼 한 자루를 꺼내 들었다.

"얘기 들었지? 여기 이 년처럼 되기 싫으면 곱게 가자?"

태영은 진경을 절 한쪽 구석으로 던지듯 밀치고는 지혜를 향해 다가가기 시작했다. 지혜는 다가오는 태영을 보며 계속해서 뒷걸음질을 쳤다. 그녀의 유일한 희망은 뒤에 있는 주방이었다. 지혜는 확 몸을 돌려 주방 쪽으로 달아났다. 태영이 그런 지혜의 패딩 자락을 붙잡았다. 지혜는 순간적으로 기지를 발휘해 패딩을 벗어던졌다. 패딩이 확 벗겨지며 그 주머니에 있던 휴대폰이 바닥으로 떨어졌다. 그와 동시에 그 옷자락에 스친 촛불들이 우르르 넘어졌다. 순식간에 패딩에 불이 붙었다.

"아악-!!!"

치솟는 불길을 본 진경이 비명을 지르기 시작했다.

* * *

"지혜야… 지혜야… 제발…!"

동금은 아무리 전화를 해도 받지 않는 지혜를 부르며 운전을 계속했다. 조금만 더 가면 지혜의 집이었다. 그런데 그때, 동금의 귀에 소방차 사이렌 소리가 들려왔다. 그리고 저 멀리서 불길이 보였다.

"안 돼… 안 돼…!"

동금은 골목길에 차를 세우고 용화사로 뛰어 올라가기 시작했다. 동금의 뒤에서 경찰 순찰차들이 사이렌 소리를 울리며 따라왔다. 용화사에 도착해보니 소방관들이 소방호스로 물을 뿌리며 화재를 진압

하고 있었다.

"지혜야…! 안 돼…!"

동금이 울부짖으며 용화사 안으로 진입하려 하자 나이든 경찰관이 막아섰다.

"박 형사! 안 돼! 소방관들에게 맡겨야 피해를 줄일 수 있는 거 몰라?!"

동금을 아는 지구대 대장이었다. 그는 불길 속으로 들어가려는 동금을 필사적으로 붙잡아 말렸다.

"대장님, 저 안에 우리 지혜가 있어요. 제발 들어가게 해주세요!"

동금은 눈물범벅이 된 얼굴로 오열했지만, 그 안으로 들어갈 수는 없었다. 애타는 그의 마음을 아는지 모르는지, 하늘 위에서는 둥근 달이 소리 없이 그 모습을 지켜보고 있었다.

* * *

불은 20분 정도가 지난 뒤에야 완전히 진압되었다. 불은 다행히 2층까지 번지지 않았고, 덕분에 영숙은 무사할 수 있었다.

"아무래도 안에 불에 타기 쉬운 물건들이 많아 순식간에 불이 번진 듯합니다."

소방관이 경찰들에게 상황을 설명했다. 들어가도 좋다는 답을 들은 뒤, 광진경찰서 형사들이 용화사 안으로 들어갔다. 용화사 안은 매캐한 냄새와 그을음으로 가득했고, 손전등을 켜야 겨우 볼 수 있을 정도로 어두웠다. 반쯤 혼이 나간 동금도 그들을 따라 절 안으로 들어갔다. 동금의 눈에 출입문 쪽으로 일곱 명의 남자들이 몰려 숨진 채 누위있는 모습이 보였다. 모두 크게 불에 타지 않은 것으로 보아 연기에 질식해 숨진 듯했다. 실제로 불이 날 경우, 불에 타죽기보다는 연기에 질식해 숨지는 경우가 훨씬 많다. 아마도 탈출을 시도하다가 변을 당한 듯했다. 경찰들은 전등을 비추고 절 안 곳곳을 수색했다. 그때 동금의 눈에 주방 쪽 구석진 곳에 새까맣게 불에 탄 시체가 눈에 들어왔다. 완전히 불에 탄 시체는 웅크리고 앉은 자세로 그 형태만 남아 있었다. 벽 옆에 양손을 가지런히 모은 채 무릎을 감싼 자세로 보아, 탈출조차 시도하지 못하고 변을 당한 것 같았다.

"팀장님, 사체 형태로 봐서 여자 시신으로 보이는데…. 목에 목걸이가 있습니다."

동금보다 먼저 시체 가까이 다가간 형사가 말했다. 그리고 그 소리를 듣는 순간, 동금은 무너지고 말았다. 형사가 말한 목걸이가, 자신이 지혜에게 선물한 그 목걸이를 말하는 것임을 직감했기에….

"지혜야…. 지혜야…."

동금은 풀썩 주저앉아 몇 미터 앞에 떨어져 있는 사체를 보며 오열하기 시작했다. 도저히 다가갈 엄두가 나지 않았다. 지난 몇 달 동안 목숨처럼 사랑한 여자를, 시커멓게 타버린 지혜를 가까이서 볼 용기는 그에게 없었다.

"지혜야…!"

동금을 아는 광진경찰서 경찰관이 오열하는 그를 부축해 밖으로 데려가기 시작했다. 그때, 동금의 눈에 바닥에 떨어져 있는 휴대폰이 눈에 들어왔다. 동금이 떨리는 손으로 휴대폰을 주워들고 그을음을 닦아냈다. 손길을 느낀 휴대폰 화면에 동금의 볼에 입을 맞추는 지혜의 사진이 나타났다.

"으아아아아…!"

한 마리 맹수처럼 울부짖기 시작한 동금의 앞에 수찬을 비롯한 광수대 3팀 형사들이 나타났다. 그들은 동금을 보자마자 상황을 알 수 있었다. 그리고 울부짖는 동금을 보며 소리 없이 눈물을 흘렸다.

모든 것이 사라졌다.
모든 것이 무너졌다.
모든 것이… 끝났다.

18
에필로그

왕재와 부하들은 그간의 악행에 대한 천벌을 받은 듯, 화재현장에서 죽음을 맞이했다. 악인들의 비참한 말로였다. 한편, 박태원은 구속이 결정되었다. 압수한 휴대폰에서 정선의 말대로 22억에 달하는 가상화폐가 확인된 것이다. 태원은 모든 것이 끝났다 생각되자, 형량이라도 줄이고자 그가 알고 있는 모든 진실을 털어놓았다.

"처음… 이 일을 제안한 건 도술이 형이었습니다. 그 계획을 들은 제가 주왕재를 끌어들였고요. 네, 맞습니다. 저와 도술이형, 그리고 왕재까지 셋이서 처음부터 공모한 범죄입니다. 초기 자금은 주왕재가 댔습니다. 가짜로 결혼식을 올려서 자금을 마련했죠. 그렇게 수표위조를 위해 2억을 쓰고, 나머지는 저와 도술이형이 자동차 렌트 비용이랑 유흥비로 썼습니다. 당연히 주왕재는 몰랐고요. 저희는 주왕재가 최 회장에게 빌린 100억으로 50억짜리 쌍둥이 수표 두 장을 만들었습니다. 네, 맞아요. 제가 정 대리를 꼬드겨서 수표용지를 훔쳤습니다. 네? 정 대리한테는 왜 약속한 몫을 주지 않았냐고요? 그놈은 처음부터 소모품으로 써먹을 생각이었으니까요. 원래는 제가 직접 정 대리가 수표용지를 빼돌렸다는 제보를 넣을 생각이었습니다. 주왕재가 100억짜리 민사에서 승소하려면, 정 대리와는 어떤 연결고리도 없어야 한다는 걸 우리는 알고 있었습니다. 그래서 정 대리에게는 십 원도 줄 수 없었습니다. 그렇게 우리는 훔친 100억을 주왕재가 50억, 도술이 형이 40억, 그리고 나머지 10억을 제가 갖기로 되어 있었습니다. 그런데… 주왕재가 욕심을 낸 겁니다. 저랑 도술이형을 죽이고 100억을 전부 자기가 챙기려고요…. 형사님, 저희는 사기꾼입니다. 눈치로 먹고사는 놈들이죠. 주왕재가 우리를 죽일 마음을 품었다는 걸 당연히 눈치챘습니다. 그래서 100억을 들고 그대로 도망치기로 했습니다. 네? 도술이형을 죽인 범인이요? 아니요…. 도술이형을 누가 죽였는지는 정말 모릅니다…. 정말이지 감도 잡히지 않습니다….”

태원의 진술 덕분에 경찰은 주왕재가 피해자가 아닌 공범, 즉 공동 주범이자 가해자라는 사실을 무사히 밝혀낼 수 있었다. (이로 인해 사건의 피해자는 대한은행이 되었다) 정체를 알 수 없었던 운전기사들도 누구인지 알 수 있었다. 둘 다 왕재의 부하로, 왕재가 도술과 태원을 감시하고자 붙여놓은 것이었다. 무더운 여름임에도 그들이 마스크와 장갑을 낀 이유 역시 거기 있었다. 왕재는 민사 승소를 위해, 만에 하나라도 범행과 자신이 관련될 요소를 완전히 차단하고자 했던 것이다.

* * *

도술을 죽인 범인은 예상치 못한 진술을 통해 밝혀졌다. 다름 아닌, 현장에서 도망치려다 검거된 김광보의 진술이었다. 광보는 왕재의 패거리가 타죽던 날 용화사 문을 잠그고 도주하던 중 근처에 도착한 수찬의 손에 검거되었다.

"정말… 정말로 처음부터 죽일 생각은 없었습니다…! 왕도술이 창고에서 도망칠 수 있게 도와준 사람도 저라니까요? 정말입니다…!"

광보는 도술에 대한 이야기가 나오자 갑자기 벌벌 떨기 시작하더니 자진해서 범행을 털어놓았다. 광보의 말에 따르면, 왕재를 습격한 뒤 도술이 따로 그에게 연락을 해왔다고 한다. 왕재를 죽여 달라며….

"왕도술이 저를 몰래 불러내더니… 왕재를 죽여주기만 한다면 10억을 주겠다고 꼬드겼습니다."

왕재는 10억을 제시하며 광보를 꼬드겼지만, 그는 10억 대신 도술을 죽이는 길을 택했다. 광보를 면담한 프로파일러는 '주왕재라는 인물에게 너무 오랜 기간 폭력을 당한 탓에 그에게 견딜 수 없을 정도의 공포심을 갖게 된 것 같다'는 의견을 주었다. 광보는, 세상 무엇보다 주왕재가 두려웠던 것이다. 그에게 중요한 건 돈이 아니라 주왕재로부터 살아남는 것이었다. 그래서 도술이 다시 접근해왔을 때, 그를 죽여 존재를 지워버리고자 했다. 도술의 존재가 완전히 지워져 버리기만 한다면, 자신이 왕재에게 죽을 일은 없을 것이라 생각했기에…. 그렇게 모든 것을 자백한 광보는 무기징역의 중형을 받았다.

* * *

태원의 자백으로 사건을 해결하게 된 명규는 그 공로로 승진했다. 명규뿐만 아니라 기원 역시 마찬가지로 승진했다. 명규는 경정으로 승진하여 희망하던 종로경찰서 수사과장으로 발령받았고, 기원은 경감으로 특진하여 광수대 팀장이 되었다.

반면에 동금은 모든 수사가 끝난 뒤 팀원들의 만류에도 불구하고 광수대를 나와 경찰서로 전출 신청을 했다. 그리고 광진경찰서에서 근무하며, 외사경찰에 지원하기 위해 영어 공부에 매진했다.

1년 후, 동금은 미국 뉴욕 총영사관에 경찰주재관 자리가 공석이 되자 지원했다. 그리고 놀랍게도 순경 출신으로는 최초로, 3년 임기 의 파견근무를 하게 되었다.

"박 형사! 아니, 이제는 박 주재관인가? 외사경찰은 싸움 같은 거 안 해도 되지? 우리 둘 싸움 실력이면 무서울 게 없었는데 말이야!"

수찬이 축하와 아쉬움이 뒤섞인 말투로 입을 열었다. 쌍둥이 수표 사건을 함께 했던 前 광수대 3팀 형사들은 을지한우에서 모임을 가 지고 있었다. 1주일 뒤면 미국으로 떠날 동금을 위해 마련된 송별회 였다.

"선배님들… 모두 정말 고맙습니다. 우리 광수대 3팀, 저는 영원히 잊을 수 없을 겁니다!"

동금이 살짝 눈물 한 방울을 떨어뜨리며 진심으로 감사를 전했다.

"당연하지! 한 번 형사는 영원한 형사인 거! 우리 건배하자고!"

기원의 제의에 모두 동시에 잔을 들었다.

"우문~~~ 현답!" (우리의 문제는, 현장에 답이 있다!)

＊ ＊ ＊

뉴욕 존 에프 케네디 국제공항

훤칠한 키에 조각 같은 이목구비를 가진 동양인 남자가 천천히 입 국장에 모습을 드러냈다. 박동금이었다. 커다란 캐리어를 들고 주변을 두리번거리던 동금은 어딘가를 향해 손을 흔들었다. 하얀 롱 원피스를 입은 여자가 그에게로 달려오고 있었다. 황지혜였다.

"지혜야… 보고 싶었어!"

"나도…! 한 달 동안 오빠 없어서 얼마나 힘들었다고!"

두 사람은 뜨겁게 포옹을 나누고 입을 맞추었다. 다른 사람의 시선 따위는 중요치 않았다. 박 형사… 아니, 뉴욕 총영사관 경찰주재관 박동금은 그렇게 사랑하는 아내의 손을 잡고 케네디 공항을 빠져나갔다.

* * *

1년 전, 그 날… 용화사

기지를 발휘해 태영으로부터 도망치는 데에 성공한 지혜는 무사히 주방 안으로 몸을 피할 수 있었다. 다행히 주방 안에서는 문을 걸어 잠글 수 있었다. 패딩으로 인해 번진 불길이 순식간에 용화사 전체를 태웠다. 지혜는 주방 안에서 왕재 일당의 아우성을 들을 수 있었다. 욕설과 비명이 얼마나 이어졌을까? 어느 순간인가부터 비명이 들리지 않았다. 지혜는 주방 안에서 쪽문을 열고 밖으로 나왔다. 어떤 남자 하나가 저 멀리 도망치는 것이 보였다. 지혜는 먼저 2층을 살폈다. 전등이 켜지더니 영숙이 창밖을 내다보았다. 언뜻 보기에 엄마는 무사해 보였다. 엄마의 안위를 확인한 지혜는 본능적으로 남자가 달아난 방향으로 길을 나섰다. 그러나 아무리 찾아보아도 남자의 모습은 보이지 않았다. 그때, 멀리서 소방차와 경찰차 사이렌 소리가 들려왔다. 지혜는 다시 집으로 발을 돌렸지만, 경찰의 통제로 인해 집으로 돌아갈 수 없었다.

그날 밤, 지혜는 별수 없이 같은 동네에 사는 친구의 집으로 향했다. 휴대폰은 용화사 안에서 잃어버렸기에, 친구의 휴대폰을 빌려 영숙과 동금에게 전화를 걸었다. 그러나 두 사람 모두 전화를 받지 않았다.

다음 날, 지혜는 깊이 잠이 들었다가 오후가 되어서야 눈을 떴다. 그녀는 눈을 뜨자마자 친구의 휴대폰으로 다시 동금에게 전화를 걸었다. 마침내 동금이 잔뜩 쉬어버린 목소리로 전화를 받았다.

동금은 즉시 지혜에게로 달려왔다. 그리고 무사한 지혜를 보자 그녀를 끌어안고 엉엉 울음을 터뜨렸다. 수사결과, 동금이 지혜로 생각했던 사체는 홍진경이라는 사실이 밝혀졌다.

이후, 동금은 지혜가 살고 있는 집 근처인 광진경찰서로 전출 신청을 했다. 그리고 얼마 지나지 않아 부모님께 지혜를 정식으로 소개했다. 동금의 부모님은 운명이라 해도 과언이 아닌 듯한 두 사람의 이야기를 들으며, 지혜에게 마음을 열고 결혼을 허락했다. 그렇게 두 사람은 무사히 결혼식을 마치고 함께 뉴욕으로 갔다.

뉴욕 경찰주재관 박동금과 디자이너 황지혜, 세계 최고의 도시에서 펼쳐질 새로운 나날들이, 두 사람을 기다리고 있었다.

- 끝